KB262552

나약나,
차동혁

나야 나, 차동혁

초판 1쇄 찍은 날 § 2007년 4월 5일
초판 1쇄 펴낸 날 § 2007년 4월 15일

지은이 § 김은아
펴낸이 § 서경석

편집장 § 문혜영
편집책임 § 이종민
편집 § 한지윤

펴낸곳 § 도서출판 청어람
등록번호 § 제1081-1-89호
등록일자 § 1999. 5. 31
어람번호 § 제5-0138호

주소 § 경기도 부천시 원미구 심곡1동 350-1 남성B/D 3F (우) 420-011
전화 § 032-656-4452 팩스 § 032-656-4453
http://www.chungeoram.com
E-mail § eoram99@chollian.net

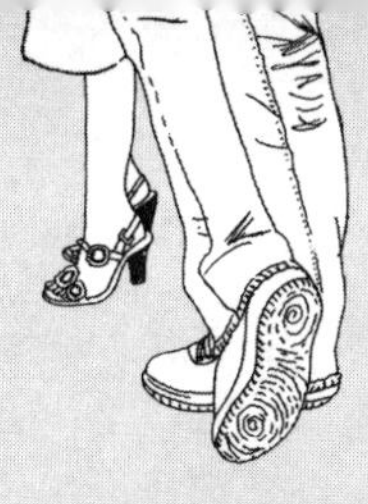
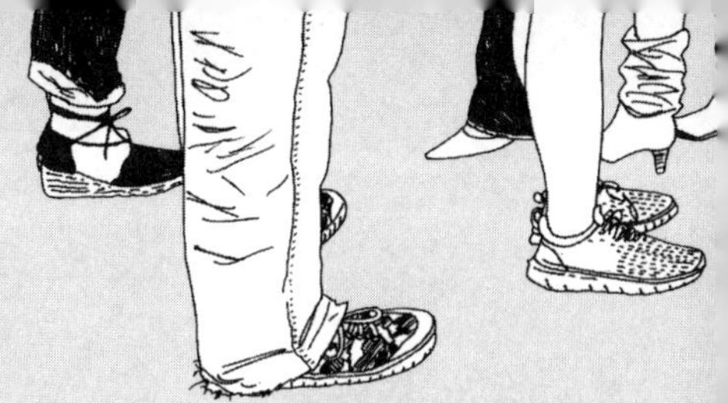

나야 나,

차동혁

아줌마! 정말 해도 해도 너무하잖아!

김은아 지음

도서출판 청어람

목차

온 가족이 오순도순 모여 아침식사를 하는 자리라고 보기에는 참으로 무리가 있는 분위기였다. 여자 둘에 남자 하나. 단출한 가족이 모여 있었지만, 식탁에서 밥을 먹는 모습은 사뭇 다른 표정들이었다. 고개를 숙이고 밥 먹기에 여념이 없는 동혁, 그가 먹고 있는 밥그릇을 빼앗을 듯 아들을 노려보는 모친, 그리고 그 두 사람을 번갈아 보는 형수까지.

"햅쌀이라 그런가, 밥맛이 꿀맛이네! 형수님, 밥 좀 더 주세요!"

동혁은 밥 한 그릇을 뚝딱 해치우고 형수인 윤정에게 빈 그릇을 냉큼 내밀었다.

그때였다.

"밥버러지 같은 놈."

전혀 예상치 못한 모친의 습격에 동혁은 빵빵해진 볼따구니에 몇 알의 밥풀을 묻힌 채로 빳빳하게 굳고 말았다. 귀를 의심해 볼 필요도 없었다, 너무나도 정확히 귀에 들어와 박힌 말이었기에. 귓가에서 강력한 서라운드 입체 음향으로 베토벤의 운명 교향곡 첫 소절이 들리는 듯했다. 동혁은 입 안에 든 음식물을 괴롭게 꿀꺽 삼킨 후 입을 열었다.

"바, 밥버러지라니요? 천고마비 계절에 왕성한 식욕을 보인 것뿐인데."

모친의 날카로운 눈이 동혁의 납작하게 눌린 좌측머리, 따귀머리가 되어버린 우측머리, 눈가에 낀 누런 눈곱, 개기름이 좔좔 흐르는 콧등, 침 흘린 자국이 그대로 남아 있는 입가, 김칫국물과 시커먼 때로 얼룩진 트레이닝복을 차례로 훑고 지나갔다.

"상그지 같은 놈."

"사, 상거지도 아니고 상그지요?"

똑같은 말이라고 해도 전혀 다른 느낌을 풍기는 뉘앙스였다. 동혁의 자존심에 생채기가 나고 말았다. 이 느닷없는 날벼락을 도무지 해석할 길이 없었다.

"어머니! 허우대 멀쩡하고 인물 뛰어나고 힘 좋은 아들한테 상그지라니요? 말이 되는 소리를 하세요! 차라리 누룽지같이 구수한 놈이라든지 불꽃처럼 강렬한 놈이라든가, 그런 듣기 좋은 말 얼마든지 있잖아요!"

동혁은 마른세수로 지저분한 이물질들을 제거한 후 트레이닝 복을 힘차게 벗어젖히고는 울룩불룩한 근육을 자랑해 보이기까지 했다. 이글이글 타오르는 눈빛, 나이키 미소, 카리스마 넘치는 포즈.

"철딱서니 1%도 없는 놈."

모친의 싸늘한 구박 한 방에 동혁의 부실한 카리스마가 와르르 무너져 내렸다. 동혁은 서러워서 눈물이 다 나올 것만 같았다. 모친의 말에 덩달아 놀란 형수가 뒤늦게 빈 그릇을 받아 위로 차원에서 밥을 담아주었지만 금이 쫙쫙 간 자존심과 꼬꾸라진 식욕은 도무지 회복될 기미가 보이지 않았다.

동혁은 형수의 갸륵한 마음을 생각해서 계속 식사에 전념해야 할지 아니면 밴댕이 소갈머리라는 소리를 듣는 한이 있어도 인권 수호를 부르짖으며 모친에게 대응해야 할지를 심각하게 고민했다.

"윤정아."

모친이 아무 일도 없었다는 듯 형수를 조용히 불렀다.

"네."

"앞으론 수고스럽더라도 밥 두 군데로 나눠서 해라."

"네?"

"생활비 내는 사람은 국산, 백수건달은 중국산 먹게. 쌀값도 많이 올랐는데, 그래야 인생이 공평한 거 아니겠니?"

모친의 입에서 큰소리 없이도 강하고 날카로운 비수와 폭탄 같은 말이 끝도 없이 튀어나왔다. 동혁은 모친이 원망스럽기 짝이 없었다. 무표정으로 일관하며 듣는 이의 속을 잔인하게 비틀고, 뭉개고, 긁는 비상한 재주를 지녔기 때문이었다. 지렁이도 밟으면 꿈틀대는 법. 하물며 백수건달이라도 만물의 영장인 사람이 가만히 있으면 되겠는가!

"어머니!"

동혁은 겁대가리를 상실하고 목청껏 소리를 질러댔다. 이미 난도질당한 자존심은 굉음을 내며 폭파되었고 눈에 뵈는 게 없어졌기에 가능한 일이었다. 귀청이 떨어져 나갈 만도 하건만 모친은 밥버러지, 상그지, 철딱서니 1%도 없는 백수건달 놈하고는 아예 상종을 안 할 모양인지 계속 말을 이어갔다.

"때마침 은혁이도 출장 가고 나도 내일 계원들하고 단풍구경 가기로 했으니, 윤정이 너도 오랜만에 친구들 만나서 맛난 거 먹고 들어오너라."

미리 계획이라도 한 듯 모친이 형수에게 돈 봉투까지 건넸다. 입 안 가득 볼멘소리를 머금은 상그지 백수는 아랑곳하지 않은 채. 형수가 바늘방석에 앉은 것처럼 불편한 기색을 보였다. 하지만 모친은 아무렇지도 않은 듯 말을 계속 이어나갔다.

"참, 월요일 아침부터 이층 공사 들어갈 거다."

"공사라뇨?"

되묻는 걸 보니 형수조차도 금시초문인 모양이었다. 모친이 상그지 백수를 흘깃 쳐다본 후, 고조없이 빠르게 말을 이어갔다.

"싹 수리해서 전세 놓을 거다."

믿을 수 없는 모친의 말에 눈과 입이 크게 떠진 동혁은 저도 모르게 큰 소리를 내고 말았다.

"어머니! 인권 탄압에 퇴거 명령까지! 정말 너무하시는 거 아니에요? 그럼 전 어디서 살라구요?"

"생활비를 내든지 능력없으면 나가든지."

모친의 말은 건조하고 간단명료했다. 동혁은 아들이 궁지에 몰리든 말든 전혀 관심이 없다는 듯 여지를 두지 않는 모친의 차가움에 진저리가 쳐질 지경이었다. 그냥 이대로 바람에 나부끼는 추풍낙엽처럼 맥을 놓고 있을 수는 없다. 동혁은 모친을 향해 항변을 하듯 소리를 버럭 질러 항의를 했다.

"갑자기 이러는 법이 어디 있어요? 저더러 노숙이라도 하란 말이에요?"

"보증금 없이 삼십 년 가까이 공짜로 먹여주고 재워줬으면 됐지, 어디서 배은망덕하게 굴어? 놀고먹는 백수 주제에 양심도 없이. 지금처럼만 살면 나 죽은 후 노숙밖에 더 하겠어? 주제 파악도 못하는 미련한 놈."

모친의 목소리는 절대 크지 않았다. 하지만 뒷골을 잡고 쓰러지게 할 만큼 그 위력은 실로 대단했다.

"누구는 놀고 싶어서 놀아요? 이력서를 내도 받아주는 데가 없으니까 그렇죠!"

얼마나 열심히 이력서를 썼던가! 복사기처럼. 그리고 얼마나 열심히 뛰어다녔던가! 발바닥이 부르트도록. 동혁은 억울하고 서러웠다.

"그럼 앞으로도 쭉 빈대처럼 빌붙어서 살겠다 이거냐?"

밥버러지에서부터 빈대까지, 모친의 입에서 굴욕적인 호칭이 끊임없이 쏟아져 나왔다.

"누가 그렇대요? 취직할 거예요! 보란 듯이 꼭 성공할 거라구요!"

동혁은 숟가락 쥔 손을 더 불끈 말아 쥐고는 결의에 찬 얼굴을 해 보였다. 하지만 모친의 반응은 시큰둥할 뿐이었다.

"말로는 서울시장도 하겠다. 그렇게 입만 나불거리지 말고 눈으로 직접 확인시켜 줘, 눈으로."

아들에 대한 믿음이 눈곱만치도 없는 게 틀림없었다.

"나중에 저 잘나가면 어쩌려고 그러세요?"

위협으로 들려도 상관없었다, 뭉개진 자존심이 어떻게 좀 해 보라고 눈물 어린 호소를 해왔기에. 사람 팔자는 아무도 모른다고 하지 않았던가. 지금은 이렇게 어두컴컴하게 살아도 어느 날 갑자기 쨍하고 해 뜰 날이 올 수도 있는 노릇이었다.

"네가 무슨 수로?"

"차동혁 인생 누가 알아요? 단 한 방에! 아얏!"

순식간에 모친의 숟가락이 머리통을 향해 날아왔다. 머리통에서 불길이 확 일어났다. 동혁은 눈물이 날 만큼 아팠다. 모친은 매너가 없어도 너무 없으셨다. 먹을 땐 개도 안 건드린다던데.

"어떠냐? 네가 좋아하는 한 방 맛이? 좋냐? 좋아?"

"제가 말한 한 방은 이런 한 방이 아니잖아요!"

동혁은 쓰라린 머리통을 끌어안고 반박 조로 외쳤다.

"닥쳐! 이 반품도 안 되고 AS도 안 되는 놈아."

동혁은 눈물을 머금었다. 자존심이 산산조각이 나다 못해 아주 고운 가루가 되어 휘날렸다. 이 순간만큼은 모친이 사악한 백설공주 계모보다 더 못돼 보였다. 동혁은 내려앉은 자존심을 싹싹 쓸어 담고 자리에서 일어났다.

고개를 푹 숙이고 어깨를 축 늘어뜨린 모습이 안쓰러워 붙잡을 법도 하건만, 여전히 태연하고 천연스러운 모친은 그럴 생각이 전혀 없어 보였다. 오히려 피 한 방울 섞이지 않은 형수가 상처받은 영혼에게 동정을 베풀었다.

"도련님, 어디 가세요? 식사 마저 하셔야죠."

심성 고운 형수의 간청을 생각해서 동혁은 눈 한번 질금 감고 도로 앉을까 하고 망설였다. 하지만,

"창고에 빈 상자 많이 가져다 놨다. 미리미리 짐 싸둬라."

끝까지 잔인하게 구는 모친 때문에 동혁은 더 이상 망설일 필요가 없었다. 동혁은 서러움이 울컥 치밀었다. 식탁 위에 놓여 있는 찰기가 도는 밥과 윤기를 뽐내는 갈비가 가지 말라고 붙잡

아도 도저히 다시 앉을 수가 없었다. 동혁은 바람처럼 빠르게 움직여 자리를 떴다.

"에잇!"

동혁은 화풀이하듯 애꿎은 대문을 냅다 걷어차고는 집 밖으로 나왔다. 화가 나 붉으락푸르락한 얼굴로 뛰쳐나오기는 했지만 어디로 가야 할지 몰라 사방을 두리번거렸다. 그러다 주차장 입구에 설치된 반사경을 발견했다.

"상그지라구? 아니, 내가 어딜 봐서 상그, 헉!"

반사경 앞으로 쿵쿵 소리를 내며 다가간 동혁은 자신의 모습을 비춰보곤 크게 놀라 한 발 물러섰다. 반사경 안에 웬 가분수 상그지 녀석이 떡 버티고 서 있었기 때문이다. 동혁은 냉정한 현실에 아연실색하고 말았다. 충격이 따로 없었다.

"우씨, 진짜 상그지네. 내가 어쩌다 이렇게 형편없이 망가졌지?"

손등으로 개기름을 찍어내고 손으로 머리를 빗어 넘긴 후 옷 매무새를 단정히 해보았지만 나아진 건 별로 없었다.

동혁은 아주 심각한 얼굴로 집 앞 골목길만 뺑뺑 돌았다. 더 넓은 세상으로 나가고 싶었지만 상그지의 모습을 하고 거리를 활보하는 건 가문의 수치요, 전국조각꽃미남협회 회원들을 모독하는 행위였다.

잠시 후, 모친 몰래 동혁을 뒤따라 나온 형수가 대문 밖으로 얼굴을 쏙 내밀곤 고양이처럼 살금살금 다가왔다.

"도련님."

"염려 마세요. 바람이나 좀 쐬고 들어갈 거예요."

좌절 모드, 굴욕 모드에 빠진 목소리는 한없이 잠겨 있었다. 애처로운 눈빛으로 바라보던 형수가 뒤를 힐끗힐끗 보더니 이내 앞치마 주머니에서 돈 봉투를 꺼내 꼬질꼬질한 동혁의 트레이닝복 주머니에 냉큼 집어넣어 주었다.

"도련님, 이걸로 친구들 불러내서 기분 풀고 오세요."

"아니에요! 이러지……."

"쉿!"

형수가 아무 말도 하지 말라는 듯 손가락을 입에 가져다 대고 고개를 가로저었다. 이에 동혁은 입에 지퍼를 채우는 동작을 보이며 고개를 끄덕였다.

"도련님, 힘내세요! 힘!"

주먹을 불끈 쥐며 힘을 불어넣어 준 형수가 다시 고양이 발걸음을 하고 대문 안으로 모습을 감춰 버렸다. 동혁은 감동의 물결이 넘쳐흐르는 눈을 하고 중얼거렸다.

"형수는 사람이 아니야. 천사야, 천사."

이 년 전, 모친을 빼닮은 형과 결혼해 시집살이를 하고 있는 형수는 더할 나위 없이 자상하고 착한 현모양처와 형수, 며느리의 본보기였다. 집안에서 상그지 백수로 통하는 동혁을 유일하게 믿고 밀어주는 세상의 둘도 없는 든든한 후원자였다. 동혁은 형수가 준 후원금의 액수가 궁금해 한쪽 눈을 감고 봉투 안을 들여다보았다.

"세상에!"

두툼한 두께의 배춧잎들이 반갑다고 손을 흔들어대고 있었다. 상당한 액수에 동혁은 눈알이 튀어나올 것만 같았다.

"시임바았다아!"

동혁은 심마니의 심정으로 작고 길게 외쳤다. 입꼬리가 조금씩 들썩거리더니 귀를 향해 꿈틀꿈틀 움직여 갔다. 눈이 하트 모양으로 변해갔다. 입에선 행복에 겨운 웃음이 줄줄 흘러나왔다.

"<u>으흐흐흐흐</u>, 누굴 불러 광란의 밤을 보낼까? 돈이 없을 땐 막역한 친구를, 돈이 넘칠 땐 투자가치가 충분한 이성을!"

동혁은 머릿속에 저장된 여자들의 이름을 가나다 순으로 쫘르르 배열해 보았다.

"잠깐! 투자가치가 충분한 이성?"

불현듯 증권사에 다니는 친구 성문이 머릿속에 얼굴을 불쑥 내밀더니 핏대를 세우고 연설을 하기 시작했다.

"차동혁, 이것만 잘 기억해 둬라. 소액으로 안전하게 투자를 할 종목이 있고, 있는 돈을 다 쏟아 붓고 모자라면 대출까지 받아서라도 과감한 투자를 감행해야 할 우량주가 있는 거야! 여자도 마찬가지야. 우량주다 싶으면 무조건 올인 해야 해! 올! 인! 그래야 인생이 확 피는 거야! 올! 인! 알아들었냐? 인마!"

"우량주? 인생을 확 펴게 해줄 우량주라……. 신체 건강하고, 전혀 딸리지 않는 머리, 전혀 부담스럽지 않은 외모에, 활달하고 긍정적인 성격, 경제적 능력까지 갖춘 여자? 우량주는 바로 그런 여자를 두고 하는 말일 텐데, 내 주위에 그런 우량주가 있나?"

머릿속에 저장된 목록에서 일일이 데이터 검색을 해보는데 갑자기 사회체육학과 대학동기인 금희가 팻대를 세운 채로 성문을 밀어내고 짠, 하고 나타났다. 외동딸인 금희는 현재 아버지를 도와 스포츠센터를 운영하고 있었다. 금희가 방긋방긋 웃으며 손을 흔들어댔다. 마치 나야 나, 하는 것처럼.

"아니, 금희가 우량주!"

금희는 대학 시절부터 동혁에게 직설적으로 호감을 드러내고 대시를 해왔던 친구였다. 하지만 동혁은 금희를 단 한 번도 여자로 본 적도, 생각해 본 적도 없었다. 지푸라기라도 잡고 싶은 심정 때문일까? 지금 이 순간, 갑자기 동혁은 금희가 여자로 보이기 시작했다. 뿐만 아니라 마지막 백수탈출의 비상구가 될 수도 있겠다 싶었다.

"유레카아아아!"

뒤늦은 깨달음에 동혁은 아르키메데스처럼 하늘을 향해 두 손을 번쩍 들고 크게 외쳤다.

"아니, 여태까지 왜 그걸 몰랐을까? 등잔 밑이 어둡다더니!"

하도 한심해서 동혁은 자신의 머리를 콩콩 쥐어박았다. 그래도 기분은 째지게 좋았다.

"그래! 금희를 잡는 거야! 금희는 내게 일자리도 주고 내 인생을 확 펴게 해줄 거야! 신의 축복이 외로운 백수에게 임하셨도다! 할렐루야!"

신이 난 얼굴로 동혁은 주머니에서 휴대전화를 꺼내 초고속으로 버튼을 눌렀다. 곧 우량주의 반가운 목소리가 들려왔다.

[차동혁!]

"금희야!"

월드컵 4강 신화의 주역이라도 만난 것처럼 동혁은 감격한 목소리로 우량주를 불렀다. 약속은 아주 쉽게 할 수가 있었다. 우량주는 반갑다며 당장 만나자고 했다. 게다가 할 말까지 있다며. 일이 술술 풀리고 있었다. 이 속도라면 조만간 인생역전도 문제가 없을 것 같았다.

"자, 이젠 우량주를 맞으러 가는 거야! 차동혁! 아자, 아자, 으라라차차!"

동혁은 천하장사처럼 주먹을 불끈 말아 쥐고 우렁차게 기합을 집어넣었다.

형수의 후원금으로 대중목욕탕과 옷가게, 신발가게, 미용실에서 때 빼고 광을 낸 동혁은 약속 장소인 고급 술집에 모습을 드러냈다. 상그지 꼴에서 완전 탈피한 모습은 패션잡지 한 페이지를 장식해도 좋을 만큼 아주 멋지고 근사했다.

　자유분방한 것 같으면서도 세련되게 정리된 헤어스타일, 목까지 올라오는 검은색 셔츠에 동일한 색깔의 재킷, 흰색 벨트를 한 청바지, 검은 캐주얼 구두를 매치해 입은 동혁의 모습은 굉장히 멋스럽고 센스있게 느껴졌다. 열린 셔츠 사이로 튀지 않은 디자인의 목걸이가 불빛에 반짝거렸다.

　술집에 들어서자마자 여자들의 끈끈한 시선이 날아와 동혁에게 철썩철썩 달라붙고 엉겼다.

　훗, 보는 눈들은 있어가지구.

　동혁은 어깨와 목에 힘을 빳빳하게 집어넣었다. 에너지가 충만해졌다. 이제야 좀 살맛이 나는 것 같았다. 세상의 주인공이 된 기분이 들었다. 동혁은 바지주머니에 한 손을 집어넣고 배경음악에 맞춰 모델 같은 걸음걸이로 위풍당당하게 발을 내딛었다. 바로 그때였다.

　"어머, 이게 누구신가? 차동혁 씨?"

　등 뒤에서 행복을 시기하는 그림자와 같은 여자의 목소리가 들려왔다. 동혁은 걸음을 뚝 멈춰 서서 천천히 뒤를 돌아보았다. 예상대로 고용주였던 희정이 서 있었다. 동혁은 하늘을 향해 날아가던 기분이 갑자기 땅 아래로 곤두박질하는 것을 느꼈다.

　남희정. 삼십대 중반인 그녀는 갑부의 외동딸이자 YS 스포츠 센터 대표로, 일 년 넘게 동혁을 백수의 터전에서 벗어날 수 없게 만든 원흉이었다. 기회만 생겼다 하면 호시탐탐 유혹의 손길을 뻗쳤던 희정은 여전히 화려하고 아름다웠다. 물론 겉가죽일 뿐이었지만.

희정은 우연히 찾아온 기회를 그냥 흘려보낼 생각이 전혀 없어 보였다.

"오랜만이야."

값비싼 명품으로 온몸을 휘감은 희정이 야릇한 미소를 지으며 악수를 청했다. 번쩍거리는 반지와 팔찌, 손톱을 길게 길러 네일아트를 받은 손이 꼭 간교한 뱀처럼 보였다.

동혁은 똥 밟은 사람처럼 인상을 구기고 싶은 걸 간신히 참아냈다. 사표를 내던 날, 길길이 날뛰며 망발과 욕질을 해대던 희정이 지금은 아무 일 없었다는 듯 생글생글 웃으며 악수를 청하니 그러지 않을 수가 없었다. 희정이 건망증인지, 아니면 낯짝이 두꺼운 건지 알 수가 없었다.

반갑다고 미소를 지으며 손까지 내밀고 다가온 사람을 모른 척할 수가 없어 동혁은 고개만 숙여 인사를 건넸다. 하지만 징그러운 뱀 같은 손까지 잡아 흔들 생각은 추호도 없었다. 그 느낌이 어떨지 생각만 해도 소름이 쫙 끼쳤다. 완벽에 가까운 화장을 한 희정이 쓴웃음을 머금으며 손을 거둬들였다.

"그렇게 연락을 해도 안 만나주더니 이렇게 만나네? 역시 우리는 인연이 깊다니까."

인연은 무슨 얼어죽을 인연!

동혁은 상상 속에서 마녀나 다름없는 희정을 벌써 갈기갈기 찢어 발로 짓밟고 불살라 버렸다. 사표를 낸 다음날부터 거의 스토커 수준으로 연락을 하고 따라붙었던 희정이었다. 비싼 휴대전화를 뚝 부러뜨리고 머리를 빡빡 밀고 절로 들어가고픈 충동을 느끼게 해줬던 희정이었다. 되도록 연락을 피하고 두문불출하다가 오랜만에 외출을 했는데 이 무슨 악연에 비극, 흉사란 말인가!

"좋아 보이네?"

상그지의 진면목이 뭔지도 모르는 희정이 계속 떠들어댔다.

"그런데 요즘 뭐 하고 지내?"

괴상한 소문을 내 앞길을 꽉 막아놓은 희정이 그렇게 물으니 동혁은 기가 막힐 따름이었다. 동혁은 새 직장을 얻기 위해 이력서를 내고 면접을 볼 때마다 블랙리스트에 오른 사람처럼 취급당했던 기억이 새록새록 떠올랐다.

"덕분에 군내가 날 정도로 푸욱 쉬고 있습니다."

동혁은 한이 서린 목소리로 말했다. 그러자 희정이 재미있다는 듯, 고소하다는 듯 웃음을 터뜨렸다. 동혁은 야비한 희정이 밉다 못해 죽이고 싶을 만큼 증오스러웠다. 동혁의 얼굴은 불끈 치밀어 오르는 불덩이를 억누르느라 붉으락푸르락해졌다.

"쉴 만큼 쉬었으면 일을 해야지."

방심한 사이에 희정이 성큼 다가와 동혁의 넓은 어깨에 내려앉은 먼지를 툭툭 쳐냈다. 모르는 사람이 보면 다정한 연인으로 오해를 할 만큼 친밀한 태도였다. 동혁은 그런 희정이 역겨워 몸을 뒤로 빼 희정과 거리를 뒀다.

"해야죠."

동혁은 더욱 퉁명스럽게 대꾸했다.

"어때, 내 밑으로 다시 들어오는 건?"

밑으로? 날 침대에 눕혀놓고 덮치기라도 하겠다는 거야?

희정은 아직도 미련을 버리지 못한 모양이었다. 동혁은 희정의 음흉한 눈빛과 느물거리는 말투에 속이 홀라당 뒤집혔다. 소화가 덜 된 밥알들이 일제히 발딱 일어서는 것 같았다. 오장육부가 괴롭다고 몸부림을 쳤다.

동혁은 일만 하는 거라면 충분히 고려해 볼 만한 제안이라고 생각했다. 하지만 희정의 속셈은 따로 있었다. 그걸 모르지 않았다. 희정이라는 여자는 믿을 만한 위인이 못 됐다. 가슴에 손을 얹고 일만 할 수 있게 해준다는 맹세를 하고, 혈서를 써준다고 할지라도 말이다.

"거절하겠습니다."

동혁은 조금의 미련도 남아 있지 않다는 듯이 확고하게 말했다. 그러자 희정의 눈빛이 매섭게 변해갔다.

"아직 덜 쉬셨나 보군?"

덜 쉬기는! 너무 오래 쉬어서 시금할 정도구만! 팔팔한 청춘한테 일 년이 짧냐!

동혁은 버럭 소리를 질러주고 싶었다. 하지만 이미지를 구겨가며 이곳에서 망가지고 싶은 마음은 전혀 없었다. 희정은 말을 잘 알아듣지 못하고 제 좋은 대로만 해석하며 받아들이는 사람이었다. 동혁은 그런 희정과 신경전까지 벌여가면서 괜한 기운을 빼고 싶지 않았다. 다 쓸데없는 일이었다.

이봐, 내가 어떻게 될지 몰라 말은 못하겠는데 나 지금 우량주 만나러 가는 중이거든? 좀 비켜줄래?

든든한 우량주 생각에 동혁은 힘이 불끈불끈 솟았다.

"지겹지도 않으십니까? 저한테 관심 끄시죠."

동혁은 흥분을 가라앉히고 이성적으로 차분하게 말했다.

"유달리 관심과 애정을 품었던 사람인데 그게 말처럼 쉽겠어?"

순간 동혁은 소름이 와르르 돋아 전신의 피부가 엠보싱 화장지처럼 변하는 기분이 들었다. 수영강사로 재직 시절, 툭하면 의논할 일이 있다고 하면서 사무실로 불러들여 뭉친 어깨와 목 근육을 풀어달라고 안마를 요구하고, 음란한 농담을 하는 것으로도 모자라 답례로 야한 속옷을 선물하고, 승진을 시켜줄 테니 하룻밤 상대가 되어줄 것을 요구한 것이 관심과 애정? 그건 명백한 직장 내 성희롱이었다.

동혁은 희정의 제안을 일일이 거절했고 건의를 해서 개선도 요구했다. 하지만 희정은 비웃으며 더 괴롭힐 뿐이었다. 대부분 직장 내 성희롱은 남자를 가해자로 보는 경우가 많아 동혁은 일을 그만두는 것으로 해결을 보려 했다. 그러나 희정은 후회할 짓은 하지 말라며 사표를 수리하지 않았다. 출근을 하지 않자 줄기차게 연락을 해 협박에 가까운 말을 서슴지 않았다. 끝내 동혁의 마음을 돌이킬 수 없다는 걸 안 희정은 권력을 이용해

영향력을 행사했다. 가해자인 주제에 자신이 피해자임을 주장해 동종 업종에는 발도 못 붙이게 만들었던 것이다.

주마등처럼 스쳐 가는 일들을 생각하니 동혁은 머리뚜껑이 열리고 분노의 열기가 확 치솟는 것 같았다. 억울하고 분해서 팔짝팔짝 뛰고 싶었다. 하지만 장소가 장소인만큼 속으로 참을 인(忍) 자를 백만 번 쓰는 것으로 대신해야만 했다.

"단 한 번도 그런 관심, 애정 원한 적 없습니다."

네버! 네버!

동혁은 양파처럼 속을 하나하나 벗겨 여과없이 진심을 보여 주고 싶었다.

"차동혁 씨는 쉽게 넘어갈 일도 참 어렵게 하는 사람이야."

희정이 하고 싶은 말을 더 알아듣기 쉽게 풀자면 바로 이런 것이었다. 그러니까 나랑 한 번 질펀하게 자. 그러면 다 해결되잖아! 네가 춘향이냐? 수도사냐? 튕기기는 왜 그렇게 튕겨?

"직원이 아니라 남자가 필요하시면 말씀하십시오. 추천해 드릴 데는 많으니까."

말이 끝남과 동시에 희정이 동혁의 왼쪽 뺨을 냅다 갈겼다. 짧은 마찰음과 함께 동혁의 고개가 홱 돌아갔다. 희정이 물어뜯어 죽이기라도 할 듯이 이를 갈며 으르렁거렸다.

"감히 어디서!"

동혁은 알싸한 아픔이 느껴지는 입 안 부위를 혀로 문지른 후 희정을 바라보았다. 희정의 얼굴엔 반성의 빛이 조금도 없었다.

성질 같아서는 동혁은 희정을 천장에 거꾸로 매달아놓고 채찍질을 해대고 싶었다. 그래도 시원찮을 것 같았다. 그러나 참아야만 했다. 모친이 절대 여자를 때리는 짐승이 되어서는 안 된다고 가르쳤기 때문이다.

참아야 하느니라. 참아야 하느니라.

동혁은 숯불 갈비집에서 고기를 물어뜯고 싶은 것과 같은 욕망을 억제한 채 불경을 외우는 스님처럼 그렇게 속으로 되뇌었다.

"주제, 분수를 따지시려면 행실머리부터 제대로 하시죠."

"시건방지게 지금 누구한테 충고를 하는 거야?"

희정의 앙칼진 목소리가 공중으로 울려 퍼졌다. 주위 사람들이 무슨 일인가 싶어 쳐다보며 수군댔다.

"더 이상 구경거리가 되고 싶지 않군요. 이만 가보겠습니다."

동혁은 인내와 이성을 그러모아 차분히 의사전달을 한 다음 등을 돌렸다. 뒤에서 희정이 저주를 퍼붓듯 소리쳤다.

"내가 가만히 있을 줄 알아? 내 앞에서 무릎 꿇고 매달릴 날이 오게 만들 거야! 내가 꼭 그렇게 만들 거라구!"

상종 못할 종자가 따로 없었다. 동혁은 혀를 내두를 정도로 어이가 없고 기가 막혔다. 그러나 절대 뒤를 돌아보거나 대꾸하지 않았다.

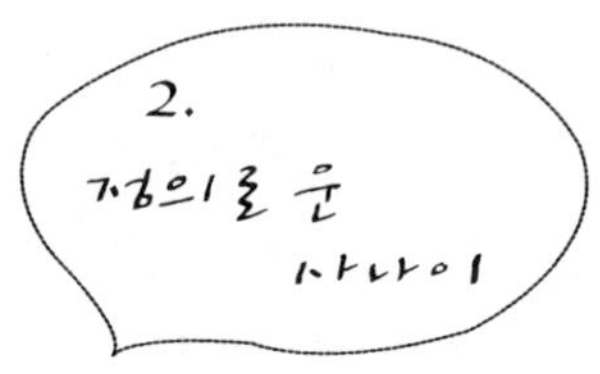

웨이터의 안내를 받아 들어간 룸은 조용하고 아늑했다. 동혁은 ㄷ 자로 배치된 패브릭 소파에 앉아 등을 기댔다. 기쁜 마음으로 들어온 술집이었는데 희정으로 인해 기분이 확 상해 버리고 말았다.

광포하게 날뛰는 분노와 갈증이 느껴지는 속을 달래기 위해선 알코올이 절실하게 필요한 상황이었다. 동혁은 엔틱풍의 유리가 깔린 테이블에 양주병을 세팅하는 직원을 물끄러미 바라보다 이내 양주병을 성마르게 돌려 땄다. 잔에 술을 채우려던 찰나였다.

“차동혁, 오랜만이다.”

우량주 금희였다.

"어서 와!"

동혁은 양주병을 도로 내려놓고 벌떡 일어나 우량주를 맞이했다. 찝찝했던 기분이 우량주의 등장에 눈 녹듯 모두 사라져 버렸다. 우량주가 행복한 미소를 지은 채 손 한번 잡아보자며 동혁에게 악수를 청했다.

동혁은 기회를 놓치지 않고 우량주의 손을 덥석 잡았다. 비슷한 배경을 가진 여자라도 우량주와 사악교주의 손은 천지 차이였다. 우량주의 손은 사랑스러웠고 온화했다. 감개무량하기가 그지없었다. 영원히 놓고 싶지 않았다.

"와우!"

"와우라니?"

동혁이 무슨 의도로 내뱉은 감탄사인지 우량주가 궁금한 눈치였다.

"너 오늘따라 왜 이렇게 예뻐 보이냐?"

절대 아부가 아니었다. 예전과 별반 달라진 것이 없음에도 불구하고 우량주에게서 휘황찬란한 오로라가 뿜어져 나오는 것 같았다.

"정말?"

비행기에 탑승한 우량주의 기분이 좋아 보였다. 여자는 예쁘다는 말을 한 상대에게 호감을 느끼게 될 확률이 지극히 높고, 이 말은 절대 득이 됐으면 됐지 해가 되지 않는다고 하더니 그 말이 딱 맞았다.

"앉아라."

"그래."

동혁은 술을 따라주기 위해 우량주의 손을 놓고 잔을 건넸다. 우량주가 양주병을 이리저리 살펴보며 술을 받았다. 마치 백수 주제에 값비싼 양주가 웬 말이냐, 하는 표정이었다.

"로또 됐니?"

로또라니, 형수님이 주신 후원금이란다.

동혁은 대답 대신 매력적인 표정으로 우량주를 향해 살인미소를 날렸다. 유혹하듯 우량주에게 바짝 다가가 앉기까지 했다.

"로또 됐으면 너한테 제일 먼저 연락했지, 같이 잠수 타자구. 자, 건배!"

우량주가 좀 놀라는 눈치였다. 진심인지 농담인지 저울질하는 기색이 역력했다. 술을 마시면서 동혁은 우량주를 강력하게 빨아들일 것처럼 뜨겁게 바라보았다. 동혁이 둘만 있는 공간에서 이글이글 타오르는 눈빛으로 이상야릇한 분위기를 연출하자 우량주가 좋으면서도 부담스러운지 이맛살을 살짝 찌푸렸다.

"벌써 십 년이네."

동혁은 술잔을 내려놓고 회상에 잠긴 듯 속삭였다. 그 기나긴 세월 동안 날 좀 어떻게 해줘, 하고 들이댔던 우량주를 마다하고 도대체 뭘 하면서 살아왔는지 알 수가 없었다. 동혁은 통렬한 후회와 깊은 자기반성을 하게 됐다.

"뭐가?"

잔을 비운 우량주가 궁금한 얼굴로 물어왔다.

"금희, 너 알고 지낸 지."

"벌써 그렇게 됐나? 진짜 빠르다."

"그렇지?"

동혁은 은근히 말끝을 올리며 부드럽게 응수했다.

미안하다, 우량주야. 너무 오래 기다리게 해서. 나 오늘부터 정신 차리고 너랑 잘살아보려고 해.

"그런데 요즘 뭐 하고 지내?"

넌, 이 역사적이고 중요한 순간에 상그지 백수의 삶이 궁금하니?

동혁은 엉뚱한 방향으로 가려는 우량주를 다시 제자리로 옮겨놓아야만 했기에 머리를 잽싸게 굴렸다.

"항상 네 생각만 하고 살지 뭐."

깜찍하게 둘러댔다고 생각하며 동혁은 만족한 미소를 흘렸다. 하지만 난데없이 우량주가 콧방귀를 뀌며 그의 등짝을 매섭게 갈겼다. 아뿔싸! 길을 잘못 들어선 모양이었다.

"흥! 이 매운 게 그리워서 느끼한 소리 해대는 거지?"

"윽! 으으으윽……."

동혁은 등에서 시작된 전율이 온몸으로 쫙쫙 퍼져 나가는 것을 느꼈다. 우량주의 손 힘이 장난이 아니었다. 황소도 때려잡을 만한 힘이었다. 우량주랑 살려면 등짝에 빨간 손바닥 자국,

엑스 맨 마크를 달고 살아갈 각오는 해야 할 것 같았다. 차동혁! 되도록 맞을 일은 하지 말자! 밑줄 쫘악! 별 백만 개! 외워!

"왜? 맞으니까 흥분돼? 한 대 더 때려줄까?"

유머 감각은 좀 있는 것 같은데 우량주의 성적 취향이 의심되었다. 아파 죽으려고 하는 사람한테 이 무슨 변태 성향 짙은 농담이란 말인가!

"오, 노우!"

동혁이 질색하며 손을 마구 흔들자 우량주가 쿡쿡거리며 웃어댔다.

그래, 웃어라. 너의 기쁨을 위해서라면 뭘 못하겠냐? 지금 당장이라도 채찍을 사다 바치고 등짝을 대줄 수도 있다!

속으로 끝없이 구시렁거리며 동혁은 다시 입을 열었다.

"그러는 넌 어때? 여전히 스포츠센터에 올인?"

갑자기 우량주가 웃음기를 거둬들이고 슬픈 표정을 지었다.

"아빠가 좀 편찮으셔."

"그래? 어디가? 어디가 안 좋으신 건데?"

미래에 장인이 될 어른의 병환 소식은 북핵 실험만큼이나 충격적이었다. 동혁은 과장되게 호들갑을 떨며 물었다.

"과로. 신도시에 스포츠센터 건립하시느라 정신없이 바쁘셨거든."

"저런!"

장인어른의 건강이 걱정됐지만 한편으론 장인의 사업이 날로 번성한다는 소식에 동혁은 기쁘기가 그지없었다. 그래도 절대 내색은 금물! 위로를 핑계 삼아 은근슬쩍 우량주의 손을 잡고 스킨십을 유도했다. 순수한 우정으로 비춰질 만큼 너무나 자연스러운 행동이었다. 그래서인지 우량주도 별다른 거부반응을 보이지 않았다.

"지금은 어떠셔?"

"많이 좋아지셨어. 모레 정도에 퇴원하실 거야."

"스포츠센터 관리에 아버지 수발까지, 너 혼자 많이 힘들었겠구나."

힘겨웠던 시간을 뒤돌아보는 사람처럼 우량주의 낯빛이 잠시 어두워졌다. 하지만 결코 길지는 않았다. 뭔가 기분 좋은 일이 있는 것처럼 표정이 금세 밝아졌다. 동혁은 문득 불길한 예감이 들었다.

"혼자였으면 정말 그랬을 거야."

우량주의 말투가 심상치 않자 동혁은 마음이 조마조마해지기 시작했다. 곧 우량주의 말이 이어졌다.

"차동혁."

"응?"

우량주가 아주 행복하게 웃었다.

"나, 곧 결혼해."

믿을 수 없는 말에 동혁은 얼굴에서 웃음기를 싹 지워냈다. 말문이 꽉 막혔다. 우량주가 손도 대지 않고 그의 심장을 마비시킨 것만 같았다.

"노, 노, 농담이지?"

동혁은 더듬거리며 간신히 물었다.

"진짜야. 너도 잘 아는 사람이고."

결혼소식도 충격인데 덧붙인 뒷말은 더욱더 경악스러웠다.

"누군데?"

"성문 씨."

"뭐! 누구?"

우량주가 갑자기 깡통주로 급변한 순간이었다. 야무진 동혁의 꿈이 와장창 무너졌다. 동혁은 새까만 선글라스를 쓴 것처럼 눈앞이 어두워졌다.

우량주는 투자에 관한 한 이론과 실전을 제대로 겸비한 대가인 성문의 전화를 받고 5분 대기조처럼 떠나갔다. 일자리 얘기는 아예 꺼내보지도 못한 동혁은 그저 넋 나간 얼굴로 우량주의 러브스토리를 듣기만 했다. 아니, 솔직히 충격이 너무 커서 무슨 말을 들었는지 아무 기억도 나지 않았다. 간다고 하는 우량주를 붙잡지 않았다. 아니, 붙잡을 이유가 없었다.

혼자 술을 먹기가 아까워 동혁은 아쉬운 대로 보통주들에게 일일이 전화를 넣어봤다. 하지만 다들 바쁘다는 핑계를 대며 만나기를 꺼려했다. 서로 앞 다투어 약속을 잡으려 했던 예전과는 전혀 다른 모습이었다.

제일 비싼 양주임에도 불구하고 패배자가 되어 혼자 마시는 술의 맛은 그저 쓰디쓰기만 했다. 그래도 동혁은 절대 남길 순 없었다. 마지막 술 한 방울, 안주로 시킨 과일의 껍질까지 모조리 싹쓸이한 후 자리에서 일어났다.

배는 꽉 찼으나 가슴은 허했다. 충격이 큰 탓인지 당최 취기가 돌지 않았다. 술을 마시고도 정신이 이렇게 말짱할 수 있다니. 동혁은 사기당한 기분이었다.

"빌어먹을! 차동혁 인생이 어째 요 모양 요 꼴이 됐을까!"

한때는 최고 주가니 블루칩이니 하는 소리를 들으며 살았는데, 동혁은 새삼 세월의 무상함을 뼈저리게 느끼고 인간사에 대한 진한 회의마저 들었다.

"백수하고는 놀기 싫다 이거지! 난들 놀고 싶어서 놀았냐구!"

동혁은 생각할수록 억울했다. 되도록 잊고 싶은 과거는 되돌아보고 싶지 않았는데 자꾸만 옛 기억이 새록새록 떠올랐다.

"그 사악한 마녀만 아니었어도!"

동혁은 스물여덟 개의 치아를 빠드득빠드득 갈았다.

"내 인생이 이렇게까지 바닥 칠 일도 없었을 거라구!"

입술을 앙다물고 두 주먹을 부르르 떨며 분노했다.

"전생에 무슨 웬수가 졌다고 내 앞길을 막는 거야! 에잇!"

밀폐된 공간에선 넘치는 화를 해결할 방법이 없었다. 동혁은 문을 벌컥 열고 룸 밖으로 나왔다. 그때였다.

갑자기 불쑥 나타난 여자가 동혁의 품 안으로 뛰어들어 왔다.

별안간에 일어난 일이라 동혁은 어리둥절하기만 했다. 뚱한 표정으로 여자를 바라보던 동혁은 잠시 후, 산삼을 발견한 심마니처럼 놀라지 않을 수가 없었다.

우와아아아!

절로 감탄이 나왔다. 여자는 한눈에 딱 봐도 심장이 두근거릴 만큼 대단한 미인이었다. 여자치고는 키도 제법 큰 편이었다. 185㎝인 그의 키에서 15㎝ 정도 작지 않을까 하고 눈대중으로 짐작을 했다.

언뜻 손과 눈에 잡힌 신체 사이즈는 34—24—34! 환상적이고, 착하고, 완벽한 아주 바람직한 몸매였다. 동혁은 반짝거리는 여자의 눈동자, 풍성하고 긴 속눈썹, 그리고 굵은 웨이브를 준 긴 머리에 괜히 가슴이 설레었다. 립스틱을 바른 것도 아닌데 여자의 입술이 유난히 붉어 피부색과 치아가 더욱 새하얗게 보였다.

생전 처음 보는 여자에게 키스하고픈 격렬한 욕구를 느끼는 일이 가능할 수 있을까? 미친놈이란 소리를 들을 수 있겠지만 이 순간만큼은 가능할 수도 있겠다 싶었다. 동혁은 여자의 모든 것이 다 예쁘고 마음에 들었다. 첫눈에 반한다는 건 바로 이런 것일까? 가슴이 여전히 빠른 속도로 쿵쿵 뛰고 있었다.

야호! 황금호박이 넝쿨째 들어왔다!

동혁은 기뻐 속으로 환호를 외쳤다. 마침내 여자가 입을 열었다.

"자기야!"

헉! 자, 자, 자기?

동혁은 귓속을 후벼 파서라도 방금 들은 말을 다시 확인하고 싶었다. 기억상실이나 치매에 걸린 적은 없었다. 하늘에 맹세코 오늘 처음 보는 여자였다. 혹시 술김에 여자가 사람을 잘못 알아보고 그러는 게 아닌가 싶어 동혁은 코를 킁킁 대보았지만 여자에게선 상큼한 향기만 날 뿐 술 냄새는 전혀 나지 않았다. 그런데 여자가 왠지 불안해 보였다. 흔들리는 눈망울로 계속 구원 요청의 신호를 보내왔다.

"저 남자 좀 어떻게 해봐. 동행이 있다고 하는데도 자꾸 집적대."

그제야 동혁은 상황 파악이 제대로 됐다. 여자는 사냥꾼을 피해 달아난 어여쁜 꽃사슴이었던 것이다. 꽃사슴이 살려달라고, 도와달라고 애처롭게 눈을 반짝였다.

동혁은 시선을 돌려 몹쓸 사냥꾼을 바라보았다. 몹쓸 사냥꾼은 암흑조직에 몸을 의탁한 형님처럼 살벌하게 생겼다. 하지만 뭐 일 대 일 정도야! 돌개차기, 540도 차기, 공중 돌아 표적차기 정도면 충분히 제압할 수 있으리라.

자신감 넘치는 표정으로 동혁은 여자에게 아무 걱정도 하지 말라는 듯 진한 윙크를 날렸다. 믿음이 생겼는지 여자가 환하게 웃으며 고개를 끄덕였다.

아! 예쁘다, 예뻐!

동혁은 힘이 불끈불끈 용솟음쳤다. 여자의 손을 덥석 잡았다. 찌릿찌릿, 이 기분 좋은 전류는 절대 정전기가 아니었다. 수많은 여자의 손을 잡아봤지만 이런 느낌은 난생처음이었다.

동혁은 여자의 눈을 들여다보았다. 묘한 흥분이 일었다. 성유인 물질에 이끌린 수컷이 된 것처럼 정신을 차릴 수가 없었다. 심장이 미친 듯이 두근거렸다. 얼굴이 화끈거렸다.

어뜨케! 어뜨케!

동혁은 아무래도 심장에 무슨 일이 생긴 것만 같았다. 이런 게 바로 사랑느낌? 동혁은 눈앞의 이 예쁜 여자에게 잘 보이고 싶었다. 영화 속 남자 주인공처럼 폼나게 사냥꾼을 제압하여 여자의 열렬한 사랑을 받아내고 싶었다.

동혁은 여자와 함께 사냥꾼을 향해 성큼성큼 걸어갔다. 그렇게 몇 발자국 나아갔을 때쯤, 사냥꾼 뒤쪽 모퉁이에서 시커먼 양복을 입은 건장한 체구의 사내들이 끝도 없이 쏟아져 나왔다.

헉, 쟤네들 뭐야?

동혁은 깜짝 놀라 걸음을 뚝 멈췄다. 저런 사냥꾼 형님이 이런 곳에 혼자 납시었다고 생각하다니, 완전 계산 착오, 실수였다. 급격하게 증가되는 사내들의 머릿수에 동혁은 더 이상 앞으로 나아갈 수가 없었다. 식은땀이 등골을 타고 흘러내렸다.

이건 아니잖아!

한 사람한테 한 대씩만 맞아도 스무 대는 족히 될 것 같았다. 동혁은 이들에게 짓밟혀 너덜거리는 걸레가 될 것을 생각하니 하늘이 다 노랗게 보였다. 여자도 놀랐는지 겁을 집어먹고 바들바들 떨기 시작했다. 여자에게서 전염이 됐는지 동혁 역시 조금씩 떨려왔다.

"형님, 안 들어오시고 여기서 뭐 하십니까?"

무서운 형님들의 대화가 시작되었다. 하지만 동혁은 움직일 수도, 말을 할 수도 없었다. 그저 겁이 일렁거리는 눈동자로 앞의 형님들만 물끄러미 응시할 뿐이었다.

"저것들이 나한테 할 말이 있나 보다."

"저것들이요?"

순간 수십 개의 살벌한 눈빛이 동혁과 여자에게 일제히 날아들었다. 회칼과 같은 예리한 눈빛에 동혁은 찔려 죽을 것만 같았다. 동혁은 형님과 맞짱을 뜨려 했던 계획을 전면 취소해야만 했다. 여자를 구하는 일도 중요하지만 자신의 목숨을 부지하는 일도 엄청나게 중요했기 때문이다.

동혁은 이런 데서 유언장 한 줄 작성할 시간도 없이 너덜거리는 걸레가 되어 개죽임을 당하고 싶지 않았다. 순간 필요한 것은 태권도 공인 3단의 기술이 아니라 번뜩이는 재치였다. 그래야만 위기의 상황에서 무사히 벗어날 수 있으리라.

"내가 시키는 대로 해요."

동혁은 작게 속닥거린 후 여자의 손을 잡고 앞으로 나아갔다. 도끼눈을 뜨고 노려보는 암흑가의 형님들을 향해. 도대체 어쩔 셈이냐고 묻듯 여자가 그의 손을 꽉 잡아당겼다. 하지만 설명을 덧붙일 만한 상황이 아니었다.

　마침내 동혁은 여자와 함께 우두머리 큰형님 앞에 서게 되었다. 검고 험악한 인물화 병풍을 배경으로 서 있는 큰형님은 심히 불편한 심기를 말없이 표정으로 드러냈다. 참 더럽기가 짝이 없는 인상이었다. 이 세상에 태어난 순간부터 불만을 층층이 쌓아온 얼굴이었다.

　"너 이 새끼, 뭐야?"

　큰형님 뒤에 서 있던 한 사내가 동혁에게 시비조로 말을 걸어왔다. 동혁은 뭔가를 하지 않으면 안 될 상황에 놓인 것을 깨달았다. 하다못해 저, 저요? 저는 차동혁인데요? 하고 자기소개라도 해야 할 것만 같았다. 어서 대답을 하라는 듯 수십 개의 눈에서 강력한 레이저빔이 쏟아져 나왔다.

　동혁은 마른침을 꿀꺽 삼켰다. 마음이 시키는 대로 하기로 했다. 동혁은 군기가 칼같이 들어간 신병처럼 어깨를 펴고 거수경례를 하면서 크게 외쳤다.

　"충성! 형님들! 즐거운 시간 보내십시오! 마누라, 뭐 해? 형님들께 인사 올리지 않고서!"

　동혁은 이게 웬 날벼락이냐 싶은 얼굴을 한 여자의 머리를 잡고 함께 90도로 허리를 굽혔다. 약발이 들었는지 형님들이 조용했다. 그래도 안심은 금물이었다. 동혁은 고개를 들고 형님들을 향해 애교 넘치는 반달눈을 해가지고 귀여운 미소를 지어 보였다.

"제 마누라가 형님의 심기를 불편하게 만든 것 같은데 부디 태평양 같은 아량을 베풀어 용서해 주십시오. 어이구, 이거, 이거. 건방진 이물질이 감히 천상천하유아독존이신 큰형님의 어깨에서 무게를 잡고 있다니!"

동혁은 큰형님 어깨에 묻은 머리카락을 엄지와 검지로 조심스럽게 들어내고선 다시 한 번 눈웃음을 살살 쳤다.

"방이 어디신지요? 제가 이 한 목숨 다 바쳐 침체된 분위기를 후끈후끈 달아오르도록 만들어 드리겠습니다. 형님들! 충성!"

사극에 나올 법한 충신의 목소리로 크게 외치자 우두머리 큰형님이 동혁을 향해 썩소(썩은 미소)를 한방 날려주었다.

"요놈 봐라! 꽤 재미있는 놈이네."

"감사합니다, 형님. 역시 보는 눈이 탁월하시네요."

동혁은 큰형님의 두툼한 손을 사랑스럽게 붙들고 황송한 듯 허리를 굽실거렸다.

"그래, 어디 한번 후끈 달아오르게 해봐라! 만에 하나 분위기 썰렁하게 만들면."

큰형님이 잠시 말을 끊었다. 동혁은 마무리가 궁금해 눈에 힘을 주고 귀를 쫑긋 세웠다.

"마빡에 와루바시 백만 개 꽂아서 죽여 버릴 테다."

살벌한 경고에 동혁의 등에는 식은땀이 장대비처럼 죽죽 흘러내렸다. 엽기적인 살해를 당하고 뉴스에 나오지 않으려면 젖먹던 힘까지 다해 열심히 뛰어야 할 것 같았다.

형님들에게 떠밀려 동혁은 제일 큰 룸 안으로 들어갔다. 마누라라고 소개한 여자도 덩달아 끌려들어 왔다. 형님들이 착석하고 모든 관람의 준비를 마쳤다. 그리고 어서 시작해 보란 듯이 동혁에게 회칼 같은 위협적인 눈을 번뜩였다.

동혁은 적당히 망가져선 안 될 것 같았다. 살려면 대책 없이 망가져야만 했다. 동혁은 생수병을 따서 손을 물에 묻혀 2대 8 가르마를 만들어 머리를 빗어 넘겼다. 그리고 바지를 최대한 위로 바짝 끌어올려 배바지를 만들고, 양말 속으로 바지 밑단을 쑤셔 넣어 전원일기 패션을 연출했다. 마지막으론 안주로 나온 김으로 맹구 치아를 만들고 마이크를 들었다.

"안녕하세요. 안녕하세요! 방금 동남아 순회 공연을 마치고 돌아온 리덕카 인사드립니다. 여러분께 먼저 들려 드릴 곡은 맨발의 청춘입니다. 부타~악해요!"

동혁은 긴장된 손길로 번호를 눌렀다. 곧 노래방 기계에서 신나는 간주가 흘러나왔다. 동혁은 어쩔 줄 몰라 하는 여자에게 탬버린을 넘겨주고 열심히 흔들어대라고 손짓한 후, 고개를 흔들어가며 날렵하게 몸을 움직여 춤을 추었다. 매우 역동적이고 박력있게.

아, 원, 투, 원투쓰리 포!
이렇다 할 빽도 비전도 지금 당장은 없고~
젊은 것 빼면 시체지만 난 꿈이 있어~

백수의 입장에선 이보다 더 가슴 저린 가사는 없었다. 동혁은 열심히 탬버린을 흔들어대고 있는 여자를 찌르듯 손으로 가리켰다.

먼 훗날 내 덕에 호강할 너의 모습 그려봐~
밑져야 본전 아니겠니, 네 인생 걸어보렴~

동혁은 화들짝 놀라는 여자에게 아주 찐한 윙크를 해 보이며 랩퍼처럼 가사를 읊었다.

용하다는 도사 그렇게 열나게 찾아다닐 것 없어.
두고 봐, 이제부터 모든 게 원대로 뜻대로 맘대로 잘 풀릴걸.
속는 셈치고 날 믿고 따라줘!

다시 추임새를 곁들여 노래를 부르기 시작했다. 형님들도 조금씩 노래를 따라 부르며 몸을 흔들어대기 시작했다. 동혁은 살짝 눈치를 살피며 노랫소리에 힘을 더 실었다.

네가 보는 지금의 나의 모습 그게 전부는 아니야. 으싸 으싸!
멀지 않아 열릴 거야, 나의 전성시대— 대대대대대대—!
갈 길이 멀기에 서글픈 나는 지금 맨발의 청춘. 우하 우하!

동혁은 몸을 잠시 움츠렸다가 제자리에서 발이 보이지 않을 정도로 달렸다. 그랬더니 갑자기 큰형님이 벌떡 일어나 그 동작을 따라 했다. 이에 나머지 형님들도 똑같이 흉내를 냈다. 지진이 난 것처럼 룸 안이 흔들렸다. 그 틈을 타 동혁은 무서워하는 여자를 안심시키듯 한번 와락 안아주었다.

1절이 끝나고 간주가 시작되자 동혁은 형님들과 어울려 열심히 몸을 흔들어댔다. 2절은 모두 함께 불렀다. 백수와 조폭들의 공통점을 아주 잘 살린 가사를 공감하며. 인상파, 야수파, 낭만파 등등 아주 다양한 가수들이 모였다.

한 형님이 마이크를 빼앗아 들고 랩퍼가 되어주었다. 숨을 돌릴 수 있는 순간이 되었지만 그래도 동혁은 열심히 춤을 추었다. 그 형님은 입에 모터가 달린 듯 랩을 읊어댔다. 민간인과 조폭의 화합이 이루어지는 순간이었다.

뛰고 흔들고 달리고, 콘서트 현장을 방불케 하는 분위기였다. 룸 안이 들썩들썩 후끈후끈 달아올랐다. 노래가 거의 끝나가고 있었다. 모두가 열정적이었다. 동혁은 분위기를 다운시키지 않기 위해 중간에 노래를 예약하는 것도 잊지 않았다.

곧바로 뽕짝 메들리가 이어졌다. 동혁은 애간장을 녹일 만큼

비음 섞인 목소리로 간드러지게 '어머나'를 뽑아냈고, '땡벌'로 외로운 형님들의 심금을 울리기도 했다. 화합과 단결을 주제로 한 '있을 때 잘해'도 불렀다. 빠뜨리고 안 부르면 섭섭한 노래인 '남행열차', '아파트', '곤드레만드레'도 잊지 않았다.

우락부락한 형님들의 화를 누그러뜨리기 위해 장장 두 시간 동안 동혁은 모든 예술적 재능을 다 쏟아냈다. 물론 여자도 손에서 쥐가 날 때까지 열심히 탬버린을 흔들어댔다. 어떻게든 죽지 않고 살아 나가기 위한 몸부림이었다.

에너지가 바닥난 동혁은 지쳐 쓰러질 것만 같았다. 하지만 테이블 위에 놓여 있는 나무젓가락만 보면 다시 배터리가 충전됐다. 기분이 좋아진 형님들은 들뜬 분위기에 흠뻑 젖어 음주와 가무를 즐기며 박수를 쳤다. 광란의 도가니가 따로 없는 현장이었다.

"잘한다! 잘해! 아싸! 아싸! 우리리리힛!"

형님들의 열화와 같은 호응, 우레와 같은 큰 박수에 동혁은 귀가 먹먹했다. 최선을 다해 뛰었더니 형님들이 사랑스런 손길로 동혁의 머리를 쓰다듬어 주었다.

"수고했다."

"감사합니다. 감사합니다."

동혁은 연신 허리를 굽실굽실 굽혀 인사를 올렸다. 부록으로 딸려온 여자도 덩달아 고개를 숙였다.

"그래, 이제 그만 가봐라."

"네, 형님! 충! 성!"

비로소 동혁은 여자와 함께 땀범벅이 된 채로 술집을 나올 수 있었다.

서늘한 가을 밤바람이 부는 술집 출입문 앞, 휘황찬란한 네온 사인 밑에서 동혁은 망가진 이미지를 원상 복구시켰다. 방법이 야 어찌 됐든 간에 여자를 구해낸 건 가슴 뿌듯한 일이었다. 하지만 처참하게 망가진 모습을 보인 건 좀 창피하기도 했다.

동혁은 옆에 서 있는 여자와 눈이 마주쳤다. 여자는 넋이 반쯤 나간 얼굴이었다. 동혁은 씨익, 하고 하얀 이를 드러내며 미소를 지어 보였다. 살인미소 한 방에 여자가 부끄러운지 고개를 반대쪽으로 돌렸다. 보면 볼수록, 예쁜 여자였다.

역시 신은 차동혁을 버리지 않으신 게야! 신이시여! 감사합니다! 성은이 망극하옵니다! 이 알흠다운 여자랑 잘되게 팍팍 좀 밀어주십시오!

신들린 광신도가 되어 동혁은 마음속으로 간절히 기도를 올렸다. 함께 고난과 역경을 극복한 탓인지 여자에게 더 호감과 정감이 갔다.

차동혁! 세상은 아직 살아볼 만한 가치가 있는 거야! 열심히, 착하게 살자! 아자, 아자, 으라라차차!

다시 고개를 돌린 여자를 향해 동혁은 이글이글 타오르는 눈빛과 나이키 미소를 들이댔다.

이봐, 잘 빠진 늑대 한 마리 키워 잡아먹을 생각 없어? 늑대
가 어디 있냐구?
　동혁은 목구멍을 간질이는 웃음을 쿡 내뱉었다.
　바로 나, 나야 나, 차동혁!

지수는 아직도 얼떨떨했다. 가을밤의 쌀쌀한 바람이 이마에 맺힌 땀방울을 집어삼키고, 정신을 차리라는 듯 빨갛게 달아오른 뺨을 툭툭 치고, 머리카락을 이리저리 잡아당겼다. 그럼에도 지독한 악몽을 꾸고 일어난 사람처럼 멍하기만 했다.

사방에서 오색찬란한 네온사인의 불빛이 일정한 시간차로 번쩍번쩍 깜빡였다. 호객 행위를 하며 돌아다니는 사람들, 비틀비틀 정체불명의 춤을 추며 걸어가는 사람들, 땅바닥에서 나뒹굴고 있는 낙엽과 쓰레기들……. 모두 살아 움직이고 있었다. 하다못해 옆에서 옷매무새를 바로하고 행복한 웃음을 지어 보이는 남자까지. 확연한 남자의 미소 덕에 지수는 정신이 좀 돌아오는 것 같았다. 하지만 처음 드는 생각은 바로 이것이었다.

나 참, 어이가 없어서.

지수는 동남아 순회 공연을 막 마치고 돌아와 조폭 오락문화의 새로운 장을 연 만능 엔터테이너를 유심히 살펴보았다. 조각 같은 얼굴의 윤곽, 심장을 녹여 버릴 것 같은 촉촉하면서도 강렬한 눈빛, 한 마리의 나비가 되어 미끄럼을 타고픈 충동을 일게 하는 코, 여자의 마음을 뒤흔들 만큼 넓고 떡 벌어진 어깨, 운동으로 다져진 균형 잡힌 몸매!

십 년 가까이 모델 생활을 해오면서도 지수는 이렇게까지 완벽한 조건을 갖춘 남자를 본 적이 없었다. 귀공자 스타일이었다. 겉모양은 남자 중의 남자, 사내 중의 사내였다. 최근 한눈에 반한 옆집 총각 꽃미남 1304호보다 훨씬 더 멋진 외모를 가진 남자였다.

지수는 이 남자를 보고 위기의 상황에서 용감무쌍하게 싸워 위험에 빠진 자신을 구원해 줄 흑기사라고 생각했었다. 그래서 남자가 자신만만한 태도를 보였을 때, 마음이 많이 흔들렸던 것도 사실이다. 남자가 환장할 정도로 망가지기 전까지는 말이다.

어우, 기막혀!

지수는 살다 살다 조폭들 앞에서 탬버린을 흔들고 코러스를 넣게 될 줄은 꿈에도 생각하지 못했다. 이 모든 수모와 굴욕은 평생 잊지 못할 것 같았다. 창피해서 누구한테 하소연조차 할 수 없을 것 같았다. 나중에라도 자신이 무대에 선 모습을 보고 조폭들이 소문을 낼까 두렵기까지 했다.

안다, 물에 빠진 놈 건져 놓으니까 내 봇짐 내놓으라 한다는 소리를 들을 만하다는 것을. 하지만 고맙다는 말 대신 싸늘한 한숨이 나오는 건 어쩔 수가 없었다. 지수는 아직도 귓가에 비굴한 흑기사의 외침과 뽕짝 메들리 노랫소리가 맴도는 것 같았다.

지수는 하늘을 원망스럽게 올려다보았다. 화려한 액션을 선보이며 위험에 빠진 여주인공을 구출해 내는 슈퍼맨을 보내달라는 기도를 하지 않았다고 이런 비겁한 흑기사를 보내주시다니, 신이시여 참 너무하십니다, 딱 이런 표정이었다. 하지만 이미 상황 종료인 일을 가지고 원망을 한들 뭐가 달라지겠는가. 지수는 그저 아무 탈 없이 위기의 상황에서 벗어난 것만으로도 감사해하기로 했다.

"괜찮아요?"

비겁한 흑기사가 말을 걸었다. 딴에는 끝까지 애를 쓰는 것이겠지만 지수는 왠지 그것마저도 마뜩찮았다. 옳지 않다는 걸 알면서도 마음이 계속 어긋난 방향으로 흘러갔다. 다시 고개를 돌려 비겁한 흑기사를 쳐다보았다. 당최 입이 떨어지질 않아 지수는 고개만 두어 번 끄덕였다.

"자식들! 개 떼처럼 몰려다니기는! 그거 알아요? 일 대 일이 아닌 상황에선 햇볕정책만큼 좋은 게 없다는 거? 괜히 엉켜 붙어봤자 골치만 아파지거든요. 찢어지고 터지면 병원 가야지, 경찰서 들락날락해야지!"

오호, 그러셔요? 헤라클레스의 탈을 쓴 부실 흑기사님!

지수는 속으로 한껏 비아냥거렸다.

"그럼."

잘 가란 식으로 지수는 한 번 더 깊이 고개를 숙이고 등을 돌렸다.

"그런데 어디 살아요?"

남자가 발목을 탁 잡았다. 그것은 그나마 남아 있던 정나미를 싹둑 잘라 버린 행위였다.

뭘 피하려다 뭘 만난다더니. 난 지구, 그러는 넌 어느 별에 사니?

속으로 시니컬하게 투덜거리며 지수는 다시 뒤를 돌아봤다. 그리고 남자가 원하는 대답을 해주었다.

"서초동이요."

"어! 진짜요? 나도 그 동네 사는데! 이제 보니 이웃사촌이었군요!"

같은 초중고를 다녔다고 해도 이렇게까지 반가워하지는 않을 것이다. 지수는 뿌리 깊은 지역주의가 전혀 반갑지 않아 쓰디쓴 미소만 지었다.

"뭐 타고 가실 거예요?"

남자가 넉살스레 웃으며 물었다. 지수는 별로 대화를 이어나갈 생각이나 의욕이 없었지만 그래도 함께 난관을 극복한 사이라 마지못해 대답을 해주었다.

"택시요."

"그럼, 얹혀 갑시다."

자신의 술값을 계산할 때 지갑을 탈탈 털더니 남자는 차비가 없는 모양이었다. 그 흔한 카드 하나 없는 게 신기할 정도로 든 게 별로 없는 지갑이었는데. 지수는 짧게 고민한 후 가방 속에서 지갑을 꺼내 배춧잎 세 장을 뽑아 들었다. 이 정도면 서울 어디라도 갈 수 있는 택시비는 될 것이다.

"받아요."

"뭐예요?"

남자가 황당하다는 듯이 배춧잎 세 장을 노려보며 물었다. 내민 손이 부끄러울 정도로 뜸을 들이며 받을 생각도 하지 않고 대답을 요구했다. 눈치가 없는 건지, 고단수인 건지!

"돈이요. 더 정확히 말하면 차비요. 왜요?"

지수는 얄미울 정도로 딱딱 부러지는 말투로 대답해 주었다.

"누가 돈 달랬어요?"

남자는 기분이 무척 상한 듯 얼굴에 불쾌한 기색이 역력했다.

"필요하신 것 같아서요."

지수는 더 얄밉게 굴었다. 은근슬쩍 치대는 행위를 애초에 뿌리치려는 심산이었다.

"세상에 돈 안 필요한 사람 있어요? 돈 필요한 것 같으면 이렇게 덥석덥석 주고 살아요?"

꼴에 남자가 따따부따 따지기까지 했다. 지수는 불현듯 배춧잎으로 남자의 입을 틀어막고 가버리고 싶은 충동이 일었다. 하지만 정신병자로 의심받을까 봐 꾹 참았다.

"그럴 필요가 있다 싶으면요."

"자선 사업가예요?"

유치한 말싸움은 딱 질색이었다. 지수는 한 템포 쉬고 억양을 반으로 낮추기로 했다.

"솔직하게 말할까요? 도와준 건 고마운데 댁이랑 더 이상 엮이고 싶지 않아서요."

지수는 절대 주눅 들거나 위축되지 않는 모습으로 말을 했다. 그러자 남자가 눈살을 심하게 찌푸렸다.

"아줌마, 그럴 땐 말이죠. 그냥 싫다고 하는 거예요. 돈을 내미는 게 아니라. 알았어요, 아줌마?"

아! 줌! 마!

지수는 육두문자보다 더 끔찍한 소리를 요란한 징 소리와 함께 속으로 드높여 외쳤다. 순간 지수의 피가 거꾸로 솟았다. 아킬레스건을 공격당한 기분이었다.

"지금 나더러 아줌마라고 했어요?"

아나운서만큼이나 정확한 발음으로 지수는 또박또박 물었다. 남자에게 후한 선처이자 선택의 기회를 부여한 것과 다름이 없었다.

아니라고 해라, 어서!

지수는 속으로 남자에게 두말 말고 어서 그렇게 하라고 채근했다.

"뭐요, 내가 욕이라도 했어요? 아줌마라는 말이 욕이라도 돼요? 보통 성인여자들을 지칭하는 대명사가 아줌마인 거 몰라요? 뭐, 대단한 말이라고."

남자의 대답에 지수는 귓가에 콰앙, 하고 귀청을 찢을 듯한 징 소리가 다시 들려오는 듯했다. 지수는 너무나 경악스러워 할 말을 잃고 말았다.

머릿속에서 느리게 돌아가던 필름이 급격한 속도로 되감기가 되더니 어느 순간에 멈췄다. 필름이 다시 돌아가기 시작했다. 그리고 파노라마처럼 한 남자 아이의 목소리가 메아리치며 울려 퍼졌다.

"뚱보아줌마!"

도끼눈을 하고 씩씩거리며 걸어가던 여자 아이가 걸음을 멈추고 뒤를 홱 돌아보았다.

"너 정말 죽을래?"

"죽여봐, 죽여봐. 메롱!"

약을 올리며 까불까불 촐랑거리던 남자 아이는 여자 아이가 다가오자 날쌔게 몸을 피하며 도망을 쳤다.

"너, 우리 엄마한테 이를 거야!"

여자 아이가 억울하다는 듯이 악을 써댔다.

“이 뚱보아줌마야! 너만 엄마 있냐? 나도 엄마 있다!”

“이 나쁜 자식! 너 이리 오지 못해!”

“이 뚱보아줌마야, 난 이리가 아니란다!”

“이 나쁜은 자식! 너 내 손에 잡히면 죽을 줄 알아!”

“잡아봐! 잡아봐! 죽여봐! 죽여봐!”

여자 아이가 아무리 속도를 내어 달려도 발이 빠른 남자 아이
는 점점 더 멀어져만 갔다.

두 번 다시 떠올리기 싫은 기억에 지수는 머리를 거칠게 흔들
며 소리쳤다.

“그거 욕 맞거든요! 그거 나한테는 미친년, 나쁜 년보다 더 심
한 욕이에요! 세상에서 가장 끔찍한 욕이라구요!”

지수는 지갑 속에 배춧잎을 신경질적으로 처넣으며 씩씩거렸
다. 남자가 고개를 옆으로 돌리고 기분 나쁘다는 식으로 중얼거
리기 시작했다.

“오우, 돌겠네. 내 팔자야. 오늘따라 다들 왜 그렇게 날 못 잡
아먹어 안달들인 거야?”

팔자 타령을 하던 남자가 다시 고개를 돌렸다. 지수는 그런
남자를 매섭게 쏘아보고 있었다.

“알았어요, 아줌마라는 말은 취소. 이제 됐죠? ……아줌마,
오케이?”

지수는 약을 바짝바짝 올리는 데에 일가견이 있는 남자 때문

에 얼굴이 붉으락푸르락해졌다, 지수는 저도 모르게 악을 썼다.

"야!"

그러나 지수는 더 이상 상종하지 않겠다는 듯이 고개를 내젓고선 등을 홱 돌려 찬바람을 일으켰다. 때마침 길가에 택시 한 대가 서 있었다. 지수는 택시를 향해 쿵쿵 소리를 내며 걸어갔다. 속에서 부아가 부글부글 부그르르 치밀어 올랐다. 현재 지수의 상황은 폭발하기 직전의 압력솥과 같았다.

지수는 택시 바로 앞까지 왔다. 하지만 이대로 가면 화병으로 앓아누울 것만 같았다. 그 옛날에도 화병 때문에 거식증에 우울증까지 겹쳐 정신과 치료를 받은 적이 있었다. 문제를 피하기만 했지 해결을 하지 못한 탓이었다.

하지만 지수는 그때처럼 어리지 않았다. 이제는 피하지 말고 직접 맞부딪쳐 극복해야만 한다는 사실을 잘 알고 있었다. 그래서 지수는 마음을 고쳐먹었다.

지수는 몸을 다시 뒤로 홱 돌렸다. 담배를 입에 물고 불을 붙이려는 남자가 보였다. 지수는 남자를 향해 살기등등한 눈빛을 화살처럼 날렸다. 화살을 맞은 남자와 눈이 마주쳤다. 지수는 남자를 매섭게 노려보며 힘차게 발을 놀려 다가갔다.

마침내 지수는 다시 남자 앞에 섰다. 지수는 남자의 면전에 자신의 얼굴을 바짝 들이댔다. 그리고 말 한 마디 한 마디에 힘을 잔뜩 실어 이를 빠득빠득 갈며 말했다.

"아저씨, 내 이름은 아줌마가 아니라 한지수거든요! 한 번만 더 고따구로 불러봐요. 목을 따서 볼링을 치는 수가 있으니까!"

지수는 리플을 달면 사단을 낼 것 같은 분위기를 조성하며 시퍼렇게 번뜩이는 회칼과 도끼가 담긴 눈을 부라렸다. 이에 남자가 입에 문 담배를 뚝 떨어뜨리며 멍한 표정으로 고개를 두어 번 끄덕였다. 그래도 지수는 성에 차지 않아 쐐기를 박듯 독하게 눈을 한 번 더 부라리며 인상을 긁어댔다.

"까불고 있어! 이걸 그냥 확! 눈깔 안 깔아!"

손을 번쩍 들고 때릴 폼을 잡자 남자가 슬쩍 몸을 피했다. 조폭들과 함께 어울렸더니 지수는 말투까지 변해 버렸다. 지수는 남자를 홀로 남겨두고 택시를 타기 위해 걸어갔다.

택시 안에서 지수는 기사에게 행선지를 알려준 뒤 휴대전화를 꺼내 단축키를 눌렀다. 신호는 갔지만 연결은 되지 않아 범진의 목소리를 들을 수가 없었다. 범진은 일부러 전화를 받지 않은 것 같았다.

"젠장! 도대체 어디에 있는 거야?"

지수는 다른 번호를 눌렀다. 잠시 후 삼 일째 외박 중인 범진과 만나 술을 마셨다며 장소를 제보해 준 희정의 음성이 들려왔다.

[왜?]

지수는 성질머리 고약하기로 소문난 희정과 별로 말을 섞고 싶지 않았다. 하지만 범진이 있는 곳을 알아내기 위해선 다른 수가 없었다.

"정말 오빠랑 만나서 술 마셨어?"

집안끼리 친해서 알게 된 희정은 범진의 동갑내기 친구였다. 어려서부터 범진을 짝사랑해 온 여자이기도 했다. 현재까지도! 문제는 바로 거기에 있었다. 범진은 현재 아이가 딸린 유부남이었다. 그런데도 이 정신 나간 여자는 범진에게 흑심을 품고 계속 접근을 하고 있었다. 몇 번이나 지수는 그 사실을 지적했다. 하지만 범진은 문제의 심각성을 깨닫지 못하는 것 같았다.

[속고만 살았니? 왜? 거기에 없어?]

입만 열었다 하면 거짓말을 술술 내뱉는 희정한테 속은 게 한두 번이 아니어서 지수는 오늘의 제보 내용도 의심스럽기만 했다.

"없어."

[이상하다. 혼자 더 있겠다고 해서 놔두고 왔는데.]

"샅샅이 찾아봤는데도 없었어."

오죽했으면 겁도 없이 조폭들이 있는 방까지 뒤졌을까. 그로 인해 엉뚱한 짓도 마다하지 않았다. 지수는 신경질적으로 입술을 씹으며 희정의 대답을 기다렸다.

[어디로 갔을까? 술도 많이 마셨는데. 이럴 줄 알았으면 같이 있을 걸.]

지수는 느물거리는 희정의 말투가 영 마음에 들지 않았다. 어디 말투뿐이랴! 맘에 들지 않는 것을 나열하자면 밤을 샐 수도 있었다.

"그런데 언제까지 오빠한테 치근댈 셈이야?"

[뭐? 치근대? 내가 언제?]

기분이 팍 상했는지 희정이 사납게 되물었다.

"가정이 있는 남자야. 그리고 오늘 만났으면 오빠가 어떤 상황인지 잘 알 테니까 앞으로 행동거지 조심해 줬으면 좋겠어."

[너 지금 나한테 네 올케가 말도 없이 가출한 게 다 내 탓이라고 하는 거니?]

"내가 언제 그렇다고 했어? 찔리는 게 많은가 보지?"

[너 무슨 의도로 그런 말을 하는 거야?]

올케이기 전에 친한 친구인 정연을 생각하면 지수는 억장이 다 무너졌다. 힘닿은 데까지 찾고 있지만 정연은 두 달째 행방이 묘연했다. 지수는 피가 베일 정도로 아랫입술을 꽉 깨물었다.

"그동안 오해 살 만한 짓 많이 했잖아."

사실 정연이 희정 때문에 가출을 했으리라고는 단정 지을 수 없었다. 심증은 갔지만 물증이 없기 때문이다. 하지만 지수는 자꾸 범진 곁에서 맴도는 희정이 계속 맘에 걸렸다. 하는 짓도 의심스럽기만 했다.

[나 참, 도대체 내가 무슨 짓을 했다고 그러는 거야?]

지수는 더 이상 희정과 말을 주고받고 싶지 않았다. 희정이 이중적이고 거짓말을 밥 먹듯 하는 여자라는 걸 잘 알기 때문이었다. 집안끼리의 친분만 아니었으면 지수는 희정과 상종할 일도 없었다.

"끊을게."

인상을 찡그린 채로 지수는 휴대전화를 접어버렸다. 택시가 아파트 단지 안으로 들어서고 있었다.

"여기서 세워주세요."

지수는 돈을 지불하고 택시에서 내렸다. 그리고 집에서 혼자 있을 조카 성우를 생각해 빨리 내달렸다. 때마침 엘리베이터 문이 활짝 열려 있었다. 그리고 그 안에는…….

앗! 옆집 총각 꽃미남 1304호!

"잠깐만요!"

지수는 꽃미남 1304를 놓치고 싶지 않아 소리를 지르며 엘리베이터 안으로 쏜살같이 뛰어들어 갔다. 지수는 꽃미남 1304호와 눈이 마주쳤다. 순간 얼굴이 확 달아올랐다.

"안녕하세요?"

늦은 밤 꽃미남 1304호가 건네는 인사는 로맨틱한 시 한 구절 같았다. 꽃미남 1304호는 지수가 원하는 모든 것을 갖춘 이상형이었다. 처음 본 순간 바로 이 남자야, 하고 외칠 만큼 필이 확 꽂혔던 꽃미남 1304호는 오감이 충족되는 남자였다.

같이 서 있으면 환상의 커플로 비춰질 만큼 적당한 높이와 면적을 가졌으며, 맛있는 키스를 부르는 육감적인 입술에, 결코 진하지 않는 향수를 곁들인 체취, 너무 굵지도 그렇다고 너무 가늘지도 않은 목소리를 소유한 꽃미남 1304호! 어느 누가 꽃미남 1304호를 능가할 수 있으랴!

절대 어느 누구도 꽃미남 1304호를 능가할 수 없다고 자신만만해져 있을 때였다. 갑자기 머릿속에서 한 남자의 얼굴이 불쑥 떠올랐다. 방금 전에 헤어졌던 헤라클레스의 탈을 쓴 부실 흑기사였다. 물론 생김새로만 따지면 꽃미남 1304호를 충분히 능가하고도 남았다.

하지만, 아니다! 아냐! 지수는 끝도 없이 환장하게 만들었던 남자에 대해서는 더 이상 아무 말도, 아무 생각도 하고 싶지 않았다. 기억에서 빨리 지우는 편이 좋았다. 지수는 머릿속에서 목을 깁스한 것처럼 꼿꼿하게 세우고 있는 부실 흑기사를 거침없이 하이킥을 해서 날려 버렸다.

"네. 안녕하세요."

아리따운 목소리를 낸 지수는 스스로에게 내심 놀라고 말았다. 남자 앞에서 내숭을 떨며 천상의 목소리를 낼 수 있다니, 새로운 능력의 발견이 아닐 수 없었기 때문이다.

"어디 다녀오세요?"

꽃미남 1304호가 계속 말을 시켰다. 지수는 감당할 수 없을 만큼 날뛰는 심장을 달래며 입을 열었다.

"네, 어디 좀 다녀올 데가 있어서요."

지수는 조신하게 눈을 내리깔고 얼굴로 흘러내려 온 머리카락을 귀 뒤로 넘겼다. 온몸의 세포와 신경이 꽃미남 1304호를 예민하게 의식하고 있었다. 꽃미남 1304호는 버버리코트를 맵

시나게 입고 가을 남자의 모습으로 서 있었다. 지수는 그의 목을 칭칭 감고 있는 머플러가 그렇게 부러울 수가 없었다.

머플러, 넌 참 좋겠다. 황홀하지? 나도 너처럼 매달리고 싶다.

지수의 다리에서 힘이 빠지기 시작했다. 연체동물처럼 흐물흐물해지고 아이스크림처럼 녹아내렸다.

엘리베이터가 띵, 하는 소리를 내며 도착 지점에 다 왔다는 사실을 알려주지 않았더라면 지수는 꽃미남 1304호가 뿜어내는 광채에서 영영 헤어 나오지 못할 뻔했다.

"안녕히 가세요."

외모만큼이나 예의도 바르고 다정한 남자였다. 사실 모델 생활을 하다 보면 지수는 이 정도의 외모와 매너를 소유한 남자들은 얼마든지 쉽게 볼 수가 있었다. 하지만 애초부터 같은 직업을 가진 남자와 연애나 결혼을 하고 싶은 생각이 없었기에 지수는 아예 마음을 주질 않았다.

모델이란 직업을 그다지 달가워하지 않는 부모님의 영향이 제일 크기는 했다. 딸이 하는 일도 마뜩찮게 여기는 부모님들이 같은 직업을 가진 사위를 반가워할 리는 만무했다. 평생 속만 썩였는데 지수는 결혼 문제만큼은 부모님과 뜻을 같이하고 싶었다.

"안녕히 가세요."

이름, 나이, 연락처, 직업, 가족사항, 취미, 특기 등등 지수는 남자에 대해 알고 싶은 게 한두 가지가 아니었다. 하지만 밤늦은 시간 집에 혼자 있을 조카를 생각해야만 했다. 지수는 아쉬움을 뒤로하고 열쇠를 꺼내 문을 열었다.

조카 성우의 방에서 신나는 음악 소리가 흘러나오고 있었다. 가보니 성우가 컴퓨터 앞에서 열심히 키보드를 두드려 가며, 화면상에서 질주하는 카트라이더의 방향을 따라 몸을 이리저리 기울이고 있었다. 지수는 밤늦은 시각에 자지 않고 오락에 심취한 조카를 바라보고 있으려니 마음이 심히 심란해졌다.

"성우야, 내일 학교 가려면 일찍 자야지."

몸의 움직임이 뚝 멈췄으나 성우에게서 아무런 말이 없었다. 고개도 돌리지 않고 모니터에 시선을 고정시키고 있을 뿐이었다.

"성우야."

지수는 다시 한 번 성우를 불렀다. 하지만 성우는 여전히 말이 없었다.

"야! 한성우!"

"왜!"

대답이라기보다는 반항에 가까운 외침이었다. 순간 지수는 화가 치밀어 올랐다. 하지만 애써 억눌렀다. 겨우 여덟 살밖에 안 된 아이가 보인 철딱서니없는 행동이라서가 아니었다. 그렇게밖에 행동할 수 없는 이유를 충분히 알고 이해할 수 있었기 때문이다.

성우가 가정불화라는 어려운 말을 알 리는 없었다. 하지만 지금의 생활이 정상 궤도에서 많이 벗어나 있음은 확실히 알 것이다. 급작스런 변화를 받아들이고 감당하기가 힘든 것이다. 그래서 성우가 자꾸 삐뚤어져 가는 것이다.

"게임 그만 하고 자."

지수는 화를 누그러뜨리고 달래는 목소리로 말했다.

"싫어!"

"왜?"

"자다가 깼을 때 아무도 없을까 봐!"

뭔가가 지수의 명치뼈를 세게 치고 들어왔다. 아팠다. 공포에 가까운 기억을 떨쳐 내지 못하고 있는 성우가 안쓰러웠다. 지수는 성우를 향해 걸어가 푹 숙인 머리를 다정하게 쓰다듬어 주었다.

"걱정하지 마. 두 번 다시 그런 일 안 생겨."

성우의 몸이 간헐적으로 들썩였다. 숙인 성우의 고개 아래로 말간 눈물이 뚝뚝 떨어졌다. 지수는 가슴 한복판이 먹먹해져 왔다.

"울지 마."

지수는 성우를 부드럽게 안아 등을 토닥거려 주었다.

"고모."

"응?"

"우리 엄마 왜 안 와? 그리고 아빠는 또 왜 안 와? 어디서 뭐 하는데 안 오는 거야?"

지수는 할 말이 없었다. 아무 문제 없이 행복하기만 했던 삶이 고장난 것처럼 덜컹거리고 불균형하게 삐뚤어져 있으니 아이가 불안해하는 것도 당연한 일이었다.

"올 거야."

"언제?"

"곧."

"곧, 언제?"

곧 올 거라는 말을 수차례 해줘서인지 신뢰하지 못하는 눈빛으로 성우가 거칠게 되물었다. 지수는 더 이상 아무 말도 할 수가 없었다. 성우가 흐느끼더니 이내 엉엉 소리를 내며 울기 시작했다.

"애들이 나, 엄마 없는 애라고 계속 놀린단 말이야!"

"뭐? 또 놀렸어?"

지수는 속이 상해 목소리를 돋우었다. 듣는 사람도 이렇게 속상한데 직접 놀림을 받는 아이의 심정은 오죽할까 싶어 괴롭기까지 했다.

"울지 마. 고모가 그 나쁜 녀석들 다 혼내줄게."

"고모도 만날 바쁘잖아!"

"바빠도 이제부턴 학교에 데려다 주고 수업 끝나면 데리러 갈게."

일이 바빠서 과연 그렇게 할 수 있을지 의심스러웠지만 아이를 달래기 위해선 어쩔 수가 없었다.

"진짜?"

"그래, 진짜. 약속."

지수는 성우와 손가락까지 걸고 약속을 했다.

성우를 달래 재우고 나서 지수는 문을 조용히 닫고 나왔다. 앞이 탁 트인 전망을 담은 거실 한가운데서 지수는 답답한 표정을 가린 머리카락을 뒤로 쓸어 넘기며 한숨을 내쉬었다. 아랫입술을 질근질근 깨물며 고민을 하다가 지수는 침실로 들어가 전화기를 들었다. 수차례 시도한 끝에야 비로소 범진의 목소리를 들을 수 있었다.

[왜?]

자다가 받았는지 범진의 목소리가 가라앉아 있었다.

"어디야?"

지수는 다짜고짜 소리를 빽 질러댔다.

[회사.]

지수는 거짓말을 하는 사람이 희정인지 범진인지 분간이 가질 않았다.

"이렇게 살 거야?"

성난 목소리로 지수는 질책하듯 물었다.

[뭐가 문젠데?]

정연이 말도 없이 사라진 후 범진은 일에만 파묻혀 살고 있었다. 연속되는 해외 출장과 야근으로 얼굴조차 보기 힘들 정도였다.

"뭐가 문제냐구? 지금 그걸 몰라서 물어?"

지수는 시니컬하게 물었다. 범진은 잠시 아무런 말이 없었다.

[피곤해. 용건만 말해.]

"정연이를 찾아내든지 아니면 성우를 제대로 돌보든지!"

수화기를 통해 범진의 긴 한숨 소리가 들려왔다.

"오빠, 이유 좀 알자. 도대체 정연이하고 무슨 일이 있었던 거
야?"

무작정 집에 와서 성우를 봐달라고 부탁했던 범진은 지금까
지 정연의 가출 원인에 대해 함구하고 있었다. 이제는 그 이유
라도 듣고 싶어 지수는 범진을 닦달했다.

[나도 몰라.]

"그럼 누가 아는데?"

[정말 모른다구!]

짜증 섞인 범진의 음성이 크게 들려왔다.

"그게 말이 돼?"

지수는 반박하듯 범진을 윽박질러 버렸다. 자는 성우가 깰까
봐 걱정이 될 정도였다. 지수는 흥분을 가라앉히기 위해 호흡을
가다듬었다.

"성우 어제도 이불에 지도 그렸어. 애들이 엄마 없는 애라고
놀린대. 어쩔 거야?"

"뭐?"

지수의 말에 놀랐는지 또다시 범진의 침묵이 이어졌다.

[태권도 보내.]

얼토당토하지도 않은 범진의 해결책에 경악하며 지수는 입을 떡 벌렸다.

"아빠 맞아? 어떻게 그런 식으로 말을 할 수가 있어? 너무 무책임하잖아! 아빠면 책임을 져야 할 것 아니야! 도대체 언제까지 이럴 건데?"

[지수야, 좀 봐주라. 나도 눈이 핑핑 돌고 머리가 터져 버릴 것 같단 말이야.]

"더 이상은 못 참겠어. 나도 성우 내버려 두고 나가 버릴 거야! 알아서 해."

성우에게는 두 번 다시 그럴 일이 없을 거라 해놓고서 지수는 속상한 마음에 거짓말을 하고 말았다. 수화기를 통해 범진의 깊은 한숨이 전해져 왔다.

[내일 일찍 들어갈게.]

"이 상황만 모면하려고 하지 말고 성우 더 잘못되기 전에 챙기란 말이야!"

[알았어. 미안해.]

지금 이 순간, 범진이 미웠지만 측은한 마음이 드는 것도 사실이었다. 누구보다 정연과 성우를 아끼고 사랑했던 범진이었다. 가정의 소중함에 늘 감사하고 행복에 겨워했던 가장이자 남편, 아버지였다. 그런 범진이 왜 이렇게 자신 스스로를 학대하고 삐딱하게 나가는지 지수는 이해할 수가 없었다.

"진짜 일찍 들어올 거지?"

[그래, 약속할게.]

전화를 끊고 지수는 땅이 꺼질 듯 긴 한숨을 내쉬었다.

"아빠라는 사람이 말도 없이 외박이나 하고. 이러니 애가 온전해? 그러나저러나 정연아, 넌 도대체 어디에 있는 거니? 도대체 무슨 일로 이러는 거냐구?"

정연은 웃음이 많고 착한 친구였다. 오로지 해바라기처럼 범진만 바라보고 사랑하고 존경했던 애였다. 미련하게 보일 정도로 헌신적이고 가정적이었다. 그래서 정연의 가출 소식은 충격 그 자체였다. 처음엔 도무지 믿을 수가 없어 지수는 범진의 심한 장난이겠거니 하고 생각했다.

지수는 이렇다 저렇다 말 한마디 없이 사라져 버린 정연이 원망스러웠다. 그래도 올케이기 전에 제일 친한 친구라 생각했는데 어떻게 이런 식으로 자취를 감출 수 있는 건지 이해할 수가 없었다.

하긴 일이 바빠서 지수는 예전만큼 정연에게 신경을 쓰지 못했다. 그래서 고민이 많아도 쉽게 털어놓질 못한 모양이었다. 지수는 정연에게 미안했다. 친구로서 심한 죄책감에 빠져들었다.

무엇보다도 지수는 정연의 가출 동기가 궁금해 미칠 지경이었다. 결혼 생활은 겉보기엔 순탄했고 아무 문제도 없어 보였다. 다만 정연이 가끔씩 자격지심을 느끼며 소심한 모습을 보였던 것을 제외하고는.

정연은 연락이 닿을 때마다 희정에 관해서 넌지시 묻곤 했다. 원하는 대답을 해주고 무슨 일이 있느냐고 물으면 정연은 아무 일도 없다며 멋쩍게 웃곤 했다.

지수는 아무리 생각해도 희정이 마음에 걸렸다. 아닐 거라고 부정을 해봐도 찝찝한 느낌이 당최 가시질 않았다.

"정연아, 제발 돌아와 줘. 아니, 어디에 있는지 그것만이라도 알려줘. 보고 싶다, 친구야."

지수는 뜨거운 눈물이 핑그르르 돌았다.

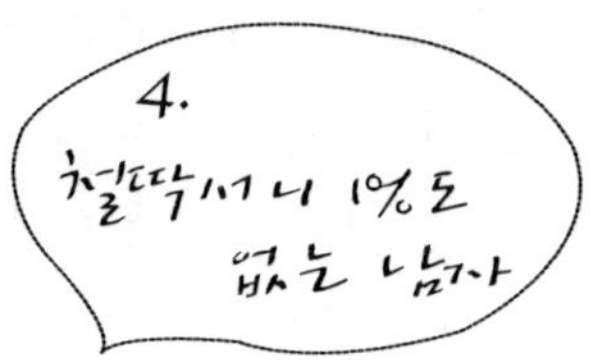

구름 한 점 없이 청명한 가을, 정오가 다 되어가는 시각이었다. 하루 종일 쓸고 닦고 집 안 곳곳을 누비고 다니던 형수가 없는 집 안은 쥐 죽은 듯 정적만이 감돌았다. 황금빛 햇살이 집 안 창문을 통해 눈부시게 쏟아져 내렸다. 동혁의 방이 있는 이층 역시 마찬가지였다.

침대에 누워 있는 동혁은 아직도 달콤한 꿈에 빠져 있었다. 황금 변으로 꽉 찬 커다란 변기통에 토실토실한 돼지가 빠져 있는 환상적인 꿈, 바로 왕대박, 로또 당첨에 해당하는 꿈이었다.

꿈속에서의 동혁은 입이 귀에 걸려 있었다. 그는 변기통 안으

로 들어가 요리조리 빠져나가는 돼지를 잡기 위해 사력을 다했
다. 돼지도 붙잡히지 않기 위해 걸음아 나 살려라, 하고 열심히
도망 다녔다. 가제트 형사처럼 손을 길게 뻗자 돼지꼬랑지가 잡
힐 듯 말 듯했다.

"조금만 더, 조금만 더!"

그때였다. 이층 거실 탁자 위 전화기가 요란하게 울음을 터뜨
렸다. 그 순간 변기통과 돼지가 연기처럼 펑 하고 사라졌다.

"안 돼애애애애!"

동혁은 믿을 수가 없어 눈을 휘둥그렇게 뜨고 양손을 쫙 펴서
부르르 떨며 마지못해 현실로 돌아왔다.

"으익! 빌어먹을! 돈을 주고 살 수도 없는 꿈을!"

동혁은 이불을 뒤집어쓰고 베개로 귀를 막으며 절규했다. 하
지만 흔적 없이 사라진 변기통과 돼지는 다시 돌아오지 않았다.
빌어먹을 전화기만 변함없이 우렁차게 울어댔다. 동혁은 여전
히 누운 상태로 크게 소리쳤다.

"어머니!"

아무런 대답이 없었다.

"형수님!"

마찬가지였다.

"누가 재 좀 달래봐요!"

몸부림을 치며 처절하게 울부짖었지만 어느 누구 하나 달려
오는 사람도, 전화를 받아주는 사람도 없었다. 동혁은 이불을

젖히고 일어나 앉아 신경질적으로 발버둥을 쳤다.

"우씨!"

동혁은 거실로 쿵쾅거리며 나왔다. 하지만 사방을 둘러봐도 살아 움직이는 생명체 같은 건 전혀 없었다. 일층으로 내려가는 계단에 서서 밑을 바라봐도 사람의 코빼기는 보이지 않았다. 벽에 걸린 거울에 비친 낯익은 상그지 녀석 한 명을 제외하고선.

"다들 어딜 간 거야?"

땅을 사라느니 여론조사를 하겠다느니 하는 전화면 욕을 바가지로 퍼부을 작정을 하고 동혁은 수화기를 들었다.

"여보세요!"

동혁은 아주 퉁명스럽고 불만이 가득한 어조로 전화를 받았다.

[나다.]

모친을 가장 많이 빼닮은 형, 은혁이었다. 높낮이 없이 건조한 은혁의 말투는 사람을 은근히 미치게 하는 구석이 있었다.

"왜?"

[어머니는?]

"어머니? 몰라. 안 보이셔. 어디 가셨나 봐."

동혁은 짜증스런 얼굴로 다시 한 번 주위를 둘러보았다. 마당에 심어진 단풍나무가 눈에 콕 박혀 들어왔다. 순간 모친이 했던 말이 퍼뜩 떠올랐다.

"아, 맞다! 단풍구경!"

[단풍구경? 그럼 네 형수는?]

"형수? 친구들 만나러 갔을 거야."

동혁은 떡이 된 머리와 배를 차례로 벅벅 긁어대며 인상을 썼다.

[친구?]

"응. 어제 어머니가 그러라고 하셨거든."

[그럼, 너 혼자 있는 거냐?]

은혁이 당연한 걸 자꾸 묻고 있었다. 동혁은 조금씩 짜증의 수위가 높아졌다.

"그런 셈이지. 그런데 왜 전화했어?"

[그냥.]

은혁에게서 허무맹랑한 대답이 날아들었다. 순간 동혁은 두 개의 눈동자를 오른쪽 귀 쪽으로 또르르 굴렸다. 듣기는 제대로 들었나 싶어서였다.

"뭐? 그냥?"

되묻는 동혁의 말끝이 심하게 치켜 올라갔다.

[응.]

환장한다는 말은 이럴 때 쓰는 것이리라. 동혁은 하도 허무하고 기가 막혀서 속이 부글부글 끓어올랐다. 상상 속에선 이미 형의 뒤통수를 세게 갈기고 이단 옆차기를 해서 쓰러뜨렸다. 물론 실제 상황에선 그럴 수 없기에 말투에 신경질을 담는 것으로 대신했다.

"그럼 용건 끝난 거야?"

[넌 뭐 하고 있냐?]

"몰라서 물어? 전화 받고 있잖아."

통화가 길어질수록 동혁은 점점 사납게 대꾸했다. 참고 견뎌낼 인내심이 바닥을 보이고 있었다. 아무리 상그지지만 동혁은 심심한 사람의 말장난 상대는 되고 싶지 않았다. 하지만 여지없이 들려오는 은혁의 말에 동혁은 얼굴이 붉으락푸르락해졌다.

[전화 받기 전엔.]

"잤어."

[그만 자고 일어나라. 끊는다.]

뚝!

수화기를 든 채로 동혁은 빳빳하게 굳고 말았다. 누군가가 건들면 그대로 넘어가 깨질 것 같은 모습이었다.

"이 인간이 혈압 지대로 올려주고 내빼네!"

돼지도, 잠도, 어이도 달아난 상황. 벽에 걸린 시계를 보니 벌써 정오가 다 되어가고 있었다.

"세상에! 큰일 났네!"

비상사태였다. 동혁은 무슨 일이 있어도 하루 세 끼를 꼬박꼬박 챙겨먹고 살자가 삶의 모토였다. 그런데 아침을 거르게 생겼으니! 분명 긴급한 상황이었다. 동혁은 잽싸게 수화기를 내려놓고 욕실을 향해 내달렸다.

초스피드로 샤워를 마친 다음 동혁은 계단을 내려와 다시 주방으로 내달렸다. 하지만 뭔가가 좀 이상했다. 식탁 위가 깨끗했다. 뿐만 아니라 전기밥솥, 냉장고까지 텅텅 비어 있었다.

"뭐야, 왜 아무것도 없는 거야? 이런, 어머니는 몰라도 우리 형수가 이럴 사람이 아닌데."

그때였다. 또다시 이층 거실 전화벨이 울렸다. 짜증이 머리끝까지 올라왔다. 동혁은 다시 쿵쾅거리며 이층 거실로 향해갔다.

"여보세요?"

동혁은 퉁명스럽기가 짝이 없는 목소리로 전화를 받았다.

[도련님.]

이번엔 형수가 잔뜩 톤을 낮추고 귓속말을 하듯 불렀다.

"형수님!"

동혁은 원망 섞인 목소리가 절로 나왔다.

어떻게 이러실 수가 있어요? 밥이 없어요! 밥이!

동혁은 차마 목구멍에서 맴도는 말을 입 밖으로 내뱉지 못했다. 서글펐다.

[일어나셨어요?]

무슨 이유인지 몰라도 형수가 계속 비밀 요원처럼 목소리를 죽여가며 말했다.

"네. 형 전화 때문에요."

[그이가 전화했어요? 왜요?]

"그냥 했대요."

[집에 아무도 없어서 놀라셨죠?]

"놀라긴요. 그런데 어디세요?"

동혁은 형수가 너무 보고 싶었다. 군소리없이 매 끼니마다 대장금에 버금가는 실력으로 따끈한 밥과 맛난 반찬을 만들어주었던 형수가!

[만날 친구 없다고 하니까 어머님이 단풍구경 가자고 하셔서 따라왔어요. 정확히 말하면 강제로 끌려온 거예요. 죄송해요.]

동혁은 그제야 상황 파악이 됐다. 떫은 감을 씹은 사람처럼 떨떠름한 표정이 절로 지어졌다.

"형수님이 죄송할 게 뭐가 있어요. 제가 다 알아서 할 테니까 염려 마세요."

말은 그렇게 했지만 속마음은 달랐다. 동혁은 보이지도 않는 모친에게 그래도 그렇지 어떻게 배로 낳은 자식은 버려두고 며느리만 챙겨갈 수가 있냐고 소리를 높여 조목조목 따지고 있었다. 서운했다. 하지만 형수에게까지 조잔하게 굴고 싶지는 않았다.

[사실은 나오기 전에 아침 차려놨는데요, 어머님이 모조리 쓸어 담아 애꾸한테 주셨어요. 그래서 아마 먹을 게 하나도 없을 거예요.]

애꾸는 집 지키는 개로, 한쪽 눈에 검은 안대를 댄 것처럼 점이 있어 붙여진 이름이었다. 갑자기 동혁은 개만도 못한 신세로 전락한 것 같아 서글픔이 진해졌다.

"제 걱정은 마시고 즐거운 시간 보내고 오세요! 그럼, 끊습니다!"

동혁은 호탕한 척 밝게 인사를 하고 전화를 끊었다. 하지만 설움의 앙금은 여전히 남아 있었다.

먹을 만한 것도, 먹을 것을 살 만한 돈도 없었다. 동혁은 집 안을 홀딱 뒤지기 시작했다. 돼지저금통의 배를 가르고, 소파 밑, 장롱 속까지 뒤져 간신히 돈을 마련했다. 동혁은 몇 푼 안 되는 돈을 가지고 동네 슈퍼마켓을 찾았다.

라면과 계란, 간식거리를 계산대에 올려놓고 동혁은 주머니에서 동전을 한 움큼 꺼냈다. 슈퍼마켓 주인아주머니가 한심하다는 듯이 동혁을 바라보았다. 생긴 건 멀쩡하게 생겨서 이 무슨 동전 테러냐고 묻는 표정이었다.

하지만 동혁은 신경 쓰지 않았다. 아니, 동전 세기가 바빠서 쳐다볼 시간도 없었다. 자칫 잘못하면 다시 세야 하거나 피 같은 동전이 하나 더 갈 수 있으니 신중에 신중을 기해야만 했다. 드디어 동혁은 동전 세기를 마쳤다.

"돈이 모자라네요. 과자 하나 뺄게요."

과자를 제자리에 가져다 놓는 센스까지 발휘하고 동혁은 슈퍼마켓을 나섰다.

때마침 근처에 있는 초등학교 저학년의 수업이 끝났는지 올망졸망한 아이들이 참새처럼 재잘거리며 앞을 지나갔다. 키가 작아 책가방이 땅에 닿을 것 같은 아이들은 깨물어주고 싶을 만큼 귀여웠다. 동혁은 남의 자식도 이런데 조카나 자신의 아이가 생기면 얼마나 더 예쁠까 싶어 저절로 미소가 지어졌다.

동혁은 아이들의 뒤를 쫓아 천천히 걸어갔다. 그러던 중 뭔가 눈에 거슬리는 장면을 포착하고 걸음을 뚝 멈췄다. 눈을 가늘게 뜨고 자세히 살펴보았다. 인적 드문 골목길, 그곳에서 네댓 명의 아이들이 신발주머니로 한 아이를 때리고 있었다.

"아니, 저건 학. 원. 폭. 력!"

눈에서 불길이 확 일어났다. 동혁은 앞뒤 가리지 않고 무조건 고함을 치며 폭력이 난무하는 생생한 현장으로 내달렸다.

"야, 이 녀석들아!"

성난 황소처럼 고함을 지르며 돌진했더니 못된 짓을 한 아이들이 약속이나 한 듯 펑, 하고 터지는 팝콘처럼 눈과 입을 크게 벌리고 얼음처럼 꽁꽁 얼어붙었다. 동혁은 아이들의 작은 머리통에 꿀밤을 한 대씩 먹였다. 한 녀석이 잽싸게 머리를 움직여 꿀밤을 피했다.

"어라! 요놈 봐라!"

동혁은 괘씸한 마음이 들어 우람한 팔로 그런 녀석의 목을 휘감아 꿀밤을 연달아 두 대를 먹였다.

"아얏!"

"쥐방울만한 놈들이 왜 싸우고 지랄이야?"

험악한 분위기를 연출하기 위해 동혁은 일부러 말을 가리지 않고 거칠게 굴었다. 혼날 때 크게 혼나야 똑같은 실수를 되풀이하지 않을 거란 생각에서였다.

“아저씨가 무슨 상관이에요?”

또래 중 덩치가 제법 큰 녀석이 씩씩대며 동혁에게 대들었다.

“뭐? 아저씨? 무슨 상관?”

아저씨란 말에 동혁은 갑자기 어젯밤에 만난 여자가 번뜩 생각났다. 은인에게 머리를 조아려 고맙다는 말은 못할망정 은인의 목을 따서 볼링을 칠 생각을 했던 여자! 동혁은 기분이 팍 상하고 말았다. 불에다 기름을 부은 조막만한 녀석에게 꿀밤 한 대를 더 먹였다.

“아얏! 왜 때린 데 또 때리고 그래요?”

“아프냐? 맞으면 아프다는 거 아는 놈이 왜 친구 때리고 지랄이야?”

“제가 언제요!”

머리에 피도 안 마른 것이 어른한테 새빨간 거짓말을 늘어놓았다. 눈으로 분명히 봤는데 시치미를 떼는 앙큼함에 동혁은 눈을 부라렸다.

“어라! 요놈 봐라! 내가 저기서부터 다 봤거든?”

동혁은 건방지고 싸가지가 부족한 녀석에게 재차 꿀밤을 먹였다.

“아얏! 왜 자꾸 때리냐구요?”

억울한지 녀석이 악을 바락바락 썼다. 동혁은 버릇없는 녀석의 뺨을 잡고 마구 흔들어댔다.

“난 거짓말하는 놈들이 세상에서 제일 싫거든. 그런 놈들은 맞아도 싸.”

“우리 엄마한테 다 이를 거예요!”

마침내 녀석이 울먹울먹 울음을 터뜨리려 했다. 눈에는 눈물이 차 올라 금방이라도 흐를 듯 고여 있었다. 하지만 동혁은 봐주지 않았다. 오히려 약을 올리듯 아이를 향해 이죽거렸다.

“너만 엄마 있냐? 나도 엄마 있다!”

약이 바짝 오른 녀석이 큰 소리를 내며 울기 시작했다.

“아앙! 엄마!”

“이걸 확! 눈물 뚝 못 그쳐? 뭘 잘했다고 울고 지랄이야!”

동혁은 커다란 손을 높이 치켜들었다. 그러자 겁을 잔뜩 집어먹은 녀석이 울음을 뚝 그치고 손등으로 눈물을 훔쳤다. 기선 제압을 마친 동혁은 아이들을 쭉 둘러보았다.

“너, 애 왜 때렸어?”

“엄마 없는 거 다 아는데 있다고 뻥치잖아요.”

“우리 엄마 있어!”

그때까지 말 한마디 없이 조용히 있던 아이가 크게 외쳤다. 어린아이답지 않게 무섭게 홉뜬 두 눈은 보기 섬뜩할 정도였다.

“있다잖아! 넌 왜 사람 말을 못 믿고 그러냐? 인마, 그리고 그런 거 가지고 친구 때리고 그러면 안 되는 거야.”

동혁은 중간에 나서서 말을 보태며 훌륭한 형처럼 약자로 몰린 아이를 감쌌다.

“왜요? 방금 아저씨가 거짓말하는 놈들은 맞아도 싸다고 해놓고선!"

참으로 응용력과 기억력이 뛰어난 어린이였다.

"야, 그건 이 경우랑 다르지! 세상에 엄마 없는 사람이 어디 있냐? 얘가 엄마 없이 하늘에서 뚝 떨어졌겠니? 다만 개인적인 사정으로 떨어져 살고 있을지도 모르잖아. 그걸 없다고 하면 안 되는 거지. 그래, 안 그래?"

너무 훌륭한 설명을 한 것 같아 동혁은 가슴 한복판이 뿌듯해졌다. 그때였다.

"성우야!"

다소 떨어진 곳에서 여자의 목소리가 들려왔다. 그 소리에 학원폭력의 피해자였던 아이가 제일 먼저 반응을 보였다. 하지만 그중 가장 크게 놀란 사람은 바로 동혁이었다. 동혁은 뛸 듯이, 소스라치게, 비명을 지를 것처럼 놀랐다. 걸음마저 뒤로 주춤거렸다.

"헉!"

성우라는 아이를 부른 여자는 다름 아닌 어젯밤의 그 여자였다. 품 안으로 뛰어들며 도움을 청할 때만 해도 보호본능을 일으켰던 여자, 심장을 춤추게 할 만큼 예뻤던 여자, 첫눈에 홀딱 반하게 했던 여자, 하지만 하는 짓은 싸가지가 왕바가지였던 여자! 생긴 것만큼만 하는 짓이 착하고 예뻤으면 끝까지 좋은 점수를 줄 수 있었던 여자! 한! 지! 수! 절대 잊을 수 없는 이름이었다.

동혁은 이런 만남을 두고 무슨 말을 붙여줘야 할지 알 수가 없었다. 세상엔 사람이 계획하고 추진을 해도 원하는 결과를 얻어내지 못하는 경우가 얼마든지 있었다. 이건 사람의 힘이 작용한 만남이 아니었다. 신이 마련해 준 운명적인 만남이라고 볼 수밖에.

그런데 신이 무슨 목적으로 이와 같은 자리를 마련해 준 것일까? 안 좋은 기억은 모두 지워 버리고 앞으로 사이좋게 지내라구?

갑자기 동혁은 성우라는 아이와 지수라는 여자의 관계가 궁금해졌다. 지수에게 시선을 못 박은 채 동혁은 성우를 툭 치며 작게 물었다.

"야, 누구냐?"

"우리…… 엄마요."

뜸을 들이다 답을 알려준 성우가 지수를 향해 뛰어가기 시작했다.

"어, 어, 엄마?"

충격을 받은 동혁은 정신이 아득해졌다. 눈앞이 아찔했다. 척추가 내려앉은 것처럼 휘청거렸다. 동혁은 그제야 깨달을 수 있었다. 지수가 아줌마라는 사실을 알려주고자 신이 이런 자리를 마련한 것을, 어젯밤 지수에게 좋은 일을 하고도 봉변당한 그를 불쌍히 여겨 명백한 증거를 보여주기 위해서 말이다!

아니, 저렇게 큰 애를 두고도 아줌마가 아니라구!

동혁은 부아가 치밀었다. 미치고 환장할 것만 같았다. 어제는 화가 나서 지수에게 아줌마라고 한 것이지, 정말 아줌마일 거라고 생각해서 그렇게 말한 것은 아니었다. 게다가 본인이 한 번만 더 그렇게 부르면 목을 따버리겠다고 강력하게 부정까지 했지 않은가. 그런데 결국은 아줌마라니. 동혁은 버젓이 애까지 있는 아줌마한테 마음을 빼앗기고 농락을 당했다는 비참한 결론을 내리자 더 분하기가 짝이 없어졌다.

"이런, 씨이……."

동혁은 입을 거의 다문 채로 욕설을 내뱉을 것처럼 중얼거렸다. 그러자 아이들이 일제히 동혁을 올려다보았다. 이미 입으로 내뱉은 말은 어쩔 수 없지만 동혁은 미래의 꿈나무들을 생각해서 언어를 순화하기로 했다.

"엄마라잖아, 엄마!"

하지만 아이들은 죄다 약속을 한 것처럼 동혁의 말을 믿지 않는 표정을 지었다.

"안 믿기냐?"

아이들이 말없이 고개를 끄덕였다.

"하긴 나도 안 믿어진다."

어딜 봐서 저 여자가 아줌마란 말인가. 전 세계 아줌마들이 비명을 지르며 들고일어날 일이었다. 동혁은 지수가 아줌마라는 사실을 도무지 인정할 수가 없었다. 주책없이 날뛰는 동혁의 심장도 그 사실을 인정할 수 없기는 마찬가지인 모양이었다.

그제야 동혁은 착하다 못해 이기적인 몸매를 지닌 지수와 눈이 마주쳤다. 지수가 믿을 수 없다는 듯 경악한 표정을 지었다. 어젯밤의 남자와 지금 자신의 눈앞에 있는 남자가 동일인이라는 사실을 깨달은 모양이었다. 지수가 유령을 본 사람처럼 넋을 잃었다. 왜 안 그러겠는가! 아주 딱 걸려서 아줌마인 게 탄로가 났는데 말이다!

지수가 성우의 목을 확 낚아채 안으며 취조하듯 뭐라고 떠들어댔다. 소리가 들리진 않았지만 동혁은 지수의 입 모양으로 대충 대화 내용을 짐작할 수 있었다. 지수가 성우에게 아저씨랑 무슨 말을 했느냐고 묻는 듯했다. 성우는 아무 말도 안 했다며 거짓말을 둘러대는 듯했다. 물론 입 모양으로 유추했지만 틀림없는 것 같았다.

동혁은 그들과의 거리를 좁혀 서서 무슨 말을 하는지 귀를 쫑긋 세웠다. 물론 무심함을 가장하며 다른 곳을 바라보는 센스도 잊지 않았다. 그런데 갑자기 성우의 얼굴을 들여다본 지수가 새된 비명을 질러댔다.

"어머나! 세상에! 너 여기 왜 이래? 애들한테 또 맞은 거야?"

"흐흑, 흐흑……. 아앙!"

설움이 복받쳤는지, 아니면 지수의 비명에 놀랐는지 성우가 갑자기 울음을 터뜨렸다.

"울지 마. 울지 마. 내가 이 녀석들을 가만두나 봐라! 아주 혼구녕을 내줄 거야!"

붉으락푸르락한 얼굴로 소매를 걷어붙인 지수가 아이들을 향해 크게 소리를 쳤다.

"야!"

어여쁘게 생긴 것과 달리 지수가 내는 소리는 헐크 마누라가 내는 목소리라고 해도 좋을 만큼의 괴상한 음색이었다. 그 소리에 혼비백산한 아이들이 비명을 지르며 뿔뿔이 도망치기 시작했다.

"으악!"

"이리 오지 못해!"

지수가 미친 말처럼 발광을 하며 펄쩍펄쩍 뛰었다. 하지만 지수의 말을 고분고분 듣는 아이는 단 한 명도 없었다. 지켜보기 안쓰러워서 동혁은 지수에게 다가갔다, 떨떠름한 표정을 지은 채.

"왜요, 나한테 할 말 있어요?"

지수가 거칠게 씩씩거리며 물었다.

"아뇨, 난 아줌마가 오라고 해서 온 것뿐인데요."

지수의 신경을 자극하기 위해 동혁은 일부러 느릿느릿한 말투로 빈정거렸다. 어제 당한 일에 대한 나름대로의 복수였다. 괜히 심사가 뒤틀리고 자꾸 심술이 나서 의도적으로 한 말이었다.

"뭐예욧! 아줌마 아니라고 했죠! 나한테 자꾸 아줌마, 아줌마 할 거예요!"

지수가 한 대 걷어찰 것처럼 방방 뛰며 동혁을 향해 삿대질로 항의를 했다. 하지만 동혁은 이제 하나도 겁나지 않았다. 총각의 가슴에 불을 지르고 허락도 없이 마음을 훔친 것도 모자라 거짓말을 한 주제에 어디서 큰소리를 낸단 말인가. 동혁은 신랄하게 콧방귀를 꼈다.

"허! 아니, 아줌마가 아줌마라서 아줌마라고 하는 건데, 아줌마가 아줌마면서 아줌마가 아니라고 하면 아줌마가 안 되는 거예요?"

동혁은 배배 꼬고 또 꼬아서 더 이상 꼬아줄 수 없을 정도로 지수의 약을 올렸다.

"뭐, 뭐예욧!"

지수의 얼굴이 붉으락푸르락해졌다. 바로 그때였다. 울던 성우가 까르르 하고 웃음을 터뜨렸다. 웃으라고 한 말이 아니었는데 울음을 그치니 동혁은 그나마 다행스러운 일이라 생각했다.

"봐요, 애도 하도 기가 막히니까 울다가 웃잖아요. 성우야, 조심해라. 울다가 웃으면 신체에 이상한 변화가 온다더라."

동혁의 말이 우스운지 아이가 여전히 쿡쿡거리며 웃어댔다. 하지만 여자는 금방이라도 들이받을 태세로 씩씩거렸다.

"내가 말을 말아야지. 가자! 성우야!"

여자가 아이의 손을 잡고 길가에 세워둔 차를 향해 성큼성큼 걸어갔다. 아이는 여자에게 보조를 맞추느라 종종걸음을 치면서도 고개를 돌려 히죽 미소를 날렸다. 순간 동혁은 아이에게 친밀감이 생겼다.

"자식, 엄마랑 다르게 귀여운 면도 있네."

동혁은 성우를 향해 손을 크게 흔들며 외쳤다.

"성우야, 엄마한테 태권도 보내달라고 해!"

곧 여자의 구시렁거리는 소리가 들려왔다.

"어머! 정말 웃기는 아저씨야! 자기가 뭔데 이래라저래라야?"

차에 성우를 먼저 태운 여자가 운전석으로 돌아가 문을 열고 올라탔다. 그 모습을 보고 있으려니 동혁은 절로 혀가 끌끌 차졌다.

"쯧쯧, 엄마가 저 모양이니 애가 온전해? 밤늦게 싸돌아다니기나 하고, 옷차림은 저게 뭐야, 저게. 배꼽은 다 드러내고, 앞으면 엉덩이 다 보이겠다! 으이구, 아찔하다, 아찔해. 그래도 착한 건 몸매 하나밖에 없다. 참 착하고 섹시하다."

그때였다. 바로 뒤에서 아이들의 목소리가 들려왔다.

"야, 섹시한 게 뭐냐?"

동혁은 크게 놀라며 뒤를 돌아보았다. 도망갔던 아이들이 어느새 다시 모여 참새처럼 조잘대고 있었다.

"바보, 그것도 모르냐? 쎄에엑시이, 이런 게 섹시한 거야."

질문을 받은 아이가 손으로 얼굴부터 엉덩이까지 쓸어내리며 웨이브 춤을 췄다. 그 광경에 동혁은 얼굴이 새파랗게 질리고 말았다. 이 순간만큼은 아이들이 어제 만난 형님들보다 더 무섭게 여겨졌다.

"야, 너희들 집에 안 가고 여기서 뭐 해?"

"그냥 있었는데요."

아이들은 천하태평하기만 했다. 지금까지 비 맞은 개처럼 중얼거렸던 말들을 모조리 들었다 싶으니 동혁은 눈앞이 깜깜해졌다. 몸무게만큼 입도 가벼울 녀석들이 혹시 성우에게 이 사실을 다 까발리면! 생각만으로도 오싹한 공포가 느껴졌다. 동혁은 아이들을 향해 성질을 있는 대로 부리기 시작했다.

"코딱지만한 새끼들이 왜 방황을 하고 지랄들이야? 집에 안 가!"

위협적인 동혁의 말에 몸을 바들바들 떨 만도 하건만 아이들은 끄떡도 하지 않고 자리를 지켰다. 아무래도 이 조무래기들에게 빌미를 잡힌 것 같은 기분이 들었다.

"아저씨, 성우네 엄마 좋아하죠?"

한 녀석이 얄미울 정도로 생글거리며 동혁의 속내까지 캐려 했다.

"뭐어? 내, 내, 내가 미쳤냐? 저런 아, 아, 아줌마를 좋아하게?"

동혁은 당황스러워 말까지 더듬거리고 말았다. 역시 거짓말은 체질에 안 맞았다.

"야, 이 아저씨 진짜 좋아하나 봐. 말도 더듬고 얼굴도 새빨개졌어."

"그러게."

제대로 특종을 잡은 아이들은 거의 잔칫집 분위기였다.

"얼레리꼴레리, 얼레리꼴레리. 좋아한대요. 좋아한대요."

세월이 가도 변하지 않는 것들 중 하나가 저 노래이리라. 참 묘한 건, 부를 땐 재미가 있어도 들을 땐 기분이 팍 상한다는 것이다.

"이것들을 그냥 확!"

"으악! 괴물이다!"

동혁은 아이들을 향해 꽉 쥔 주먹을 휘둘렀다. 아이들이 그제야 비명을 내지르며 흩어졌다.

"요새 것들은 왜 저 모양이야? 겁대가리도 없고 모르는 것도 너무 없어."

한바탕 소란 끝에 동혁은 혼자 남겨졌다. 동혁은 주머니를 뒤져 담배를 꺼내 입에 물었다. 불을 붙여 깊게 한 모금 빨아들인 후 하늘을 향해 하얀 연기를 내뿜는데, 평소 밥 다음으로 꿀맛이었던 담배 맛이 이상하리만치 쓰게 느껴졌다. 미간에 내천(川) 자가 새겨졌다.

"아침밥을 걸러서 그런가? 헉!"

동혁은 흠칫 놀라며 손에서 담배를 떨어뜨렸다. 한동안 굳어져 눈동자만 좌우상하로 굴리다가 조심스럽게 손을 배에 가져다 대고 이리저리 움직여 보았다. 놀면서도 운동 하나는 끝내주게 한 덕분에 배엔 왕(王) 자가 새겨져 있었다. 그런데 그 배에서 전혀 시장기가 느껴지지 않았다.

신기한 일이었다. 손에 든 불투명한 비닐주머니 너머로 라면이 유혹적인 붉은 빛깔로 손짓을 해도 전혀 덤벼들고 싶은 욕구가 생기질 않았다. 아무래도 식신이 예쁜 아줌마와 귀여운 아이를 좇아 가출을 한 모양이었다. 미간의 내천(川) 자가 더욱 뚜렷해졌다.

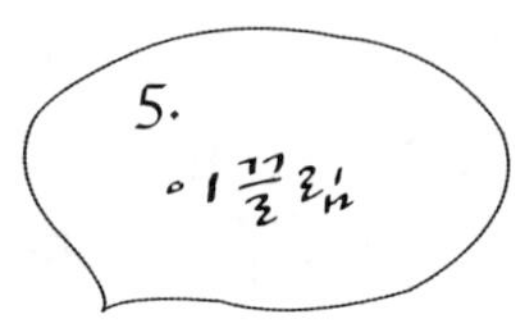

고요한 새벽, 교회 종소리가 울리는 거룩한 새벽, 아직도 어둠에 묻힌 새벽이었다. 누군가가 냄새 나는 발로 동혁의 얼굴을 툭툭 건드렸다.

"야, 일어나."

동혁은 인상을 잔뜩 찌푸린 채로 눈을 배시시 떴다. 눈앞의 안개가 걷히자 무표정한 모친의 얼굴이 나타났다.

"왜요?"

"나가."

"어딜요?"

"내 집에서 나가라구."

모친이 이불을 잡아 빼려 하자 동혁은 잠이 확 달아났다. 달랑 팬티만 입고 잤던 터라 동혁은 이불을 빼앗기지 않기 위해 얼굴을 찡그리며 용을 썼다.

"아이, 왜 이러세요? 어젯밤 몹쓸 가을 모기들이랑 씨름하느라 잠도 설쳤는데."

"내가 한 말 뭐로 들었어? 능력없으면 방 빼라고 했지. 쓰레기통에 처박기 전에 못 일어나?"

무시무시한 협박을 어쩜 저리도 평온한 목소리로 할 수 있을까?

동혁은 새삼스럽게 모친이 존경스럽기까지 했다.

"알았어요. 일어나면 되잖아요."

잠시 자리를 뜨나 싶더니 이내 모친이 여러 개의 빈 상자를 들고 들어와 바닥에 와르르 쏟아놓았다. 짐 싸라는 의미, 즉 퇴거 명령이었다.

"진짜 이러실 거예요?"

순간 눈이 휘둥그레진 동혁이 인상을 쓰며 물었다. 하지만 모친은 여전히 무표정할 뿐이었다.

"입 아프게 하지 마."

"어머니!"

애교 한 톨 비집고 들어갈 틈이 없었다. 모친은 기어이 매정하게 등을 돌렸다. 동혁은 모친의 다리에 강력한 자석처럼 철썩 매달렸다.

"세상에 아들을 이렇게 내치는 어머니가 어디 있어요? 사람들이 계모인 줄 알고 욕해요!"

"그러거나 말거나."

"정말 너무하시는 거 아니에요?"

"넌 그런 말 할 자격 없다. 놔라."

모친이 거머리처럼 달라붙은 동혁을 떼어내기 위해 거칠게 다리를 흔들어댔다. 하지만 그러면 그럴수록 동혁은 모친의 다리에 더 딱 달라붙었다.

"엄마!"

애교를 부려도 봤다.

"어마마마!"

여왕 대접도 해보았다. 하지만 모친은 꿈쩍도 하지 않았다. 형과 형수가 소란스러운 소리에 놀라 동혁의 방으로 달려왔다.

"무슨 일이에요?"

"형, 형수! 어머니 좀 말려주세요! 저더러 나가래요!"

동혁은 애처로운 눈빛으로 구원을 요청했다.

구원병으로 등판한 형은 출근까지 미루면서 모친을 설득했고, 형수는 눈물로 모친에게 애원을 했다. 하지만 둘의 노력도 아무 소용이 없었다. 어머니를 설득하는 건 계란으로 바위를 치는 격이었다. 모친은 형과 형수에게까지 빈 상자를 말없이 쏟아 놓았다. 최후통첩이었다, 한 마디만 더 하면 모두 내쫓아버리겠다는.

결국 동혁은 아침도 먹지 못하고 집에서 쫓겨나야만 했다. 형과 형수는 끝까지 지켜주지 못한 것에 대해 미안해하며 모친 몰래 짐을 창고에 숨겨주고 동혁에게 용돈을 쥐어주었다.

동혁은 어깨를 축 늘어뜨리고 대문을 향해 힘없이 걸어갔다. 그러다 대문 옆에서 천하태평하게 누워 잠을 자고 있는 애꾸를 발견했다. 동혁은 애꾸의 신세가 부럽기 그지없었다.

"할머니 말씀이 맞았어."

동혁은 대문 앞에서 한숨을 길게 내쉬며 하늘을 우러러보았다. 마치 나라를 잃은 비운의 왕처럼 비통함과 비정한 현실에 대해 상처받은 모습이었다. 경련을 일으킨 입술 사이로 칼끝 같은 슬픔의 신음이 새어나왔다.

"흑! 다리 밑에서 주워왔다는 말이 딱 맞았다구."

동혁은 스산하게 부는 바람에 메마른 흙먼지가 낮게 날리고 낙엽이 뒹구는 골목길을 나섰다. 확실한 목적지 없이 내딛는 발은 천근만근 무겁기만 했다.

동혁은 터벅터벅 걸어 인근 초등학교 앞까지 왔다. 그런데 더 이상 앞으로 나아갈 수가 없게 되었다. 교문 앞에 차를 대놓고 서 있는 여자, 한지수를 보았기 때문이다. 가릴 건 가려야 하는데 심장이 또 주책없게 지수를 반겼다. 마치 주인 만난 애완견처럼 꼬리를 흔들어대고 딸랑딸랑 방울 소리를 내는 듯했다. 심장을 꺼내 아줌마한테는 무덤덤한 반응을 보여야 하는 거라고 가르칠 수도 없고, 아주 죽을 맛이었다.

지수는 성우를 기다리는 것 같았다. 그런데 뭐 마려운 강아지마냥 지수는 몸을 요리조리 비틀며 발을 동동 구르고 있었다. 초조한 낯빛이었다. 아주 바쁜 사람처럼 연신 손목시계와 교문을 번갈아 보고 있었다. 화장실이 급한 모양이었다.

"어우, 미치겠네!"

지수는 괴로운 표정을 지으며 몸부림을 쳤다. 오만상을 찡그리며 두 주먹을 불끈 쥐고 오금에 돌개바람이 든 사람처럼 침착하게 한곳에 있지 못하고 제자리를 맴맴 돌았다가, 공처럼 통통거렸다가, 정체불명의 춤을 추는 사람처럼 이리저리 왔다 갔다 했다. 그 바람에 주름 잡힌 짧은 치마가 찰랑찰랑 물결을 치고 회전할 때는 넓게 퍼져 올라가 펄럭였다. 안 그래도 짧은 치마가 훨씬 위로 올라가 지수의 길고 하얀 허벅지가 환하게 드러났다. 근사하고 도발적인 복장에 시선을 끌 만한 행동으로 지수는 혼자 보기 아까울 정도의 광경을 연출하고 있었다. 저러다 길거리에서 치명적인 실수를 하는 게 아닌가 싶어 동혁은 그냥 두고만 보고 있을 수가 없었다. 그녀는 도움이 절실히 필요해 보였다. 동혁은 지수에게 다가갔다.

"아줌마?"

소스라치게 놀란 지수가 눈을 크게 뜨고 동혁을 쳐다보았다. 그러더니 이내 눈을 흘기며 똥 씹은 표정을 지었다. 굳이 싫은 티를 감출 필요도 없다는 듯 새침한 표정으로 외면하듯 고개까지 돌려 버렸다. 팔짱을 끼고 머리를 곧추세우며 토라진 듯 입을 조가비처럼 꼭 다물고 뾰로통한 입술을 요리조리 삐죽였다. 그 모습이 동혁은 앙증맞고 깜찍스러웠다.

예쁜 여자는 뭘 해도 예쁜 법인가 보다. 동혁은 지수가 하나도 밉지 않았다. 모든 게 다 용서가 됐다. 화장실이 급해서 몸을 뒤틀어도, 눈을 흘기고, 콧방귀를 요란하게 뀌어도 그 몸짓, 그 소리는 너무 섹시했다.

그런데 왜 하필 아줌마냐구! 어우! 그 생각만 하면 진짜! 참, 아깝다, 아까워. 뭐가 그렇게 급해서 일찍 시집을 갔을까? 쯧쯧…….

동혁은 속마음을 접고 지수를 향해 입을 열었다.

"화장실 급하면 다녀와요. 여긴 내가 있을 테니."

친절을 베푼 동혁은 힘없이 교문을 향해 쪼그려 앉았다. 집에서 쫓겨난 신세라서 그런지 몸에서 힘이 계속 쪽쪽 빠져나가는 것 같았다. 아무 말이 없어 지수를 올려다보니 무슨 속셈이냐는 듯이 입술만 비죽거리고 있었다.

"화장실 급해서 그러는 거 아니에요."

톡 쏘는 말투로 지수가 대화에 응했다.

"그럼요?"

동혁은 교문을 향해 눈을 돌리며 맥없이, 그다지 이유가 궁금하지 않지만 예의상 대꾸한다는 듯한 뉘앙스로 물었다.

"어딜 좀 가야 해서 그래요."

지수가 따박따박 대답을 날렸다. 동혁은 덩달아 계속 질문을 던졌다.

"어디요?"

"일하러요."

"일이요?"

당차게 말을 하는 지수와 달리 동혁의 말소리는 점점 줄어들었다. 간절히 일하고 싶은 백수 신분에 대한 처량함 때문이었다.

"네."

"아, 일……."

한숨을 쉬듯 말하고선 동혁은 지수의 직업을 상상해 보았다. 선뜻 떠오르는 직업이 없었다. 그러다 지수가 부러워지기 시작했다. 백수의 입장에선 일 때문에 바쁜 사람이 제일 부러운 법이니까. 동혁은 무슨 일이든 하고 싶다는 생각이 들었다. 리어카라도 끌고 다니며 야채 장수든 생선 장수든 붕어빵 장수든 뭐든 하고 싶어졌다. 일 때문에 바쁘다는 소리 좀 해보면서 살고 싶었다.

"무슨 일 하시는데요?"

동혁은 다시 건성으로, 느려 터진 속도로 물어보았다. 대답이 없어 올려보았더니 바빠 죽을 것 같은 표정을 한 지수가 짜증이 치미는지 무섭게 자신을 째려보았다. 부리부리한 그녀의 눈에서 진득한 독기가 일렁거렸다. 순간 동혁은 섬뜩해졌다. 괜히 물었다는 후회가 들었다. 분위기가 심각할 정도로 살벌해짐을 느낀 동혁은 다시 교문으로 시선을 돌렸다.

"모델이에요."

쳐다볼 생각은 아니었는데 예상치 못한 지수의 대답에 목이 절로 돌아갔다.

"모델이요?"

동혁은 뜻밖이란 표정으로 되물었다. 그러자 지수가 인상을 험하게 구겼다.

"왜요? 난 모델 하면 안 돼요?"

동혁은 평가를 하듯 지수를 머리부터 발끝까지 훑어보고선 재빨리 입을 열었다. 더 쳐다보다간 발길질을 당할 것만 같은 분위기였기 때문이다.

"아뇨, 충분한 조건이죠."

아줌마 모델이라는 사실이 좀 놀라웠을 뿐이에요, 하고 말하면 진짜 발길질을 당할 것 같아 동혁은 그 말은 목 안으로 꾹 삼켰다.

"다녀오세요."

"네?"

이게 무슨 뚱딴지 같은 소리냐는 식으로 지수가 놀라며 물었다.

"성우랑 놀고 있을 테니까 다녀오시라구요."

동혁은 진심으로 한 말이었는데 농담으로 알아들었는지 지수가 어이가 없다는 듯 동혁을 쳐다보았다.

"누가 들으면 오랫동안 알고 지낸 사이인 줄 알겠네요."

동혁은 생각해 보니 그럴 수도 있겠다 싶어 고개를 끄덕였다. 각박한 세상에 바쁘다고 잘 알지도 못하는 사람한테 애를 맡기고 가는 사람은 드물다고 봐야 하니까.

"그럴 수도 있겠네요."

동혁은 순순히 인정하고 다시 교문을 바라보았다. 대화가 중단된 채 시간은 계속 흘러갔다. 살짝 고개를 돌려보니 지수가 미치겠다는 식으로 고민을 하며 괴로워하는 것이 보였다. 보기가 안쓰러울 지경이었다. 동혁은 도와주고 싶었다. 굳이 돕고 싶은 이유를 들라고 하면 선천적으로 심성이 고와서라고나 할까.

"그냥 나 믿고 애 맡겨요. 바쁜 것 같은데."

"말이 되는 소리를 해요!"

지수가 퉁명스럽게 소리를 버럭 질렀다. 보통 까칠한 성격이 아니었다.

"아니, 내가 날 교주로 믿고 전 재산 맡기고 종교 활동을 하라고 하는 것도 아닌데 왜 화까지 내고 그래요? 그럼, 이 상황에 다른 수라도 있어요?"

동혁은 도와주겠다고 하는 사람한테 너무하는 것 아닌가 싶어서 따지고 들었다. 지수는 별다른 해결방안이 없는지 아무 말도 못하고 죽을상만 써댔다.

“나 그렇게 나쁜 놈 아니에요. 법 없이도 살 수 있는 사람이라구요. 한번 믿어봐요.”

“그걸 어떻게 믿어요!”

끝까지 지수가 성질을 부렸다. 어따 대고 성질을 피우냐고 소리를 지르는 대신, 동혁은 귀찮은 듯이 말을 했다.

“믿기 싫으면 말구요.”

지수는 말도 안 되는 제안이라며 믿지 못하는 것 같았다. 뭐, 전혀 이해 못할 일은 아니었다. 한데 조금 지나자 지수는 갈등하기 시작하는 듯했다. 약간의 기대를 건 눈으로 쳐다보다가도 아니라는 듯 고개를 휘휘 저었다. 고심 끝에 지수가 큰 결심을 한 듯 입을 열었다.

“진짜 놀아줄 거예요?”

지수가 머뭇거리며 어렵게 질문을 한 반면, 동혁은 아주 쉽게 대답을 했다.

“원하면요.”

지수의 눈빛이 또 고통스럽게 이지러져 갔다. 지수가 확인 작업까지 했다.

“안 바빠요?”

“네.”

동혁은 솔직하게, 자신있게 대답해 주었다. 백수가 바쁠 일이 뭐 있겠는가. 하루 종일이 아니라 365일 이렇게 앉아 교문과 눈싸움 놀이도 할 수 있었다.

"늦을지도 몰라요."

애를 맡길 생각은 있고?

동혁은 속으로 묻고선 입을 열었다.

"알았어요."

원하는 대로 해주겠다고 하는데도 당최 믿음이 생기질 않는
지 지수가 날카로운 소리를 내며 울부짖었다.

"그래도 내가 댁을 어떻게 믿고 애를 맡기냐구요!"

"아니, 내가 애를 잡아먹겠다고 했어요, 아니면 돈을 달라고
했어요? 왜 나한테 승질이냐구요. 그럼 나더러 더 이상 어쩌라
구요? 더 어떻게 믿게 해줘요? 못 믿는 건 아줌마 사정이죠."

동혁은 입술을 삐죽 내밀고 자신은 아쉬울 것도, 급할 것도
없다는 말투로 느긋하게 말했다. 이에 지수가 머리를 부여잡고
신음을 흘리며 괴로워했다.

"아, 미치겠네!"

"미치지 말고 더 늦기 전에 애 맡기고 가요. 요즘같이 일자리
구하기 힘든 때도 없잖아요. 특히 모델이란 직업은 더 그렇지
않나요? 더 나이 들기 전에 열심히 뛰어야죠."

정곡을 찌른 동혁의 말에 지수의 눈빛이 점점 힘을 잃어갔다.
설득당한 지수가 드디어 마음을 결정했는지 동혁에게 손을 불
쑥 내밀었다.

앞으로 잘해보자고 악수라도 하자는 건가?

지수의 손을 잡으려던 찰나, 지수의 냉랭한 목소리가 귓가를

파고들었다.

"휴대전화 줘봐요!"

동혁은 지수가 얄미워 눈을 흘기고선 주머니에서 휴대전화를 꺼내 내밀었다. 휴대전화를 건네받은 지수는 자신의 전화번호를 빠르게 입력하고 확인한 후에 가방에서 몇 가지를 더 꺼내 함께 건넸다.

"이건 열쇠, 이건 식사비예요. 우리 성우 잘 부탁드려요. 이 상황에 대해서도 설명 좀 잘해주시구요. 네? 무슨 일 생기면 연락 주셔야 해요! 알았죠?"

"네."

동혁이 귀담아듣지도 않고 건성으로 웅얼거리며 지수가 건넨 것들을 주머니에 쑤셔 넣었다. 동혁의 시큰둥한 반응에 지수가 거의 울 것 같은 얼굴을 해 보였다.

"알았다구요. 아주 자~알 데리고 놀고 있을 테니 그만 가봐요."

동혁은 확신에 찬 목소리로 대답했지만 지수는 그래도 불안한지 뒷걸음질 치며 차에 올라탔다. 끝까지 미덥지가 않은지 지수가 차창 밖으로 얼굴을 내밀고 당부에 당부를 했다.

"부탁드려요! 네? 정말 믿고 맡기는 거니까 아무 일 없게 잘 보살펴 주셔야 해요! 잘 부탁드려요!"

드디어 지수가 탄 차가 눈에서 사라졌다.

"내가 식인종이냐, 킬러냐? 애 안 잡아먹는다. 좀 믿어봐라,

믿어봐.”

시간이 흘러 수업 종료를 알리는 벨이 울리자 저학년 아이들이 교문 밖으로 속속 나오기 시작했다. 동혁은 교문 앞에서 큰 키로 장승처럼 떡 버티고 서서 성우가 나오기만을 기다렸다. 지나가는 아이들이 호기심 어린 눈길로 동혁을 한 번씩 쳐다보고 지나갔다.

귀여운 아이들을 보고 있으려니 동혁은 조금 전까지 축 처졌던 기분이 되살아나는 듯했다. 드디어 모습을 드러낸 성우를 발견하고 이름을 크게 불렀을 때는 언제 그런 적이 있었느냐는 듯 활기를 띤 모습이었다. 성우가 제법 반가운 표정으로 수줍은 듯 다가왔다.

“안녕하세요.”

“나 누군지 알아?”

“네.”

성우가 미소를 지으며 대답했다.

“이름도 알아?”

“아뇨.”

“이름이 뭐 그리 중요하겠느냐마는 그래도 모르는 것보단 아는 게 낫겠지? 아는 게 힘이거든.”

“네.”

뭐가 웃긴지 계속 헤죽헤죽 웃고 있는 성우가 동혁은 마냥 귀엽기만 했다. 동혁은 무릎을 굽혀 아이에게 눈높이를 맞췄다.

"차동혁, 이게 내 이름이야. 그런데 넌 무슨 성우냐?"

"한성우요."

"한성우?"

"네."

한지수의 아들, 한성우. 엄마와 아들의 성이 같다는 것은 엄마와 아빠가 성이 같다는 걸 의미했다. 그게 아니라면 미혼모인 경우일 수도 있고.

에이, 설마 그럴 리가 있겠어?

전자 쪽에 무게를 둔 동혁은 성우에게 환한 미소를 지어 보였다.

"너 오늘 나랑 놀래? 조금 전에 네 엄마가 나한테 너 부탁하고 일하러 가셨거든? 되게 바쁘신가 봐."

성우가 약간 경계하는 듯한 눈빛으로 동혁을 쳐다보더니 고개를 가로저었다.

"그래, 그래야지. 내 자식이라도 그렇게 가르친다. 그럼, 네 엄마한테 직접 설명을 들으렴."

동혁은 왜 그러는지 충분히 이해한다는 듯이 고개를 끄덕이며 전화를 걸었다. 잠시 후, 걱정을 가득 담은 지수의 목소리가 들려왔다.

[무슨 일 있어요?]

"무슨 일은 없구요. 아줌마가 직접 성우한테 설명해 줘야 할 것 같아서요."

[그 아줌마 소리 좀 안 하면 안 돼요? 성우 바꿔주세요.]

진짜 별스러운 여자였다. 왜 그렇게 아줌마라는 소리에 예민하게 구는지 알 수가 없었다. 여자들 대부분이 그렇다는 건 알지만 심해도 보통 심한 게 아니었다. 아무래도 모델이란 직업 때문인 것 같았다. 그래서 동혁은 봐주기로 하고 성우에게 휴대전화를 건네줬다.

"여보세요?"

성우가 눈치를 살피며 전화를 받았다. 성우는 '응'이란 말 외에는 별다른 말을 하지 않고 통화를 끝냈다.

"내 말이 맞지?"

"네. 그리고 오락하고 싶으면 숙제 다 해놓고 하래요."

바쁜 와중에도 챙길 것은 다 챙기는 걸 보면 아주 형편없는 여자는 아닌 모양이었다. 자식을 아끼고 사랑하는 마음이 느껴졌다. 동혁은 성격에서 많은 점수를 깎아먹었던 지수의 이미지 점수를 약간 상향 조정해 주었다. 아줌마인 지수의 점수를 매겨서 뭐 하겠느냐 싶기도 했지만. 동혁은 아이에게 정신을 집중하기로 했다.

"자식, 너 오락 좋아해? 뭐 좋아하는데?"

"카트라이더요."

"카트라이더!"

동혁은 물 만난 기러기처럼 흥분을 했다. 세상에 존재하는 모든 게임을 다 섭렵했다고 해도 과언이 아닐 정도로 게임광이니 그럴 수밖에. 아마 모친만 말리지 않았어도 동혁은 프로게이머로 두각을 나타내며 살고 있었을지도 모른다.

"너 깃발 뺏기 할 줄 알아? 몰라? 내가 가르쳐 줄까? 오른편에 플래그 지도 있지, 그걸 항상 봐야 해. 적과의 거리를 항상 일정하게 둔 다음에 일관되게 꾸준히 쫓아가. 미사일은 정확하게 적한테만 쏘고 드리프트를 이용해서 항상 주변의 같은 팀과 상호 작용을 해야 해. 이렇게 말로만 설명하니까 잘 모르겠지? 집에 가면 내가 동영상 보면서 설명해 줄게. 가자!"

기대감으로 충만한 성우를 데리고 가려던 찰나, 동혁은 지난번의 악동들이 교문에 찰싹 달라붙어 있는 것을 발견했다. 그 녀석들의 표정을 보니 함께 놀고 싶은 기색이 다분해 보였다. 동혁은 성우에게 귓속말로 물었다.

"야, 쟤네들이 오늘 너 놀렸어, 안 놀렸어?"

성우가 고개를 가로저었다.

"쟤네들 끼워줄까, 말까?"

잠시 고민을 하던 성우가 입을 열었다.

"끼워줘요."

동혁은 악동들을 향해 이리 오라는 식으로 손짓을 했다. 악동들이 어울리지 않게 쭈뼛쭈뼛 몸을 배배 꼬아가며 다가왔다.

"너희들, 성우네 집에 가서 카트라이더 하고 놀래?"

"네!"

악동들이 우렁차게 대답했다.

"대신 부모님한테 허락받은 사람만 갈 수 있어."

"받을 수 있어요!"

"받을 수 있어요!"

악동들이 서로 손을 들며 아우성을 쳤다.

"그럼 저기 가서 전화하고 와."

동혁은 근처에 있는 공중 전화박스를 손으로 가리켰다. 그러자 악동들이 일제히 두 손을 모아 동혁 앞에 내밀었다. 동전을 달라는 뜻이었다. 동혁은 악동들에게 버럭 소리를 질러댔다.

"이것들을 확! 야! 콜렉트 콜 몰라, 콜렉트 콜!"

성우를 쫓아온 곳은 50평은 족히 될 것 같은 아파트였다. 잡지에서나 나올 것 같은 고급 가구와 세련된 인테리어에 동혁과 악동들의 눈이 휘둥그레졌다.

"우와! 어마어마하고 으리으리하다!"

"내 방에 가서 놀자!"

"그래!"

성우의 방은 말 그대로 아이들이 좋아할 만한 모습이었다. 미끄럼틀이 달린 침대, 한쪽 벽면을 가득 채운 책과 조립식 장난감, 피아노, 미니 농구대, 커다란 사이즈의 최신 컴퓨터 모니터 등등.

"와! 진짜 좋다!"

아이들의 입에서 감탄사가 끊임없이 흘러나왔다. 동혁은 방구경을 마친 아이들에게 숙제부터 할 것을 명령했다. 이에 아이들이 일제히 아우성을 치고 난리가 났다. 그래도 동혁은 약속은 약속이니 그래야만 한다고 일러주었다. 게임을 잘하는 비법을 동혁에게 전수받기 위해 아이들은 재빨리 숙제를 끝내고 컴퓨터 앞에 몰려들었다.

게임이 끝난 뒤 동혁은 피자를 시켜 아이들에게 나눠 주었다. 애들은 애들이기에 게임과 피자, 시원한 콜라에 모든 갈등과 분쟁이 말끔하게 해결되었다. 헤어지는 순간까지 아이들은 왁자지껄 웃고 떠들며 즐거워했다.

"아저씨."

"어허, 형이라니까."

동혁은 점잖게 호칭을 정정해 주었다.

"형."

"말해보거라."

"형은 집에 안 가요?"

"집?"

집이란 소리를 듣는 순간, 동혁은 향수병에 걸린 사람처럼 멍해졌다.

애야, 나라고 왜 집엘 안 가고 싶겠니? 가고 싶다. 죽을 만큼 가고 싶다. 엄마, 형, 형수, 그리고 우리 집 강아지 애꾸가 보고 싶어 미치겠다!

울고 싶은 속내를 숨기고 동혁은 아이들을 향해 싱긋 미소를 지었다.

"응, 가야지. 성우네 엄마 오시면."

동혁의 말뜻을 잘 이해하지 못하겠다는 듯 아이들이 고개를 갸우뚱거렸다. 설명이 필요한 모양이었다.

"성우네 엄마가 일하러 가시면서 나한테 성우를 부탁하셨거든."

"성우네 엄마랑 형이랑 무슨 사이인데요?"

"무슨 사이?"

동혁은 되묻고선 곰곰이 생각해 보았다.

내가 애네 엄마랑 무슨 사이지? 세 번 정도 만난 사이? 도와주다 알게 된 사이? 만나면 으르렁거리는 사이? 한동네 사는 사이?

마침내 적당한 말이 떠오른 동혁은 답변을 하기 시작했다.

"음…… 이웃…… 사촌 사이. 너희들 이웃사촌이란 말 알아?"

"그거 미니홈피에 나오는 일촌이랑 비슷한 거예요?"

"그렇지! 자식, 제법인데! 하나를 가르치면 하나를 아네! 반 알기도 힘든데."

칭찬을 받은 아이가 머쓱한 표정을 지었다.

"너희도 한동네 사니까 서로 이웃사촌, 일촌인 거야. 부탁 같은 거 하면 들어주고 힘들 때 도와줘야 하는 거야. 내가 하는 말 무슨 뜻인지 알지?"

"네."

성우는 아이들을 바래다주기 위해 나갔다. 혼자 남은 동혁이
아이들이 어질러 놓은 것을 치우기 위해 분주하게 움직이고 있
을 때, 전화벨이 울렸다. 동혁은 성우도 없는 상태에서 전화를
받아야 하나, 말아야 하나 잠시 고민을 하다가 우선 받기로 결
정을 하고 수화기를 들었다.

"여보세요? 성우네 집입니다."

전화기에선 아무런 말도 들리지 않았다. 전화가 끊겼는지 확
인한 동혁이 다시 말했다.

"여보세요?"

[여보세요?]

중후한 남자의 목소리가 들려왔다.

"누구십니까?"

[저는…… 성우 아빠 되는 사람입니다.]

순간 동혁은 잔뜩 긴장을 하고 말았다. 머릿속에서 일어난 온
갖 생각들이 한꺼번에 정신없이 춤을 춰댔다. 낯선 남자의 목소
리에 긴장한 건 비단 자신뿐만이 아니라는 생각이 퍼뜩 들어 동
혁은 서둘러 해명하듯 말했다.

"네! 아, 아, 안녕하세요? 아, 저는…… 저는 말이죠. 저
는……."

저는 이웃사촌입니다. 부탁을 받고 도와주러 온 착하고, 친절
하고, 잘생긴 이웃사촌.

하지만 그 말은 입 안에서 맴돌 뿐이었다. 아이들 세계에선

쉽게 용납될지 몰라도 어른들의 세계에선 해괴한 소리로 들릴 수 있다는 걸 알기에 동혁은 난감한 표정으로 식은땀을 흘리며 이렇게 둘러댔다.

"베이비시터입니다!"

[베…… 이비시터요?]

영 못 믿겠다는 말투였다. 얼마 전 신문에서 본 기사를 인용해 동혁은 황급히 설명을 덧붙였다.

"베이비시터의 종류는 다양합니다. 책을 읽어주는 북 시터, 공연을 함께 보러 다니는 관람 시터, 영어교육을 전문으로 시키는 영어 시터, 특정분야의 조기교육을 시켜주는 영재교육 시터, 생일 때 피에로나 탈 인형을 쓰고 아이들과 놀아주는 파티플래너 시터 등등."

[아, 네에…….]

뭐가 이렇게 거창한가 싶은 분위기의 말투. 성우 아빠가 이걸 믿어야 하나 아니면 계속 의심을 해야 하나 고민하는 눈치가 느껴졌다.

[그럼 지금 성우랑 둘이 계신 건가요?]

"네, 아주머니는 일하러 나가셨습니다. 좀 늦을지도 모른다고 하셨구요."

동혁은 의심을 하지 않을까 걱정하며 최대한 열심히 설명을 해주었다.

[네에. 그럼 제가 휴대전화로 걸어보겠습니다. 이만 끊겠습

니다.]

　성우 아빠가 뭔가 석연치 않은 구석이 있어 마음이 놓이질 않는다는 듯한 목소리로 말했다. 동혁은 수화기를 내려놓으며 안도의 숨을 길게 내쉬었다. 그러다 기분이 참 묘해졌다. 착잡했다. 씁쓸했다. 뒤숭숭했다. 왜 이런 기분이 드는지, 분명 이유가 있을 텐데 정확히 설명하기는 어려웠다. 동혁은 그냥 혼란스럽고 개떡 같은 기분이 들었다.

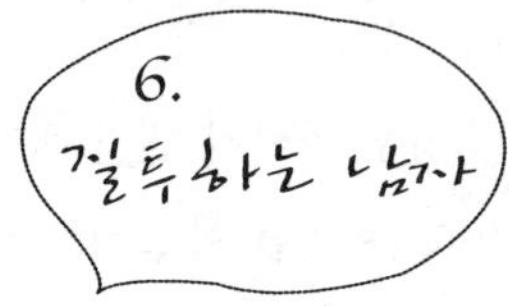

성우의 방 창문 너머로 달과 별이 수놓아져 있는 밤하늘이 보였다. 창문을 마주하고 있는 책상 위 탁상시계가 밤 열 시를 가리키고 있었다. 성우의 엄마와 아빠는 아직까지 귀가를 하지 않은 상태였다. 성우는 책상 앞에 앉아 일기를 쓰며 연신 하품을 하고 있었고, 동혁은 그런 성우를 옆에서 물끄러미 지켜보고 있었다.

"성우야."

"네?"

졸음 가득한 눈이 참 귀엽고 사랑스러웠다, 앙 하고 깨물어주고 싶을 정도로. 하지만 동혁은 지금 그럴 기분이 전혀 아니었다.

“아니다.”

“뭐가 아닌데요?”

동혁이 싱겁게 말을 맺자 성우가 더 궁금하다는 듯 얼굴을 바싹 들이대며 되물었다. 짧은 시간이었는데도 동혁은 성우에게 정이 흠뻑 들고 말았다. 원래 애들이라면 사족을 못 쓰는 성격이긴 했지만 성우는 유난히 더 귀엽고 정이 갔다. 첫눈에 반한 지수의 아들이라 그런 마음이 드는 건지도 모른다. 갑자기 성우 얼굴 위로 예쁜 아줌마의 얼굴이 겹쳐 보였다.

네 엄마는 뭐가 그렇게 급해서 결혼을 빨리 했다니? 기다림의 미덕 좀 갖추고 살지.

동혁은 그렇게 묻고 싶었다. 물론 아빠를 너무 사랑해서요, 라는 답이 날아올 게 뻔했다. 순간 질문거리가 없어졌다.

“아니야.”

“에이, 할 말 있으면 해요!”

성우가 동혁의 목을 감아 흔들며 말했다. 허물없는 행동이었다. 동혁은 씨익 하고 웃으며 성우의 앙증맞은 코를 살짝 잡아 흔들었다.

“넌 누구 닮았어?”

동혁은 예쁜 아줌마를 닮았다는 걸 뻔히 알면서 괜한 질문을 했다.

“사람들이 아빠 닮았대요.”

“그래?”

의외의 대답이었다. 동혁은 잠시 말을 끊고 성우를 빤히 들여다보았다. 예쁜 아줌마와 성우를 조합해 머릿속 도화지에 그림을 그려보니 꽤 잘생긴 사내가 떡하니 떠올랐다.

"아빠…… 잘생겼겠네?"

"네."

자신에 찬 대답이었다.

"좋겠다."

좋지 않을 리가 없지 않은가. 예쁜 엄마에, 잘생기고 돈 많은 아빠에, 으리으리한 집에! 이보다 더 좋을 수는 없을 것이다.

"네. 그런데 만날 바쁘세요. 만날 미국 가고, 일본 가고."

자세를 고쳐 앉은 성우가 다시 일기를 써 내려가며 말했다.

"왜?"

"왜긴요, 돈을 많이 버니깐 바쁘시죠. 우리 아빠가 회사에서 이거거든요."

엄지손가락을 치켜들며 말하는 성우의 얼굴에서 자랑스러움이 묻어났다. 예쁜 아줌마와 성우는 능력까지 갖춘 남편과 아빠를 둔 모양이었다.

"그렇구나."

하긴 이런 집에서 예쁘고 귀여운 처자식 먹여 살리려면 열심히 뛰어야겠지. 왜 안 그렇겠나?

속으로 자꾸 구시렁거리다 보니 동혁은 스스로 점점 의기소침해지고 침울해져 갔다. 자신의 가슴 한복판에서 번져 나가는 이상한 감정의 정체가 궁금해졌다.

설마 질투나 시기? 젠장, 말도 안 돼!

동혁은 못마땅했다. 누가 들여다보는 것도 아닌데 들킬까 봐 두렵기까지 했다. 하지만 인정할 것은 인정해야만 했다. 미친놈이란 소리를 들을 수 있겠지만 동혁은 도무지 지수가 애 딸린 유부녀라는 사실이 믿어지지도, 받아들여지지도 않았다. 마음이 계속 그 사실을 거부하고 있었다.

그래서 동혁은 자꾸만 심술이 나고 화가 나는 것 같았다. 이러는 자신이 마음에 들지 않아서, 이 정도밖에 안 되는 놈인가 싶어서 말이다. 정말이지 미친 게 틀림없었다. 그러지 않고서는 비뚤어진 마음을 설명할 길이 없었다. 그때 성우가 연필을 내려놓고 일기장을 덮었다.

"다 썼어?"

"네."

"그럼 자야지."

동혁은 가방에 필통과 일기장를 넣어주고 성우를 번쩍 들어 침대에 옮겨주었다. 그런데 성우의 얼굴이 왠지 불안해 보였다.

"왜?"

"나 자면 집에 갈 거예요?"

창백해진 안색, 극도로 긴장해서 떨리는 눈빛과 목소리. 성우는 걱정이 태산 같은 얼굴이었다.

"혼자 두고 갈까 봐 걱정돼?"

"네. 전에 자다가 일어났는데 집에 아무도 없어서 되게 무서
웠던 적이 있었거든요."

동혁은 무슨 말인지 이해할 수가 없었다.

"아무도 없었다구?"

"네."

"엄마, 아빠는 어디 가셨는데?"

성우의 표정이 더욱 어두워졌다. 동혁의 질문에 성우가 모르
겠다는 식으로 고개를 가로저었다.

"그래도 금방 오셨을 거 아냐."

또 한 번 고개를 가로저은 성우가 말을 계속 이어나갔다.

"엄마, 아빠한테 전화했는데…… 아무도 안 받아서…… 계속
울었어요. 학교도 못 가구요."

성우의 이야기에 동혁은 할 말을 잃고 말았다. 충격 뒤에 찾
아온 것은 커다란 분노였다. 물론 성우의 말만 믿고 섣부른 판
단을 해선 안 될 일이었다. 속사정을 모르고 무조건 부모를 비
난해서도 안 될 일이라는 것을 동혁도 잘 알고 있었다.

하지만 도무지 상식적으로 납득이 가지 않았다. 성우의 말대
로라면 부모라는 사람들이 판단 능력조차 미비한 자식을 무책
임하게 방치했다는 소리였다. 혼자 남겨진 성우가 느꼈을 공포
를 생각하니 동혁은 몸서리가 다 쳐졌다.

"많이 무서웠겠구나. 이리 와, 형이 한번 안아줄게."

성우가 주저하지 않고 동혁의 품에 와락 안겨들었다. 동혁은

자신에 비해 턱없이 작은 성우의 등을 토닥거리고 쓰다듬어 주며 다정하게 위로했다.

"앞으로 그런 일은 일어나지 않을 거야. 걱정 안 해도 돼."

"형."

"왜?"

"이건 비밀인데요."

동혁의 품에 안긴 상태에서 성우가 속삭이듯 말했다.

"너 지금 나한테 비밀 털어놓으려구?"

"네."

"그럼 그건 더 이상 비밀이 될 수 없는데? 비밀은 혼자 간직해야 하는 거거든."

"그래도 형한테는 말하고 싶어요."

누군가가 자신을 믿어준다는 건 상당히 기분 좋은 일이었다. 동혁은 선물을 받은 사람처럼 기쁜 표정을 지어 보였다.

"뭔데?"

"난요…… 엄마도 좋고, 아빠도 좋아요."

동혁은 어이가 없다는 듯 웃음을 터뜨리고 말았다.

"애개개, 그게 비밀이란 말이야?"

순간, 동혁의 품에서 성우의 작은 어깨가 들썩이는 것이 느껴졌다. 동혁은 눈동자를 좌우로 또르르 굴리며 사태 파악에 나섰다.

"야, 너 지금 웃는 거야, 아니면 우는 거야?"

사실 확인을 하기 위해 동혁은 성우를 품에서 떼어놓으려 했다. 그런데 성우가 동혁의 품 안으로 더 깊이 파고들었다.

"엄마가…… 많이 보고 싶어요. 엄마랑 아빠랑…… 안 싸우고 사이좋게…… 같이 살았으면 좋겠어요."

성우가 흐느끼며 힘겹게 속내를 털어놓았다. 가슴이 작아서 비밀의 크기도 작을 수밖에 없었던 걸까? 지극히 평범하고 당연한 것이 누군가에겐 비밀이 되기도 하고 소원이 된다는 사실을 동혁은 새롭게 깨달았다.

가정불화로 인해 성우가 받은 상처가 큰 것 같았다. 무슨 이유로 그런 문제가 생겼는지는 알 수 없지만 부부 사이가 원만하지 못한 것은 틀림없었다.

혹시 별거라도 하는 걸까? 아니면 진짜 미혼모?

성우는 분명 같이 살았으면 좋겠다고 했다. 그럼 따로 살고 있다는 말인데……. 남의 일이기는 했지만 동혁은 마음이 답답하고 무거워졌다. 어린 영혼의 눈물이, 슬픔이, 고통이 가슴에 스며들어 가슴 전체가 아려왔다. 성우의 울음이 잦아들 때까지 기다렸다가 동혁은 품에서 성우를 떼어놓고 손으로 눈물을 닦아주었다.

"성우야."

"네?"

"너 아까 일기 쓸 때 오늘 날씨 어땠는지도 썼어?"

뜬금없는 일기 얘기에 성우가 어리둥절한 표정을 지었다.

“네. 맑음이라고 썼어요.”

“넌 어떤 날씨가 좋아?”

“맑은 날이요.”

“나도. 근데 너, 맑은 날이 좋다고 일 년 내내 일기장에 맑음이라고 쓰면 어떻게 되는지 알아?”

동혁이 던진 질문의 요지를 도무지 알 수 없는 성우가 고개만 갸우뚱했다.

“어떻게 되는데요?”

“인마, 어떻게 되기는, 담임 선생님한테 혼나지.”

성우가 우습다는 듯이 입술을 씰룩거렸다. 호응에 힘입어 동혁은 두 번째 수수께끼를 던졌다.

“그럼 너, 비 오면 옷 젖고, 눈 오면 미끄러워서 엉덩방아 찧는다고 비나 눈이 안 오기를 바라면 어떻게 되는지 알아?”

동혁이 또 장난을 칠 것 같은지 성우가 아무런 대답을 하지 않았다.

“꽃도 시들고, 강물도 말라서 물고기들이 없어져.”

동혁은 답을 알려주었다. 그러자 성우가 아쉬운 표정을 지었다.

“에이, 말할걸. 나도 그렇게 생각했는데.”

“다시 말해서 사랑하는 여자 친구한테 꽃도, 회도 사줄 수 없게 된다는 거야. 캬아! 이 얼마나 슬픈 이야기니?”

동혁은 감정을 실어 연기를 하듯 말했다. 그러자 성우가 또

한 번 키득거렸다.

"참 신기한 건 말이지, 비나 눈이 그치면 하늘도 더 맑아지고, 해도 더 밝아지고, 열매도 더 싱싱해진다는 거야. 그럼 비나 눈이 올 때 우리는 뭘 해야 하는지 알아?"

"그칠 때까지 기다려요?"

"그렇지. 기다려야 하는 거야. 곧 뒤따라올 더 좋은 날을 기대하면서."

동혁은 성우의 머리를 쓰다듬어 준 후 진지한 표정을 지었다.

"넌 말이야, 엄마와 아빠가 함께 맺은 사랑의 열매야. 지금은 너희 가족에게 잠깐 비가 내리는 거야. 비가 그치면 어떻게 된다고 했지?"

"하늘도 더 맑아지고, 해도 더 밝아지고, 열매도 싱싱해진다구요."

"와! 한성우, 똑똑하다. 녹음기네, 녹음기! 성우야, 그러니까 너도 비 온다고 칭얼대면 안 되는 거야. 어떻게 해야 한다구?"

"기다려야 해요."

성우가 조금씩 밝아지기 시작했다.

"그럼, 어떤 날이 와?"

"더 좋은 날이요."

성우의 반응이 재깍재깍 돌아왔다.

"야아, 넌 어쩜 이렇게 똑똑하냐? 나도 너 같은 아들 하나 낳았으면 소원이 없겠다!"

동혁은 성우와 함께 머리를 맞대고 비벼가면서 키득거렸다. 그나저나 참으로 큰일이었다. 지수와 성우에게 마음을 너무 많이 빼앗겨서 말이다. 다 빼앗기고 나면 과연 그 자리에 뭐가 남을지……. 동혁은 두려운 마음이 생겼다.

밤 열두 시를 넘긴 시각까지 예쁜 아줌마는 돌아오지 않았다. 성우는 이미 꿈나라로 여행을 간 상태였다. 동혁은 거실 소파에 앉아 크게 하품을 하고 눈물을 닦고, 또 입이 찢어져라 하품을 하고 눈물을 닦다가 꾸벅꾸벅 졸고 말았다. 고개가 뒤로 홱 젖혀져서 눈을 떴다가 감고, 꺾인 목이 아파서 눈을 떴다 또 감았다.

동서남북으로 휘어졌다가 구부러졌다가 아주 정신을 못 차릴 지경까지 이르렀다. 무슨 소리가 들린 것도 같아 잠시 귀를 기울였지만 잘못 들은 것 같아 다시 정신을 놓았다. 그런데 어디선가 도란도란 대화를 나누는 소리가 작게 들려왔다. 동혁은 눈을 비비며 소리가 나는 쪽으로 다가갔다. 현관문 밖에서 들리는 소리 같았다.

"열쇠 없으세요?"

낯선 남자의 목소리였다.

"네. 애가 자는지 벨소리를 못 듣네요. 전화라도 하면 좋을 텐데, 휴대전화 배터리가 다 떨어져서요. 죄송해요, 시끄럽게 해서."

예쁜 아줌마가 온 모양이었다.

"그럼 저희 집 전화로 해보실래요?"

순간 동혁은 정신이 번쩍 들었다. 이 야심한 밤에 가긴 어딜 간단 말인가! 절대 안 될 일이었다. 동혁은 황급히 현관문을 열었다.

"아줌마!"

아줌마가 남자의 집으로 가기 전에 붙잡아야만 했다. 한데 현관문 밖에 서 있는 여자는 예쁜 아줌마가 아니었다. 귀신이었다.

"헉!"

동혁은 저도 모르게 숨을 짧게 들이켰다. 폭탄 맞은 머리와 네모난 테이프를 붙인 것처럼 까만 눈, 쥐를 잡아먹은 듯한 빨간 입술을 하고 서 있는 귀신이 동혁을 향해 눈을 번뜩였다. 살벌한 기운이 가득한 눈이었다. 이런 귀신이 절대 아줌마일 리가 없었다. 동혁은 놀라서 숨 쉬는 법조차 잊어버린 사람처럼 굳어져 있었다.

귀신이 그런 그를 황급히 떠밀고 집 안으로 들어왔다. 현관문이 닫히자 귀신이 그를 거실 한가운데에까지 밀고 들어갔다. 그리고 살기등등한 얼굴을 바싹 디밀고 눈을 부라리며 소리를 낮춰 불같이 화를 냈다.

"죽고 싶어요!"

"아, 아줌마?"

동혁은 되물어 확인을 했다. 그러자 지수가 고함을 버럭 질러댔다.

"유서 쓰고 싶어요!"

지수가 확실했다. 그제야 동혁은 지수가 일을 마치고 화장도 지우지 않은 채 집으로 돌아왔다는 사실을 깨닫게 되었다.

"아줌마가 떡칠한 화장 때문에 귀신인 줄 알고 깜짝 놀랐잖아요!"

동혁은 덩달아 화를 냈다. 그랬더니 지수의 눈빛이 더 험악해졌다.

"자꾸 살인 충동 들게 할 거예요!"

"내가 언제요?"

동혁은 억울하다는 듯 항의를 했다.

"난 세상에서 아줌마라는 소리가 제일 듣기 싫단 말이에요! 제발 좀 아줌마라고 부르지 말아요!"

동혁은 구더기 섞인 똥을 씹은 표정으로 소리없이 구시렁거린 후 입을 열었다.

"알았어요! 알았다구요! 그럼 뭐라고 불러요? 지수 씨?"

성우 엄마? 이렇게 더 물으려 하는데 지수가 말꼬리를 툭 잘라냈다.

"아뇨! 부를 일 없을 거예요. 두 번 다시 보지 않을 거니까."

지수가 가방을 뒤적거리더니 지갑을 꺼냈다. 또 돈을 꺼낼 모양이었다. 동혁의 인상이 확 구겨졌다. 사람의 성의를 돈으로 계산하려는 지수가 마음에 들지 않아서였다. 정말 돈이면 뭐든

다 된다고 생각하는 걸까? 동혁은 지수의 행태가 영 마음에 들
지 않았다. 화가 스멀스멀 피어올랐다.

"돈만 꺼내봐요! 평생 쫓아다니면서 아줌마 노래를 부르는 수
가 있으니까!"

예상치 못한 공격이었는지 지수가 잠시 주춤거렸다. 동혁은
옷을 거칠게 챙겨 들고 현관문 쪽으로 향했다. 지수와 싸우고
싶지 않아서였다.

"왜 화내요?"

지수가 쫓아오며 항의하듯 물었다. 하지만 동혁은 화가 머리
끝까지 난 상태라 지수에게 눈길도 주지 않고 입을 꾹 다물었
다. 지수가 동혁의 앞을 가로막으며 귀신 얼굴 그대로 성질을
부렸다.

"정당한 임금을 지불하려는 건데 왜 화를 내냐구요?"

동혁은 까칠하고, 시니컬하고, 제멋대로고, 이기적이고, 고집
도 센 지수를 매섭게 노려보았다. 분명 문제가 아주 많은 여자
였다. 그런데 동혁은 그 어떤 상황에서도 지수가 예뻐 보였다.
귀신처럼 하고 있어도, 재수없게 굴어도, 섹시하고 아름다웠다.
그래서 화는 나지만 밉지가 않았다.

밉지 않다는 건 사실 별문제가 되지 않았다. 싫지 않고 좋다
는 게 더 큰 문제였다. 동혁은 지수가 좋았다. 문제가 많은 여자
인데도 이유를 막론하고 그냥 좋았다. 앞에 서 있는 지수가 애
가 있는 유부녀라는 사실을 아주 잘 알고 있는데도 보고 있으면

와락 껴안고 입을 맞추고 싶었다. 미친놈, 정신 나간 놈이란 소리를 듣게 돼도 말이다.

동혁은 이제야 알 것 같았다. 성우 아빠란 작자와 통화를 끝냈을 때부터 기분이 더럽고 우울했는데 왜 그랬는지 이제야 확실히 알 것 같았다. 스스로에게는 아니라고 부정했지만 사실 질투심 때문이었다. 자격지심이 들 만큼 모든 면에서 자신보다 우월한 남자한테 느낀 건 바로 그 감정이었다. 질투!

세상에! 천하의 차동혁이 미쳐 가는구나. 세상에 널리고 널린 게 여자인데 위험 금지구역이나 다름없는 애 딸린 유부녀를 좋아하게 되다니!

"왜 사람이 묻는데 말을 안 해요?"

지수가 속도 모르고 앵앵거렸다. 동혁은 차라리 지수가 눈에서 사라져 버렸으면 좋겠다는 생각이 들었다. 계속 자극을 하면 미친 짓을 할 것만 같아서였다.

"입 뒀다 뭐 할 건데 말을 안 하느냐구요! 읍!"

입의 사용법을 묻는 지수의 물음에 본능적으로 키스를 떠올린 동혁은 두 손으로 지수의 얼굴을 덥석 잡고 거칠게 입술을 훔쳤다. 드디어 미쳐 버리고 만 것이다. 사람이기를 포기하고 짐승이 되어버린 것이다.

놀란 지수가 몸을 비틀며 반항을 해왔다. 하지만 동혁은 절대 지수를 놓아주지 않았다. 오히려 한 손으로는 가는 지수의 허리를 감싸고 다른 한 손으로는 지수의 뒤통수를 움켜잡고 더 끌어

당겼다. 거침없이 지수의 입술을 깨물고 입 안을 빠르게 파고들
었다. 진한 화장을 지우지 않아 처음엔 화장품 맛이 났다. 그 다
음은 달콤한 맛이 느껴졌다. 동혁은 지수의 뜨거운 혀를 휘감고
빨아들였다. 빠르게, 모든 것을 삼킬 듯이. 지수가 주먹으로 때
리고 꼬집어도 막무가내로 입술을 탐했다.

그런데 갑자기 머릿속에서 모친과 형이 무표정한 얼굴로 나
타나 육두문자를 쏟아내기 시작했다.

"미친놈! 정신 나간 놈! 네가 사람이야? 사람이야? 이 짐승만
도 못한 놈! 차라리 나가 뒈져라!"

형수가 모친과 형을 밀어내고 들어와 공포에 질린 얼굴을 하
며 오들오들 떨어댔다.

"도련님, 이러시면 안 되죠. 어떻게 애 딸린 유부녀한테! 이건
죄악이에요! 죄악!"

성우가 뜨거운 눈물을 가득 담고 배신당한 표정으로 끼어들
었다.

"형, 우리 엄마한테 무슨 짓을 하는 거야? 어떻게 나한테 이
럴 수가 있어? 내가 한 말 다 잊은 거야? 난 엄마랑 아빠랑 같이
살고 싶다고 했지, 형하고 같이 살고 싶다는 소리는 안 했단 말
이야! 형은 나쁜 사람이야!"

순간 정신이 번뜩 들었다.

동혁은 지수를 놓아주고 뒤로 물러섰다. 충격의 여파로 한껏
커진 눈, 심하게 오르내리는 가슴, 하얗게 질린 얼굴, 감전당한

사람처럼 지수는 온몸을 부르르 떨어대고 있었다. 아무 말도 못 하고 마법에 걸린 것처럼, 옴짝달싹하지 못한 채.

내가 무슨 짓을 한 거야? 내가 애 딸린 유부녀한테 도대체 무슨 짓을!

동혁은 벽에다 머리를 박고 죽든 베란다 문을 열고 투신자살을 해서 죽든 어떤 방법을 써서라도 죽고 싶었다. 자책감에 죽을상을 했다.

"으으윽, 미친 거야. 미친 거야. 난 미친 거야!"

동혁은 세상에서 가장 큰 죄를 지은 사람처럼 몸부림을 치며 괴로워했다. 이대로 지옥으로 간다고 해도 전혀 놀라지 않을 것처럼 굴었다. 내뱉는 신음이 파도타기를 하는 것처럼 정신없이 오르내렸다.

"바퀴벌레 시체보다 못한 놈!"

동혁은 스스로를 욕하며 주먹 쥔 손으로 자신의 머리를 세게 내려쳤다.

"악성코드 같은 놈!"

다른 손으로 또 한 번.

"염라대왕도 두 손 들 놈!"

두 손으로 마구 머리를 때렸다. 그러다 겁에 질린 지수에게 시선을 돌렸다. 정신 나간 것처럼 미친 짓을 하는 동혁으로 인해 두려움을 느낀 지수가 눈을 더 크게 뜨고 부들부들 떨어댔다.

"왜 사람을 자극해요! 왜! 왜! 내가 언제 돈 달라고 했어요?

돈으로 살 수 없는 게 이 세상에 얼마나 많은데, 돈이면 다 되는 줄 아느냐구요? 말 안 한다고 생각까지 없는 줄 알아요? 사람이 왜 그렇게 못됐어요? 왜 날 나쁜 사람 만들어요? 내가 돈 바라고 성우 봐준 거 같아요? 사람의 호의를 순순하게 받아들이지 못할 만큼 당신, 꼬인 사람이에요? 뭐든 꼭 그런 식으로 돈으로 계산해야 직성이 풀리는 사람이에요? 도대체 왜! 왜 그렇게 꼬이고 못됐어요! 왜 나까지 돌게 만들어요? 왜 미친 짓 하게 만드냐구요? 왜! 왜! 왜!"

동혁은 성난 사자처럼 포효를 하듯 소리를 마구 질러댔다. 그러자 놀란 지수가 사시나무 떨듯 마구 떨어대더니 이내 푹 주저앉았다. 그리고 눈을 감고 옆으로 휙 쓰러져 버렸다.

"헉! 아줌마! 아줌마!"

동혁은 눈앞이 깜깜해졌다. 심장이 마구 떨렸다. 지수를 끌어안고 정신을 차리라고 뺨따귀를 찰싹찰싹 때려보았지만 그래도 깨어나질 않았다. 마구 흔들어보았으나 역시 마찬가지였다.

"내가 도대체 무슨 짓을 한 거야? 아줌마! 아줌마, 정신 차려요! 아줌마아아아아아!"

동혁은 지수를 내려놓고 주방으로 내달렸다. 그리고 망나니처럼 입 안 가득 물을 물고 와 지수의 얼굴을 향해 내뿜었다. 그때였다. 지수가 두 눈을 번쩍 뜨고 발딱 일어나 앉았다. 정신이 돌아온 것이다.

"아줌마!"

동혁은 너무나 기쁜 나머지 지수를 확 끌어안고 눈물을 흘렸다.

"아줌마가 죽은 줄 알았잖아요!"

바로 그때였다. 갑자기 뻑 하는 소리와 함께 동혁의 눈앞에 번개가 번쩍 하고 쳤다. 동혁은 그제야 지수가 자신을 향해 사정없이 박치기해 온 것을 깨달았다. 머리에 금이 간 것 같았다.

"아아주움마아!"

동혁은 고통이 밀려드는 머리를 부여잡고 원망하듯 포효했다.

"곧 죽어도 아줌마? 아줌마? 아줌마!"

지수의 앙칼진 목소리가 점점 드높아졌다. 또 한 번 번개가 내리쳤다. 눈앞에서 불꽃이 팍 튀면서 별들이 우수수 쏟아져 내렸다. 축구선수 지단의 박치기보다 더 위협적인 공격이었다. 이번엔 코뼈가 부러진 것 같았다. 쌍코피가 터진 기분이 들었다.

유부녀한테 몹쓸 짓을 했으니 얻어터지는 게 당연지사였다. 스스로도 미친놈이라고 꾸짖는 판에 멀쩡한 정신을 가진 여자가 참을 리가 없지 않은가. 하지만 더 얻어맞기 전에 동혁은 무슨 수를 써야만 할 것 같았다. 목숨은 부지하고 싶었다.

에라, 나도 모르겠다! 그냥 기절한 척해 버리자!

동혁은 무슨 방법을 동원하든 절대 깨어나지 않을 생각을 하고 힘없이 눈을 감고 폭 쓰러져 버렸다.

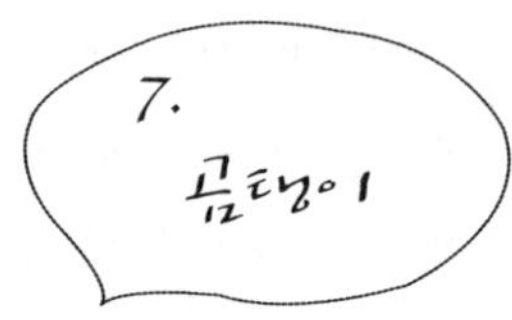

어둠이 물러가고 태양이 솟아올랐다. 여느 때처럼 성우가 학교 갈 준비를 하기 위해 집 안을 분주히 돌아다녔다. 하지만 지수는 주방 식탁 앞에 앉아 이마에 생긴 두 개의 혹을 계란으로 문지르며 씩씩대고 있었다.

"나쁜 자식!"

지수는 끊임없이 욕을 하며 거실 한가운데에서 왕(王) 자가 그려진 배를 드러낸 채 대자로 뻗어 잠을 자고 있는 커다란 곰 한 마리를 노려보았다. 어젯밤 두 번의 박치기를 당하고 기절을 빙자한 잠을 자고 있는 남자였다. 남자는 아카데미 남우주연상을 탈 만한 연기력을 펼쳤지만 지수는 절대 속지 않았다.

"어우! 저 곰탱이!"

지수는 곰탱이를 돌돌 말거나 혹은 열 번 정도 꼬깃꼬깃 접어 쓰레기통에 처박고 싶은 마음이 굴뚝같았다. 하다못해 왕(王) 자가 그려진 배를 콱 밟아 옥(玉) 자로 바꿔주고 싶을 정도였다. 집주인은 뜬눈으로 밤을 새웠는데 객은 제 세상 만난 곰처럼 침까지 흘려가며 쿨쿨 잠을 자고 있으니 환장할 노릇이었다.

"생긴 건 멀쩡하게 생겨 가지고 하는 짓은 완전히!"

지수는 차마 성우 앞에서 곰탱이를 사이코라고 부를 수가 없어 입을 다물었다. 정말이지 곰탱이는 어느 누가 봐도 멀쩡하게 생겼다. 멀쩡하다는 표현만으로는 턱없이 부족했다. 보기만 해도 여자들의 몸에서 뜨거운 열기가 피어오르게 할 만큼 매력적이고 멋진 남자였다. 외모적으로는 친구들에게 애인이라고 소개하거나 연애를 하고 싶을 만큼, 아주 잘생긴 남자였다.

특히 말초신경을 자극할 만큼 꽤 멋진 글자가 새겨진 배와 육감적인 입술은 수많은 여자들을 녹이고도 남을 법했다. 만약 첫 만남부터 어젯밤까지의 일 모두를 생략하고, 개연성과 당위성, 필연성을 따질 필요가 없다면 지수는 당장이라도 키스와 애무로 잠자는 곰탱이를 깨우고 싶은 충동에 사로잡혔을지도 모른다.

어젯밤 곰탱이의 키스는 잔인하고 무자비했지만 강렬한 힘과 탄산음료처럼 짜릿한 흥분을 느끼게 해주었다. 아마 곰탱이가 조금만 더 키스를 계속했더라면 반항을 멈추고 그 키스에 몰입

했을지도 모른다. 솔직히 짧게나마 영원히 그대로 시간이 멈춰 줬으면 하는 어처구니없는 생각을 하기도 했었다. 얼떨결에 곰 탱이의 키스를 평가하게 된 지수는 갑자기 온몸을 타고 흐르는 찌릿찌릿한 느낌에 놀라 생각을 멈추고 말았다. 곰탱이의 키스 한 방에 지극히 이성적이었던 감정 선이 어긋난 모양이었다. 지 수는 이 무슨 쓸데없는 생각인가 싶어 얼굴을 일그러뜨리고 머 리를 마구 흔들었다.

"어으, 미쳤어! 미쳤어!"

그때였다. 학교 가방을 멘 성우가 자신의 이불을 질질 끌고 와 곰탱이의 몸을 덮어주었다.

"성우야, 이불 저리 치우지 못해?"

지수는 계란을 식탁에 내려놓고 쿵쿵거리며 거실에 누워 있 는 곰탱이에게 다가가 이불을 확 걷어냈다.

"배탈 나면 어떡해?"

성우가 지수의 눈치를 살피며 곰탱이의 웃옷을 내려 배를 가 려주었다.

"그러거나 말거나 상관하지 말고 한성우, 넌 학교나 가. 어 서!"

죄없는 성우를 애꿎게 혼낸 지수는 천하태평하게 꿈의 세계 를 전전하고 있는 곰탱이를 바라보며 이를 빡빡 갈아댔다.

"좋은 형이야."

성우가 마음에도 안 들고 절대 동의할 수 없는 말을 했다. 못마땅해진 지수는 성우를 째려보며 인상을 확 구겼다. 짧은 시간 내에 무슨 수로 성우에게 높은 점수를 획득했는지 몰라도 저 곰탱이는 사람을 환장하게 만드는 놈이지 절대 좋은 형이 아니었다.

"좋은 형은 무슨! 좋은 형 다 이라크 파병 됐나 보다!"

"왜 좋은 형이 아니라고 생각해? 어제 하루 종일 나랑 놀아주고, 밥도 주고, 숙제도 봐주고, 재워주었는데. 그러면 좋은 형인 거 아냐? 형한테 고마워해야 할 사람이 화를 내면 어떡해?"

순간 지수는 할 말이 없어졌다. 성우가 옳은 소리를 하고 있었기 때문이다. 하지만 반발심이 수그러들지 않아 어깃장을 놓고 말았다.

"시끄러! 어디서 어른을 가르치려고 들어?"

어젯밤 아무런 사건만 일어나지 않았더라면 지수는 성우의 의견에 충분히 동의할 수 있었을 것이다. 개인적인 시간을 할애해서 큰 도움을 준 곰탱이니까. 아주 나쁜 곰탱이라고 할 수만은 없었다. 하지만 곰탱이는 상식 밖의 말과 행동으로 지수의 부아를 치밀어 오르게 만들었고, 결과적으론 일어나서는 안 될 일까지 만들었다. 예를 들면 잔인하기 짝이 없었던 키스 사건! 그것은 고마운 마음을 깡그리 없애 버리는 행위였다.

아니, 현재까지도 고마운 마음은 분명히 있었다. 하지만 곰탱이가 그런 마음을 표현할 수 없게끔 상황을 몰아가고 있었다. 분명히 아줌마라 부르지 말라고 했는데도 곰탱이는 자신을 줄

기차게 아줌마라고 부르며 화를 돋우었다. 더구나 합당한 이유 없이 화를 냈고, 자신에게 무례한 짓까지 저질렀다. 빌어먹을 키스! 그런 곰탱이한테 어떤 여자가 고마운 마음이 있다 하더라도 그것을 표현하겠는가.

하여간 애초부터 잘 알지도 못하는 곰탱이한테 조카를 맡기는 것이 아니었다. 일하는 내내 미친 짓을 했다고 얼마나 후회를 했는지 모른다. 별의별 상상을 하다가 무대에서 실수를 연발하고 패션쇼 디렉터한테서 원성까지 들었다.

지수는 하도 걱정이 돼서 패션쇼가 끝나자마자 화장도 안 지우고 부리나케 달려왔다. 귀신처럼 보인다는 것을 알면서도 본의 아니게 많은 시민들을 놀라게 하면서. 초인종을 수차례 눌러도 기척이 들리지 않아 혹시 무슨 일이라도 생긴 건 아닐까 하고 애간장을 태웠다. 물론 그 덕분에 꽃미남 1304호와 잠시나마 대화를 나눌 수 있는 기회를 얻기는 했지만. 생크림처럼 달콤하고 부드러운 꽃미남 1304호의 목소리에 온몸이 녹아내릴 것만 같았고 그래서 행복할 수 있었다.

그런데 왜 하필 꽃미남 1304호의 감미로운 세계에 초대를 받게 되었을 때 갑자기 문을 벌컥 열고 방해꾼처럼 나타나느냔 말이다. 두 번 다시 주어지지 않을 절호의 기회였을지도 모르는데! 게다가 결혼도 안 한 처녀한테 아줌마라고 하면서!

물론 성우의 존재를 잊을 만큼 꽃미남 1304호한테 홀딱 빠진 상태는 아니었다. 초대라고 해봤자 기껏해야 집 전화 한 번 쓸

수 있는 기회가 다였다. 하지만 꽃미남 1304호가 얼마나 놀랐겠는가. 성우 고모가 아니라 아줌마로 오해를 하면 안 되는데 어찌 그런 말도 안 되는 만행을 저지를 수 있단 말인가!

어디 그것뿐인가! 잘한 것도 없는 놈이 있는 대로 성질을 내면서 처녀의 입술을 빼앗고 물어뜯기까지 했다. 겁대가리를 상실해도 유분수지! 지수는 지금도 입술이 얼얼했다. 아직도 저 환장할 곰탱이의 뜨거웠던 숨결이 느껴지는 것 같았다. 날카롭게, 더 들어올 수 없을 때까지 깊숙이 파고들어 왔던 저놈의 혀 때문에 지수는 어이상실, 이성상실도 모자라 심장마비까지 일으킬 뻔했다.

제일 중요한 건 사이코 같은 곰탱이의 키스에 주책없이 전율을 느끼고 흥분을 하고 말았다는 것이다. 에잇! 곰탱이의 키스를 타고 사이코 기질이 전이된 게 틀림없었다. 그게 아니라면 왜 자꾸 곰탱이의 입술에 시선을 빼앗기고, 상승된 혈압과 맥박은 제자리를 찾지 못하고 여전히 방황을 하고 있느냔 말이다!

지수는 정말이지 곰탱이한테 환장할 놈이란 소리밖에 해줄 수가 없었다. 죽일 듯이 달려들어 물어뜯지를 않나, 갑자기 스스로한테 욕을 하며 학대를 하지 않나, 미친 듯이 소리를 지르지를 않나. 광견병에 걸린 개가 따로 없었다. 아무리 생각해도 곰탱이는 제정신이 아닌 모양이었다. 머리가 돈 게 틀림없었다. 광포한 짓거리에 사과는커녕, 남의 집에서 대자로 뻗어 잠자는 거실의 곰의 역할을 수행하고 있는 남자를 어떻게 정상이라고 생각할 수 있겠는가. 지수는 슬그머니 다시 화가 치밀었다. 이런 미친 곰탱이한테 애를 맡겼던 걸 생각만 하면 소름이 돋을 지경이었다.

"성우, 너 정말 학교 안 가고 계속 그렇게 있을 거야!"

지수는 죽은 어미 곰 곁을 떠나지 못하는 새끼 곰처럼 곰탱이를 물끄러미 바라보고 있는 성우에게 소리를 빽 질렀다.

"아무리 생각해도 좋은 형이야. 좋은 형한테 너무 그러지 마."

성우의 말에 지수는 또 한 번 경악스러운 표정을 짓고 말았다. 저 망할 놈의 곰탱이가 어린애까지 홀려 이성적인 생각을 할 수 없게 만들었다. 지수는 성우의 입에서 흘러나오는 좋은 형이라는 말이 머릿속에서 둥둥 떠다니며 그녀의 정신세계를 오염시키는 것 같았다.

"너도 저 남자처럼 미쳤니? 전염됐냐구?"

지수는 절대 인정할 수 없는 마음에 성우에게 해선 안 될 말까지 하고 말았다. 이에 성우가 눈살을 찌푸리고 인상을 찡그렸다.

"형은 미치지 않았어. 진짜 좋은 형이란 말이야. 친구들이 나 못살게 굴 때도 도와줬고, 내 이야기도 잘 들어줬고, 또 엄마처럼 잘해줬단 말이야. 친해지면 좋은 형이란 걸 알게 될 거야. 좋아하게 될 거야."

성우가 사이코 같은 곰탱이를 옹호하고 나섰다. 성우의 말이 사실일지는 몰라도 지수는 이젠 어느 누구한테도 설득당하고 싶지 않았다. 설득당한 순간부터 모든 게 엉망진창이었기 때문이다. 곰탱이한테 설득당해 애도 맡겼다. 그로 인해 고마움도 느꼈지만 얼떨결에 키스도 당했다.

무서운 마음에 지수는 격렬하게 거부했지만 그 순간만큼은 심장이 터질 것처럼 짜릿했던 것도 사실이다. 그 아이러니한 느낌을 부인하고 싶어 애를 쓰고 있는데 성우가 또 설득을 하고 있는 것이다. 이번마저 설득을 당하면 무슨 일이 생길지 몰라 본능적으로 거부를 하고 말았다. 지수는 고개를 세차게 흔들었다.

"아니, 절대 그런 일은 없을 거야! 난 싫어! 난 살덩어리, 아줌마라는 소리, 그리고 저 인간이 세상에서 제일 싫어! 싫어, 싫어! 싫은 걸 어떡해!"

지수는 목젖이 보일 만큼 입을 크게 벌리며 발악하듯 외쳤다. 성우는 못 볼 것을 본 것처럼 얼굴을 일그러뜨렸다. 지수는 성우에게 손가락질을 하며 계속 말을 이어갔다.

"너 좋아하지 마! 절대 좋아하지 마! 죽어도 좋아하지 마!"

지수는 험악한 표정으로 성우에게 협박에 가까운 경고를 했다. 그런데 지수는 왠지 그 경고가 자기 자신에게 하는 말처럼 느껴졌다. 그때였다.

"거, 시끄러워 잠을 못 자겠네!"

곰탱이가 투덜거리며 몸을 이리저리 뒤척이더니 일어나 앉았다. 삐죽삐죽 솟은 머리 하며, 아직도 무겁게 내려앉은 눈꺼풀, 입을 쩌억 벌리고 하품을 하는 꼴까지 아주 가관도 아니었다. 지수는 곰탱이를 한심하다는 눈빛으로 노려보다 자신의 시선이 또 곰탱이의 입술을 향해 있다는 사실을 인식했다. 지수는 미칠 것만 같아 미간을 좁히고 아랫입술을 질끈 깨물었다.

"형! 깼어?"

뭐가 그리도 반가운지 성우가 환하게 웃으며 곰탱이에게 바싹 다가갔다. 지수는 힘겹게 곰탱이에게서 시선을 뗐다. 눈을 감고 부딪치지 않는 것이 제일이었지만 지금으로서는 불가능한 일이었다. 최대한 이성을 찾아 곰탱이의 약점을 머릿속에 나열하며 우위에 설 수 있게 맞설 준비를 해야 했다.

"어? 성우야!"

너무도 다정하게 성우를 부르는 곰탱이의 음성에 지수는 저도 모르게 곰탱이를 다시 바라보게 되었다. 잠이 모자란지 눈을 반쯤 뜬 곰탱이는 푸근한 미소를 지으며 성우를 끌어안았다. 누가 보면 부자관계로 오해할 만한 광경이었다. 오만상이 지어졌다.

아니, 언제 성우한테 저런 친근감을 가지게 만든 거야? 이놈의 곰탱이, 그러고 보면 인간성이 최악은 아닌 모양인데. 낯가림이 심한 성우가 저 정도라……. 아냐, 아냐. 내가 지금 무슨 생각을 하는 거야?

"떨어져!"

지수는 후닥닥 성우와 곰탱이 사이를 파고들어 둘을 떼어놓
았다. 이 환장할 곰탱이는 보통 위험한 곰탱이가 아니었다. 방
심을 할라치면 여지없이 파고들어 제멋대로 사람을 흔들어대는
능력이 있었다.

"아줌마, 이게 지금 뭐 하는 짓이에요?"

또 아줌마란다. 죽다 살아났어도 아줌마란다. 누렇게 뜬 떡잎
처럼 옐로우한 싸가지는 쌍코피를 부른 박치기에도 여전히 옐
로우했다! 미련한 곰탱이가 도화선에 불을 붙인 것도 모자라 자
폭하겠다고 폭탄을 둘러매는 무모함을 보였다. 지수는 곰탱이
의 멱살을 부여잡고 이를 갈며 외쳤다.

"내가 혀 뽑아 갈아 마신 살인마란 타이틀을 달고 뉴스에 출
연하는 한이 있어도 싸가지없는 말버릇을 고쳐 놓고 말 거예요!
다시 말해봐요. 아줌마라고 다시 말해보라구요!"

"애 경기 일으키겠어요! 이 무슨 엽기적인 행패예요?"

지수는 성난 황소처럼 한껏 넓혀진 코로 거친 바람을 토해내
다가 입을 떡 벌리고 있는 성우를 발견하곤 마지못해 곰탱이를
놓아주었다.

"한성우! 학교 안 갈 거야?"

"종로에서 뺨따귀 맞고 한강에서 눈 흘긴다더니, 왜 애한테
소리를 지르고 난리예요? 진짜 이상한 아……."

곰탱이가 또 아줌마라는 소리를 할 것 같아 지수는 눈을 가늘
게 뜨고 살벌한 기운을 내뿜었다. 여차하면 들이받을 생각으로

다음 말을 기다렸다. 그러자 곰탱이가 아차 싶었는지 황급히 말을 바꿨다.

"아침이네! 성우야, 너 학교 늦겠다. 어서 가야지."

곰탱이가 등교를 핑계 삼아 성우의 손을 잡고 일어나 자리를 피했다. 지수는 그런 곰탱이가 밉광스럽기 짝이 없었다. 지수는 더 이상 찢어질 수 없을 만큼 찢어진 눈으로 곰탱이를 계속해서 째려보았다.

"형, 오늘도 나랑 놀아줄 거예요?"

지수는 곰탱이가 대답하기 전에 빨딱 일어나 소리쳤다.

"아니!"

불만이 가득해 보이는 성우와 곰탱이를 무시하고 지수는 쐐기를 박듯 계속 말을 이어나갔다.

"아저씨가 네 친구니? 놀고 싶으면 네 친구들하고 놀아."

이 곰탱이는 호환, 마마, 조류독감, 구제역보다 더 무서운 전염병이야. 절대 만지지도 말고 혹시 접촉이 의심되면 비누 한 장을 다 써서라도 소독해. 알았어!

차마 내뱉을 수 없는 말을 지수는 속으로 광분을 하며 외쳤다.

"형하고 같이 놀고 싶은데……."

도대체 곰탱이가 애한테 무슨 짓을 했는지 알 수가 없었다. 성우가 아주 안달복달이었다. 그렇다고 맘을 약하게 먹을 생각은 없었다. 이 곰탱이가 어떤 남자이든 부딪치고 싶지 않은 것은 틀림없었다. 성우에게는 미안하지만 지수는 여기서 확실히 못을 박을 필요가 있었다.

"쓸데없는 소리 그만 하고 얼른 가!"

소리를 버럭 지른 지수는 성우를 아예 밖으로 내보낸 후 현관문을 닫아버렸다. 그리고 이 모든 혼란의 원흉인 곰탱이를 향해 몸을 홱 돌렸다. 지수는 먹이를 발견한 들짐승처럼, 사생결단을 각오하고 끝장을 내버리려는 투사처럼 곰탱이를 향해 위협적으로 다가갔다. 지수는 곰탱이 면전 앞에 얼굴을 쑥 들이밀고는 살벌하게 입을 열었다.

"경고하는데, 우리 성우한테 친한 척하지 말아요. 말도 걸지 말고, 쳐다보지도 말아요. 알았어요?"

"너무 심한 거 아니에요? 아……."

입만 열었다 하면 아줌마 소리가 저절로 나오는지 곰탱이가 잠시 말을 끊었다 다시 이어나갔다.

"그런데 뭐 하나 물어봐도 돼요?"

"아무것도 묻지 말아요!"

지수는 퉁명스럽게 질문을 차단해 버렸지만 곰탱이는 겁도 없이 질문을 던졌다.

"왜 그렇게 아줌마라는 소리에 예민해요?"

"아줌마가 아니니까 그렇죠! 그리고 난 아줌마라는 소리가 세상에서 제일 싫단 말이에요!"

무슨 질문을 해도 대답해 줄 생각이 없었으나 지수는 저도 모

르게 소리를 버럭 지르고 말았다. 곰탱이의 표정이 점점 일그러
져 갔다.

"그래도 그렇지, 머리통 깨뜨리고 코뼈 주저앉힐 정도면 너무
심한 거 아니에요?"

"아줌마라는 소리 때문에 화병 나서 거식증, 우울증에 걸려
정신과 치료까지 받아봐요! 안 그러게 생겼나!"

곰탱이가 많이 놀란 듯 박물관에 전시된 박제동물처럼 어정
쩡한 모습으로 굳어버렸다. 부지불식간에 튀어나온 말에 지수
역시 당황했다. 숨기고 싶은 치부일 수도 있는 얘기가 홧김에
나왔다. 지수는 순간 입을 다물고 또다시 곰탱이를 노려보았다.
마치 이 모든 사단의 원흉은 너라는 듯.

정적이 흘렀다. 지수는 흥분을 가라앉히고 소파에 앉았다. 혈
압이 상승될지도 모르는 스토리를 부가하려면 안정제와 물은
둘째치고라도 완충제 역할을 해줄 소파가 꼭 필요했다.

하긴 당할 때 당하더라도, 지수는 곰탱이한테 이유를 알려줄
필요가 있었다. 다음부터 아줌마라는 소리를 못하게 하려면 말
이다. 지수는 길게 심호흡을 했다. 과거의 그때를 기억하는 것
만으로도 괴로워 지수는 잔뜩 인상을 찡그렸다.

"초등학교에 입학한 순간부터 삼 년 내내, 뚱보아줌마라는 별
명을 지어 노래를 부르며 괴롭힌 녀석이 있었어요."

박제된 곰탱이가 눈동자를 좌우로 불안하게 움직였다. 지수
는 눈에 쌍심지를 켜고 곰탱이를 노려보았다. 차동혁이라는 놈

에 대한 감정이 곰탱이에게 대입이 되어 원수와 대면하고 있는 기분이 들었다.

"차동혁이란 이름을 가진 놈이었는데 천하의 둘도 없는 왕싸가지에 재수없는 순악질, 아주 몹쓸 녀석이었죠."

흥분을 하며 지수는 이를 빠드득빠드득 갈았다. 크게 놀랐는지 곰탱이가 눈을 휘둥그렇게 뜨고선 믿을 수 없다는 표정을 지어 보였다. 숨도 못 쉰 채로 서 있다가 마른침을 간신히 꿀꺽 삼키는 모습이 눈에 들어왔다. 곰탱이의 반응이 좀 과장스럽다고 생각됐지만 지수는 계속 말을 이어나갔다.

"아주 지겹다 못해 죽을 맛이었어요. 환청이 들릴 정도였거든요. 나는 그 녀석이 미워 죽겠는데 다른 여자애들은 반쯤 풀린 눈을 해가지고 그 녀석을 쫓아다녔어요. 선생님들도 그 녀석이 개망나니 짓을 해도 쉽게 눈감아주고, 그것도 모자라 전폭적인 지지와 애정을 쏟아부어 주었어요. 그 녀석은 마약 같은 존재였던 것 같아요. 난 아무리 이해해 보려고 해도 이해할 수가 없었어요. 그래서 부모님을 졸라 다른 학교로 전학을 갔어요."

곰탱이는 여전히 딱딱하게 굳은 모습으로 이야기를 듣고만 있었다. 지수는 울분을 토하듯 기억 속의 이야기를 계속 털어놓았다.

"그런데 더 이상 그 녀석한테 시달리지 않게 됐는데도 화병이 해결이 되지 않았어요. 매일같이 친구들이 공부와 씨름할 때 난 책 대신 거울, 체중계를 들여다보며 살과의 전쟁을 벌였죠. 거

식증, 우울증이라는 치명적인 후유증까지 얻어가면서. 그래서
변변치 못한 지방 대학밖에 나오지 못했어요. 그 여파로 지금까
지 가족들에게 문제아, 골칫덩어리로 낙인찍혀 인간 대접도 받
지 못하며 살아왔어요. 아픈 기억으로 얼룩진 과거는 빨리 잊어
야 좋다는 정신과 전문의의 충고를 좌우명 삼아 살아왔어요. 그
런데 당신한테 아줌마라는 소리를 듣는 순간 그 화병이 다시 도
진 거예요!”

　지수는 가슴속에서 분노의 불길이 화르르 치솟는 걸 느꼈다.
혈압이 최고조로 상승했다. 맥박이 줄달음질 쳤다. 이러다가 진
짜 뒷골을 움켜쥐고 쓰러질 것만 같았다.

　곰탱이도 충격적인 스토리라 생각했는지 얼굴이 하얘졌다.
그 역시 완충제 역할을 해줄 만한 것이 필요했는지 소파로 다가
가 털썩 주저앉기까지 했다. 곰탱이는 뭔가에 홀린 듯한 표정이
었다. 유령을 본 사람처럼 넋이 빠져 있었다. 지수는 너무 충격
적인 스토리를 들려줬나 싶었다.

　시간이 흘러갈수록 곰탱이의 얼굴이 점점 심각해져 갔다. 아
줌마라고 부른 것에 대해 죄책감을 느끼는 듯했다. 뼈저리게 후
회하고 반성하는 것 같았다. 저 정도면 쑥과 마늘 없이도 사람
이 될 수 있을 것 같았다. 곰탱이가 머뭇거리며 입을 열었다.

　“자, 잘못했어요. 다시는 안 그럴게요.”

　지수는 곰탱이의 반응에 어이가 없어졌다. 남의 얘기를 하고
있는데 곰탱이가 되레 요구하지도 않은 반성에 사과까지 하고

있으니 말이다. 마치 자신이 차동혁이라도 된 것처럼 말이다.

"누가 당신더러 뭐라고 했어요?"

지수는 비아냥거리며 한마디를 툭 내뱉었다. 이에 곰탱이가 바늘에 찔린 사람처럼 움찔했다. 그 모습에 지수는 또다시 어이가 없으면서도 대리만족을 느꼈다. 정말 예전의 차동혁이 그녀 앞에서 잘못했다고 비는 듯한 묘한 기분이 들었기 때문이다.

"많이 힘들었겠네요, 그 녀석 때문에. 거식증, 우울증, 그런 거 무서운 거잖아요."

"그래서 난 절대 그 녀석을 용서할 수 없어요!"

지수는 저도 모르게 고통스러웠던 옛날 일들이 다시 떠올라 아파트가 떠나가라 고함을 질렀다. 후유증으로 고생했던 그때의 악몽이 고스란히 되살아나 도저히 침착하게 있을 수가 없었다. 진저리 쳐지는 감정을 모두 표출해야 평온을 되찾을 것만 같았다. 지수는 벌떡 일어나 비명을 지르며 크게 외쳤다.

"악! 차동혁! 이 나쁜 새끼!"

"헉!"

곰탱이가 외마디 비명을 지르며 소스라치게 놀랐다. 마치 자신이 욕을 먹은 당사자인 양, 허옇게 안색이 질린 채로. 심장마비로 사망 진단서를 뗄 것처럼, 의사들이 달려와 심폐소생술을 해주어야 숨을 쉴 수 있을 것처럼 그렇게 뻣뻣하게 굳었다. 잘하면 저 망할 놈의 곰을 손도 대지 않고 저세상으로 보낼 수 있을 것만 같았다.

"저, 절대요?"

"네! 절대로요! 하늘이 두 쪽 나는 일이 있어도 절대로 용서할 수 없어요!"

지수는 확신에 찬 목소리로 대답해 주었다. 그리고 오뉴월에 서리를 내리게 할 만큼 무시무시한 표정으로 계속 말을 이어나갔다.

"땅에 떨어진 껌 쪼가리만도 못한 놈, 철천지원수 같은 놈, 남의 집 귀한 딸 인생을 송두리째 절단낸 놈, 오스트랄로피테쿠스보다 덜 진화된 놈을 어떻게 용서해요! 당신이라면 그럴 수 있어요? 네?"

갈증을 느끼는 듯 혀로 입술을 축인 곰탱이가 허리를 곧게 펴고 가장 바른 자세를 하고 앉았다. 마치 선생님 앞에서 꾸중을 듣는 학생처럼 두 손을 무릎에 얌전히 올려놓기까지 했다.

"물론…… 힘들겠죠. 하지만 죄는 미워하되 사람은 미워하지 말라잖아요. 그렇지 않나요?"

도덕 시간도 아닌데 곰탱이가 교과서에 나올 만한 대답을 하며 되묻기까지 했다. 바짝 긴장을 했는지 곰탱이의 이마에 식은 땀이 송골송골 맺혀 있었다. 지수는 괜히 멀쩡한 사람한테 히스테리를 부려 긴장을 하게 만들었나 싶어 미안한 마음이 들었다. 시종일관 경청하는 자세를 취하는 곰탱이는 꽤 진지해 보였다. 새로운 면모였다.

지금처럼 성우의 말에도 귀를 기울였던 걸까?

지수는 성우가 두 번밖에 만나본 적이 없는 곰탱이를 잘 따르는 이유를 이제야 조금 알 것도 같았다. 하지만 곰탱이의 도덕 교과서 같은 말은 절대 수긍할 수 없었다. 지수는 두 주먹을 불끈 쥐고 화를 억누르며 차분히 말을 이어나갔다.

"그게 말처럼 간단하고 쉬운 줄 알아요?"

"복잡하고 어려워야 할 필요도 없잖아요. 더군다나 그 녀석은 철딱서니없는 애였을 거고, 어쩌면 당신을 좋아해서 그랬을 수도 있잖아요. 왜, 그런 거 있잖아요. 좋아한다고는 말 못하니깐 괴롭히고 계속 주위에서 맴도는 거요."

"지금 같은 남자라고 편들어주는 거예요?"

지수가 겨우 눌렀던 성질이 파르르 되살아나 앙칼지게 묻자 곰탱이가 잠시 머뭇거렸다. 하고 싶은 말이 더 있는 것 같은데 좋은 소리를 못 들을 것 같은지 계속 눈치만 살폈다.

"하여간 그놈, 살면서 내내 귀 간지러워 이비인후과를 드나들었을 거예요. 잘하면 벼락 맞아 죽었을 수도 있구요. 제가 얼마나 욕을 하면서 살았는데요. 장희빈처럼 화살도 쏘러 다니고, 니키아처럼 총도 쏘러 다녔어요. 이 정도면 제가 얼마나 그놈을 싫어하는지 아시겠죠? 그러니까 저 설득하려고 애쓰지 마세요!"

곰탱이가 또 한 번 경악한 표정을 지었다. 지수는 더 이상 혈압 오르는 이야기는 하고 싶지 않았다. 곰탱이를 내보내고 밥을 먹든 잠을 잠든 운동을 하든 더 실속 있는 일을 하고 싶었다.

"그런데 언제 가실 거예요?"

곰탱이가 갈 생각을 하지 않고 계속 미루적거렸다. 아직도 할 말이 있는 모양이었다. 드디어 곰탱이가 결심을 했는지 입을 열었다.

"밥 좀 주세요. 힘이 없어서 집에 못 갈 것 같아요."

지수는 어이가 없어졌다. 이 와중에 밥을 달라고 할 수 있는 사람은 바로 저 곰탱이밖에 없을 것이다. 정말이지 이해도 안 되고 어디로 튈지 예상 자체가 안 되는 곰탱이였다.

지수는 곰탱이를 내보내고 싶은 마음은 굴뚝같았지만 차마 밥을 달라는 곰탱이를 인정머리없이 내칠 수는 없었다. 성우를 돌봐준 것에 대한 고마움 때문이었다.

지수는 결정을 못하고 갈등을 했다. 그때 기대를 품고 쳐다보는 곰탱이와 눈이 마주쳤다. 순간 믿을 수 없는 일이 또 생겨 버렸다. 가슴에서 찌릿찌릿한 전기가 느껴진 것이다. 지수는 그 사실에 그만 경악하고 말았다.

세상에! 어떻게 이런 일이 자꾸 일어나는 거야? 안 되는 거잖아! 어처구니없게 이런 식으로 저 곰탱이랑 필이 통하면 안 되는 거잖아! 어떻게 이래? 이게 말이 돼? 안 돼! 절대 안 돼!

밥이고 뭐고 당장 내쫓아야만 했다. 지수는 버럭 소리를 질렀다.

"밥 없거든요!"

"없긴 왜 없어요? 내가 어제 해놓은 밥 있을 텐데요."

지수는 깜짝 놀랐다. 곰탱이가 아주 남의 살림을 제 살림처럼 접수를 한 모양이었다. 언제 쌀을 찾아 밥까지 지어놓았단 말인가. 정말 대책이 서지 않는 곰탱이였다.

"무조건 없어요! 알아들어요?"

해놓은 밥이 달아나지 않은 이상 밥통에서 얌전히 퍼주기만을 기다리고 있을 테지만 이 곰탱이와 함께 수저를 들 생각은 추호도 없었다. 전기까지 통했는데 함께 밥을 먹다가 무슨 일이 벌어질지 그 누가 알겠는가. 그런 사태는 원치 않았다. 자연스러운 사랑의 감정이 아닌 상태에서 일어난 충동적인 스파크, 즉 철없는 불장난은 대형 참사를 불러일으킬 수도 있는 문제였다. 무조건 없다고 우겨야만 했다.

"왜 보지도 않고 무조건 없다고 그래요? 어제 성우랑 나가서 사 온 밑반찬 반찬냉장고에 있을 거예요. 무말랭이, 콩자반, 장조림 같은 거요. 아, 맞다, 소고기 넣고 끓여놓은 미역국도 있어요."

지수는 거의 텅 비어 있었던 반찬냉장고 안에 그런 게 들어 있으리라고는 생각지도 못했다. 의외로 자상한 면이 있는 곰탱이였다. 오빠인 범진도 정연을 사랑한다고는 하지만 손수 밥까지 지어 바친 적은 없었다. 그런데 이 곰탱이는 남의 집에서 손수 밥까지 지어 성우에게 먹인 것이었다. 지수는 가슴 한쪽에서 훈훈한 온기가 느껴졌다.

지수는 이제야 알 것 같았다. 성우가 왜 저 곰탱이를 좋은 형이라고 했는지, 엄마처럼 잘해줘서 좋다고 했는지 말이다. 매일 아침, 시리얼에 우유를 부어주는 고모보다는 정성이 들어간 밥과 국을 주는 저 곰탱이가 더 좋았던 것이다.

하지만 설사 그렇다 하더라도 지수는 곰탱이를 좋은 형, 좋은 곰탱이로 절대 인정하고 싶지 않았다. 요리는 죽어도 자신이 없어서 대부분 인스턴트식품, 또는 외식에 의존해 성우를 돌보고 있던 그녀를 밀치고 더 많은 점수를 얻으며 우위 자리에 우뚝 선 곰탱이였기 때문이다. 지수는 괜히 부아가 치밀었다. 누구 마음대로 그런 짓을 해서 조카의 마음을 빼앗아갔느냐고 소리를 질러주고 싶었다.

"그런 거 없어요! 다 갖다 버렸어요!"

지수는 거짓말을 보태 소리를 버럭 질러 버렸다.

"아니, 무슨 벌을 받으려고 귀한 음식을 버려요? 하루 일만 팔천 명의 어린이가 기아와 영양실조로 사망한다는 기사도 안 읽어봤어요? 세상에, 어떻게 몹쓸 짓을!"

곰탱이가 팔팔 뛰며 정색을 했다. 지수는 그럼 그렇지 하는 눈으로 곰탱이를 쏘아보았다. 금방이라도 죽을 것처럼 힘없이 늘어져 있던 곰탱이가 갑자기 벌떡 일어나 길길이 뛰며 맹렬한 비난을 퍼붓고 있었기 때문이다. 힘이 없어 집에 갈 수 없다는 말은 다 개뻥이었다. 그게 아니라면 어떻게 유엔세계식량계획 사무총장이라도 된 것처럼 벌떡 일어나 큰 소리로 호통을 칠 수 있단 말인가!

곰탱이가 속상하고 원통한지 성호를 그으며 거실을 왔다 갔
다 했다. 그러더니 걸음을 뚝 멈추고 노려보기까지 했다. 또 무
슨 소리를 읊어댈지 궁금해 지수는 곰탱이를 주시했다.

"그럼 라면이나 빵 같은 거라도 주세요."

이미지를 좋게 봐주려고 해도 도저히 좋게 봐줄 수가 없다.
곰탱이는 기아로 죽어가는 어린이가 걱정스러워서, 귀한 음식
을 버린 것에 대해 화가 나서 그러는 것이 아니었다. 단지 지금
당장 배고픔을 해결할 수 없다는 것에 대해 그저 짜증이 났던
것이다. 그런 게 틀림없었다.

"그런 것도 없어요!"

곰탱이가 더욱 못마땅해진 지수는 버럭 소리를 질렀다.

"요즘 라면, 빵들은 발이라도 달렸대요? 내가 어제 봤던 그
많던 것들은 다 어디로 갔어요? 그것도 버렸어요? 참, 그리고
그런 거 성장하는 애들한테 별로 안 좋거든요? 많이 먹이지 마
세요."

화를 내야 하는 상황이지만 지수는 속으로 뜨끔했다. 아무리
영양이 많이 첨가됐다고 광고를 해도 인스턴트식품이 건강에
좋지 않은 건 사실이었다. 곰탱이의 지적으로 인해 성우에게 미
안한 마음이 들었다. 하지만 당장은 곰탱이를 내쫓는 게 목적인
이상 더 오기를 부려 엇나가야만 했다.

"내가 뭘 먹이든 댁이 상관할 일 아니거든요! 그만 떠들고 가
줄래요!"

"그냥 갔다가 배고파서 쓰러지면요?"

"그러거나 말거나!"

지수가 계속 버럭버럭 소리를 지르자 곰탱이가 못마땅하게 쳐다보았다.

"매정하시기는. 정말 주기 싫어요?"

"네!"

두 번 생각할 필요도 없다는 듯이 지수는 아주 단호하게 말했다.

"그래요?"

곰탱이가 곰곰이 생각을 하더니 다시 입을 열었다.

"다시 생각해 보는 건 어때요?"

곰탱이 때문에 환장할 것만 같아 지수는 목이 터져라 윽박을 질러댔다.

"내가 왜 그래야 되는데요!"

"나중에 후회하고 속상해할까 봐 그렇죠."

"누가 배려해 달라고 그랬어요?"

이제는 복장까지 터지게 만들려고 작정을 한 모양이었다. 사람의 성질이 어디까지 버티나 실험을 하는 걸까. 지수는 말끝마다 태클을 걸어오는 곰탱이 때문에 혈압이 올라 손으로 이마를 짚었다.

"에잇! 저 이대로 못 가요. 가다가 쓰러져 죽으면 우리 어머니, 형, 형수님이 저 비명횡사했다고 얼마나 슬퍼하시겠어요?

우리 집 강아지 애꾸도 식음을 전폐할지도 모르는 일이고! 저 못 가요! 못 가! 안 가요! 안 가!"

곰탱이가 거실 바닥에 다시 대자로 벌러덩 드러누웠다. 지수는 이런 막무가내, 고집불통, 사이코가 어디 있나 싶었다. 그까짓 밥 한 끼를 두고 시위까지 벌이다니 어이가 없고 기가 막혔다.

그까짓 밥 한 끼?

지수는 그까짓 밥 한 끼를 두고 저렇게 시위를 벌이는 곰탱이나, 끝까지 못 준다고 버티는 자신이나 한심하기는 매한가지라는 생각이 들었다. 더구나 고모인 자신보다 조카를 더 잘 챙겨 준 곰탱이한테 말이다.

지수는 이제 그까짓 밥 한 끼 준다고 뭐가 달라지겠나 싶었다. 하지만 꼬리를 내리고 싸움에서 밀렸음을 인정하고 싶지는 않았다. 마지못해 선심을 써서 밥을 주는 거라는 인상을 풍기기 위해 적당한 타이밍을 계산하며 기다렸다.

곰탱이는 여전히 눈을 감고 누운 채로 꼼짝도 하지 않고 있었다. 커다란 덩치에 하는 짓은 어린애 같은 곰탱이를 보고 있으려니 지수는 저도 모르게 슬며시 입술이 위로 당겨져 올라갔다. 미운 건 분명한데 예전만큼 밉게 보이지는 않았다. 지수는 적당한 시기가 온 것 같아 크게 소리쳤다.

"알았어요! 주면 되잖아요! 빨리 일어나요!"

밥을 차려주자 곰탱이는 삽시간에 밥 한 톨도 남기지 않고 삼

인분의 식사량을 해치웠다. 뱃속에 식신이 들어앉아 있는 게 분명했다. 곰탱이는 적을 완전히 섬멸시킨 장군처럼 만족스런 표정을 지었다. 포만감이 든 듯 트림까지 늘어지게 했다.

"꺼어억!"

지수는 기가 막힌 눈빛으로 곰탱이를 바라보았다. 그러자 곰탱이가 씨익, 하고 웃었다. 처음 봤을 때부터 특이하다, 특이하다 생각했지만 보통 특이한 인간이 아니었다. 보다 보다 이런 인간은 처음 봤다.

조폭들과 사이좋게 놀지를 않나, 잘 알지도 못하는 사람한테 말도 안 되는 제안을 하질 않나, 자기를 베이비시터로 소개하지 않나, 여자 입술을 물어뜯어 놓고 기절하는 척 생쇼를 하질 않나, 양심도 없이 두 다리를 쭉 뻗고 자질 않나!

그럼에도 영 밉지만은 않은 것이 정말 이상했다. 지수는 곰탱이가 어떤 남자인지, 정말로 뭘 하는 남자이기에 이처럼 한가하게 시간을 보내는 것인지 궁금증이 동했다. 지수는 자신의 관심이 표 나지 않을 정도로 시큰둥하게 물었다.

"뭐 하는 사람이에요?"

"나요?"

곰탱이가 어울리지 않게 눈을 똥그랗게 뜨고 순진한 척을 했다.

그러면 누가 맘이 풀릴 줄 알고? 어림 반 푼어치도 없어!

지수는 비아냥거리듯 곰탱이를 바라보았다.

“여기에 당신 말고 또 누가 있어요?”

“직업을 묻는 거라면…….”

대답하기 곤란하다는 듯이 곰탱이가 눈동자를 이리저리 굴려 댔다.

“백수죠?”

툭 내뱉는 지수의 말 한 마디에 곰탱이가 용한 점쟁이한테 천기누설을 들은 것처럼 화들짝 놀랐다.

“백수 맞나 보네. 그럴 줄 알았어요. 그런데 허우대 멀쩡한 사람이 왜 놀고 있어요?”

“받아주는 데가 없으니까 놀지요.”

“왜 안 받아주는데요?”

“어떤 인간한테 잘못 걸려놓으니까 앞길이 꽉 막히더라구요.”

“얼마나 능력있는 인간이기에 완전 차단을요?”

“제가 놀던 바닥이 원체 좁아서요.”

“어느 바닥에서 노셨는데요?”

“수영장 바닥이요.”

“혹시 재벌가 마나님 건드렸어요?”

“건들긴 누가 건드려요? 그 여자가 날!”

생각할 겨를도 없이 말을 주고받다가 말에 휘말린 곰탱이가 억울한 표정으로 씩씩댔다. 절대 들춰내고 싶지 않은 과거인 모양이었다.

"당신을 건드렸어요?"

놀라운 사실을 알아낸 것처럼 지수는 저도 모르게 눈과 입을 동그랗게 뜨고 흥분했다. 이에 곰탱이가 괴로운 표정으로 머리카락을 쥐어뜯었다. 하긴 여자들이 가만 놔두지 않을 정도로 곰탱이가 잘난 인물인 건 확실했다. 그런데 지수는 여자에게 희롱을 당했다는 곰탱이의 말에 왜 이렇게 화가 나고 분한지 알 수가 없었다.

"몰라요, 묻지 마요. 기억하고 싶지 않아요."

"건드렸구나! ……세상에!"

지수는 거의 확신하는 것처럼 외쳤다. 그러자 곰탱이가 기분 나쁘다는 듯이 인상을 팍팍 구겼다. 그건 사실을 인정하는 것과 다름이 없었다. 지수는 속으로 끙 소리를 내며 곰탱이의 입을 바라보았다. 곰탱이가 강력하게 부정해 주기를 내심 바라며.

"그렇다고 한 적 없어요."

순간 지수는 안심이 되었다. 하지만 표면상으로 드러낼 생각은 없었다. 지수는 집요하게 다시 물었다.

"그럼, 싫다고 반항했어요? 그래서 쫓겨난 거예요? 무지 열받았나 보네. 그 바닥에서 발도 못 붙이게 만든 거 보면! 와우! 세다, 세!"

마음과 달리 지수는 자꾸 곰탱이를 건들고 있었다. 어떤 반응을 보일지, 설마 그 여자에게 곰탱이 역시 관심을 가지고 있었던 건 아닌지 정말로 궁금했고, 확인을 하고 싶어서였다. 그렇

기에 지수의 촉각은 곰탱이의 말 한 마디 한 마디에 집중되었
다. 곰탱이가 영 못마땅한 얼굴로 노려보았다.

"내 비극에 카타르시스 느껴요?"

"그럴 뻔했는데 백수라는 결말이 좀 그러네요. 너무 약해요.
싱겁고 심심해요."

곰탱이가 발끈하며 말을 하는 것으로 봐서는 그 여자에게 관
심이 없는 것 같았다. 순간 지수는 또 한 번 안심이 되었다. 그
래서 조금은 느긋해진 마음으로 곰탱이한테 핀잔을 던질 수가
있었다. 지수는 아주 만족했다.

"소금 갖다 줘요?"

기분이 나빴는지 곰탱이가 빈정거렸다. 지수는 살짝, 아주 살
짝 미안해서 히죽 웃었다.

"기분 나빴어요?"

"아뇨, 유쾌하지 않았던 일, 별로 기억하고 싶지 않아서 그래
요."

"그래도 좀 억울하죠?"

개와 고양이처럼 아웅다웅하다가 언제 싸운 적이 있었나 싶
게 지수는 다정하게 곰탱이를 위로하며 물었다. 곰탱이가 쓴웃
음을 지으며 가만히 쳐다보았다. 바라보는 시선이 좀 묘했다.
심상치가 않았다. 너무 많은 감정을 담은 복잡다양한 시선이라
종합적으로 설명할 수 있는 말이 없었다. 지수는 여전히 해석하
기가 어려워 입을 다물고 있었다. 어색한 침묵이 흐른 뒤에 곰

탱이가 말문을 열었다.

"그런데 이제 나 별로 싫지 않나 봐요? 얼굴까지 가까이 들이대면서 말하는 거 보면."

"뭐라구요?"

정신을 차리고 보니 상체를 식탁 절반 가까이까지 구부리고 있었다. 퇴치는 못할망정 스스로 방화벽을 뚫고 나와 바이러스에게 접근을 하고 있는 모습이었다. 지수는 허둥지둥 자세를 고쳐 바르게 앉았다. 얼굴이 화끈화끈 달아올랐다. 사람의 마음속을 꿰뚫어 볼 수 있는 능력을 가진 곰탱이한테 당황한 모습까지 여실히 드러냈다는 사실이 너무 부끄럽고 창피했다.

"저기, 어젯밤 키스는……."

그러지 않아도 마음이 심란한데 갑자기 곰탱이가 불시에 일어났던 키스 사건을 거론하려 했다. 지수는 입 언저리에서 번진 경련이 안면 전체로 빠르게 퍼져 나가는 것을 느꼈다. 아주 조금 말랑말랑해졌던 감정이 급속도로 다시 냉랭해지고 말았다. 어젯밤부터 오늘 아침까지 느꼈던 수치심과 모욕감, 분노가 다시 고개를 들었기 때문이다. 온몸이 시뻘게지기 시작한 지수는 자리를 박차고 벌떡 일어나 소리를 지르기 시작했다.

"입 다물어요! 아무 말도 듣고 싶지 않아요! 한 마디만 더 하면 가만 안 둘 거예요!"

"난 사과를……."

입 다물라고 경고를 했는데도 곰탱이가 지지리 말도 안 듣고 다시 입을 열었다. 마른 대낮에 날벼락을 맞아 죽고 싶다는 의사표현이나 다름없었다. 지수는 부그르르 끓어오르는 속과 굳게 말아 쥔 주먹을 숨긴 채 곰탱이에게 성큼 다가가 샌드백에 주먹을 꽂듯 퍽퍽 소리가 나게 때리기 시작했다.

"돈 못 버니까 매라도 대신 벌고 싶어요? 그래, 벌어요, 벌어!"

지수는 잠시나마 곰탱이에게 호감을 가졌다는 사실을 들킨 게 너무 분했다. 그리고 매를 자초하면서까지 그냥 덮어도 될 일을 기어코 끄집어내는 미련한 곰탱이가 미웠다. 화풀이는 들키고 싶지 않은 감정을 숨기는 일이었다. 지수는 백수라는 약점을 꼭꼭 집어내어 곰탱이에게 상처를 주는 짓까지 서슴지 않으며 자신의 감정을 숨겼다.

"아! 아야! 아파!"

곰탱이가 급기야 의자를 뒤로 빼고 일어나 도망치기 시작했다.

"무슨 여자 손이 그렇게 매워요!"

"그러니까 입 다물고 아무 소리 하지 말라고 했죠!"

"아니! 난 어젯밤 키스……."

"이 사람이 그래도!"

지수는 무기가 될 만한 물건이 뭐가 있나 싶어 두리번거렸다. 멀지 않은 곳에 성우의 야구방망이가 세워져 있었다. 몸을 날려 야구방망이를 잡는 순간 곰탱이의 얼굴에 공포가 서렸다.

"으악! 남의 집 귀한 자식, 불구 만들려고 환장했어요? 지금이 어떤 시대인데 폭력을 쓰고 그래요? 말로 해요. 평화적으로 해결하자구요!”

“만고불변하는 게 폭력인 거 몰라요? 그리고 말이 통해야 말로 해결을 할 거 아니에요!”

곰탱이가 야구방망이를 피해 재빨리 현관문으로 내달렸다.

“사람 살려!”

“거기 못 서요!”

“당신이라면 그러겠어요? 하여간 어젯밤 키스는 내가 한 게 아니에요! 뭔가에 잠시 홀렸던 거예요. 내가 잠깐 미쳤던 거라구요! 그러니 다 잊어주세요! 으악!”

야구방망이에 맞아죽을 것 같은지 곰탱이가 신발을 양손에 쥐고 집 밖으로 도망쳤다.

“앞으로 내 눈에 띄지 말아요! 그땐 개죽음이니까!”

지수는 야구방망이를 든 채로 현관문을 노려보며 씩씩댔다.

“뭐? 자기가 한 게 아니라구? 그럼, 난 도대체 누구랑 키스를 한 거야? 내가 자기를 홀리기라도 했다는 거야? 뭐 저런 게 다 있어? 어우, 자존심 상해! 어우! 열난다! 열!”

잠시 미쳤던 모양이다. 키스의 부작용으로 머리가 돈 게 틀림없었다.

“저런 곰탱이 어디가 따뜻하다고! 그래! 나도 뭔가에 홀린 거야!”

때마침 엘리베이터 문이 닫히고 있었다. 동혁은 비호같이 날쌘 동작으로 엘리베이터 안으로 몸을 던졌다. 신발을 가슴에 품은 채로 바닥에 쿵 하고 떨어졌다. 그 바람에 안에 있던 남자가 소스라치게 놀라며 뒤로 물러났다. 공포에 질린 얼굴이었다. 누군가를 놀라게 할 생각은 없었는데 생명의 위협을 느끼다 보니 동혁은 본의 아니게 죄송한 짓을 하고 말았다.

"안녕하세요?"

동혁은 남자에게 인사를 건네며 멋쩍게 히죽 웃었다. 그리고 황급히 신발을 신고 일어나 옷에 묻은 먼지를 털어냈다.

"안 다치셨어요?"

남자가 걱정스럽다는 듯이 물었다.

"전 괜찮은데 엘리베이터가 다쳤을까 봐 걱정이 되네요."

동혁은 너스레를 떨며 남자를 바라보았다. 그런데 가만 보아하니 남자는 어젯밤에 봤던 남자였다. 유부녀에게 위험한 초대를 했던 바로 옆집 남자. 동혁은 갑자기 기분이 살짝 언짢아졌다. 티를 내고 싶지 않아 동혁은 고개를 쳐들고 점점 아래로 떨어지는 숫자만 바라보았다.

그때였다. 동혁의 바지 주머니 안에 있는 휴대전화가 울어댔다. 꺼내 발신인을 확인하니 형수였다. 갑자기 동혁은 향수병에 걸린 사람처럼 눈물이 핑 돌고 목이 메었다.

"형수님!"

남자가 듣든 말든 상관도 하지 않고 동혁은 감격한 얼굴로 전화를 받았다.

[도련님! 어디세요? 잠은 잘 주무셨어요? 밥은 제대로 챙겨 드셨구요?]

걱정이 태산인 형수가 뭐가 그리도 급한지 연속적으로 질문을 던졌다.

"제 걱정은 안 하셔도 돼요."

동혁은 풀이 팍 죽은 얼굴을 하고 손으로 엘리베이터 벽을 끼적이며 말했다.

[도련님, 좋은 일자리가 하나 나왔는데요, 한번 해보실래요?]

"일이요! 어떤 일인데요?"

일에 굶주리고 목말라하던 터라 저도 모르게 동혁은 큰소리
를 내지르고 말았다. 옆에 있는 남자가 빤히 쳐다보는 게 느껴
졌다.

[체육과외요.]

"체육과외요!"

낯익은 단어에 동혁은 자신감이 충만해졌다. 형수가 빠르게
설명을 해나갔다.

[아는 언니가 이 근처 아파트 단지에 사는데, 그 집 애들이 공
부는 참 잘하는데 체육은 영 꽝이래요.]

"저런, 쯧쯧……."

동혁은 안타까운 소식을 접한 양 혀를 차댔다.

[요즘 내신이 중요하다잖아요. 그래서 언니가 아주 속상해 죽
으려고 해요.]

"속상하죠!"

그 심정을 충분히 이해한다는 듯 동혁은 한탄을 하며 맞장구
를 쳤다. 형수가 계속 쌩쌩 날아다니는 목소리로 말을 해나갔
다.

[뭐 하나 부족한 게 없는 언니예요. 돈 많죠, 남편 잘나가죠,
애들도 셋이죠.]

"셋이나요? 와, 애국자네!"

[돈은 얼마를 부르든 상관이 없대요. 잘 가르쳐서 성적만 잘
나오게 해주면요.]

"그 애들을 저한테 맡기겠다는 거예요? 얼마를 불러도 상관 없구요?"

[네!]

이게 웬 떡이냐 싶어 동혁은 환희에 젖은 얼굴을 했다.

"죽으라는 법은 없군요! 쥐구멍에도 볕 들 날이 있다더니 드디어 때가 온 거예요! 형수님!"

사법고시를 수석으로 합격한 사람처럼 한껏 감동한 얼굴로 동혁은 어쩔 줄을 몰라 하며 엘리베이터 안을 돌아다녔다. 축구 선수처럼 주먹으로 가슴을 탁 치고 입술을 찍고 고개를 들고 검지를 펴서 하늘을 반복적으로 찔러대는 세리머니를 펼치며. 힐끗 남자를 보니 덩달아 기쁜 얼굴을 하고 있었다.

"형수님, 아직도 못 찾으셨나요?"

[뭘요?]

"잃어버린 날개요. 형수님은 날개 잃은 천사예요, 천사!"

[에이, 도련님도 참.]

동혁은 수줍은 듯 눈을 내리깔고 발그레해진 얼굴로 미소 짓고 있는 형수가 눈에 선했다.

[연락처 받아 적을 수 있어요? 지금 전화하시면 될 거예요.]

"어? 저 지금 펜이……."

동혁은 몸을 더듬고 주머니를 뒤졌다. 옆에서 그 모습을 바라보던 남자가 가방에서 얼른 펜을 꺼내 건네주었다. 생각보다 친절한 이웃인 것 같았다. 동혁은 고맙다는 표현으로 고개를 숙여 보였다.

"불러주세요. 네. 네. 네."

동혁은 휴대전화를 귀와 어깨 사이에 끼우고 왼쪽 손바닥에 번호를 적었다. 경쾌하고 날랜 손놀림으로. 통화를 마친 동혁은 남자에게 펜을 도로 건네주었다. 그리고 기뻐 어쩔 줄 몰라 하며 싱글벙글했다. 그러다 도저히 참을 수가 없어 잘 알지도 못하는 남자를 와락 껴안고 날뛰었다.

"감사합니다! 감사합니다!"

천사 같은 형수, 일자리를 주신 분, 운동을 못하는 아이들, 펜을 빌려준 남자! 모두 모두 감사할 따름이었다. 엘리베이터 문이 열리자 동혁은 총알처럼 튀어나갔다. 강렬한 포옹 한 방에 넋이 나간 남자를 홀로 두고.

동혁은 집으로 향하고 있었다. 자꾸 참으려고 애를 써도 입이 찢어지고 발이 빨라지고 있었다. 사람들의 이목만 아니면 동혁은 연신 '대한민국 만세'를 외치고 싶은 심정이었다. 역시 교육의 일번지에 사는 사람들은 뭔가 달라도 달랐다. 체육과외에 어마어마한 돈을 쓰고도 아까워하지 않는 걸 보면 말이다. 웃옷의 안주머니가 두툼한 돈 봉투로 묵직했다. 동혁은 커다란 행복이 느껴졌다. 살맛이 났다. 더 이상 밥버러지 백수라는 소리를 듣지 않게 되었다!

집까지 날아왔다는 표현이 맞을 것이다. 초인종을 누르기도 전에 애꾸가 대문 밑으로 머리를 내밀고 반갑다고 꼬리를 흔들며 크게 짖어댔다. 동혁은 당당하게 떳떳하게 초인종을 눌렀다.

[용건이 뭐냐?]

비디오폰으로 동혁의 얼굴을 확인한 모친이 딱딱하게 물어왔다.

"어머니, 차동혁이 생활비 내고 살러 왔습니다!"

동혁은 동네에 광고를 하듯 우렁찬 목소리를 냈다.

[돈부터 보여라.]

싸늘한 모친의 말에 동혁은 순간 찬물 세례를 받은 사람처럼 얼굴에서 웃음기를 싹 지워냈다.

"우리가 무슨 마약 거래하는 사람들이에요?"

[어허, 말이 많다.]

하는 수 없이 동혁은 안주머니에서 돈 봉투를 꺼내 배춧잎 지폐를 비디오폰 카메라 정면에 흔들어 보였다.

[출처를 대라.]

원래부터 깐깐한 줄은 알았지만 모친은 그냥 넘어가는 법이 없이 철저했다. 동혁은 벌레를 씹은 사람처럼 인상을 더 구겼다.

"과외해 주기로 하고 받은 돈이에요!"

[어떤 얼빠진 인간이 그런 미친 짓을 해? 네놈한테 뭘 배울 게 있다구? 돈 도로 갖다 줘라, 사기죄로 은팔찌 차고 싶지 않으면.]

자존심을 깔아뭉개는 모친의 말에, 순간 동혁은 뒷골을 잡고 쓰러질 것만 같았다.

"돌겠네! 어머니, 걱정 붙들어 매시고 문이나 여세요!"

모친에게서 아무런 말이 없었다. 잠시 후 내용은 알 수 없으나 소곤거리는 소리가 작게 들려왔다. 형수가 모친에게 자세한 설명을 하는 것 같았다. 이내 형수의 다정한 목소리가 들렸다.

[도련님, 들어오세요!]

문이 자동으로 열리자 동혁은 재빨리 안으로 들어섰다. 애꾸가 꼬리를 정신없이 흔들어대며 짖어댔다.

"인마, 내가 그렇게 보고 싶었냐? 조금만 기다려라. 이 형님이 이따가 나와서 산책도 시켜주고 소시지도 배 터지게 주마!"

집 안으로 들어가자마자 소파에 앉은 모친이 이리 와 앉으란 손짓을 해 보였다. 곧바로 협상테이블을 마련해 생활비를 정할 모양이었다. 동혁은 소파에 엉덩이를 붙이고 앉았다. 그러자 모친이 어떤 설명도 없이 금액을 제시했다.

"백!"

"백 원이요?"

"헛소리를 지껄이려면 나가라."

"네에? 그럼 백만 원이요? 아니, 무슨 생활비를 그렇게 많이 내라고 하세요?"

동혁은 잔뜩 흥분하고 말았다. 반면 모친은 팔짱을 긴 채로 아주 평온한 모습이었다.

"네가 오죽 많이 먹냐?"

"그래도!"

"오천 곱하기 삼은?"

모친이 갑자기 산수 문제를 냈다. 이의를 제기할 새도 없이 동혁은 재빨리 계산해 답을 외쳤다.

"만오천."

"만오천 곱하기 삼십은?"

"사십오만."

"네 식비다. 공공요금 포함하면 오십만 원. 이층 전세 일 억에 내놓으려고 했다. 은행에서 일억 대출 받으면 이자만 최소 월 오십만 원이야. 그것도 담보가 있어야 가능한 일이고. 이래도 내가 많이 부른 것 같아? 할 말 더 있니?"

할 말 없게 만들어놓고 묻기는 뭘 물어보신단 말인가. 그러나 저러나 동혁은 세상 살기가 이렇게 힘들 줄은 몰랐다. 의식주 중에 의 빼고 식주만 해결하는 데 백만 원이라니! 그것도 한 달에! 물론 나가서 살면 그것보다는 덜 들 수도 있을 것이다. 하지만 동혁은 가족들 없이 외롭게 살고 싶지는 않았다.

"싫으면 지금이라도 다시 나가라."

모친이 전혀 아쉬울 것도 없다는 듯이 말했다. 정말 피도 눈물도 없이 무자비했다.

"알았어요! 내면 되잖아요!"

동혁은 눈물을 머금고 협상에 응해야만 했다. 동혁은 봉투에

서 돈을 꺼내 한 장이라도 더 갈까 봐 신중하게 세서 모친에게
건넸다. 봉투의 무게와 부피가 확 줄었다. 동혁은 한숨이 절로
터져 나왔다. 그래도 내쫓기는 것보단 훨씬 나은 일이었다.

"올라가서 짐 풀고 쉬어라."

받은 돈은 재차 세서 확인한 모친이 그렇게 말하고선 방으로
들어가 버렸다. 그제야 형수가 방긋방긋 웃으며 다가왔다.

"한번 올라가 보세요. 도배랑 장판 다시 해서 되게 좋아졌어
요. 마음에 쏙 드실 거예요. 도련님, 저녁때 뭐 드시고 싶으세
요? 갈비찜 할까요, 갈비찜?"

역시 형수밖에 없었다. 평소 갈비찜이라면 자다가도 벌떡 일
어나는 걸 이용해 시동생의 사기를 충전시켜 주려 하고 있었다.

"좋죠. 형수님, 고마워요."

"고맙긴요. 갈비찜 드시고 힘내서 열심히 일하라고 그러는 건
데요. 도련님, 힘내셔야 해요! 힘!"

형수가 해주는 응원에 동혁은 눈물이 다 나올 것만 같았다.
이런 마음씨 착한 천사를 아내로 둔 은혁이 마냥 부럽기만 했
다.

그날 이후로 동혁은 조금씩 바빠지기 시작했다. 퍼스널 트레
이너처럼 과외 받는 학생들의 운동법과 영양, 생활 패턴을 개별
적으로 관리해 주고 성적 향상에도 신경을 썼더니 이에 만족한
학부모가 주변 사람들을 소개시켜 주었기 때문이다.

동혁은 주로 아침 시간엔 학부모들을, 저녁엔 학생들을 가르

쳤다. 그 수가 아주 많지는 않았지만 대부분 고액 과외였기 때문에 단기간에 벌어들인 수입도 꽤 짭짤한 편이었다. 돈 냄새를 잘 맡는 모친이 여러 가지 이유를 만들어내 대부분 싹 거둬가기는 했지만 그래도 동혁은 일할 수 있다는 현실이 그저 고마울 뿐이었다.

문득문득 절대 용서할 수 없다고 고래고래 고함을 쳤던 지수와 방긋방긋 웃는 성우가 생각나곤 했다.

한지수, 초등학교 시절 1학년 때부터 3학년 때까지 같은 반이었던 친구였다. 둘 다 반에서 제일 컸기 때문에 삼 년 내내 짝꿍인 경우가 많았다. 지수에게서 한지수라는 이름을 들었을 때 동혁은 그저 우연의 일치라고만 생각했다. 뚱보아줌마라는 별명으로 놀렸던 그 한지수일 거라고는 생각지도 못했다. 하지만 철천지원수 차동혁이란 인물에 대해 소리 높여 성토를 했을 때야 비로소 동일 인물임을 알 수 있었다.

지수는 초등학교 시절의 추억을 아주 소상히 기억하고 있었다. 동혁은 지수가 3학년을 마치고 봄방학 때 전학한 사실을 모르고 4학년 교실을 샅샅이 뒤지고 지수의 집 앞까지 서성거렸던 기억이 났다.

나중에서야 지수가 전학을 간 사실을 알고 동혁은 한동안 침울하게 학교를 다녔다. 사실 지수는 통통하고 키가 큰 편이었지, 뚱보아줌마라는 별명으로 불릴 정도로 뚱뚱하진 않았다. 그런데 왜 그런 별명을 지어 불렀는지 동혁은 지금 생각해 봐도 알 수가 없었다. 아마 지수의 관심을 끄는 데 제일 강력한 효과를 봤던 말이기에 그랬던 것 같다.

뚱보아줌마라는 별명을 싫어하는 줄 알면서도 동혁은 계속 그렇게 불러댔다. 차라리 지수가 다른 여자애들처럼 소리 내어 엉엉 울기라도 했으면 겁이 나서라도 그만뒀을지 모른다. 하지만 지수는 절대 울지 않았다. 그래서 더 괴롭혔던 것 같다. 지수의 우는 모습도 예쁜지 한번 보고 싶어서 말이다. 말도 안 되는 유치한 오기였다. 좋아하는 감정을 그런 식으로 표출하다니 말이다.

지수가 이사를 가게 돼서 전학 간 줄 알았지, 그에게 시달리는 게 싫어서 간 줄은 몰랐다. 그러고 보면 지수한테 정말 정나미가 떨어질 정도로 못되게 군 모양이었다. 지수가 시달림 때문에 거식증, 우울증에 걸려 정신과 치료까지 받았다는 말에 동혁은 심한 충격을 받았다. 너무 놀라서 심장이 멎는 줄 알았다. 오랜 시간이 흘렀음에도 불구하고 과거를 떨쳐 내지 못하고 분노하는 지수의 모습에 더욱더 놀라고 말았다. 하늘이 두 쪽 나는 일이 있어도 절대 용서하지 않을 거라는 말에 동혁은 차마 내가 그 차동혁이다 하고 신분을 밝힐 수가 없었다. 밝히는 순간 벌어질 끔찍한 일들을 상상하니 입이 더 떨어지지가 않았다.

지수는 어려서도 예쁘더니 커서는 더 예뻐진 것 같았다. 아니, 예뻐졌다는 말은 부족했다. 더 육감적이고 섹시해졌다고 하는 게 맞을지도 모른다. 뭇 남자들의 시선과 관심을 끌어내어 모을 수 있을 만큼. 그래서 일찍 결혼을 하고 일찍 아이를 낳은 걸까? 그 생각만 하면 동혁은 속이 답답해졌다. 그 집에 하룻밤 기거한 결과 지수는 남편과 함께 사는 것처럼 보이지 않았다. 게다가 성우가 엄마와 아빠랑 함께 살았으면 좋겠다는 말을 하지 않았던가.

그렇다면, 진짜…… 미혼모? 에이, 설마 아닐 거야. 지수가 어떻게 미혼모가 될 수 있다고! 차동혁, 한지수야! 한지수! 자존심 강하고 똑 부러지는 한지수라고!

동혁은 엉뚱한 상상을 떨쳐 내려고 애를 썼다. 하지만 자꾸 지수가 미혼모일 가능성이 많다는 생각이 들었다. 성우와 성까지 같지 않은가.

미혼모라……. 그만!

아직까지 지수에 대한 흑심이 해결되지 않고 있어 자꾸 제멋대로 유추를 하게 되는 것 같았다. 동혁은 지수에게서 밥 한 끼를 얻어먹고 지수에 대한 감정도 함께 소화시켜 배출을 시킬 생각이었다. 하지만 아직까지 미련을 버리지 못한 모양이었다.

동혁은 살면서 자신이 남의 여자에게 침을 흘리고 허튼수작을 하게 되리라고는 정말 생각지도 못했다. 장난기가 심하긴 했어도 모친의 영향으로 어느 누구보다 정도를 걷고 도덕적으로 살아왔다. 그런데 백수가 될 수밖에 없었던 일의 과정을 두고 지수가 귀여운 참새처럼 조잘대며 웃는 모습에 완전히 무너지고 말았다.

동혁은 지수에게 달려 있는 모든 타이틀을 떼어내고 싶었다. 이성이 안 된다고 하는데도 동혁은 자꾸 지수를 가슴에 담고 싶었다. 딱 들어맞는 조건도 가능한 상황이 아닌데도 무조건 지수를 소유하고 싶었다. 낯선 욕망이었다. 어쩔 수 없을 정도로 지수에 대한 마음이 깊어지고 있었다. 무엇으로도 제어할 수 없는 마음이었다.

동혁은 TV 채널을 돌리다 패션쇼 장면이 나오면 그냥 넘어갈 수가 없게 됐다. 그러다 마침내 지수를 보게 되었다. 수많은 모델 가운데 오직 한 사람에게만 조명을 비춘 것처럼 지수는 돋보였다. 원래 예쁘다는 건 알았지만 화장을 하고 예쁜 옷을 걸친 지수는 완벽에 가까운 몸매를 갖추고 있었다. 동혁은 저도 모르게 TV 앞으로 바짝 다가가게 되었다.

화려한 조명 아래서 음악의 리듬에 맞춰 지수가 성큼성큼 당당하게 걸어오고 있었다. 아찔한 높이의 하이힐을 신고 흔들림 없이 자연스럽고 빠르게. 여유가 느껴지는 모습이었다. 눈빛이 살아 있었다. 카리스마가 느껴졌다. 매력적이었다.

하얀 진주처럼 뽀얀 피부는 매끄럽고 부드러워 보였다. 탄력이 느껴졌다. 특히 옷이 흘러내려 드러난 가슴을 보았을 때 동혁은 숨이 멎을 뻔했다. 패션쇼를 보는 모든 남성 시청자들의 눈이 돌출되는 상황이 벌어질 정도로 지수의 가슴은 정말 아름답고 멋졌다. 순간 동혁은 TV 화면에서 지수를 확 끄집어내 몸을 가려주고 싶었다.

그날부터였다, 불면의 밤이 시작된 것은. 눈만 감았다 하면 지수가 걸어오고 있었다. 하도 열심히 본지라 모든 것이 생생할 정도로 살아 움직였다. 대부분 속옷 하나 걸치지 않은 나체의 모습이었다.

지수는 총각 가슴에 불을 지른 방화범이요, 마음을 빼앗아간 절도범에, 어떤 백신으로 해결되지 않는 치명적인 바이러스와 폭탄을 퍼뜨린 극악무도한 테러리스트, 모든 시스템을 망가뜨리고 파괴한 해커, 크래커였다.

동혁은 일을 핑계로 지수와 성우를 피해 다니고 있었다. 학교 앞에 서 있기만 해도 언제든지 만날 수 있을 텐데 말이다.

그러던 어느 날 갑자기 동혁은 멀찍이 숨어서라도 지수와 성우를 보고픈 충동에 사로잡히고 말았다. 그래서 한참을 고민한 끝에 학교를 찾게 되었다.

학교 앞에서 지수는 성우와 말다툼을 하고 있었다. 성우가 말을 안 듣고 고집을 피우는지 지수는 어쩔 줄을 몰라 하며 발을 동동 구르고 하늘을 향해 거듭 한숨을 뿜어냈다. 막막하고 답답한지 가슴을 치기도 했다.

싸움이 길어지고 있었다. 성우의 반항기 그득한 목소리가 멀리 서 있는 그에게까지 간간이 들려오기도 했다.

"싫어! 안 간다고 몇 번을 말해!"

"그럼 어떻게 하겠다는 건데? 나 오늘 진짜 바쁘단 말이야!

나 좀 봐주라, 응! 나 좀 살려달라구!"

인내심이 바닥났는지 지수도 버럭 소리를 내질렀다. 지나가
는 사람들이 쳐다보든 말든 신경조차 쓰지 않고. 지수는 또 일
이 바빠 성우를 어딘가에 맡길 모양이었다.

"몰라, 하여튼 안 가! 차라리 나 혼자 집에 있을 거야!"

"하루 종일 컴퓨터 게임만 해서 안 된다고 했지!"

"하여간 싫어!"

"나더러 도대체 어쩌라고 이래?"

지수는 짜증과 화가 있는 대로 치밀어 오른 모습이었다.

"아빠한테 데려다 줘."

"아빤 일본 가셨잖아!"

아무리 애라도 이렇게 대책없이 굴 수가 있을까 싶은지 지수
가 한껏 소리를 높였다. 그 다음 말은 들리지 않았다. 급기야 성
우가 소리 내어 울기 시작했다. 지수는 그 앞에서 할 말을 잃은
모습으로 굳어져 있었다.

지수는 성우를 측은하게 바라보다가 말없이 끌어안았다. 더
이상 화를 낼 수가 없는 모양이었다. 언성이 조금 커져 대화의
내용이 다시 들려왔다.

"너만 그러는 거 아니야. 나도 그래. 나도 보고 싶어, 보고 싶
다구."

그 말을 듣는 순간 동혁은 심장이 마비가 되고 말았다. 성우
와 지수가 동시에 보고 싶어하는 사람이 성우 아빠 말고 또 있

겠는가. 당연한 말인데도 성우 아빠가 보고 싶다는 지수의 말에 동혁은 미칠 것만 같았다. 가슴이 뜨끔거렸다.

동혁은 그제야 자신이 여지를 많이 두고 있었음을 깨달았다. 지수가 정상적인 가정을 꾸려 살아가고 있다면 오히려 미련도 버리기 쉬웠을 텐데, 미혼모일 가능성이 높다는 이유로 관계를 더 발전시킬 수 있을 거란 여지를 두고 만 것이다.

하지만 지수는 함께 살고 있지도 않은 성우 아빠를 사랑하고 있었다. 보고 싶다는 말은 사랑한다는 말과 같은 맥락이었다. 사랑하지도 않는 사람을 그리워할 일이 뭐가 있겠는가. 동혁은 지수의 영역에 자신이 비집고 들어갈 틈이 없다는 사실을 깨닫고 참혹한 기분이 들었다. 이제는 질투를 넘어 완전 자포자기 심정이 되어버리고 말았다. 이럴 줄 알았으면 차라리 오질 않는 건데 하는 후회가 들었다.

"엄마, 엉엉!"

"성우야, 흐흑!"

영화가 아닌 이상, 길에서 아이와 어른이 부둥켜안고 우는 모습은 결코 흔한 것이 아니었다. 오가는 사람들이 신파극을 펼치는 지수와 성우를 계속 쳐다보며 지나가고 있었다.

동혁은 성우와 지수를 외면하고 싶었다. 하지만 그의 마음을 온통 빼앗은 사람들이 아파하고 우는 모습에 당최 발길이 돌려지지가 않았다. 무작정 도와주고 싶었다. 달래고 눈물을 닦아주고 싶었다. 동혁은 지수가 그를 반가워하지 않을 거라는 것을 알면서 또 한 번의 도움을 주기 위해 나섰다.

"아이고, 정말 눈물 없인 못 보겠네."

동혁은 지수와 성우 앞에서 비아냥거리듯 한마디를 던졌다. 이에 지수와 성우가 일시에 고개를 그를 향해 돌렸다.

"형."

여전히 울음이 남은 목소리로 훌쩍이는 성우의 모습은 보는 이의 마음을 짠하게 만들었다. 동혁은 일부러 지수에게는 시선을 주지 않고 키를 낮춰 성우와 눈높이를 맞췄다.

"씩씩한 줄 알았는데 이제 보니 성우 울보네."

"울보 아니에요."

"인마, 남자는 평생 딱 세 번만 울어야 해. 태어날 때, 부모님 돌아가실 때, 나라가 망했을 때. 그런데 넌 나한테 들킨 것만 해도 벌써 두 번이야. 태어날 때 울었을 테니까 이젠 진짜 울면 안 돼."

"안 울 거예요."

"그래, 그래야 착하지."

동혁은 성우의 눈물을 닦아주며 다정하게 등을 두드려 주었다. 그리고 다시 일어나, 손으로 운 흔적을 황급히 없애고 있는 지수를 바라보았다. 강철 같기만 한 줄 알았는데 지수에게 눈물을 흘릴 만큼 연약한 면이 있을 줄은 몰랐다.

가두어야 하는 감정이 또다시 삐져나오려 했다. 동혁은 이를 악문 채 핏줄이 도드라질 정도로 손을 세게 말아 쥐고 바지 주머니 속에 집어넣었다. 그렇게 지수가 우는 모습을 보고 싶었는데, 원치 않은 상황에서 소원 성취를 하게 되었다.

빌어먹을!

동혁은 남아 있는 눈물로 인해 더욱 반짝거리는 지수의 눈동자에 사로잡혔다. 못 본 사이에 지수는 더 예뻐진 것 같았다. 그래서 자꾸만 가슴이 뛰는 걸까? 동혁은 가슴에서 심장을 꺼내 딱딱하게 만들고 싶었다.

인마, 차동혁! 도대체 무슨 생각을 하는 거야? 왜 그렇게 정신을 못 차려! 지수는 이미 임자가 있는 몸이라구!

동혁은 터져 나오려는 한숨을 속으로 억지로 밀어 넣고 지수를 향해 입을 열었다.

"애는 그렇다 치고 다 큰 어른이 왜 창피하게 길에서 울고 그래요?"

동혁은 감정을 애써 감추려는 노력의 일환으로 퉁명스러운 말투를 사용했다.

"그러거나 말거나요."

약점을 잡히고 싶지 않은지 지수의 말투도 상당히 퉁명스러웠다. 동혁은 씁쓸하게 미소를 지었다. 약점까지도 예뻐만 보이니 정말 미치고 환장할 일이었다. 동혁은 감정이 겉으로 드러나지 않도록 계속 애를 써야만 했다. 이럴 땐 철딱서니없이, 속없이 구는 게 제일 좋은 방법이었다. 동혁은 과장되게 목청을 높여 지수를 향해 물었다.

"혹시 우리 어머니 만난 적 있어요?"

엉뚱하게 모친의 이야기를 꺼내자 지수가 눈살을 찌푸리고 쳐다봤다. 하지만 동혁은 상관하지 않고 계속 말을 이어나갔다. 감정을 철저하게 숨기 위해 모친까지 팔다니 참으로 몹쓸 아들이란 생각이 들었다.

"하도 우리 어머니랑 하는 말이 똑같아서요."

"헛소리 그만 집어치워요. 당신이랑 노닥거릴 만큼 한가하지 않으니까요."

바쁜 지수라 빨리 보내야 함에도 동혁은 계속 말을 걸고 싶은 충동이 일었다. 이렇게라도 얼굴을 맞대고 얘기할 수 있는 지금이 행복했다. 엉뚱한 얘기라도 길게 할 수만 있다면…….

"한 마디 한 마디가 칼이에요. 칼 얘기가 나왔으니 말인데, 여자가 평생 살면서 칼 세 번 갈 때가 언제 언제인 줄 알아요?"

이건 또 무슨 헛소리냐 싶으면서도 지수는 답이 알고 싶은 눈치였다. 동혁은 지수의 시선이 자신에게 와 닿는 것이 기뻤다. 비록 남자로 보는 눈길이 아니더라도. 동혁은 씨익, 하고 웃으며 정답을 알려주었다.

"남친이 바람피웠을 때, 남편이 바람피웠을 때, 사위가 바람피웠을 때. 푸하하하! 웃기죠? 웃기죠?"

비참함에 울고 있는 심정과는 달리 동혁은 철딱서니없는 애처럼 촐싹거리면서 헤죽거렸다. 하지만 이 상황에서 울다 웃은 건 성우밖에 없었다.

“난 하나도 안 웃긴데 애만 웃는 거 봐요. 당신 개그는 딱 초등학교 저학년 수준이란 소리예요. 알아요?”

시니컬한 말투였다. 어느 정도의 핀잔을 예상했던지라 동혁은 별로 개의치 않는 태도를 보였다. 하지만 어느새 지수를 의미심장한 눈빛으로 바라보고 있는 자신을 발견했다. 동혁은 이런 식이라도 좋으니 항상 지수의 시선 안에 머무르고 싶다는 생각을 했다. 지수는 그러는 동혁의 마음도 모르고 인상을 찌푸리며 계속 말을 이어나갔다.

“다른 사람은 몰라도 당신 어머니랑 내가 평생 살면서 칼 세 번 갈고 싶은 때는 바로 이런 때일 거예요. 당신이 헛소리할 때, 당신이 개소리할 때, 당신이 속 터지는 소리할 때!”

지수에게 비하하는 말까지 들을 만큼 철없는 인간으로 보였나 싶어 동혁은 내심 비참한 마음이 들었다. 바보 같은 대화를 시작한 건 자신인데도 이렇게까지 하면서 감정을 숨기고 지수를 붙잡고 있어야 하나 싶었다. 그래도 어쩌겠는가. 분위기를 깨지 않으려면 동조를 하고 맞장구를 칠 수밖에 없었다.

“진짜 똑같다! 아무리 생각해도 당신은 우리 어머니의 분신인 거 같아요! 내가 이 얘기 해줬을 때 우리 어머니도 그렇게 말했거든요.”

지수가 떨떠름한 얼굴로 그를 한심하다는 듯이 바라보았다.

“우리만 그러겠어요? 당신을 지켜보는 세상 모든 사람들이 다 그럴 텐데요. 다만 우리가 너무 솔직할 뿐인 거예요. 그런데 내가 왜 한심하게 당신하고 이러고 있는지 모르겠네요. 바빠 죽겠는데.”

지수가 짜증스러운 듯 그를 바라보다가 이내 성우에게 시선을 돌렸다.

“성우야, 제발 나 좀 봐주라. 나, 일하러 가야 돼. 너 피아노, 미술, 바둑, 영어, 수학, 논술학원 다녀오는 동안에만 일하고 올게. 응? 제발!”

성우가 싫어하는 내색을 보였다. 아닌 게 아니라 누구라도 그 많은 과외수업을 받으라고 하면 기가 질린 판이었다. 물론 공부가 목적이 될 수도 있었지만 그게 다는 아닌 것 같았다. 부모의 부재로 인해 혼자 방치될 아이를 위해서 선택한 방법처럼 느껴졌다. 동혁은 갑자기 성우가 가여워졌다. 그래서 저도 모르게 성우를 대변하고 지수가 선택한 방법에 제동을 걸고 말았다.

“애 잡을 일 있어요? 무슨 학원을 그렇게 많이 가라고 해요?”

“이봐요! 당신이 어떻게 해줄 것도 아니면서 자꾸 남의 일에 대책없이 물덤벙술덤벙 끼어들 거예요?”

“내가 해주면 되잖아요! 그까짓 거 내가 해준다구요! 피아노, 미술, 바둑, 영어, 수학, 논술? 난 거기에다 체육까지 해줄 수 있어요!”

말을 끝낸 동혁은 금방 후회하고 말았다. 어떻게 해줄 것도 아니면서 끼어든다는 말에 발끈해 얼떨결에 쏟아낸 말이었기 때문이다. 능력이 없어서가 아니었다. 하루가 아니라 장기간 도울 것처럼 말했기 때문이다. 그것은 앞으로 지수와 성우를 계속 만나겠다는 의사 표현을 한 것과 다름이 없었다.

아무런 감정이 생성되지 않은 지수와 성우는 문제 될 게 없지만 그는 달랐다. 지금도 이렇게 마음이 괴롭고 아픈데 멀리 떨어지지는 못할망정 더 가까운 곳에서 큰 괴로움과 아픔에 힘들어할 것은 불을 보듯 뻔했기 때문이다. 동혁은 암담해졌다. 하지만 사나이 한 번 뱉은 말을 다시 주워 담을 수도 없고, 더 갑갑해졌다.

"얼씨구!"

지수가 추임새를 넣으며, 뭘 믿고 큰소리를 치는 건지 도무지 알 수가 없다는 식으로 노려보았다. 능력을 의심하는 것 같았다. 순간 동혁은 치기를 느끼고 말았다. 자존심이 상해서 참을 수가 없었던 것이다.

"아니, 사람을 못 믿으시네! 나 요즘 애들 개인지도 하느라 무지 바쁜 사람이거든요!"

동혁은 기회만 주어지면 최선을 다해 100%, 아니, 200% 이상도 능력을 발휘할 수 있다고 자신했다. 말로만 그러는 게 아니라 실제로도 그랬기 때문이다. 과외 받는 아이들의 대만족으로 이제는 더 욕심을 부리지 않아도 될 만큼 시간표가 찬 상태였다. 그러니 지수의 비하하는 말에 또 한 번 발끈할 수밖에 없었던 것이다. 철딱서니없이 굴기만 했더니 지수가 아주 사람을 우습게 보는 것 같았다.

"어떤 얼빠진 인간이 그런 미친 짓을 해요? 당신한테 뭘 배울 게 있다구요?"

순간 동혁은 입을 떡 벌리고 말았다. 비슷하다고 생각은 했지만 지수가 모친과 아주 똑같은 줄은 몰랐기 때문이다. 말투, 표정, 그리고 하는 말 하나하나 모두 다. 동혁은 저도 모르게 멍하니 말싸움을 구경하던 성우를 끌어안으며 치를 떨듯 몸을 덜덜 떨어댔다.

"확실해, 확실해! 당신, 우리 어머니의 분신인 게 확실하다구요!"

"자꾸 이상한 소리만 할래요?"

"진짜 똑같다니까요! 어떻게 한 글자도 안 틀리게 우리 어머니처럼 읊어대요?"

졌다는 식으로 지수가 입을 다물고 지친 기색을 내보였다. 초조하게 시계까지 들여다보는 걸 보니 이제는 정말 보내줘야 하나 싶었다. 동혁은 이왕 주워 담을 수도 없는 말, 지수의 그릇된 선입견을 바로잡아 주기 위해서라도 실천에 옮겨보자 하는 마음이 생겼다.

"한번 맡겨봐요, 나한테 배울 게 있는지 없는지 확인할 겸. 아마 나중엔 내가 간다고 해도 붙잡게 될걸요."

동혁은 호언장담을 했다. 하지만 지수는 믿음이 안 가는지 그저 떨떠름한 표정을 고수했다. 그때였다. 성우가 나섰다.

"나, 형한테 배울래."

"어이구, 점점!"

죽이 잘 맞는 두 사람을 바라보고 있으려니 속이 터질 것만 같은지 지수가 답답한 표정을 지었다. 지수가 이내 울릉도 호박 엿처럼 찰싹 달라붙어 있는 두 남자에게 싸늘한 눈빛을 던졌다. 마치 당장이라도 보도블록을 뽑아 들고 내려칠 기세였다. 하지만 지금은 그런 잔혹한 짓을 할 만큼 여유가 없는 모양이었다. 또 한 번 시계를 들여다보더니 울상이 되었다.

"당신, 그리고 성우 너!"

지수는 살기가 흐르는 말투와 삿대질로 동혁와 성우를 콕 찌르듯 불렀다.

"공부 안 하고 말썽만 피워봐! 그땐 확!"

백년 묵은 여우처럼 지수가 열 손가락을 쫙 펴서 할퀼 것처럼 동작을 크게 그렸다. 말과 행동은 그랬지만 지수는 성우를 향해 걱정을 담은 시선을 보냈다. 애잔하고 따뜻함이 느껴지는 시선 이었다. 동혁은 늘 뾰족뾰족 까칠까칠하기만 한 지수도 보들보들 말랑말랑해질 수 있다는 사실에 놀라고 말았다.

"열쇠는 성우한테 있어요. 과외비는 나중에 계산하자구요. 그런데 다른 애들은 언제 가르치는 거예요?"

"저녁에요."

"저녁이요?"

"네. 중고생들이거든요."

동혁이 한 말을 두고 진위 여부를 가릴 만한 여유가 없는지 지수는 바쁘게 입을 열었다.

"일곱 시쯤에 올 거예요."

"알았어요. 일부러 일찍 올 필요는 없어요. 성우 데리고 가도 되니까요."

그래도 끝까지 탐탁지 않은지 지수가 일그러진 얼굴을 하고 차에 올랐다. 동혁은 성우와 함께 지수의 차가 보이지 않을 때까지 그 자리에 남아 있었다.

"성우야."

"네?"

"너 어떻게 살았냐? 숨 막힌 적 없었냐?"

동혁은 성깔이 보통이 아닌 지수와 함께 살기 힘들지 않았느냐는 말을 그런 식으로 돌렸다. 하지만 말해놓고 보니 성우의 입장이 부럽기도 했다. 숨이 막히든 안 막히든 한번 지수랑 함께 살아봤으면 소원이 없겠다 싶었다.

"별로요."

"성우야."

"네?"

성우를 마주 보며 동혁은 중요한 이야기를 꺼낼 것처럼 진지한 표정을 지었다.

"지금부터 내가 하는 말 잘 들어라."

"네."

"형은 그렇게 생각한다. 자고로 결혼은 말이야, 고슴도치보다는 밍크 같은 캐릭터랑 해야 하는 거거든.”

“캐릭터가 뭐예요?”

“캐릭터 몰라? 캐릭터?”

“네, 몰라요.”

“이래서 영어를 공부해야 하는 거거든. 캐릭터는 말이다.”

동혁은 손을 튕기며 외쳤다. 그리고 성우를 데리고 집으로 향하면서 캐릭터에 대한 설명을 해나갔다.

“우리말로 개성이란 뜻인데 말이야, 여기서 개성은 개 같은 성격을 말하는 게 아니란다. 어쩌고저쩌고…….”

동혁은 과장된 말로 성우를 웃겼다. 아프고, 쓰린 마음은 꼬깃꼬깃하게 접어 가슴 한구석으로 숨긴 채.

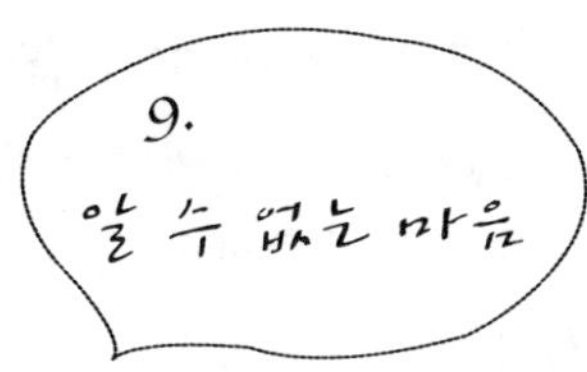

생기가 돌았다. 행복과 웃음이 넘쳐 났다. 주방 식탁 앞에 앉아 있는 지수는 거실 한가운데서 바둑판을 사이에 두고 남자와 마주 앉아 있는 성우를 그렇게밖에 표현할 수가 없었다. 저 인간이 저렇게 좋을까 싶었다. 둘은 전생에 천생연분으로 만난 부부가 틀림없었다. 그게 아니면 저렇게까지 좋아 죽지는 못할 것이다. 하긴 남자가 지극정성으로 친자식인 양 보살펴 주고 돌봐주니 안 그럴 수가 없겠다 싶었다.

남자에게 성우를 맡긴 뒤로 지수는 거의 신경 쓸 게 없어졌다. 학교 준비물이라든지 공개수업 참관도 모두 남자가 알아서 해결해 주었기 때문이다. 어쩔 땐 밀린 설거지와 빨래, 청소도 해주고 성우에게 줄 간식도 직접 만들어주었다. 외식을 하거나 배달한 음식으로 식사를 해결하려고 하면 건강상 좋지 않다는 이유를 들어 집에서 밑반찬을 챙겨오고 밥과 국을 끓여주기도 했다.

과외비를 많이 받아 챙기는 것도 아니면서 왜 저렇게 애한테 지극정성을 다하고 도움을 주는지 지수는 이해할 수가 없었다. 다른 속셈이 있는 게 아닌가 싶을 정도였다. 마음이 따뜻하다는 이유만으로는 도저히 납득이 되지 않았다.

지수는 철천지원수 차동혁만큼 미웠던 남자가 이제 밉지만은 않았다. 오히려 성우를 보듬고 살피는 남자에게 고마움을 느낄 때가 많았다. 그러고 보니 아직까지 남자의 이름도 몰랐다. 이름을 물어보면 그런 게 뭐가 중요하냐고 하며 남자가 말을 요리조리 돌렸기 때문이다. 성우한테 물어봐도 남자의 말투를 흉내 내며 똑같은 말만 해줄 뿐이었다. 남자가 성우에게 미리 손을 쓴 것이 틀림없었다. 무슨 극비라고 애한테 세뇌까지 시켰는지 엉뚱하기가 그지없는 남자였다.

남자가 바둑판을 가리키며 크게 외쳤다.

"이게 뭐라고 했지?"

"양단수요!"

성우가 즐거워죽겠다는 식으로 목소리를 드높였다.

"그렇지! 역시 넌 지니어스야! 지니어스가 뭐라구?"

"천재요!"

"그렇지, 그렇지! 역시 넌 내 디사이플이야! 디사이플은?"

"제자요!"

"원더풀! 서프라이즈! 유 아 어 브라이트 보이!"

"훌륭해! 놀라워! 너는 똑똑한 아이야! 맞죠?"

"좋아, 좋아!"

"굿, 굿!"

이젠 남자와 성우의 말투는 거의 흡사했다. 지수는 점점 남자를 닮아가는 성우를 걱정해야 할지, 아니면 칭찬해야 할지 알 수가 없었다. 남자 덕분에 성우가 활기 넘치는 삶을 되찾은 것은 사실이었다. 어떤 식으로 달랬는지는 몰라도 예전처럼 울면서 엄마를 찾는 일도 없었다. 다행스러운 일이었다.

하지만 지수는 여전히 안심이 되질 않았다. 웃고 떠드는 성우를 보면서도 전혀 기쁘지가 않았다. 언제 터질지 모르는 시한폭탄을 대하는 심정이랄까. 그 이유를 모르진 않았다. 아직 해결되지 않은 성우의 부모 문제가 남아 있기 때문이었다. 그것을 해결하지 못하는 한 지수의 머리를 짓누르는 두통도 해결되지 않을 것이다. 지수는 성우의 부모인 정연과 범진 때문에 또다시 가슴이 답답해져 왔다. 정연과 범진이 제자리를 찾지 못하면 잠시의 평화도 위태롭다는 것을 잘 알고 있었기 때문이다.

계속 남자와 성우를 보고 있다가 지수는 남자와 우연히 눈이 마주쳤다. 남자는 늘 그렇듯 흠칫 놀라며 시선을 다른 곳으로 돌렸다. 지수도 늘 그렇듯 왜 저럴까 하고 의문스러워졌다.

그동안 지수는 일이 바빠서 남자와 부딪쳐도 길게 대화를 나눌 기회가 없었다. 남자가 성우의 하교 시간에 맞춰 집에 데려왔다가 그녀가 집에 오면 급히 서둘러 가버렸기 때문이다. 그녀의 일이 밤늦게 끝나는 경우에도 성우를 데리러 체육과외가 이루어지고 있는 학교를 찾아가면 남자가 성우만 차에 태워주고 등을 돌렸기 때문이다.

처음엔 남자가 바빠서 그러는 줄 알았다. 그런데 눈빛만 마주쳐도 황급히 고개를 돌리는 걸 보면 뭔가 다른 이유가 있다는 생각이 자꾸만 들었다. 게다가 서운하기까지 했다. 외면당하는 기분이랄까. 그래서 성우에게만 미소를 보여주는 남자가 얄미울 때도 있었다. 하지만 이 감정이 대체 뭔지 깊게 생각하고 싶지는 않았다. 다만 성우에게 잘해주는 남자에게 갖는 감정이라고 보기에는 뭔가 석연치 않은 구석이 있었다.

호언장담한 것처럼 남자는 아무 문제 없이 일을 잘해내고 있었다. 성우가 매일같이 침이 마르도록, 입이 아프도록 남자의 이야기를 쏟아내는 걸 보면 생각했던 것보다 훨씬 괜찮은 구석이 많은 남자 같았다. 체육과외가 이루어지는 학교에서 아이들을 가르치는 남자의 모습이 어쩔 땐 멋있어 보이기도 했다. 진지한 면, 유머러스한 면, 열정적인 면을 고루 갖춘 남자라는 생각이 들어서였다.

마침내 과외가 끝났다. 성우는 컴퓨터 게임을 하기 위해 방으로 직행했고, 남자는 물을 마시기 위해 주방으로 들어왔다. 남자는 아주 자기 집처럼 냉장고 문도 자연스럽게 열어젖혔다.

"오늘은 일 안 나가요?"

"네."

지수는 어려서도 예쁘더니 커서는 더 예뻐진 것 같았다. 아니, 예뻐졌다는 말로는 부족했다. 더 육감적이고 섹시해졌다고 하는 게 맞을지도 모른다. 뭇 남자들의 시선과 관심을 끌어내어 모을 수 있을 만큼.

"왜 그렇게 봐요?"

남자가 자신이 사용한 컵을 씻어 식기건조대에 올려놓으며 물었다.

"그냥요."

고맙다는 말 한마디 건네기가 어려워 지수는 별일이 아니라는 듯 그렇게 둘러댔다.

"그냥이 아닌데요?"

"그냥이 아니면요?"

독심술까지 쓸 줄 아는 걸까 싶어 지수는 남자를 빤히 쳐다보았다. 진지하게 바라보는 듯싶더니 남자가 어느새 또 장난꾸러기 같은 미소로 사람을 혼동시켰다.

"나한테 진짜 하고 싶은 말이 있는 것 같은데요?"

"예를 들면요?"

"보면 볼수록 선생님은 이 시대의 진정한 교육자 같습니다. 어쩜 생긴 것도 그렇게 이기적으로 잘생겨 가지고 가르치는 것

도 뛰어날 수가 있습니까? 혹시 전생에 늪이 아니었습니까? 감
동적인 강의에 저도 모르게 빠져들고 말았습니다. 훌륭하신 선
생님, 우리 성우를 앞으로도 잘 보살펴 주십시오, 감사합니다,
고맙습니다 등등 이런 거요.”

남자가 능글능글한 표정에 느물거리는 말투로 자화자찬을 끝
도 없이 늘어놓았다. 지수는 자아도취가 심한 남자를 마뜩찮게
쳐다보았다.

물론 볼 때마다 참 잘생기고 멋있다는 생각은 들었다. 보는
눈이 있으니 그걸 부정할 수는 없었다. 사람을 환장하게 만드는
재주만 있는 줄 알았는데 보기와 달리 사람을 감동시킬 줄도 아
는 남자였다. 나중에 결혼하면 좋은 남편, 아버지가 될 만큼 가
정적이고 자상하고 다정다감하기도 했다. 백수에서 탈출한 순
간부터 성실히 일하는 모습도 보기는 좋았다. 말만 앞서지도 않
았고, 책임감이 부족하지도 않았다.

하지만 남자가 이런 식으로 어이없게 굴 때면 지수는 부속품
하나가 모자라 완성이 안 된 작품을 대하는 기분이 들었다. 남
자가 나사 풀린 짓을 하면 지수는 청개구리마냥 거부 반응을 일
으키고 싶어졌다. 이 남자는 차라리 입 다물고 가만히 있을 때
가 제일 멋있는 것 같다는 생각이 들었다.

“선생님.”

지수는 처음으로 선생님이란 호칭으로 남자를 불렀다. 하지
만 존경하는 어투는 절대 아니었다.

"네, 말씀하세요."

남자가 하얀 치아를 드러내고 입술을 매력적인 모양으로 만들고선 웃었다. 그 모습을 보고 있노라니 또 어김없이 예전의 키스 사건이 떠올라 지수는 얼굴이 화끈거렸다. 지수는 남자의 말을 인정하기보다는 헛소리를 지껄이는 남자를 집 밖으로 내쫓기로 했다.

"제가 티철(teacher)과 무슨 토킹 어바우트(talking about)를 하겠어요? 저까지 점점 티철(teacher)스러워질 텐데요. 워러(water) 다 드링크(drink)하셨으면 그만 고(go)해보세요. 넥스트(next) 스케줄(schedule)이 베리베리 비지(very very busy)하실 테니까요."

지수는 평소 남자가 잘 쓰는 말투를 고대로 따라 하며 빈정거렸다.

"오! 서프라이즈! 제 영어강의에 푹 빠지신 모양이군요."

"그래요, 빠졌어요. 빠졌어. 너무 빠져서 여기가 휑해요!"

지수는 고개를 숙여 원형탈모가 진행 중인 부분을 가리키며 신경질적으로 외쳤다. 그때였다. 남자가 겁도 없이 머리통을 덥석 잡고 이리저리 살피며 크게 외쳤다.

"원형탈모! 세상에! 왜 이러는 거예요? 이래 가지고 모델 생활 계속할 수 있겠어요?"

놀림보다는 걱정이 들어 있는 남자의 목소리와 함께 부드러운 손길이 지수의 머릿속을 헤집고 있었다.

"제자리에 갖다 놓지 못해요?"

지수는 싸늘한 음성으로 경고하듯 말했다. 그러자 남자가 머리를 얼른 놓아주었다. 낮고 차가운 톤의 음성 뒤에는 꼭 잔인한 폭력이 뒤따른다는 걸 잘 숙지한 모양이었다. 남자가 멀찍이 떨어졌다. 야구방망이를 들고 왜 때리러 오지 않느냐는 식으로 바라보는 남자에게 지수는 눈만 흘겨주었다. 고맙다는 말을 하지는 못할망정 남자를 팰 수는 없는 노릇이었기 때문이다. 대신 저녁 식사를 준비하기 위해 앞치마를 두르고 싱크대로 다가가 칼을 뽑아 들었다.

"뭐 하려고요? 설마 나, 그걸로 토막 내서 냉동시킬 생각에 그러는 건 아니죠?"

황당해 쳐다보니 남자가 점점 뒤로 물러나고 있었다. 하여간 사람을 환장하게 만드는 재주가 아주 탁월한 남자였다. 좀 진지해졌나 싶었는데 또 장난기가 도진 모양이었다.

"왜 아니겠어요? 당신 때문에 사이코가 된 지 이미 오랜데."

지수는 칼을 든 채로 살벌하게 노려보았더니 남자가 거실 커튼을 잡고 몸을 가렸다. 정말 생긴 것과 달리 하는 짓은 철딱서니 1%도 없는 애였다.

"밥하려고 해요! 밥! 당신이 성우를 길들여 놔서 내가 요즘 이 고생을 하잖아요!"

지수는 투덜거리며 냉장고에서 감자를 꺼내 칼로 깎기 시작했다. 성우는 더 이상 배달한 음식을 먹지도, 외식을 하지도 않겠다고 선언을 해버렸다. 이유를 묻자 성우는 그런 음식들은 몸에 안 좋은 조미료가 많이 첨가되고 비위생적이라서 성장기 어린이에게 아주 치명적이라고 설명했다. 어디서 그런 소리를 들었느냐고 했더니 이 시대의 진정한 싸부에게서 들었다고 했다. 사부도 아니고 싸부! 싸부님의 위생교육이 하도 철저해서 어떤 설득도 먹히지 않았다. 그리하여 지수는 사랑하는 조카를 굶어 죽게 할 수 없어 최근 더 많은 가사노동에 시달려야만 했다.

"도와드려요?"

남자가 다시 주방으로 슬금슬금 다가오고 있었다.

"됐어요. 일하러 가야 하잖아요."

"시험 기간인 애들이 있어서 며칠 안 가도 돼요."

"그럼, 냉장고에서 콩나물 좀 꺼내 다듬어줘요."

지수는 진짜 남자가 도와줄까 싶어 곁눈질을 해 보았다. 하지만 남자는 본격적으로 도울 마음이 있는지 팔을 걷어붙이고 나섰다. 냉장고에서 콩나물을 꺼낸 남자가 식탁 앞으로 가서 의자에 앉았다.

"그런데 요즘 왜 그렇게 피곤해 보여요?"

콩나물을 다듬으며 남자가 물었다. 고개도 들지 않고 묻는 물음이었지만 걱정이 은근히 배어 있는 것 같았다. 지수는 잠시 남자를 보다 모처럼 진지한 어투에 어깨를 으쓱이며 말을 했다.

"그냥 이래저래 좀 힘드네요."

지수는 시큰둥하게 계속 감자를 까며 말했다.

"무슨 문제라도 있는 거예요? 예를 들면 아직 해결되지 않은 가정 문제라든지……."

남자가 조심스럽게 캐물었다. 지수는 뒤돌아 남자를 쳐다보았다. 남자는 아주 심각해진 얼굴로 콩나물을 불만스럽게 쳐다보고 있었다. 시선을 느낀 남자가 그녀를 보고선 황급히 표정 관리를 했다.

"성우가 뭐라고 그래요?"

지수는 남자에게 물었다.

"뭐…… 대충…… 그냥……."

성우에게서 무슨 말을 듣기는 한 것 같은데 남자가 말을 못하고 우물쭈물했다. 지수의 물음에 붉으락푸르락 혼자 얼굴색을 바꾸더니 급기야는 화제를 돌려 버렸다.

"참! 어제 TV에서 패션쇼 무대 선 거 봤어요."

지수는 남자가 왜 저런 반응을 보이며 화제를 돌리나 싶어 입술을 한번 비죽였다.

"그래요?"

별 관심 없다는 듯 무심하게 대꾸를 했지만 지수는 남자의 관심을 받은 것 같아 내심 기뻤다. 왜 기쁜지 이유는 잘 모르겠지만. 지수는 고개를 돌리고 무심한 말투로 슬쩍 질문을 던졌다.

"보니까 어땠어요?"

"예쁘던데요."

"뭐가요?"

지수는 옷이 예쁘다는 건지 무대 세트가 예쁘다는 건지 알 수가 없어 그렇게 물었다.

"당신은 가슴이……."

남자가 깊이 생각하지도 않고 얼떨결에 말을 내뱉고선 뒤늦게 실수를 깨달은 것처럼 말끝을 흐렸다. 지수는 이미 모든 움직임을 뚝 멈춘 상태였다. 남자가 신경을 제대로 건드린 것이다. 지수는 쫙 찢어진 눈을 하고 고개를 홱 돌려 남자를 노려보았다. 전설의 고향 구미호처럼. 그랬더니 남자가 많이 당황한 듯 허둥지둥했다.

"어…… 어…… 내 말은 그게…… 그러니까……. 아니, 나는 당신을 모델로 생각하고 말한 거지, 절대 여자로 생각하고 그렇게 말한 게 아니에요. 진짜예요! 그냥 옷걸이라고 생각했어요! 옷걸이! 옷걸이 중에 가장 예쁜 옷걸이요! 어허, 믿지를 못하시네."

남자는 엄지손가락까지 치켜들면서 칭찬에 가까운 변명을 했다. 하지만 지수는 전혀 기쁘지 않았다. 도대체 패션쇼를 봤다는 건지 모델들 가슴을 비교 분석했다는 건지 알 수 없어 불쾌하기가 짝이 없었다. 지수는 칼을 내려놓고 가까이에 있는 노란색 행주 두 장과 빨간 고무장갑을 집어 남자의 면상에 던져 버렸다.

퍽! 퍽! 찰싹!

"나가요! 옐로카드 두 장에 레드카드까지! 퇴장이에요!"

자연스레 지수의 눈이 성우의 야구방망이가 놓인 곳으로 향해졌다. 그것을 본 남자가 벌떡 일어나 꽁지에 불이 붙은 듯 황급히 달아났다.

"나 아직은 더 살고 싶어요! 갈게요!"

지수는 한동안 씩씩거리며 닫힌 현관문을 쏘아보았다.

"하여간 좋게 보려고 해도 도저히 봐줄 수가 없어!"

간신히 화를 가라앉히고 지수는 다시 감자를 까기 시작했다. 감자 위로 복장 터지게 한 남자의 얼굴이 그려졌다. 점점 껍질이 두껍게 까지기 시작했다. 그때였다. 바지 주머니에 넣어둔 휴대전화가 울렸다. 지수는 앞치마에 손을 닦은 후 휴대전화를 꺼내 들었다. 모르는 전화번화가 떠 있었다.

"여보세요?"

아무 말이 없었다.

"여보세요?"

지수는 다시 한 번 물었다.

[지수야, 나야.]

작고 힘없는 목소리지만 지수는 단번에 전화를 건 사람이 성우의 엄마인 정연이라는 것을 알아차렸다. 놀라움을 감출 수 없어 비명을 지를 뻔했다. 방에 있는 성우를 의식하지 못했더라면 정말 그러고도 남았을 것이다. 지수는 성우의 방에서 제일 먼 안방 침실에 딸린 드레스 룸 안으로 찾아들어 가 문을 닫았다. 그러고도 손으로 입을 가리고 최대한 작게 말했다.

"어디니? 너 지금 어디야?"

[미안해.]

대답 대신 정연의 울먹이는 소리가 들려왔다. 한껏 억눌린 울음소리에 지수는 애간장이 다 녹아들 것만 같았다.

"이 바보야, 숨기는 왜 숨어. 네가 뭘 잘못했다구!"

[미안해.]

"도대체 무슨 일로 그러는 거야? 오빠도, 너도 왜 이러는 거냐구?"

[그이가 말 안 해?]

"입 딱 다물고 내 속만 태우고 있다! 정말 둘 다 나 늙게 할 거야? 너 어디야? 만나자. 오빠한테는 아무 소리 안 할게. 응? 나 네 올케이기 전에 네 친구잖아! 나 하루하루가 지뢰밭 걷는 기분이야. 만날 우리 부모님, 너희 부모님한테 거짓말만 하고 산다구! 이러다 내 심장, 콩알만해지겠어!"

대답 대신 정연의 울음이 간헐적으로 들려왔다. 지수는 무슨 수를 써서라도 정연을 만나야만 했다.

"오빠 데리고 나가는 일 절대 없을 거야. 나 혼자 나갈게. 그러니까 있는 곳 알려줘. 응?"

[지수야.]

"그래, 울지 말고 말해."

[나…… 여기 병원이야. 지금 와줄 수 있겠니? 나 너무 무서워. 흐흑…….]

"뭐?"

지수는 심장이 덜컥 내려앉았다. 눈앞이 캄캄해졌다. 병원이라는 말에 최악의 상상까지 머릿속에서 전개가 되었다.

"어느 병원이야? 말해!"

정연에게서 병원 이름을 알아내고선 지수는 무작정 생각나는 사람에게 전화를 걸었다. 방금 도망간 남자였다. 성우를 혼자 남겨두고 정연에게 갈 수 없는 것이 제일 마음에 걸렸기 때문이다. 곧 전화가 연결되었다. 마음이 급한 나머지 지수는 남자에게 소리를 지르고 말았다.

"이봐요!"

[왜 소리를 지르고 난리예요! 귀청 떨어져 나가는 줄 알았잖아요!]

방금 전의 일을 두고 화를 내는 줄 알았는지 남자가 다짜고짜 고함을 질러댔다.

"나 좀 도와주세요! 병원에 가봐야 할 것 같아요!"

간절하게 외쳤더니 남자가 걱정을 담아 다급하게 물었다.

[왜요? 어디 다치기라도 한 거예요?]

"설명은 나중에 할게요. 제발 지금 좀 와주세요. 네?"

[알았어요. 엘리베이터에서 방금 내렸는데 다시 올라갈게요!]

지수는 시간이 없어 앞치마만 벗고 옷과 지갑을 챙겨 든 채로 무작정 집을 나왔다. 곧 엘리베이터 문이 열리고 남자가 하얗게 질린 얼굴을 하고 나타났다. 때마침 외출을 하려던 꽃미남 1304호도 문을 열고 나왔다. 하지만 지수는 지금 이 상황에서 꽃미남 1304호는 눈에 들어오지도 않았다. 오직 도움을 줄 수 있는 남자만 눈에 보였다.

"어디? 어디가 아픈데요?"

남자가 이리저리 그녀를 살펴보며 호들갑을 떨어댔다.

"내가 아픈 게 아니고, 저기, 성우, 아니다, 미안해요. 자세한 얘기는 병원에, 우리 성우 잘 부탁해요."

거의 제정신이 아닌 상태에서 횡설수설을 하고선 지수는 엘리베이터를 탔다. 그리고 무슨 말인지 전혀 이해를 못하겠다는 얼굴로 바라보는 남자와 꽃미남 1304호를 남겨둔 채 닫힘 버튼을 눌렀다.

정연이 가르쳐 준 곳은 경기도 분당에 위치한 병원이었다. 지수는 데스크에서 알려준 곳을 향해 정신없이 뛰어갔다. 도착한 곳은 산부인과 병동이었다. 구석구석 뒤진 끝에 지수는 침대에 홀로 누워 있는 정연을 찾아낼 수 있었다. 정연은 땀범벅이 된 채로 고통스러운 표정을 짓고 있었다.

"정연아!"

"지수야."

숨을 헐떡거리는 정연은 거의 초죽음이 된 상태였다.

"도대체 이게 어떻게 된 일이니?"

만삭의 배를 하고 눈물을 흘리는 정연의 모습은 너무나도 낯설기만 했다.

"미안해. 너 볼 면목이 없다."

도무지 이해할 수 없어 지수는 눈살을 찌푸리고 고개를 가로저었다.

"임신한 거 왜 나한테 말하지 않았어? 설마 너, 오빠한테까지 말 안 한 건 아니지? 오빠는 알고 있는 거지?"

"말 안 했어. 표시도 거의 안 났어. 입덧이 심해서 살이 많이 빠져 있었거든."

"그래도 그렇지 어떻게 모를 수가 있어?"

지수는 누굴 원망하고 탓해야 하는 건지 알 수가 없었다. 고통에 신음하는 정연인지, 자신의 아이가 있는지도 모르고 일에 파묻혀 사는 범진인지. 지수는 혼란스러움으로 두통이 이는 이마에 손을 짚었다. 정연이 머뭇거리며 입을 열었다.

"말하려고 했었어."

"그런데!"

지수는 저도 모르게 질책하듯 소리를 지르고 말았다. 안타까움이 되레 큰 소리로 변하고 만 것이다. 지수는 그렇게 중대한 사항을 열 달 내내 범진에게 털어놓지 못하고 혼자 끙끙댄 정연이 미련스러워 보였다.

"그런데…… 아!"

설명을 하려던 정연이 잔뜩 일그러진 얼굴로 침대시트를 움켜잡고 바르르 떨어댔다.

"왜? 아파?"

지수는 고통이 전이된 사람처럼 인상을 찡그리며 물었다. 아닌 게 아니라 가슴이 따끔거리고 찢어질 것처럼 아팠다.

"진통. 아!"

정연이 비명을 지르다시피 신음하자 간호사가 다가와 상태를 점검했다.

"나정연 산모님, 곧 분만실로 옮길 겁니다. 준비하세요."

간호사가 황급히 자리를 떠났다.

"지수야."

"그래, 말해."

힘겹게 고통을 참으며 입을 떼는 정연을 보고 지수는 눈물이 왈칵 쏟아질 것 같았다.

"두려웠어. 나 혼자 어떻게 해보려고 했는데…… 무서웠어. 미안해."

불안과 걱정을 가득 담은 정연의 두 눈에서 말간 눈물이 계속 주르륵주르륵 흘러내렸다.

"그래, 잘했어. 연락 잘한 거야. 울지 마, 울지 말고 힘내."

지수는 황급히 정연의 눈물을 닦아주고 힘을 불어넣어 주듯 손을 꽉 잡아주었다.

"응."

이내 다시 찾아온 간호사들이 정연을 분만실로 옮겨갔다. 지수는 분만실 앞까지 따라갔다. 더 이상 쫓아들어 갈 수 없게 되자 지수는 다시 한 번 정연에게 용기를 주듯 다정하게 손을 토닥였다.

"걱정하지 마. 다 잘될 거야."

맞잡은 손이 떨어져 나갔다. 순간 지수는 정연에게 필요한 사람은 정작 자신이 아니라 범진임을 깨달았다.

"도대체 무슨 일이 있었던 거야?"

지수는 눈물을 흘리며 비상계단으로 뛰어가 휴대전화로 범진에게 연락을 시도했다. 또 잔소리를 해댈 것 같은지 범진이 전화를 받지 않았다.

"젠장, 전화 좀 받으란 말이야! 어서!"

계속 연락을 해보았지만 범진은 전화를 받지 않았다. 하는 수 없이 지수는 문자를 남겼다. 정연이가 아이를 낳고 있으니 어서 병원으로 오라는 내용의 문자를.

지수는 말할 수 없이 불안했다. 누군가가 절실하게 필요했다. 괜찮을 거라고 아무 일도 없을 거라고 그렇게 위로해 줄 사람이 필요했다. 지수는 불현듯 성우를 돌봐주는 남자가 생각났다. 마음이 이유를 따지는 동안 손이 먼저 움직이기 시작했다. 몇 번 신호가 가지도 않았는데 남자의 다급한 목소리가 들려왔다.

[괜찮아요?]

지수는 아무 말도 못하고 입을 앙다문 채 울음을 삼켰다. 그러자 놀란 듯 수화기를 통해 남자의 숨소리만 들려왔다. 간헐적으로 내뱉는 남자의 숨소리가 마치 그녀 자신의 울음소리 비슷하게 들려왔다. 주저하듯 들려오는 남자의 목소리에는 짙은 걱정이 묻어 있었다.

[지금 우는 거예요? 왜요? 어디가 많이 안 좋대요?]

"가슴이 아파요. 찢어질 것 같아요. 답답하고 먹먹해요. 터질 것만 같아요."

지수는 손으로 가슴을 쥐어뜯고, 탁탁 치며 그렇게 말했다.

[브라 끈을 좀 느슨하게 해봐요. 헉, 혹시 가슴확대수술 받을 때 집어넣은 보형물이 터진 것 아니에요? 자연산처럼 보였는데, 수술 받은 거였어요?]

순간 지수는 눈물이 쏙 들어갔다. 길을 가다 물벼락을 맞은 기분이었다. 영하 196도에서 급속 냉각된 냉동인간처럼 꽁꽁 얼어붙고 말았다. 온몸을 점령했던 슬픔과 불안도 어이가 없는 지 짐을 챙겨 달아났다. 해동하는 데 시간이 좀 걸릴 것 같았다.

"지금 뭐, 뭐라고 했어요?"

[농담이에요, 농담. 울지 말아요. 우는 모습 하나도 안 예쁘던 데, 무슨 일 있어도 절대 울지 말아요.]

지수는 기가 막혔다. 울고 있는 사람한테 위로는 못할망정 농담이나 하다니! 지수는 남자에게 전화를 건 자신이 한심스러웠다. 그리고 여자에게 안 예쁘다는 말을 아무렇지 않게 하는 남자가 얄미웠다.

[그리고 걱정 말아요. 가슴 수술 건은 저만 알고 있을게요. 저어얼~대 소문 내지 않을게요. 그런데 또 어디 어디 보수한 거예요? 요즘은 현대의학의 기술이 너무 발달해서 감쪽같이 속는

다니까요.]

"끝까지 장난만 할 거예요?"

지수는 버럭 고함을 질러 버렸다. 그러자 수화기를 통해 남자의 깊은 한숨 소리가 들려왔다. 연이어 남자의 진지한 목소리가 흘러나왔다. 거짓말 같은 일이었다.

[그럼 내가 어떤 말을 해야 해요? 걱정은 내 몫이 아닌데, 위로 역시 내 역할이 아닌데. 난 그저 당신을 웃게 만들고 싶었을 뿐이에요. 기분이 상했다면 미안해요. 하지만 이것만 부탁할게요. 안길 수 있는 어깨가 있는 상황에서만 울어요. 혼자 아프지 말고.]

서먹한 침묵이 흘렀다. 지수는 혼란스러움이 극으로 치달아 남자가 한 말을 어떤 식으로 받아들여야 할지 알 수가 없었다. 어깨를 빌려주고 싶다는 간접 표현인지, 아니면 그녀에게 관심이 있다는 말인지 말이다.

[그런데 진짜 궁금해서 묻는 건데, 보수한 적 정말 없어요? 100% 자연산이면 조상 잘 만난 거네요! 감사하고 살아요!]

정말 종잡을 수 없는 남자였다. 금방 감동으로 몰아넣는 대사를 읊었다가 또다시 사람을 가지고 장난을 치고 있으니 말이다. 하여간 이 남자는 손도 안 대고 사람을 죽일 수 있는 재주를 지닌 지능적인 킬러였다. 지수는 바보가 된 기분이었다. 휴대전화를 집어 던지고 싶은 충동이 일 정도였다. 도대체 이런 남자한테 뭘 원했나 싶었다.

“정말 이럴 거예요!”

지수는 이를 바득바득 갈며 말했다.

[걱정을 해줘도 뭐라고 해, 웃겨줘도 뭐라고 해, 나더러 어쩌라는 거예요? 나한테 바라는 걸 정확히 말해요.]

어차피 진중함이라고는 약에 쓰려고 해도 없는 남자였다. 기대를 했던 것이 잘못이었기에 지수는 지끈거리는 이마를 차가운 벽에 대고 도를 닦는 심정으로 입을 열었다.

“저 오늘 못 들어갈 것 같은데 혹시 우리 성우랑 같이 있어줄 수 있어요?”

[네, 그럴게요. 그런데 혼자서 괜찮겠어요?]

조금의 망설임도 없이 남자가 그렇게 해주겠다는 대답을 했다. 염려해 주는 마음이 느껴져 지수는 화가 좀 누그러졌다.

“그래서 성우 아빠 불렀어요.”

잠시 남자에게서 아무런 말이 없었다. 너무 조용해서 지수는 전화가 끊긴 줄 알았다.

“여보세요?”

[듣고 있어요. 그래요, 아무 걱정 하지 말고 일 보고 와요.]

장난기가 또다시 감쪽같이 사라진 남자의 목소리는 진지하면서도 왠지 분노와 슬픔의 색을 담고 있었다.

“고마워요.”

지수는 이런 식으로 남자에게 고마움을 표현하게 될 줄은 몰랐다. 진심이었다. 단 한 번도 망설이거나 싫어하는 내색 없이 부탁을 들어주는 남자가 너무 고마웠다.

　[당신한테 고맙다는 말도 듣게 되고 좋네요. 착한 일 했다고 상 받은 기분이에요.]

　그런 말을 듣게 될 줄은 생각지도 못했다는 듯 남자가 얼떨떨한 목소리로 말했다. 기분이 좋아서 한 말 같은데 왠지 남자의 목소리가 계속 구슬프게 들려왔다.

　"나중에 신세진 거 꼭 갚을게요."

　[상 도로 가져간다는 말 같아서 싫어요. 이대로가 좋아요. 이대로가. 그런데 너무 변하지 말아요. 지금도 고맙다는 말 한마디에 충격 먹고 적응이 안 돼서 어리둥절하기만 하니까요. 내일 봐요. 먼저 끊을게요.]

　남자가 먼저 전화를 끊어버렸다. 더 이상 아무 말도 하지 마라, 듣고 있기가 힘들다, 라는 뜻 같았다. 지수는 시간을 두고 남자가 한 말과 행동을 되짚어보았다. 잠시 후였다.

　"나정연 보호자님."

　"네!"

　지수는 크게 대답을 하고서 분만실 앞으로 달려갔다. 그러자 간호사가 웃으며 지수에게 정연이 예쁜 딸을 낳았다는 사실과 아이의 출생 시간을 읊어주었다. 지수는 기쁘기도 하고 너무 놀랍기도 하고 슬퍼서 간호사를 와락 부둥켜안고 눈물을 글썽이고 말았다.

　"고맙습니다!"

몇 시간 뒤, 정연은 회복실에서 개인병실로 옮겨졌다. 아이를 갓 낳은 정연의 모습은 형편없었다. 하지만 지수의 눈에는 아름답게만 보였다. 정연이 화장기 하나 없이 정리되지 않은 머리를 질끈 묶고 있어도 말이다. 정연은 산고로 인해 지칠 대로 지친 모습이었지만 그런 모습이 지수는 숭고해 보이기까지 했다.

지수는 배달된 식판을 침대에 딸린 이동탁자 위에 올려놓고 정연에게 숟가락을 건넸다.

"많이 힘들었지? 자, 어서 먹어. 배고프겠다."

정연이 희미한 웃음으로 답하며 건넨 숟가락을 받아 들었다. 하지만 입맛이 전혀 없는지 좀처럼 음식에 손을 대지 않고 바라보기만 했다.

"먹고 싶지 않아도 애 생각해서 먹어둬."

간신히 미역국을 저어 뜨는가 싶더니 이내 정연의 눈에서 말간 눈물이 뚝 떨어졌다. 미역국에 섞여 버린 눈물에 스스로도 당황스러웠는지 정연이 눈을 들고 지수를 쳐다보았다. 지수는 저도 모르게 눈살을 찌푸리고 말았다. 먹으라는 국은 안 먹고 슬픔과 눈물만 꿀꺽꿀꺽 삼키는 정연이 못마땅해서였다.

"국이 싱겁니? 간 맞추려고 그러는 거야?"

지수의 농담에 정연이 어이없다는 듯 웃었다. 생각할수록 웃기는지, 아니면 울다 웃는 자신이 한심스럽게 여겨졌는지 정연이 계속 웃었다.

"아주 생쇼를 해라, 생쇼를."

못마땅한 지수는 퉁명스럽게 한마디를 더 보탰다.

"참 우습다."

정연이 손으로 눈물을 훔치며 말문을 열었다.

"뭐가 우스운데?"

"열 달 내내 웃고 산 적 없어서 앞으로도 그럴 줄 알았거든. 그런데 나 지금 웃고 있잖아."

"살 만한가 보다."

지수는 마음이 상하지 않을 정도로만 빈정거렸다.

"맞아. 그래서 그런가 봐. 나 살 만해진 거 같아."

"좋겠다. 나는 아직도 죽을 것 같은데."

심술이 난 얼굴로 지수는 입술을 비죽거렸다. 정연이 무슨 뜻으로 한 말인지 모르겠다는 듯이 궁금한 눈을 하고 지수를 물끄러미 바라보았다.

"마누라 사라지고 애가 왕따를 당해도 죽어라 일만 하는 오빠, 다 커서 이불에 지도 그려대는 조카, 숨어서 궁상떨다가 애 낳고 울다가 웃는 너 때문에 난 아직도 죽을 것 같다구."

큰 충격을 받은 사람처럼 정연이 벌어진 입을 막더니 이내 두 손으로 얼굴을 가리고 소리 내어 울기 시작했다.

"흐흑……. 미안해, 정말 미안해."

"울지 마. 미역국 짜진단 말이야."

지수는 혼을 내듯 말했다. 사랑하는 가족을 향한 그리움, 의

도하진 않았지만 상처를 줬다는 죄책감, 연민, 애증이 뒤범벅이
된 정연의 눈물은 쉽게 그치질 않았다. 속이 후련해질 때까지
울도록 내버려 두는 게 더 낫다는 판단하에 지수는 그저 말없이
정연을 다정하게 안아주었다. 한참이 지나고 나서야 정연은 비
로소 안정을 되찾게 되었다.

"나…… 그럴 수밖에 없었어."

정연이 이제야 전말을 밝힐 모양이었다. 지수는 정연의 말에
귀를 기울였다.

"네 오빠…… 처음부터 나한테 안 맞는 옷이었어. 나도 알고,
너도 알고, 다른 모든 사람들도 다 아는 사실이었어."

동의할 수 없는 말이었지만 지수는 정연이 계속 이야기할 수
있도록 입을 꾹 다물었다. 커다란 인내심을 발휘해야만 가능한
일이었다.

"그런데 내가 욕심 부렸어. 커서 못 입는다고 주위에서 그렇
게 말렸는데 내가 굳이 입겠다고 고집을 피웠어. 억지로 입은
옷 나만 좋다고 신나했었어. 임자 잘못 만난 옷이 죽어 보이는
데도 말이야. 그래도 꿋꿋하게 입고 다녔어. 사람들이 손가락질
하고 욕해도."

말을 잠시 끊고 회상에 잠긴 정연이 고통스러운 표정을 지었
다.

"그러다 어느 날 알게 됐어, 그 옷이 내 옷이 아니라는 사실
을. 이미 다른 여자의 옷이었다는 사실을. 그만 입고 돌려달래.

싫다고 했어. 일부러 모르는 척했어. 그런데 방심하는 사이에 그만 옷을 빼앗기고 말았어."

커다란 슬픔 안에 갇힌 사람처럼 정연이 울먹거렸다.

"차마 내 것이니 돌려달라는 말을 할 수가 없었어. 그 여자가 입고 있는 옷이 분명 내 옷인 것 같은데 딱 맞고 빛이 나는 거야. 내가 그렇게 정성껏 빨고 다렸을 때도 안 그랬던 옷이 말이야. 인정할 수밖에 없었어. 그럴 수밖에 없었다구."

지수는 듣고만 있다가 참지 못하고 마침내 입을 열었다.

"말 다 끝난 거니?"

정연이 고개를 떨어뜨리고선 끄덕였다.

"한마디로 끝날 말 참 길게도 한다. 그러니깐 한마디로 이거 아니야. 오빠가 다른 여자랑 바람났다! 아냐?"

잠시 머뭇거리던 정연이 다시 고개를 끄덕였다.

"남희정, 그 여자지?"

지수는 용한 점쟁이라도 된 것처럼 확신을 하며 지목했다. 이에 정연이 몸을 움찔하며 고개를 들었다. 그걸 어떻게 알았느냐고 되묻는 얼굴이었다. 지수는 그러면 그렇지, 하는 표정을 하고 다시 입을 열었다.

"남희정, 그년이 뭐라고 거짓말을 지껄이던? 우리 오빠가 자기랑 그렇고 그런 사이래? 정말 웃기지도 않아! 그래서 넌 한심하게 그 여자 말을 믿었니? 오빠한테 물어보기나 했어? 어떻게 그런 말도 안 되는 오해를 하고 떠날 수 있니?"

지수는 너무 화가 나서 정연이 산모라는 사실도 잊고 나중엔 벼락같은 호통을 치고 말았다.

"지수야, 솔직히 그런 건 어떻게 됐든 간에 상관없어. 문제는 네 오빠가 날 더 이상 사랑하지 않는다는 거야."

"어떻게 그런 말을 해? 오빠가 널 얼마나 사랑하는데!"

황당하기가 짝이 없어서 지수는 계속 소리를 쳐댔다. 정연이 슬픈 얼굴로 고개를 휘저었다.

"그렇지 않아. 지수야, 우리…… 이혼도장 찍었어."

"뭐! 도장! 오빠가 도장을 찍어줬단 말이야?"

지수는 하늘이 다 노랗게 보였다. 더 이상 어떤 말도 할 수가 없었다. 그럴 만큼 충격이 심했다. 단순히 정연이 범진과 희정을 오해하는 줄로만 생각했는데 그게 아닌 것 같았다. 알지 못하는 뭔가가 더 있는 모양이었다.

정말 오빠는 정연을 더 이상 사랑하지 않는 걸까? 정말 남희정과 무슨 일이라도 있었던 걸까?

지수는 별의별 생각이 다 들었다.

"나 이거 먹고 힘내서 우리 딸 보러 갈래."

정연이 숟가락을 들고 미역국을 꾸역꾸역 먹기 시작했다. 배가 고파서 먹는다기보다는 하기 싫어도 해야 할 일을 하는 사람처럼 보였다. 슬픔이 몰려드는지 정연이 숟가락을 문 채로 끅끅 울음을 삼켰다. 하지만 지수는 끝내 못 본 척하고 등을 돌려 버렸다. 여기서 더 이상 정연의 감정을 들쑤셔는 안 된다는 생각

때문이었다.

식사 후, 지수는 정연을 부축하고 신생아실을 찾았다. 신생아실 유리창엔 사람들이 다닥다닥 붙어 있었다. 자신들의 핏줄을 찾기 위해 어떤 이는 목을 길게 빼고, 어떤 이는 코가 짓눌리는 것도 잊은 채, 그렇게 다양한 모습으로 애를 쓰고 있었다. 그중 엔 남편을 대동하고 내려온 산모들도 꽤 있었다. 정연이 애써 그 광경을 못 본 척했다. 지수는 그런 정연이 측은하게 느껴졌 다. 지수는 남편 없이 애 낳은 여자의 심정을 정확히 그려낼 순 없지만 그 색깔이 어떨지는 알 것 같았다.

"저기 있다."

정연이 수많은 갓난아기들 가운데 자신의 아기를 단번에 찾 아냈다. 아기를 바라보는 정연의 입가에 잔잔한 미소가 번져 나 갔다. 눈엔 눈물이 그렁그렁 맺혔다. 그런 정연을 바라보고 있 노라니 지수는 마음이 알알해졌다.

"우리…… 딸 예쁘지 않니?"

우리라는 말을 쓴 것을 정연이 후회하는 것 같았다. 더 이상 한가족이 아니라는 생각을 하는 모양이었다. 지수는 섭섭한 마 음이 들었다.

"내 조카가 여기서 제일 예쁜 것 같다!"

지수는 반발을 하듯 일부러 큰 소리로 외쳐 버렸다. 이에 정 연이 아랫입술을 질끈 깨물고 울먹거렸다.

"왜요? 제가 고슴도치처럼 보이세요? 내 눈엔 댁들이 그렇게 보이거든요."

지수는 자신을 쳐다보는 사람들한테 시큰둥하게 물었다. 그러자 사람들이 우스운지 키득거리며 웃어댔다. 이에 지수는 유리창 너머로 시선을 옮기며 정연에게 들릴 정도로만 작게 속삭였다.

"웃으라고 한 소리 아닌데 사람들이 웃는다. 야, 나 모델 말고 개그우먼 할 걸 그랬나 봐. 와, 어쩜 저렇게 작고 예쁘냐? 너랑 오빠 반반씩 섞어서 잘 찍어냈다. 이름 생각해 둔 거 있어? 흔한 이름 짓지 말고 예쁜 이름 지어줘라. 성우 되게 좋아하겠다. 그 녀석이 동생을 질투하진 않겠지, 그래도 나이가 있는데?"

지수는 이 상황에선 정연의 얼굴을 쳐다볼 수가 없어 그저 실없이 주절주절 떠들어댔다. 너무 미안해서. 너무 안타까워서. 너무 마음이 아파서. 쳐다보는 순간 정연을 부둥켜안고 소리 내어 울 것만 같아서.

지수는 이 자리에 없는 범진이 너무 미웠다. 정연이 해준 말이 사실이라면 친오빠라고 해도 절대 용서할 수가 없을 것 같았다. 실망스러웠다. 화가 났다. 제삼자도 이러는데 본인은 오죽했을까 싶었다. 범진을 대신해 정연에게 사과하고 싶었다. 아니, 사과라는 말은 부족했다. 용서를 빌어야 한다고 해야 옳을 것이다.

"정연아."

"응?"

울음이 남은 정연의 음성이 들려왔다. 지수는 용기를 내 정연을 바라보았다. 손까지 내밀어 정연의 손을 잡았다.

"우리, 어떤 일이 있어도 영원한 친구인 거다."

눈물 젖은 정연의 얼굴에 구슬픈 미소가 어렸다. 이내 정연이 고개를 끄덕였다. 지수는 정연을 부드럽게 위로하듯 따뜻하게 안아주었다.

"고맙다, 친구야. 미안하다, 친구야."

어둡고 조용한 밤의 병실이었다. 지수는 잠을 포기하고 일어나 앉았다. 벽 쪽으로 등을 돌린 채로 잠이 든 정연이 시야에 들어왔다. 가녀린 어깨가 마음을 아프게 만들었다. 지수는 한숨을 작게 터뜨렸다. 그때 손에 쥔 휴대전화가 짧게 흔들렸다. 범진에게서 언제 연락이 올지 몰라 지수는 계속 휴대전화를 손에 놓지 않았다. 지수는 수신된 문자를 확인했다.

〈병원 앞이다.〉

범진이었다. 뒤늦게 자신이 보낸 문자를 접한 모양이었다. 지수는 소리를 내지 않고 조심히 일어나 병실을 나왔다.

병원 밖으로 나오자 온몸을 파고드는 차가운 기운에 지수는 소름이 오소소 돋는 것만 같았다.

"지수야!"

범진이 이름을 부르며 다가왔다. 충격을 받은 사람처럼 새파랗게 질린 얼굴을 하고서. 지수는 할 말이 많았는데 입이 쉽게 떨어지질 않았다. 사랑하는 오빠지만 지금은 너무나 미워서, 입을 여는 순간 모진 소리가 튀어나올 것만 같아서.

"정연이는?"

범진이 떨리는 목소리로 물었다. 지수는 눈살을 찌푸리고 말았다.

뭐가 궁금한 걸까? 아프게 하고 속병 나게 한 사람이 누군데 도대체 뭐가 궁금한 걸까? 한때는 아내였던 여자에게 느끼는 동정심, 자비심 같은 걸까? 아니면 죄책감?

지수는 이혼도장을 찍은 범진을 도저히 용서할 수가 없을 것만 같았다. 무슨 생각으로 이혼도장을 순순히 찍어줬는지 몰라도 그것은 정연에게 지울 수 없는 상처를 입힌 짓이었다. 지수는 주체할 수 없는 분노를 느꼈다.

"죽었어!"

지수는 범진에게 아주 큰 벌을 주고 싶어 모진 말을 내뱉었다.

"뭐?"

커다란 충격에 휩싸인 범진이 새하얗게 질려갔다. 그래도 지수는 변함없는 눈빛을 보냈다. 이에 조각상처럼 굳어 있던 범진이 균형을 잃고 크게 휘청거렸다.

"왜? 왜 그렇게 놀라는데? 이젠 남이잖아. 더 이상 상관없는 애잖아! 죽든 말든 오빠랑 상관없는 애잖아! 왜 이제 와서 그런 표정 지어? 말해봐! 왜 그랬어? 왜! 오빠가 지금 무슨 짓을 한 줄 알아!"

지수는 점점 크고 높게 소리를 드높였다. 그 소리가 나중엔 악으로 변해갔다. 범진이 괴로운 표정을 지으며 눈을 감았다. 범진의 감은 눈에서 눈물이 주르륵 흘러내렸다.

"그동안…… 어디에 있었다니?"

"뭐?"

지수는 범진의 반응과 질문을 이해할 수가 없어 되물었다.

"그렇게 찾아도 없더니…… 어디에 있었대?"

범진이 원망 섞인 말을 내뱉으며 눈을 뜨고 하늘을 올려보았다. 그 모습이 마치 절망의 늪으로 빠져드는 사람처럼 보였다.

"왜…… 그랬는데?"

지수는 묻지 않을 수 없었다.

"왜라니? 그걸 지금 몰라서 물어?"

범진이 고뇌 가득한 얼굴을 하고 답답하다는 듯 말했다.

"모르겠어."

지수는 고개를 휘저으며 솔직하게 말했다.

"사랑하니까……."

지수는 도대체 뭐가 뭔지 알 수가 없었다. 누구의 말이 진실이고 거짓인지 도무지 알 수가 없었다. 그래서 이해를 구하듯 다시 물었다.

"그럼 이혼도장은 왜 찍었는데?"

"어느 날부턴가 말을 걸어도 벙어리처럼 대꾸도 안 하고, 손이라도 잡으면 소스라치게 놀라면서 뿌리쳤어. 더럽다는 듯이 바라봤어. 왜 그러느냐고 물었지만 입 꾹 다물고 도망치기 급급했다구. 그러더니 서류를 내밀면서 도장을 찍어달라는 거야. 너무 화가 나서 그러겠다고 소리쳤어. 그래도 도장을 찍기는 했지만 접수까지 할 생각은 아니었어. 그래서 내가 이혼서류 접수하겠다고 하면서 출장 핑계 대고 나와 버렸다구. 술 푸고 있는데 새벽에 문자가 들어왔어. 정신 잃을 정도로 너무 취해서 문자가 들어온 줄도 몰랐어. 집에 성우 혼자 있으니 가보라는 내용이었는데 늦은 아침에서야 알게 된 거야. 급하게 가봤더니 성우 혼자 울고 있었어. 그게 마지막이었어. 그 이후론 너도 알다시피 너한테 도움 청하고 정연이 찾아 돌아다닌 거구."

"그럼 이때까지 정연이 찾느라 나한테까지 출장 핑계 댄 거야?"

범진이 흐느끼며 고개를 끄덕였다. 지수는 너무 어이가 없어 아무 말도 할 수가 없었다.

"임신한 줄도 몰랐어. 아무 말도 안 해주고 피해 다니기만 해서 정말 몰랐단 말이야! 애 낳다가 잘못된 거야? 도대체 뭐 때문에 그런 거야? 넌 알 거 아니야? 왜 그런 거야? 왜!"

범진이 바싹 다가와 지수의 어깨를 움켜잡고 흔들어댔다. 범진에게서 무서운 분노와 고통이 느껴졌다. 눈빛이 심상치 않았다. 이대로 그냥 놔뒀다가는 큰일이 나겠다 싶을 정도로 위험해 보였다.

"남희정, 그 여자가 문제였어!"

지수는 이유를 설명해 주기 위해 소리쳤다.

"뭐? 희정이? 희정이가 왜?"

"그 여잔 도대체 왜 그래? 인간이 왜 그 모양이야?"

한 가정을 파탄에 이르게 한 희정이 떠오르자 지수는 다시 분노의 불길에 휩싸였다. 두 주먹을 불끈 말아 쥐고 몸을 부르르 떨어댔다.

"자세히 말 좀 해봐! 희정이가 왜?"

"거짓말을 밥 먹듯 하는 여자인 줄은 알았지만 그 정도일 줄은 몰랐어. 정연이한테 이상한 소리를 한 것 같아. 마치 오빠랑 자기랑 예전에 무슨 일이라도 있었고 계속 그렇다는 식으로 말이야. 그래서 충격받고 이혼 결심한 것 같아, 오빠를 놔주기로. 자신한테 안 맞는 옷이니 뭐니 하면서."

"그런 일이 있었단 말이야? 걔가 그런 거짓말을 했단 말이야?"

범진의 안면근이 분노로 파르르 떨렸다. 살기가 느껴지는 표정이었다. 상황이 아주 심각해져 버렸다.

"오빠, 사……."

"가만두지 않을 거야! 희정이 가만두지 않을 거라구!"

금방이라도 달려가 살인을 저지를 사람처럼 범진이 험악하게 굴었다. 지수는 마음이 다급해졌다. 앞뒤 가릴 것 없이 핵심만 전해야 했다. 지수는 정신을 차리라는 듯이 크게 소리를 질렀다.

"정연이 딸 낳았고 둘 다 건강해!"

범진이 이건 또 무슨 뚱딴지같은 소리냐는 식으로 바라보았다.

"오빠가 예전에 알던 정연인 죽었어. 지금의 정연인 너무 많이 달라졌다구. 열 달 내내 울다가 오늘에야 처음 웃은 애야. 그렇게 웃음이 넘쳤던 애가."

"무슨 소리야? 그럼 정연이가 지금 죽은 게 아니라 살아 있다는 거야?"

"그래."

"너 왜 그래? 나 죽는 꼴 보고 싶어서 그래?"

범진이 억울해서 미치겠다는 식으로 버럭 화를 냈다.

"화가 나서 그랬어! 목이라도 조르고 싶었다구! 오빠가 처신을 잘했으면 걔가 왜 그랬겠어? 희정 언니랑 상종을 말라고 내가 몇 번을 말했어? 그런데 결국 내 말 안 듣더니 이 사단이 난 거 아니야! 이게 뭐야? 이게? 산모는 뼈만 남고, 오빠는 폐인 되고, 성우는 천덕꾸러기 만들고! 내가 남희정 이 여자, 아니, 이년을 가만두나 봐! 아주 박살을 내고 말 테니까!"

"몇 호야?"

"뭐?"

"정연이 몇 호에 있냐구!"

범진이 신경질적으로 외쳤다.

"608호."

"너 올라올 생각 말고 집에 가. 그리고 내가 연락할 때까지 오지 마! 알았어?"

"왜!"

지수는 자신에게 화를 내는 범진이 못마땅해서 소리를 버럭 질렀다.

"나 속인 벌이야!"

범진이 바람처럼 뛰어가 버렸다. 지수는 어둠 속으로 사라지는 범진을 원망하듯 바라보며 입을 씰룩거렸다.

"잘났어, 정말."

퉁명스런 말을 내뱉었지만 지수는 갑자기 가슴이 뻥 뚫리고 시원해지는 것이 느껴졌다. 이제야 한시름 놓을 수 있을 것만 같아서였다. 지수는 바보 같은 두 사람을 떠올리며 구시렁거렸다.

"착한 내가 참는다. 한 번만 더 바보 같은 짓 해봐!"

주차장을 향해 걷다가 지수는 발길을 멈추고 뒤로 홱 돌아섰다. 갑자기 억울하다는 생각이 들어서였다.

"그런데 난 누구한테 피해 보상을 받아야 하는 거야? 이번 일로 내가 얼마나 늙었는데! 퇴원하기만 해봐! 어우!"

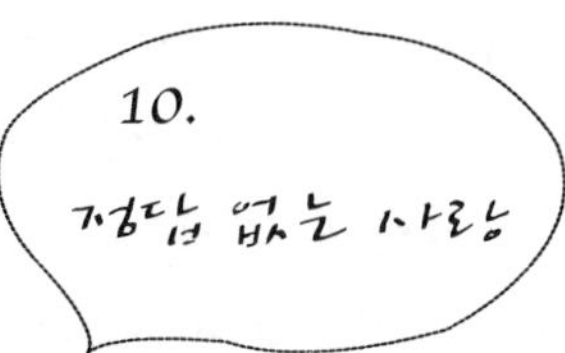

불을 끈 아파트 거실은 어두컴컴했다. 거실 소파에 누워 있는 동혁은 계속 몸을 뒤척거렸다. 잠이 오질 않았다. 눈을 감아도 보고, 아무 생각도 안 해보고, 양 천 마리를 거꾸로 세어보기도 하고. 그래도 여전히 잠이 오질 않았다.

동혁은 한숨을 길게 내쉬며 까만 천장을 올려다보았다. 그 안에 지수를 그려보았다. 그 옆엔 얼굴 없는 성우 아빠를. 그 얼굴에 물음표를 새겨 넣었다. 한 번도 본 적이 없으니 그렇게밖에 할 수가 없었다.

왠지 못마땅해서 동혁은 둘의 거리를 벌려놓았다. 얼굴도 돌려놓았다. 그래도 성이 안 차서 중간 부분을 부욱 찢어버렸다.

성우 아빠가 그려진 부분을 마구 구겨서 멀리 휙 던져 버렸다. 그럼에도 가슴 한쪽에 휑한 바람이 스치고 지나갔다.

지수에게 온 전화를 받고서부터 동혁은 누군가가 가슴을 세게 후려친 것처럼 아팠다. 그동안 엄청난 자제력을 발휘해 억눌렀던 감정이 다시 파도처럼 일어났다. 감당할 수 없을 만큼 너무 거대해서 해결할 길이 없었다.

동혁은 스스로가 혐오스럽고 끔찍하기만 했다. 질투는 패배자나 품는 감정이라 생각해 왔는데 좀처럼 통제가 되지 않았다. 좌절감마저 느껴졌다. 생각보다 치명적이었다. 해로운 독이나 다름이 없었다. 더 퍼지기 전에 해결해야만 하는데 방법을 알 수가 없었다.

동혁은 천장에 그려진 지수의 얼굴을 한참 들여다보았다. 그러다 TV에서 봤던 모습을 토대로 전체적인 윤곽을 그리고 세밀한 부분까지 그려보았다. 만족할 만한 그림이 완성됐다. 살아 움직일 것만 같았다. 만져 보고 싶다는 충동이 일 정도로.

눈을 감고 지수의 붉고 도톰한 입술을 상상하자 동혁은 가슴이 죄어들고 심장이 쿵쾅거렸다. 지수의 입술에 키스를 하고픈 충동이 일었다. 촉촉하고 달콤한 입술과 혀를 마음껏 탐하고 싶었다. 한 손에 다 들어올 것 같은 봉곳한 가슴과 탱탱한 엉덩이를 어루만지고 꽉 쥐고 싶었다.

동혁은 열정에 들뜬 지수의 눈을 바라보며 진한 사랑을 나누고 싶었다. 머릿속은 온통 미성년자 관람불가의 내용들이 스멀

거리고 있었다. 죄를 짓는 기분이 느껴지면서도 기분이 몽롱해
지고 뜨겁게 흥분하고 말았다.

하지만 동혁은 곧바로 좌절하고 말았다. 상상의 대상이 다른
사람도 아닌 지수였기 때문이다. 넘볼 수 없는 여자에게 품는
감정이 점점 깊어만 가고 있었다. 이제는 그 끈을 놔야 함에도
불구하고 속수무책으로 끌려가고만 있었다.

동혁은 자신의 머리카락을 쥐어뜯었다. 이렇게라도 해서 잊
을 수 있다면 잊고 싶은 것이 솔직한 심정이었다. 머리를 쾅쾅
소파에 박아대며 발악할 것처럼 소리없는 비명을 내지르려던
그때였다.

"왜 여기서 자요?"

갑자기 생생하게 들려온 지수의 목소리에 동혁은 화들짝 놀
라 눈을 떴다. 눈앞에 자신을 내려다보는 지수가 보였다. 이게
어떻게 된 일인가 싶어 동혁은 눈을 크게 뜨고 소파에서 벌떡
일어나 앉았다. 커다란 죄책감에 이어 속마음을 들킨 것 같아
심한 수치심이 들었다. 얼굴이 화끈해졌다.

"뭐, 뭐예요? 못 온다고 했잖아요."

"그렇게 됐어요."

동혁이 비켜준 자리에 지수가 털썩 주저앉았다. 손만 뻗어도
닿을 자리에 앉은 지수에게서 좋은 향기가 나자 동혁은 마른침
을 꿀꺽 삼켰다. 안 된다는 이성과 달리 마음은 벌써 지수를 품
에 안고 있었다.

미친놈!

동혁은 마음을 단단히 다잡아야만 지수를 쳐다볼 수 있을 것 같았다. 조심스럽게 고개를 돌리자 지수와 눈이 마주쳤다. 순간 전류가 온몸을 꿰뚫는 듯했다. 상상만 했던 지수의 입술이 바로 눈앞에 보이자 동혁은 몸과 함께 머리가 마비되는 듯한 기분이 들었다. 이대로 있다가는 돌아버려서 무슨 짓을 저지를지 모를 상황이었다.

차동혁, 정녕 네가 미쳤나 보다!

동혁은 자기혐오의 감정이 더 커지기 전에 떨쳐 내야만 했다.

"그런데…… 성우 아빠는요?"

동혁은 더 구체적으로 묻고 싶었다. 가슴 아파서 네가 제일 먼저 찾았던 남자는 지금 어디에 있는 거냐고. 아파하고 힘들어하는 널 이대로 그냥 보낸 거냐고. 네 곁에 와서 하룻밤도 함께 있어주지 못하는 남자냐고. 왜 그런 남자를 사랑했고 사랑하고 있느냐고. 그러고도 행복하냐고.

"마누라한테 갔어요."

지수가 아무렇지도 않게 말했다. 그래서 동혁은 더욱더 자신의 귀를 의심할 수밖에 없었다.

"네에? 마, 마, 마누라요?"

아닌 밤에 홍두깨라는 말은 이럴 때 쓰라고 만들어놓은 것일까?

동혁은 둔기로 얻어맞은 사람처럼 놀란 얼굴을 해가지고 지수를 빤히 쳐다보았다. 무덤덤해 보이는 지수의 얼굴에 주홍글씨가 한 글자 한 글자가 새겨지기 시작했다. 유부남의 아이를 낳은 미혼모!

동혁은 갑자기 눈앞이 까매졌고, 온몸에서 힘이 쭉 빠져나갔다. 모락모락 피어올라 날카롭게 치솟았던 흥분이 찬물 세례를 받은 것처럼 확 가라앉았다. 동혁은 이대로 기절을 할 것만 같아 쿵 하는 소리를 내며 소파 등받이에 몸을 기댔다. 넋이 반쯤 나간 상태였다. 이 세상에 유부남의 아이를 낳은 미혼모보다 더 가슴 아픈 타이틀이 다 있을까 싶었다. 동혁은 속으로 거칠게 욕설을 내뱉었다.

이런, 빌어먹을! 젠장! 제기랄!

동혁은 전신을 휘감는 분노를 어떻게 해결해야 할지 몰라 몸을 부르르 떨어댔다.

"왜 그래요?"

지수가 아주 이상하다는 듯이 물었다. 동혁은 너무나도 태연한 지수의 목소리와 태도에 있는 대로 화가 치밀었다. 이제는 성우 아빠라는 작자보다 지수한테 더 화가 났다. 도대체 네가 뭐가 모자라서 그딴 놈을 사랑하고 성우까지 낳을 생각을 했느냐고, 왜 그런 작자한테 아직까지 미련을 두고 사랑을 쏟고 있는 거냐고, 너 배알도 없느냐고, 왜 이렇게까지 망가져서 살아왔느냐고! 무섭게 다그치며 지수한테 묻고 싶었다. 동혁은 도저히 믿을 수가 없어서 인내심을 긁어모아 끔찍한 사실을 다시 확인하기로 했다.

"마누라가 있어요?"

지수가 대답 대신 눈살을 찌푸리며 인상을 찡그렸다. 당연한 걸 왜 묻느냐는 식이었다. 동혁은 찔러 죽일 것처럼 지수를 강렬한 눈빛으로 쏘아보았다. 지수의 얼굴에 두려움의 빛이 떠올랐다. 슬금슬금 옆으로 움직여 거리까지 두었다. 동혁은 감당이 안 될 정도로 화가 난 자신을 발견했다. 하지만 억누를 수는 없었다.

"당신은 왜 그 모양이에요! 왜 그러고 살아요! 그렇게 살고 싶어요!"

동혁은 점점 강도를 높여가며 따지고 들었다. 지수의 처지가, 지수의 사랑법이 하도 한심하고 어이가 없어서. 공격받은 지수가 두려움을 떨쳐 버리고 눈에 쌍심지를 켰다. 붉으락푸르락한 얼굴로 씩씩대기까지 했다.

"내 모양이 어때서요? 그리고 내가 어떻게 사는데요?"

정말 난데없고 느닷없다는 듯, 왜 이런 날벼락을 맞아야 하는지 이해할 수 없다는 듯 지수가 따지고 들었다. 유부남의 아이를 낳은 미혼모라고 볼 수 없을 만큼 아주 당당하고 거리낌이 없는 태도였다.

정말 아무렇지도 않은 걸까? 혹시 저렇게라도 행동하지 않으면 세상의 잣대에 재어지고 모진 시선을 견디지 못해 인생 자체를 포기하게 될까 봐 그러는 걸까? 그래도 이건 아니잖아!

동혁은 아무리 지수의 입장에서 지수를 이해하려고 해도 이해할 수가 없었다. 뒤죽박죽이 된 머리가 터져 버릴 것만 같았다. 가슴이 아파서 미칠 지경이었다.

"평범하게 좀 살아요! 평범하게!"

동혁은 저도 모르게 벌떡 일어나 발악하듯 외쳤다. 이에 지수도 덩달아 자리를 박차고 일어나 크게 소리쳤다.

"더 이상 어떻게 평범하게 살아요! 당신만 아니면 내 인생 지극히 평범한데요!"

세상이 이상해진 모양이었다. 상상도 못할 별일이 다 벌어지는 세상인 줄은 알았지만 이렇게 가까운 곳에서 벌어질 줄은 몰랐다. 하긴 세상 사람들 눈엔 유부남의 아이를 낳은 미혼모를 사랑하는 남자 또한 이상하게 보일 것이다. 동혁은 저도 모르게 자조하며 쓸쓸하게 웃었다. 내재되었던 광포함이 자제가 되지 않고, 칼날처럼 예리한 언어가 되어 지수를 향해 날아갔다.

"세상이 많이 달라지기는 했나 보네요, 당신 같은 여자가 큰 소리치면서 사는 걸 보면."

동혁은 화가 치밀었다. 짜증이 계속 솟구쳤다. 그래서 지수에게 비수가 될 말을 골라 뱉었다. 지수도 지수지만 지수의 두뇌 구조를 이상하게 만들어 버린 남자를 찾아내 흠씬 두들겨 패고 싶었다. 지수와 성우의 인생을 망가뜨리고 상처를 준 남자를 도저히 용서할 수 없을 것만 같았다. 세상에 존재하는 모든 욕설의 리스트를 쫙 뽑아내 남자에게 읊어주고 싶었다. 물론 그런 남자를 아직까지 못 잊어하는 지수에게까지.

"나 같은 게 어떤 건데요?"

불쾌하고 황당하다는 듯이 지수가 따지고 들었다.

"뭐, 그게…… 그렇잖아요!"

유부남을 사랑한 미혼모라는 끔찍한 말을 차마 입에 담을 수가 없어 동혁은 대충 말을 얼버무려 소리쳤다.

"알아듣게 말을 똑바로 해요!"

지수의 짜증 섞인 호통이 뒤따라왔다. 동혁은 못마땅한 눈으로 지수를 바라보았다. 지수가 사회적으로 손가락질 받는 여자라는 사실을 알게 됐는데도 이게 웬일인지 싫지가 않았다. 오히려 피해자라는 생각이 들어 안쓰러웠다. 그동안 얼마나 힘들고 마음고생이 심했을까 하는 생각이 들어 더 이상 뭐라고 할 수가 없었다.

참을 수 없는 분노를 느꼈다고 해서 이미 가슴에 멍든 지수에게 화풀이를 할 수는 없는 일이었다. 지수가 유부남의 아이를 낳은 미혼모라는 사실을 전혀 부끄러워하지 않는다고 해서 비난할 자격 따위는 없었다. 누가 누굴 비판하고 단죄한단 말인가. 동혁은 괜스레 미안해졌다. 사랑하는 여자의 상처를 감싸안아 주지는 못할망정 들쑤시고 건드리고 손가락질을 했으니 말이다.

동혁은 두 손으로 자신의 이마 위로 흘러내려 온 머리를 쓸어올리며 깊게 한숨을 내쉬었다. 흥분을 가라앉히려는 노력이었다. 동혁은 눈빛을 부드럽게 하고선 지수를 바라보았다.

"가슴은 괜찮아요?"

"여기서 가슴 얘기가 왜 나오는데요?"

지수의 날카로운 목소리에서 독기가 뿜어져 나왔다. 사랑하
는 남자한테 그런 푸대접을 받고도 아픈 가슴이 온전하냐는 뜻
으로 물은 말이었는데 오해를 한 모양이었다. 동혁은 오해를 풀
어주기 위해 다시 입을 열었다.

"아프다면서요? 찢어진다면서요? 답답하다면서요? 터질 것
같다면서요?"

"저질!"

지수가 더할 나위 없이 불쾌하고 역겹다는 식으로 말을 거칠
게 내뱉었다. 오해를 단단히 한 게 틀림없었다. 구구절절 설명
해 줘도 오해는 쉽사리 풀릴 것 같지 않았다. 동혁은 난감해져
지수를 애잔한 눈길로 바라보기만 했다.

"진짜 웃기는 남자야!"

분노가 잦아들지 않는지 지수가 숨을 씩씩대며 몰아쉬었다.
지수의 가슴이 분노로 심하게 오르내렸다. 성난 눈동자가 야성
의 빛이 났다. 하얀 이로 질근질근 깨문 입술이 한껏 빨갛게 부
풀어져 있었다. 지수의 화내는 모습이 눈이 부실 정도로 아름답
게 보였다.

빌어먹을, 젠장!

애써 가라앉혔던 흥분이 지수의 도발적인 모습에 또다시 들

끓었다. 동혁은 이대로 지수를 확 끌어안고 그녀의 희디흰 목덜미에 코를 박고 싶었다. 단단한 가슴으로 들썩거리는 지수의 가슴을 짓눌러 진정시켜 주고 싶었다. 지수의 입에서 터져 나오는 거칠고 뜨거운 숨결을 모두 다 삼켜 버리고 싶었다. 하지만 그럴 수가 없어 엄청난 자제력을 동원했다.

"걱정을 해줘도 뭐라고 해요!"

"걱정하는 걸로 안 들려요. 같은 말이라도 당신이 하면 아주 불순하게 들려요!"

"그렇게 내가 싫어요?"

"이제야 제대로 보여요? 그래요, 싫어요! 이유도 없이 사람을 환장하게 만드는 당신! 정말 지긋지긋하게 싫어요! 몸서리칠 만큼 진짜, 진짜 싫다구요! 알겠어요!"

가슴에 여러 개의 칼을 꽂은 것도 모자라 심장을 후벼 파고 그 안에 깊은 좌절감을 심어놓을 목적이었다면 지수는 아주 제대로 해냈다.

동혁은 간신히 붙들고 있는 자제력을 잃을 위기에 처했다. 분노가 끓어올랐다. 몸서리칠 만큼 싫다는 지수가 싫기는커녕 아직도 빠져들고 있었기 때문이다. 동혁은 생김새 하나하나 더듬으며 배회하듯 지수를 쳐다보았다. 화를 내는 여자가 왜 이렇게 예쁘고 매력적인지 알 수가 없었다.

"기분 나쁘게 왜 그런 눈으로 보는 거예요?"

동혁은 순간 저도 모르게 지수에게 확 달려들어 입술을 덮쳤다. 또 한 번의 기습적인 키스였다. 도저히 이러지 않고는 견딜 수가 없었다. 동혁은 양손으로 지수의 얼굴을 힘껏 고정시킨 다음 벌을 주듯 지수의 입술을 강하게 빨아들였다. 단단하게 닫힌 입술을 열기 위해 지수의 아랫입술을 난폭하게 깨물어 버렸다. 아픔을 호소하기 위해 벌어진 입술을 뚫고 지수의 혀와 입 안을 격렬하게 탐했다.

지수가 있는 힘껏 그를 밀어냈다.

"이게 뭐 하는 짓이에요!"

지수의 눈이 어둠 속에서 분노로 이글이글 타오르고 있었다. 손등으로 입술을 거칠게 닦는 지수가 격분한 심정을 억누를 수 없는지 소파 위에 놓인 쿠션을 들어 그를 패기 시작했다.

"내가 만만해 보여요? 내가 우스워요?"

동혁은 매를 피하지 않고 자리를 지켰다. 맞을 짓을 충분히 했다고 생각했기 때문이다. 동혁은 겨우 그것밖에 못 때리느냐고 지수에게 소리를 질러주고 싶었다. 더 세게 때리라고, 정신이 확 들게, 다시는 네게 이런 짓 못하게, 너한테 정나미 뚝 떨어져서 다시는 너 사랑하지 않게 더! 더! 때리라고 소리치고 싶었다.

동혁은 무감각해지고 싶었다. 찢어지는 아픔, 사지가 끊어질 것 같은 고통, 한없이 솟구쳐 넘쳐흐르는 슬픔 모두 느끼고 싶지 않았다. 동혁은 더 이상 자신을 통제할 수가 없어졌다. 모든 게 불가능했다.

"으아아아아아악!"

동혁은 성난 사자처럼 크게 포효하며 울부짖었다. 이에 지수가 급속 냉각되어 모든 움직임을 뚝 멈췄다.

"판단력이 그렇게 없어요! 제발 정신 좀 차려요! 옳은 판단 좀 하면서 제대로 살란 말이에요! 사랑해선 안 될 사람을 사랑하지 말고 사랑해도 될 사람을 눈여겨보라구요!"

동혁은 치열한 분노를 느끼며 소리쳤다. 그리고 싸늘하고 가차없어 보이는 눈빛으로 지수를 바라보며 계속 말을 이어나갔다.

"도대체! 왜! 왜 그러고 살아요! 아우! 미치겠다! 돌겠다!"

동혁은 지수를 집어 삼킬 듯 노려보다가 이내 웃옷을 들고 바람처럼 아파트를 빠져나갔다. 여전히 충격에 휩싸인 얼굴로 굳어져 있는 지수를 두고.

동혁은 미쳐 버릴 것만 같았다. 맨정신으로는 오늘 밤을 넘길 수가 없을 것 같았다. 아무거나 때려 부수고 싶었다. 그래서 오락실 주인들이 말릴 정도로 오락실 펀치 기계를 때려 부수고, 두더지들의 머리가 움푹 파일 정도로 망치를 쾅쾅 내려쳤다. 급기야 오락실 주인들이 망가진 기계를 붙들고 제발 그만 좀 가라고 애원을 했다.

고함을 지르고 싶었다. 그래서 노래방이 떠나가라 노래를 불러댔다. 노래라기보다는 음정, 박자를 무시한 소음공해에 가까운 발악이었다. 다른 방에서 사람들이 나와 계속 힐끗대는 게 느껴질 정도로 심한 발악에 해당했다.

그래도 넘치는 분노를 해결하지 못해 술을 택했다. 투자전문가인 성문까지 불러냈다. 동혁은 세상에 술이 존재하는 이유가 제정신으로 시련을 감내하고 고통을 극복하기 힘든 사람들을 위로하기 위함이란 사실을 새삼 깨달았다. 안주도 없이 연거푸 술을 들이켰다. 무슨 말을 지껄였는지 생각이 나지 않을 정도로 마셔댔다.

"사랑이 뭐니?"

옆에서 술잔을 기울이는 성문에게 동혁은 기습적으로 질문을 던졌다.

"크크큭……."

한밤중에 잠자는 사람을 불러내서는 고작 한다는 말이 그거냐는 식으로 성문이 몸까지 들썩거려 가며 웃어댔다.

"왜 웃어, 새끼야?"

평소보다 술을 많이 마신 탓인지 동혁은 혀까지 꼬부라져서 발음도 불분명한 상태였다.

"선수가 그런 말 하는 건 웃기려고 하는 거 아냐?"

"선수는 누가 선수야? 짝퉁 선수도 선수냐?"

"자기비하는 정신건강에 안 좋다며? 오늘따라 왜 이래?"

"그럼 짝퉁 선수가 사랑이 뭔지 강의를 해주랴?"

동혁은 자조 어린 웃음을 짓고는 성문의 어깨에 팔까지 턱 얹어가며 물었다. 이에 성문이 히죽거렸다.

"그래, 어디 한번 들어보자."

"사랑은 천칠백사십구 곱하기 구천육백이십삼 나누기 삼천팔백이십사다."

"뭐?"

황당무계한 동혁의 설명에 성문이 웃음기를 거둬들이고 눈살을 찌푸렸다.

"쉽게 정답이 안 나오는 게 사랑이야. 아주 복잡해서 머리 쥐나게 만드는 게 사랑이라구."

동혁은 어두운 표정과 흔들리는 눈빛을 하고 허공을 바라보았다.

"지극히 너다운 답이다. 그런데 너 사랑에 빠졌냐?"

"사랑? 사랑은 무슨!"

성문의 질문에 동혁은 한쪽 입꼬리를 위로 치켜올리며 웃음을 터뜨렸다.

"그런데 왜 이렇게 이상한 짓 하면서 고민해?"

"고민하기는 누가 고민을 해? 보면 몰라? 술 푸잖아, 술! 친구랑 술!"

애써 부정해도 얼굴에 나 고민 무지 많아요, 라고 쓰여 있는 모양이었다. 성문이 점점 재미가 오른 얼굴을 했다.

"자식, 고민하지 마라. 사랑 그거 별거냐? 꼭 답 알고 해야 하는 거야? 아니잖아. 그냥 해. 알고 하나 모르고 하나 사랑하는 건 똑같은 건데 뭐 하러 고민해? 그냥 하면 되지.”

“이거 사랑이 맞기는 한 거냐? 빡세게 고민을 해도 답이 없으니까 사랑인 거야? 그럼, 사랑인가 보네. 그래, 사랑, 사랑…….”

마음을 괴롭히는 존재가 눈앞에서 또렷해졌다. 하지만 동혁은 여전히 혼란스러웠다. 알지만 인정이 잘 안 되는 상황이었다. 유부남의 아이를 낳은 미혼모를 사랑하는 총각이라. 뭐 이런 개떡 같은 경우가 다 있나 싶었다. 동혁은 이제 신까지 원망스러워졌다. 초등학교 시절의 옛 기억은 그냥 추억으로 남겨두지 왜 지수와 재회를 하게 만들어 이 분란을 일으키고 가슴을 아프게 하는지 알 수가 없어서였다.

“어떤 여자야? 어떤 여자인데 답이 없어?”

“걘 여자 아니야.”

동혁은 고개를 휘휘 내저으며 한숨을 푹푹 쉬었다. 지수는 여자가 아니라 아줌마였다. 임자가 있는 아줌마. 흑심을 품는 순간부터 불륜이 되는 아줌마.

“여자가 아니면? 그럼, 너 혹시 남자 좋아하냐?”

성문은 은밀한 말투로 목소리까지 낮춰 물었다. 동혁은 그런 성문의 뒤통수를 손바닥으로 철썩 내려쳤다.

“미친 새끼, 시대 흐름이 그렇다고 해도 파격적인 사랑은 내 취향이 아니다.”

“그럼 뭔데? 여자도 아니고 남자도 아니면?”

동혁은 친구라도 성문이 이상한 눈으로 볼까 봐 지수의 정확한 신분을 밝힐 수가 없었다.

"하여간 그런 사람이 있다고 생각해라."

"자식, 너 어쩌다 그런 사람을 사랑하게 됐냐?"

"그러게 말이다. 빌어먹게도 첫눈에 뻑 가버렸다, 뻑!"

동혁은 괴로워 술 한 잔을 들이켰다.

"힘드냐?"

"태어난 순간부터 숨 쉬기조차 힘들어 앙앙거린 놈이 뭔들 안 힘들겠냐? 세상 사는 일 자체가 다 힘든 거지. 그래도 사랑 때문에 힘든 건 기분 좋은 일이잖아. 누군가가 내 심장을 뛰게 할 수 있다는 거, 살아 있다는 증거잖아. 그걸로 족해."

동혁은 손으로 턱을 괴고 세상을 달관한 사람처럼 굴었다. 하지만 거짓말이었다. 동혁은 마음이 아프고 괴로웠다. 심장이 터질 것 같고 온몸이 따끔거렸다. 급기야는 테이블에 머리를 처박고 우는 소리를 해대고 말았다.

"아니, 힘들어. 기분도 안 좋아. 아파. 뛰는 심장도 보여줄 수가 없고, 숨겨야 하고 아주 죽겠다. 나 왜 이렇게 됐을까? 왜 개를 사랑하게 됐을까? 나쁜 것, 인생 고따구로 살아놓고 큰소리만 빵빵 치고. 못된 것, 눈이 있어도 제대로 보지도 못하고. 아, 돌겠다! 아, 미치겠다!"

동혁은 테이블에 머리를 쿵쿵 박다가 앞에 놓인 양주병을 쥐고 단숨에 꿀꺽꿀꺽 들이켰다. 깜짝 놀란 성문이 양주병을 빼앗아 테이블에 놓고 다시 머리를 박는 동혁을 뜯어말리기 시작했다.

"차동혁! 야, 그만 퍼! 이러다 너 골로 가겠다."

"냅둬라. 이렇게 죽으나 저렇게 죽으나 죽는 건 똑같다."

"죽긴 왜 죽어? 세상에 극복 못할 사랑이 어디 있어?"

"뭐?"

정신이 몽롱해서 초점까지 제대로 맞추지 못한 채로 동혁은 눈살을 찌푸리며 물었다.

"그렇잖아! 안 되는 사랑이 어디 있어? 무슨 수를 써서라도 되게 만들면 되는 거지."

"무슨 수를 써서라도?"

"그래, 인마. 인생은 쟁탈전이야. 규칙이고 뭐고 다 필요없어. 가진 놈들 봐봐. 제 욕심 채우겠다고 이유 불문하고 긁어모으니까 결국 되잖아. 그렇게 살아야 되는 거야! 왜 착한 척해? 그런다고 누가 상 준대? 독하게 살아. 봐주지 마. 눈에 보인다, 그러면 무조건 입에 처넣고 꿀꺽! 이거거든!"

핏대를 세우며 성문이 일장연설을 늘어놓았다. 동혁은 고개를 끄덕이며 말을 듣고 있다가 갑자기 성문의 멱살을 덥석 잡았다.

"이 자식, 그래서 우량주를 꿀꺽했냐?"

"우, 우, 우량주라니!"

당황한 나머지 성문이 말까지 더듬었다.

"나쁜 새끼!"

동혁은 갑자기 온몸에서 힘이 주욱 빠져나가는 기분을 느꼈다. 성문의 목을 조였던 손이 스르르 아래로 미끄러졌다. 갑자기 조명이 꺼진 것처럼 눈앞이 까매졌다. 다급하게 불러대는 성문의 음성이 마지막이었다.

"야, 차동혁, 야! 이 자식, 진짜 갔네!"

다음날 아침.

그 어떤 사람보다 삶에 대한 애착이 강했던 동혁이나 오늘 아침은 죽고만 싶은 심정이었다. 엉망진창이 된 머릿속은 안개가 낀 것처럼 맑지 못하고 멍했다. 모든 장기는 동맹파업을 했는지 아무런 감각도 느껴지지 않았다.

"차동혁, 밥 먹어라!"

아래층에서 모친의 목소리가 들려왔다. 하지만 동혁은 침대에 누워 꿈쩍도 하지 않았다. 배도 안 고팠다. 화장실도 가고 싶지 않았다. 인간의 기본적인 욕구가 전혀 느껴지지 않았다. 컨디션이 최악이었다.

"셋 셀 동안 안 내려오면 변기통에 머리 박아버린다!"

모친의 협박이 정확하게 전달되었다.

"하나!"

절대 말로만 끝낼 모친이 아니라는 걸 알기에 동혁은 꿈지럭 꿈지럭 자리를 털고 일어났다.

"둘!"

동혁은 옷을 챙겨 들고 방을 나왔다. 계단 밑에서 셋을 세려던 모친과 눈이 마주쳤다. 모친이 초췌하기가 짝이 없는 아들의 모습을 위아래로 훑더니 부엌으로 휙 가버렸다. 부엌으로 들어가 보니 온 가족이 식탁에 둘러앉아 있었다.

"도련님, 어서 오셔서 아침 식사 하세요."

술에 떡이 돼서 들어온 걸 안 형수가 북어해장국을 끓여놓은 것이 보였다. 하지만 동혁은 정말이지 구미가 당기지 않았다.

"생각없어요."

의자에 앉지도 않고 동혁은 컵에 물을 따르며 힘없이 말했다.

"너 생각없이 사는 거 여기 모르는 사람 없다."

모친의 싸늘한 한마디가 비수처럼 날아와 가슴에 콕 박혔다. 동혁은 기분이 더 우울해지고 말았다.

"밥 생각이 없다구요."

동혁은 매가리 하나 없이 그렇게 말을 하고선 물을 마셨다. 그러자 아무렇지 않게 국을 떠서 입에 넣으려던 모친이 그대로 굳어버렸다. 나름대로 충격을 받은 모양이었다.

"너, 지금 뭐라고 했냐?"

"도련님이요, 밥 생각이 없대요."

깜짝 놀란 형수가 대신 또박또박 읊어주었다.

"죽으려나 보다."

"도련님, 왜 그렇게 힘이 하나도 없으세요? 일이 고되신 거예요?"

형수의 얼굴에 근심의 먹구름이 잔뜩 끼었다. 질문 받은 사람이 대답하기도 전에 모친이 토를 달기 시작했다.

"냅둬라. 세상 살면서 한 끼 정도 굶어보는 체험도 나쁘지 않으니까."

"도련님, 혹시 큰 고민이라도 있으세요?"

형수의 질문이 계속되었다. 동혁은 입을 열 기회도 없었다. 모친이 계속 형수의 질문에 냉큼냉큼 토를 달았기 때문이다.

"인간 되려고 용쓰나 보다."

"도련님, 보약이나 영양제라도 지어드릴까요?"

"그 일이 힘들면 세상 사람들 다 골로 갔다. 그리고 밥이 보약이고 영양제인데 뭘 먹인다는 거냐? 윤정이, 너나 앉아서 어서 먹어라. 국 다 식는다."

"도련님, 그러다 몸 상하세요. 뭐 맛있는 것 좀 해드려요? 도련님 좋아하시는 갈비 해놓을까요?"

모친이 더 이상 토를 달 생각이 없어 보였다. 그래서 하는 수 없이 동혁은 형수를 향해 입을 열었다.

"됐어요. 형수님만 힘드시고, 먹고 싶다는 생각도 별로 안 드네요."

다른 때 같았으면 침을 질질 흘리며 풀린 눈을 했을 사람이 탐탁지 않다는 듯 말을 하자 온 가족이 놀라는 표정을 지었다. 다들 아주 이상하고 기이한 현상을 지켜보는 사람들 같았다.

"나갑니다."

동혁은 등을 돌리고 현관으로 향했다. 신발을 신는데 웬일로 세 사람이 약속이라도 한 것처럼 뒤따라 나왔다.

"도련님, 어디 가세요?"

형수가 물었다.

"바람이나 쐬고 오려고요."

동혁은 시큰둥하게 대답을 하고선 신발을 마저 신었다.

"차동혁, 동작 그만."

모친의 명령을 받고 동혁은 엉거주춤한 상태로 얼음이 되어 버렸다. 모친이 이번엔 은혁에게 명령을 내렸다.

"차은혁, 너 이놈 방에 가서 유서 같은 거 있는지 살펴보고 좀 와라."

순간 동혁은 어이가 없어졌다. 못 말리는 면에선 모친을 능가할 사람이 없을 것 같았다.

"저 안 죽어요."

심각한 상태인 건 분명했지만 동혁은 절대 그럴 생각이 없었다. 현관문을 열고 나가려 하는데 모친의 말이 또다시 들려왔다.

"차동혁, 절대 한강이나 산에 가지 마라. 알았냐?"

동혁은 대답도 하지 않은 채 쓸쓸히 집을 나섰다.

동혁의 식구들은 식사를 마저 하기 위해 다시 식탁에 둘러앉았다. 항상 웃고 떠들며 분위기를 띄우는 동혁이 없는 식사 시간은 조용하다 못해 썰렁하기까지 했다.

윤정은 시어머니를 꼭 닮아 무표정한 얼굴로 말없이 식사를 하는 은혁을 물끄러미 바라보았다. 은혁의 얼굴에 나는 사는 게 재미가 없는 사람이에요, 라고 쓰인 것 같았다. 같은 부모 밑에서 태어나도 형제가 어쩜 이렇게 다른지, 수수께끼가 따로 없었다. 가끔, 아주 가끔씩이라도 동혁처럼 살갑게 웃어주고 농담이라도 건네면 좋으련만, 어쩜 저렇게 철통수비를 하듯 속을 안 보여주는지, 윤정은 은혁이 야속하기만 했다.

그렇다고 은혁에게 사랑이 없는 건 아니었다. 보이진 않아도 느낄 수 있는 공기와 바람처럼 은혁의 사랑은 분명히 존재했다. 하지만 아내와 불처럼 뜨거운 사랑을 나눈 후에도, 사랑한다는 말을 하면 죽기라도 하는 사람처럼 구는 건 섭섭한 일이 아닐 수 없었다. 특별한 감동의 순간이나 비싼 선물을 원하는 것도 아니고 단지 '사랑해' 라는 세 글자를 자주 접하고 싶은 것뿐인데. 그것이 왜 그렇게도 힘든 건지 알 수가 없었다. 가을은 가을인가 보다. 윤정은 사랑이 너무 고팠다. 혼자 남겨진 것처럼 외롭고 쓸쓸했다. 윤정은 아침부터 쓸쓸한 가을과 적막한 식사 시간을 견딜 수가 없었다.

"어머니."

윤정은 묵묵히 식사를 하던 시어머니가 물끄러미 쳐다보자, 두 손으로 하트를 만들어 보이며 부른 이유를 밝혔다.

"완전 사랑합니다. 은혁 씨, 당신도 완전 사랑합니다."

윤정은 은혁에게도 하트를 보인 다음 그때부터 열심히 밥을 먹기 시작했다. 시어머니와 은혁이 어리둥절한 표정으로 서로 시선을 교환하는 게 보였다. 가는 게 있으면 오는 게 있을 거라고 생각한 자신이 너무 한심하게 생각되어 윤정은 그 어느 때보다 열심히 씹고 씹었다. 더 이상 씹을 수 없을 때까지.

어쩌면 이렇게 무드가 빵점일까? 도련님 반만 닮아줘도 소원이 없겠다!

바로 그때, 모친이 숟가락을 내려놓고 벌떡 일어났다.

"아무래도 안 되겠다. 차동혁 이놈 좀 미행해 봐야지."

윤정은 급히 나가는 모친을 쫓았다.

"어머니, 저도 같이 가요!"

완연한 가을이었다. 시퍼런 하늘, 노란 은행잎이 깔린 거리, 차디찬 바람, 출근을 서두르기 위해 바삐 걸어가는 사람들. 고뇌하며 길을 걷는 방랑시인 차동혁.

동혁은 하염없이 길을 걸었다. 그러다 눈이 아찔해질 만큼 짧은 치마를 입고 엉덩이를 이리저리 흔들며 가는 여자를 보게 되었다. 하지만 동혁은 별 감흥을 느끼지 못했다. 무감각한 상태였다. 스스로 생각을 해봐도 심각한 수준이었다. 동혁은 규칙적으로 한숨을 푹푹 내쉬며 계속 터벅터벅 발을 내디뎠다.

"차동혁!"

동혁은 시큰둥한 얼굴을 하고 고개를 옆으로 돌렸다. 고급 외제차를 탄 우량주 금희가 반갑게 손을 흔들어대고 있었다. 오랜만에 보는 얼굴인데도 동혁은 반가운 마음이 들지 않았다. 금희가 어디에 가는 길인지 궁금하지도 않았다. 여전히 무감각했다.

"어, 그래."

동혁은 어중간하게 손만 쓱 올려 인사를 한 후 다시 앞을 바라보며 나아갔다.

"무슨 일 있어?"

금희가 느린 속도로 차를 몰며 물었다. 기가 막힐 정도로 동혁과 속도를 맞추고 있었다.

"나 죽으려나 봐."

동혁은 힘이 전혀 느껴지지 않는 목소리로 한숨을 내쉬듯 말했다.

"어제 성문 씨랑 만나서 술 먹었다는 소리는 들었어. 필름이 끊길 정도로 많이 마셨다며? 그래도 죽기야 하겠어?"

"아냐, 차동혁이 차동혁스러워야 차동혁인데 전혀 차동혁스럽지가 않아. 사람이 갑자기 변하면 죽는다잖아."

금희가 쿡쿡 소리를 내어 웃었다. 동혁은 남은 심각해 죽겠는데 왜 웃느냐는 식으로 흘깃 금희를 보고선 계속 앞으로 향해 걸었다.

"그런데 아침부터 어디 가는 거야?"

"도망."

"웬 도망?"

"사랑 같은 거 안 하고 싶어서 가는 도망."

"그 좋은 걸 왜 안 하고 싶어?"

"진짜 자꾸 안 하던 짓, 이상한 짓 하게 돼서."

"원래 그런 거잖아."

동혁은 걸음을 뚝 멈추고 금희를 바라보았다. 금희의 차도 함께 멈춰 섰다.

"원래 그런 거라구?"

"다 아는 사실을 가지고 선수가 새삼스럽게 왜 그래?"

"아니, 난 그런 적 없었어. 이런 적 단 한 번도 없었다구."

어떤 여자한테도 지수한테 한 것처럼 행동한 적은 없었다. 무조건 보고 싶고, 도와주고 싶고, 가진 거 다 주고 싶고, 가슴이 저릴 정도로 아프고, 그러면서도 포기가 안 되고, 화가 나는데도 사랑스럽고, 안 되는 줄 알면서도 무작정 갖고 싶고. 하늘에 맹세코 어떤 여자한테도 이런 적은 없었다.

"너 진짜 사랑에 빠졌나 보다."

"진짜 사랑? 그럼 이제까지 내가 한 사랑은 가짜 사랑이란 말이야?"

여태까지 지수만 좋아하고 생각하고 사랑했던 건 아니었다. 그동안 여러 번의 연애 경험도 있었고, 이 여자 정도면 결혼을 해도 별 무리가 없겠다 싶었던 여자들도 있었다. 그리고 그 과정을 사랑이라 생각했다. 이번 지수의 경우처럼 애달파하고 망가지는 경우는 없었지만 말이다.

"사랑이라고 짝퉁이 없겠니?"

"사랑도 짝퉁 따로, 진품 따로 있는 거냐?"

"그렇다고 늘 진품만 선호하는 건 아니야. 짝퉁도 나쁘진 않아. 흉내는 다 내거든. 차동혁, 아침부터 사랑 타령 그만 하고 스쿼시나 치러 가자."

"스쿼시? 나 지금은 별로……."

동혁은 다 귀찮기만 했다. 그냥 이대로 바람이나 쐬면서 아무생각 없이 걷고 싶기만 했다. 조상 중에 방랑시인 김삿갓 아저씨랑 친했던 사람이 있었는지 무작정 삼천 리 방방곡곡을 돌아다니고 싶다는 생각이 들었다. 세상도 싫고, 퍼스널 트레이너이란 직함도 다 필요없었다. 너무 괴로워서 어디론가 훌쩍 떠나고만 싶었다.

"기분 전환엔 운동이 최고잖아. 자, 어서 타기나 해. 어서."

금희가 차에서 내려 손수 문까지 열어주자 더 이상 거절을 하지 못하고 차에 올라탔다.

금희가 운영하는 스포츠센터 스쿼시 코트 안이었다. 동혁은 벽을 맞고 날아오는 공을 라켓으로 사정없이 날려 버렸다. 공을 친다기보다는 공을 부수든지 벽을 뚫든지 둘 중의 하나를 원하는 사람처럼. 공이 눈에 보이지 않을 정도의 속도로 벽을 향해 날아갔다. 금희가 되날아오는 공을 간신히 받아쳤다.

동혁은 역시 운동은 경쟁할 때 제 맛이 난다고 생각했다. 은근히 승부욕을 자극해서 짜릿한 성취감과 희열을 느끼게끔 해

주기 때문에 말이다. 늘 이길 순 없기에 때론 고배를 마시지만, 승리를 향한 투지와 근성이란 결과물을 얻는 것도 나쁘진 않았다.

공을 칠 때마다 동혁은 침체된 마음이 좀 나아지는 것 같았다. 쌓였던 근심과 걱정, 스트레스가 조금씩 사라지는 것 같았다. 동혁은 계속 공을 무섭게 쳐냈다. 금희가 동혁이 쳐낸 공을 받아치기 위해 있는 힘껏 내달렸다. 하지만 엄청난 속도로 빠르게 날아가는 공을 계속 쳐내는 건 역부족이었다. 격렬한 운동으로 인해 땀에 흠뻑 젖은 금희가 몸을 구부리고 숨을 헐떡거렸다.

"차동혁, 너 나한테 화났냐?"

"아니. 왜?"

동혁은 여전히 힘이 남아돌아 생생한 얼굴로 라켓을 공중으로 휘두르며 금희에게 다가갔다.

"라켓 한 번씩 휘두를 때마다 감정이 엄청 실린 것 같아서 말이야."

"인마, 네가 노후해서 그런 거야."

동혁의 말이 어이가 없는지 금희가 웃음을 터뜨렸다.

"날 비참하게 만들면서까지 네 감정 숨기고 싶어?"

"그런 적 없어."

"너 사랑에 빠지더니 진짜 이상해졌다."

"계속 안 칠 거야?"

　동혁은 더 이상 성문이든 금희든 어느 누구에게도 속내를 드러내고 싶지 않았다. 이상하게 변한 이유도 자세히 설명해 주고 싶지 않았다. 주절주절 떠들어봤자 무슨 말을 듣게 될지 뻔했기 때문이다. 미친놈이란 소리, 인생 망치고 싶어 환장했느냐는 소리밖에 들을 게 없었다. 그래서 동혁은 아무 말도 하고 싶지 않았다.

　"사람 하나 잡아 죽이고 싶어 환장했니? 나 더 이상 네 공 못 쫓아다니겠어. 그만 하자."

　금희는 두 손을 들어 보이며 바닥에 털썩 주저앉았다. 동혁은 수건을 가져와 금희에게 건네주며 그 옆에 자리를 잡고 앉았다. 아무것도 하지 않으니 어김없이 지수가 머릿속에 파고들어 왔다.

　"금희야, 여자들은 사랑 하나면 모든 게 다 가능한 거냐?"

　뜬금없는 질문이라는 걸 알면서도 동혁은 여자인 지수의 심리가 궁금해 그렇게 물었다. 지수로 인해 이지러진 눈빛을 금희에게 보이고 싶지 않아 시선을 바닥에 고정한 채.

　"요즘 같은 세상에도 사랑에 올인 하는 여자가 있니?"

　금희가 비웃듯 되물었다. 동혁은 씁쓰레하게 웃고 말았다.

　"있더라. 간도 빼주고 쓸개도 빼주고 다 빼주면서 사는 여자가 있더라."

　"진짜 사랑하거나 바보거나 둘 중에 하나네."

　동혁은 크게 비탄하듯 한숨을 내쉬었다. 지수가 성우 아빠를 진짜 사랑한다고 해도 마음에 들지 않았고, 멀쩡한 지수가 바보 짓을 하는 것도 마음에 들지 않아서였다. 가치관의 혼란이 생기는 것 같았다. 멀쩡히 임자가 있는 여자를 가슴에 들여 애간장을 태울 이유가 없음에도 마음이 자신의 뜻대로 되지 않았다.

"휴우, 왜 그러고 사는지 나도 이해가 안 간다."

"아마 그래도 행복하다고 그럴걸."

"그런 게 행복한 거야?"

행복이란 단어를 무분별하게 사용하는 것 같아서 동혁은 눈살을 찌푸리고 말았다.

"어쩌겠니? 본인이 좋다는데."

짧은 침묵이 흐르는 동안 동혁은 혼자 괴로운 표정을 짓고 고민을 했다.

불행의 길을 행복하게 걷는 일이 가능할까?

동혁은 도무지 이해가 가질 않았다. 어떻게 해서라도 지수를 붙잡고 싶었다. 더 이상 가지 말라고 말리고 싶었다.

하지만 그게 지수의 사랑과 행복의 방정식이라면?

안타깝지만 끼어들어선 안 된다는 생각이 들었다. 주제넘은 짓이리라. 동혁은 속이 쓰리고 답답해져 왔다. 숨도 제대로 쉬기가 힘들어졌다.

"그렇지, 본인이 좋다는데 어떻게 말리겠냐? 덥다, 난 수영이나 하련다."

"야, 차동혁, 너 혹시 딴 남자 좋아하는 여자 사랑하는 거야?

야! 왜 하필 그런 여자야? 내가 다른 여자 소개시켜 줘?”

지레짐작으로 하는 말이겠지만 금희의 직감은 무서울 정도로 정확했다. 감정을 너무 질질 흘린 탓이라 생각하며 동혁은 긍정도, 부정도 하지 않은 채 곧장 수영장으로 향했다.

동혁은 이때까지 머리를 굴려가며 고민을 하거나 문제를 오랫동안 끌어안고 끙끙 앓아본 적이 없었다. 늘 빠르게 판단하고, 좋고 싫음을 분명히 표현하고, 결과가 어떠하든 간에 쉽게 수긍하고 인정하면서 살아왔다. 안 좋은 기억은 빨리 잊고, 길게 끌어서 좋을 게 없다 싶은 문제는 미련없이 털어내면서 살아왔다. 그러나 지금 아니었다. 혼란스럽고 어찌할 바를 알지 못했다. 달라져도 너무 달라졌다.

수영을 하면서 동혁은 계속 이러다 미치는 게 아닐까 하는 생각이 들었다. 빠른 속도로 물살을 가르며 앞으로 나아갔다. 머릿속에서 아예 뿌리를 박고 자라나는 지수를 떨쳐 내려고 애를 썼다. 벗어나려고 발버둥을 쳤다. 하지만 지수에게 꽉 붙들려 달아날 수도, 벗어날 수도 없었다. 지수만 생각하면 화가 났다. 있는 대로 짜증이 치밀었다. 어찌할 바를 몰라 돌아버릴 것만 같았다.

“으아아아아악!”

동혁은 수영을 하다 말고 크게 소리를 질러댔다. 사나운 짐승이 울부짖듯이. 억누를 수 없는 분노에 꽉 쥔 주먹으로 물을 사정없이 쳐댔다.

"빌어먹을! 빌어먹을!"

동혁은 아무것도 보이지 않았다. 아무 소리도 들리지 않았다. 동혁은 성큼성큼 걸어 물 밖으로 나왔다. 샤워실로 들어가는 순간까지 수영을 하다 말고 놀란 사람들의 시선이 따라붙은 것도 몰랐다.

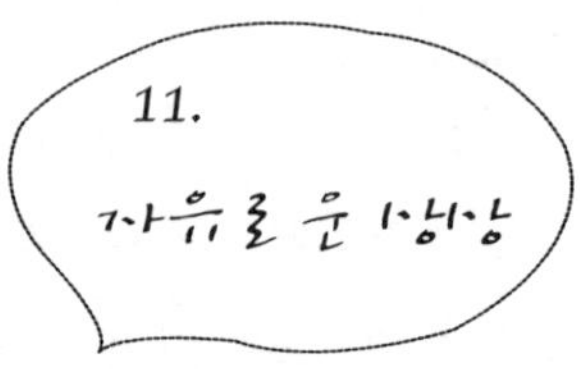

지수는 성우를 학교에 데려다 주고 산책 중이었다. 차 없이 터벅터벅 길을 걷던 지수는 어디선가 날아온 고소한 향기에 잠시 발걸음을 멈췄다. 향기의 근원지는 빵집이었다. 지수는 빵을 먹고 싶은 생각은 없었다. 하지만 통으로 된 식빵을 손을 죽죽 찢어먹으면 엉망인 기분이 좀 나아질까 싶었다.

지수는 무작정 빵집으로 들어가 방금 구운 식빵을 사 들고 나왔다. 먹음직도 하고 보암직한 식빵은 얼어붙은 가슴을 데워줄 만큼 따끈하기까지 했다. 지수는 식빵을 가슴에 품고 다시 집을 향해 걸어갔다.

그러다 제2차 키스 사건을 터뜨린 용의자를 발견했다. 지수는 저도 모르게 전봇대에 몸을 숨겼다. 죄를 지어서가 아니라 미친놈의 눈에 띄었다가 또 무슨 봉변을 당할까 싶어서였다.

"나쁜 자식!"

지수는 성질 같아서는 당장 달려가 남자의 뒤통수를 한 대 퍽, 하는 소리가 날 정도로 때려주고 도망을 치고 싶었다. 그게 아니면 돌팔매질을 해서라도 남자의 머리통에 커다란 땜빵을 만들어주고 싶었다.

"그런데 왜 저러는 거야?"

남자가 연체동물처럼, 빨랫줄에 걸린 축 늘어진 옷처럼 매가리 하나 없는 모습을 해가지고 길을 걷고 있었다. 하늘 한 번 쳐다보고 한숨 한 번 내뱉고, 땅 한 번 쳐다보고 한숨 한 번 터뜨리며. 아주 죽도 못 얻어먹은 사람처럼 굴고 있었다. 아무래도 지난밤의 일을 후회하는 듯했다.

"칫, 자기가 잘못한 줄은 아나 보지?"

지수는 남자를 용서해 주고 싶은 마음이 조금, 아주 조금 생겨났다. 남자에게 다가가 너의 죄를 사하노라, 하고 기특하게 말하면 이번엔 남자가 무슨 변명을 해올까 궁금하기까지 했다. 남자에게 다가가 말을 걸까 말까 망설이던 그때였다.

"어?"

자동차 한 대가 남자에게 접근을 했다. 안에 타고 있던 예쁜 여자가 남자에게 아는 척을 했다. 평소 잘 알고 지내는 여자인 지 남자가 인사를 건넸고 잠시 동안 대화를 나눴다. 남자의 말이 우스운지 여자가 계속 웃음을 흘려댔다. 하지만 남자는 계속 심각한 얼굴을 일관했다.

"저 여자 아주 좋아 죽네! 좋아 죽어! 그런데 도대체 무슨 얘기를 하는 거야?"

지수는 대화가 길어질수록 내용이 궁금해 미칠 지경이 되었다. 그러다 눈을 휘둥그렇게 뜰 수밖에 없었다. 여자가 차 문을 열어주며 남자에게 타라고 권했기 때문이다. 지수는 그때부터 속이 부그르르 끓기 시작했다. 남자에게 타지 말라고 계속 주문을 넣기까지 했다. 아니, 주문이 아니라 협박과 저주에 가까운 말들이었다.

"곰탱이 너, 그 여자 차에 타기만 해봐! 주~욱는다! 그 여자랑 같이만 가봐! 진짜 죽여 버린다. 어! 어! 어!"

눈 깜짝할 새에 남자가 여자의 차에 몸을 실어버렸다. 순간 지수는 속에서 천불이 일어났다. 바로 질투의 불이었다. 불길이 위로 활활 치솟았다. 남자를 태운 여자의 차는 아주 빠른 속도로 사라져 버렸다.

문득 지수는 가슴에서 뭔가가 터지고 뭉개지는 기분이 들었다. 내려다보니 식빵이 담긴 비닐봉투 옆구리가 터지고 일자몸매였던 빵 중간에 허리가 생겨 있었다.

"어머, 이거 왜 이래?"

지수는 뒤늦게 자신이 죄없는 식빵을 그렇게 만들었다는 사실을 깨닫고 주위를 두리번거렸다. 누가 어처구니없는 행동을 지켜보기라도 했을까 봐. 그러다 가까운 곳에 서서 남자가 사라진 방향을 바라보며 속닥거리는 두 여자를 발견했다.

모녀관계인지 고부관계인지 모르겠지만 젊은 여자는 호들갑을, 나이 지긋한 여자는 무표정으로 일관하고 있었다. 계속 쳐다본 까닭인지 나이 지긋한 여자와 눈이 딱 마주쳤다. 낯설지 않은 눈빛이었다. 카리스마가 느껴지는 표정이었다.

그럴 마음은 없었는데 지수는 자기도 모르게 눈에 힘을 주었다. 순식간에 일어난 일이었다. 별 동기도 없이 시작된 눈싸움이었지만 지수는 마치 동혁을 바라보는 양 두 눈에 불을 켰다. 누구 하나 먼저 피하는 사람이 없이 팽팽한 접전은 계속 이어져 갔다. 뒤늦게 심상치 않은 분위기를 깨달은 젊은 여자가 번갈아 보더니 나이 지긋한 여자에게 귓속말로 뭐라고 속닥거렸다. 눈싸움을 접게 할 모양이었다.

그래도 지수는 절대 눈을 피하거나 움직이지 않았다. 그게 못마땅한 건지, 아니면 오기가 생긴 건지 나이 지긋한 여자의 표정에 약간의 변화가 일었다. 눈싸움을 계속하겠다는 의사표시인 것 같았다. 하지만 젊은 여자의 설득에 못 이겨 곧 자리를 떠나갔다.

지수는 끝까지 자리를 꿋꿋하게 지키며 눈 하나 깜짝하지 않았다. 눈싸움에서 승리를 했으나 하나도 기쁘지 않았다. 다른 여자의 차를 타고 가버린 남자 때문이었다.

집에 돌아오자마자 지수는 육면체에서 공이 되어버린 식빵을 식탁에 휙 던져 버렸다. 그리고는 거실 한가운데서 빠른 걸음으로 원 하나를 그리며 계속 뱅뱅 돌았다. 어지러워 쓰러질 지경이 되자 청소기를 돌리고 스팀청소기로 바닥을 박박 닦아냈다. 물수건을 들고 집 안 구석구석 돌아다니며 먼지를 닦아냈다.

더 이상 힘쓸 일이 없어지자 지수는 다시 거실 한가운데에 앉아 가부좌를 틀고 명상을 하기 시작했다. 명상을 해도 산란한 정신이 안정이 안 돼 이번엔 행복에 이르는 8가지 요가동작을 시도해 보았다.

고무카 아사나(소머리 자세), 우타나 파다 아사나(물고기 변형 자세), 사르방 아사나(어깨로 물구나무를 선 자세), 에카 파다 라자 카토트 아사나(비둘기 자세), 우스트라 아사나(낙타 자세), 우르드바 다누라 아사나(아치 자세), 고무크 아사나(소머리2 자세), 아르다 밧다 파드모탄 아사나(나무 자세)! 엇갈리게 꼬고, 비틀고, 찢고, 숙이고, 젖혀도 전혀 행복해지지 않았다.

지수는 욕실에서 뜨거운 열기를 식히기 위해 찬물을 틀어놓고 샤워기 아래에 섰다. 이성이 돌아오고 분노가 좀 사라지는 듯했다. 확 열렸던 머리뚜껑이 거의 닫혀가고 있었다.

잠시 후, 누군가가 초인종이 눌렀다. 오전 시간에 올 사람이 아무도 없는데 초인종을 계속 눌러댔다. 좀 조용해진다 싶더니 거실 탁자 위에 올려놓았던 휴대전화가 울어대기 시작했다. 연이어 현관문을 탕탕 때려 부수는 소리가 들려왔다. 누군지 몰라도 아주 죽으려고 환장을 모양이었다.

화가 있는 대로 다시 오른 지수는 물을 잠그고 수건으로 머리를 감싼 후 목욕가운을 걸치고 거실로 나왔다. 남자의 목소리가 들려왔다.

"문 열어요! 문 못 열어요!"

지수는 불쾌하기가 짝이 없었다. 겨우 닫혀가고 있었던 머리 뚜껑이 다시 확 열렸다. 차가운 물로 잠재웠던 분노의 열기도 다시 치솟았다. 지수는 현관문으로 성큼성큼 다가가 문을 확 열어젖혔다. 남자가 성난 얼굴을 하고 서 있었다.

"무슨 짓이에요?"

지수는 무례한 방문이 아주 불쾌하다는 식으로 소리를 질러 댔다. 목욕 가운을 입은 모습을 보고 약간 미안한 마음이 들었는지 남자가 잠시 머뭇거렸다. 그러더니 이내 절차를 무시하고 단도직입적으로 용건을 꺼냈다.

"할 말 있어요."

"뭔데요?"

지수는 퉁명스럽게 물었다. 하지만 남자의 방문이 아주 싫은 것만은 아니었다. 정말이지 이해할 수도, 설명할 수도 없는 마음이었다. 키스 두 방에 완전히 감정이 무너지고 질투심까지 느끼는 여자가 되고 말았다. 말도 안 되는 그 사실에 너무 화가 나서 밤을 꼴딱 지새웠다. 집 안에서 광채가 날 정도로 힘을 썼다. 무슨 도인처럼 명상에, 요가에, 차가운 물까지 맞아가며 마음을 다스렸다. 그러니 간신히 가라앉힌 마음을 또 들쑤시러 온 남자가 반갑지 않아야 하는 게 정상이었다. 그런데 비정상적이게도 남자의 방문이 싫지 않았다. 미쳐 가고 있는 게 틀림없었다.

"여기서 할 말 아니에요."

지수는 엉뚱한 짓을 자주 하는 남자를 다시 집 안에 들여야할지, 아니면 정강이를 냅다 걷어차고 야구방망이로 위협해서 내쫓아야 할지 알 수가 없었다. 그래도 여자와 함께 차를 타고 사라졌던 남자가 용건을 가지고 찾아온 이유가 궁금하기는 했다.

"들어와요."

지수는 잠시 고민을 하다가 문을 열어주었다. 문이 닫히고 남자가 거실로 들어왔다. 지수는 남자가 찾아온 이유가 궁금해 소파에 앉으라는 소리도 하지 않고 곧장 용건을 물었다.

"할 말이 뭔데요?"

지수는 가운의 가슴 부분을 손으로 여미며 물었다. 남자가 쳐다보는 시선이 느껴져 방에 들어가서 옷이라도 갈아입고 나올걸 그랬나 하는 후회가 들었다. 하지만 그럴 새도 없이 남자가 얼굴을 점점 고통스럽게 일그러뜨리더니 이내 냉담하게 말을 하기 시작했다.

"나, 쉽게 말 옮기는 사람은 아닌데, 이번은 그래야만 할 것 같아요."

확고한 결심인 양 남자의 음성은 장난기가 전혀 묻어 있지 않았다. 냉소적인 표정은 남자를 전혀 다른 사람처럼 보이게 만들었다.

"성우가 그러더라구요. 자기는 엄마도 좋고, 아빠도 좋다구."

긴장을 하며 기다렸던 남자의 말이 너무 어이가 없는 내용이라 저도 모르게 지수는 비웃음을 흘리고 말았다. 아주 당연한 말을 읊어대고 있으니 안 그럴 수가 없었다.

"그거야 당연한 거 아니에요?"

"엄마랑 아빠랑 안 싸우고 사이좋게 같이 살았으면 좋겠대요. 그 얘기를 하면서 울기까지 했어요."

지수는 놀라움을 금할 수 없었다. 성우가 남자를 믿고 의지하는 줄은 알았지만 감정과 더불어 깊은 속내까지 드러냈을 줄은 몰랐기 때문이다.

"성우가 정말 그런 말을 하면서 울었어요?"

"그래요. 그런데, 그럴 수 있을 것 같아요?"

지수는 무슨 말이냐는 식으로 남자를 바라보았다. 이에 남자가 다시 구체적으로 물었다.

"성우가 바라는 대로 될 수 있을 것 같냐구요."

"그렇게 돼야죠. 성우를 위해서도 그래야만 하구요."

아주 당연하다는 듯이 말한 것뿐인데 남자의 얼굴에 상심한 빛이 떠올랐다. 깊은 고민에 빠진 사람처럼 숨을 들이마시며 남자가 다시 물었다.

"할 수 있겠어요? 자신있어요?"

"노력하는 중이에요."

지수는 병원에서 오해를 풀고 행복해하고 있을 정연과 범진을 떠올리며 그렇게 말했다. 생각만 해도 좋아서 지수는 살짝 미소까지 곁들였다.

"염려 마세요. 조만간 성우가 원하는 대로 될 거예요."

남자가 크게 놀랐다. 충격에 가까운 놀라움이었다.

"아, 알았어요. 가볼게요."

남자가 멍한 얼굴을 하고 자리를 뜨려 했다. 순간 지수는 이게 무슨 경우인가 싶었다. 황당하고 어이가 없었다. 지수는 저도 모르게 남자의 소매를 확 붙들고 말았다.

"뭐예요? 할 말이 벌써 다 끝난 거예요?"

"그런 것 같아요."

지수는 갑자기 꿈틀거리던 거대한 화산이 콰앙 하고 굉음을 내며 터져 버리는 기분이 들었다. 참을 수가 없어서 지수는 냅다 소리를 질러댔다.

"지금 누구 놀려요! 가지고 놀아요! 뭐 이런 경우가 다 있어요!"

"내가 그러는 것처럼 보여요!"

말이 끝나기가 무섭게 남자가 대등할 정도로 격렬하게 화를 내며 소리쳤다.

"뭐요?"

지수는 숨을 멈추고 어리둥절한 표정을 지었다.

"내가 당신을 놀리고, 가지고 노는 것처럼 보이냐구요!"

남자가 더 이상 높아질 수 없을 만큼 언성을 높였다. 지수는 적반하장도 유분수지 뭘 잘했다고 소리를 치냐고, 다시 한 번 공격을 하려 했다. 하지만 그럴 수가 없었다. 화를 내는 남자가 마치 사형선고를 들은 사형수처럼 세상에 대한 희망이 모두 사라진 듯 절망스러워 보였다.

"그럼, 도대체 왜 나한테 이러는 거예요?"

지수는 인상을 찡그리며 답답해 죽겠다는 식으로 물었다.

"사랑해선 안 될 사람을 사랑하지 말고 사랑해도 될 사람을 눈여겨보라구요! 아직도 제대로 보이는 게 없어요? 눈은 보라고 있는 거예요. 알아요!"

말을 끝낸 남자가 그대로 휙 나가 버렸다. 홀로 남겨진 지수는 뒷골을 움켜잡고 쓰러질 만큼 혈압이 최고조로 상승했다. 붉으락푸르락한 얼굴로 거친 숨을 내쉬었다. 갑자기 찾아와 별말도 없이 싱겁게 퇴장한 한 남자로 인해 팽팽했던 신경줄이 허망하게 툭 끊긴 기분이었다. 지수는 현관문을 향해 고래고래 고함을 치기 시작했다.

"도대체 뭘 제대로 보라는 거야! 뭐 저딴 놈이 다 있어!"

지수는 뭐라고 집어 던져야 속이 후련해질 것 같았다. 던질 물건을 찾아 주위를 두리번거리는데 휴대전화가 울렸다. 씩씩거리며 휴대전화를 들어 발신인을 확인하니 범진이었다.

"여보세요?"

범진은 하룻밤 더 병원에 있다가 정연과 함께 집으로 온다는 소식을 전해왔다. 기쁜 소식이 아닐 수 없었다. 전화를 끊고 나니 지수는 이제야 모든 것이 제자리를 찾아 돌아갈 것만 같은 생각이 들었다.

더 이상 마음고생하지 않아도 되고 예전처럼 돌아가……. 거기에서 생각이 멈추고 말았다. 예전처럼……. 지수는 엉뚱하기가 그지없고 특이한 남자를 알지 못했던 그때로 과연 되돌아갈 수 있을까 하는 의구심이 들었다. 제자리로 돌아가는 순간부터 남자를 볼 수 없다고 생각하니 이상하게 상실감이 몰려들었다.

지수는 마음이 혼란스러웠다. 상처받은 것처럼 쳐다보았던 남자의 눈빛이 떠올랐다. 뭔가를 드러내지 않고 숨기는 듯했던 그 눈빛이 자꾸 떠올랐다. 왜 남자가 화를 내는지, 미친 짓을 하고도 사과 한마디 없이 또 왜 화를 내는지 이유를 당최 알 수가 없었다. 노력해도 안 되는 일은 우선 접어놓는 게 좋았다.

지수는 그날의 스케줄을 취소하고 백화점에서 아기용품과 가구를 사 들고 집으로 돌아왔다. 그리고 아기 방을 꾸미기 시작했다. 미리 청소를 해놓은 덕분에 아기 방은 금방 꾸밀 수가 있었다. 문득문득 남자가 했던 말들이 생각났다. 아직도 이해를 할 수 없는 말들이.

"사랑해선 안 될 사람을 사랑하지 말고 사랑해도 될 사람을 눈여겨보라구요!"

천장에 모빌을 달면서 지수는 남자의 목소리를 흉내 내고선 못마땅한 듯 입술을 비죽였다.

"그러니까 사랑해선 안 될 사람이 도대체 누구냐구! 그리고 사랑해도 될 사람은 도대체 또 누구고? 하여간 정신세계가 이상한 사람이야."

아기 침대 위에 핑크색 이불을 깔면서 또 한 번 남자가 했던 말을 고대로 흉내 냈다.

"아직도 제대로 보이는 게 없어요? 눈은 보라고 있는 거예요. 알아요!"

지수는 여전히 못마땅하기만 했다.

"누가 할 소리를! 내 시력이 얼마나 좋은데 그딴 소리를 지껄여? 흥!"

거의 방 꾸미는 일이 끝났을 즈음, 성우가 학교에서 돌아왔다. 지수는 성우에게 꾸민 방을 보여주었다. 확 달라진 분위기에 놀라 성우가 눈과 입을 커다랗게 뜨고 벌렸다.

"우와! 방이 왜 이래? 되게 예쁘다!"

성우가 아기 용품과 가구를 만져 보며 두리번거렸다.

"성우야, 이리 와봐."

지수는 슬슬 새로운 식구가 생겼음을 알려줘야 할 것 같아 성우에게 눈높이를 맞추고 설명을 하기 시작했다.

"성우야, 네 소원이 이루어진 것 같다."

“내 소원? 그게 무슨 소리야?”

“내일 아빠랑 엄마랑 네 동생이 집으로 올 거야.”

“엄마가? 내…… 동생?”

성우를 다정하게 안으며 지수는 계속 이야기를 해나갔다.

“내가 하는 말 잘 들어봐.”

“응.”

“너도 친구들하고 싸울 때가 있고, 사이좋게 놀 때가 있잖아.”

“응.”

“어른들도 그럴 때가 있어.”

“알아. 고모랑 형도 많이 그러잖아.”

성우의 입에서 나온 말이 반갑지가 않아 지수는 인상을 찡그렸다. 그래도 인정할 건 순순히 인정해야만 했다.

“그래, 맞아. 나랑 형이 그랬듯이 아빠랑 엄마도 그랬어. 너무 사랑하다 보니까 잠깐 오해를 하게 된 거야. 그리고 사실은 엄마가 성우 동생을 갖게 됐는데 몸이 너무 아파서 병원에 오랫동안 계셨어. 그래서 이때까지 많이 힘들어서 성우한테 연락도 못 하고 그랬던 거야. 지금은 성우 동생 낳고 많이 건강해지셨어. 그래서 아빠랑 같이 집으로 오실 거야. 어때, 성우야? 성우가 원하는 대로 된 거 맞지?”

“응. 그런데 내 동생, 여자야 남자야?”

성우가 몸을 떼고 지수를 바라보며 물었다.

“여자. 아주 예쁜 여동생.”

“빨리 보고 싶다. 엄마도, 내 동생도.”

“성우, 너 앞으로 동생 많이 예뻐해 주고 돌봐줄 거지?”

“응.”

“이제야 마음 편히 갈 수 있겠다.”

지수는 밝은 표정으로 안도의 숨을 내쉬었다. 그리고 홀가분한 기분으로 성우의 머리를 장난스럽게 흐트러뜨렸다.

“가다니? 어딜?”

성우의 눈이 휘둥그레졌다. 아마도 지수의 말에 놀란 모양이었다.

“나도 이젠 내 집으로 가야지.”

“그럼 우리랑 안 살아?”

“나도 멋있는 아저씨 만나서 결혼도 하고 애도 낳아야지.”

“그건 그렇지만…… 형은 어떡해?”

성우는 걱정이 태산인 얼굴이었다. 지수는 저도 모르게 인상을 찡그리고 말았다.

“형은 어떡하다니? 그게 무슨 말이야?”

“형은…… 아니야. 아, 맞다! 형이 집에 와서는 손부터 씻으라고 했는데!”

성우가 무슨 말을 하려다 이 시대의 진정한 싸부의 가르침을 들먹이며 화장실로 내뺐다. 시계를 보니 남자가 올 시간이 거의 다 되어가고 있었다. 지수는 부딪치는 게 싫어 장이라도 보러갈 생각에 지갑을 챙겨 들었다. 그리고 화장실 안에 있는 성우를 향해 입을 열었다.

"고모 나갔다 올게."

"응!"

지수는 현관문을 열고 복도로 나왔다. 때마침 꽃미남 1304호가 엘리베이터 앞에 서 있었다. 반가워서 인사를 하려던 찰나, 문득 뭔가가 눈에 심하게 거슬렸다.

미니스커트! 망사스타킹에 하이힐! 헉! 으악!

비명이 튀어나올 것 같아 지수는 손으로 입을 틀어막고 뒷걸음질을 치고 말았다. 학교 앞에서 바바리맨을 만났을 때도 이렇게까지는 놀라지 않았다. 지수는 눈이 튀어나올 것 같고 개거품을 물고 뒤로 넘어갈 것만 같았다.

꽃미남 1304호가 고개를 돌렸다. 순간 지수는 유언 한마디 남기지 못하고 하늘나라로 승천하시는 줄 알았다. 꽃미남 1304호가 화장을 했다! 왠지 분홍립스틱이란 노래를 부르며 화장했을 것 같은 생각이 들었다. 꽃미남 1304호가 사랑스런 빛깔의 입술이 들썩거리기 시작했다.

사랑스럽다구? 아니! 저어얼대 사랑스럽지 않아!

"어? 안녕하세요? 그런데 왜 그렇게 놀라세요?"

꽃미남 1304호의 목소리가 틀림없었다.

그런데 왜 이런 몹쓸 짓을 한 걸까?

꽃미남 1304호가 수줍은 듯 얼굴까지 붉혔다.

정녕 이 남자도 정신이 헤까닥 했단 말인가!

"아, 저 이런 모습한 거 처음 보셔서 그렇구나."

처음이 아니란다. 꽃미남 1304호가 변태 기질이 있는 남자인 줄은 미처 몰랐다. 지수는 심장, 손끝, 발끝, 온몸이 덜덜 떨렸다.

"그런데 혹시 그분 오셨어요?"

그분이라니? 왕꽃선녀님이라도 찾아 오셨냐는 거야?

지수는 입이 다물어지지도, 움직이지도 않았다. 그저 생각으로만 대답을 할 뿐이었다. 꽃미남 1304호가 왜 그러냐는 식으로 고개를 갸우뚱했다. 지수는 꽃미남 1304호의 목을 보고 또다시 경악하고 말았다. 갑상연골(아담스 애플)이 없었다! 엘리베이터 문이 열리자 꽃미남 1304호가, 아니, 꽃미녀 1304호가 입을 열었다.

"괜찮으세요? 안 내려가실 거예요?"

지수는 엄청남 충격에 아무런 반응을 보일 수가 없었다.

"그럼 저 먼저 갈게요. 다음에 봬요."

꽃미녀 1304호가 엘리베이터 안으로 들어갔다. 이내 문이 닫혔고 더 이상 보이지 않았다. 지수는 온몸에서 힘이 주욱 빠져나갔다. 현관문에 기대어 풀썩 주저앉고 말았다.

남자가 아니었어. 여자였어. 여자…….

세상의 종말 소식을 들어도 이렇게까지 충격적이고 절망적이지는 않을 것이다. 시장이고 뭐고 지수는 다리에 힘이 전혀 없어서 꿈쩍도 할 수가 없었다.

시간이 계속 흘러갔고 다시 엘리베이터 문이 열렸다. 누군가가 멍하게 쪼그려 앉아 있는 그녀에게 다가가 말을 걸었다.

"왜 그러고 앉아 있어요?"

지수는 귀신한테 홀린 사람처럼 넋이 빠진 얼굴로 다시 만나게 된 남자를 올려다보았다. 지수는 갑자기 모든 게 꿈만 같다는 생각이 들었다. 요즘 잠도 제대로 못 자고, 신경을 곤두세우고, 혈압을 높여서 헛것을 보고 놀란 게 아닐까 하는 생각을 하게 되었다. 하지만 절대 아니었다. 두 눈으로 분명히 봤고, 두 귀로 똑똑히 들었다. 꽃미남 1304호는 남자가 아닌 여자였다!

지수는 갑자기 살맛이 없어졌다. 모든 게 엉망진창 뒤죽박죽이었다. 남자가 다가와 두 팔을 잡고 일으켜 세워줬다. 지수는 남자를 멍한 시선으로 올려다보았다. 눈앞에 있는 남자의 모든 것이 생생했다. 복잡한 감정을 담고 있는 남자의 눈빛, 애써 의지를 잃지 않으려는 듯 꽉 다문 입술, 남자만이 가지고 있는 고유한 체취. 정말 꿈이 아니었다.

"어디 아파요? 왜 그래요?"

지수는 여전히 아무 말도 할 수가 없었다. 또 남자가 속을 긁어대고 환장하게 만든다고 해도 지금 이 순간만큼은 꽃미남 1304호의 충격으로 아무 짓도 할 수가 없었다. 지수는 남자의 부축을 받고 집으로 들어가 거실 소파에 털썩 주저앉았다.

"형!"

성우가 남자를 반기고선 방으로 끌고 들어가 버렸다. 지수는 멍한 상태로 계속 소파에 앉아 있었다. 완전 패닉 상태였다. 성우의 방에서 피아노 소리가 흘러나왔다. 남자의 목소리도 간혹 들려왔다. 그러다 갑자기 조용해졌다. 다시 도란도란 이야기 나누는 소리가 들려왔다. 잠시 후, 갑자기 비명에 가까운 남자의 목소리가 들려왔다.

"뭐? 도옹새앵!"

지수는 그제야 정신이 돌아왔다. 성우가 남자에게 동생이 생긴 사실을 털어놓은 모양이었다. 항상 보면 반응이 과장스러운 남자였다. 잠시 후, 다시 피아노 소리가 들려왔다. 그리고 문이 열렸다.

고개를 돌려보니 남자가 비틀거리며 방을 나왔다. 강한 충격을 받은 사람마냥 넋이 나가 있었다. 남자가 몽유병환자처럼 걸어 화장실에 들어갔다. 화장실에서 아주 작게나마 남자의 신음이 들려왔다. 지수는 뭔가 싶었다.

속이 안 좋은 걸까? 아니면 배변의 어려움?

지수는 좀 안쓰럽기도 하고 더럽다는 생각도 들었다. 인상을 일그러뜨리고 있는데 물소리 한 번 없이 남자가 화장실을 나왔다. 지수는 또 한 번 뭔가 싶었다. 일을 봤으면 물을 내리고 손을 해결하고 나와야 할 거 아닌가. 지수의 인상이 더 일그러졌다.

남자가 슬프고 괴로운 낯빛을 하고 있었다. 성공을 하지 못한

모양이었다. 지수는 남자를 불쌍하게 쳐다보았다. 그러다 남자
와 눈이 마주쳤다. 할 말도 많고 불만도 많음을 나타내는 눈빛
이었다. 지수는 남자가 또 왜 저러나 싶었다. 이유없이 시비를
걸 모양이었다. 지수는 기분이 더 나빠지기 시작했다.

"왜요?"

"좋아요?"

남자가 말을 배배 꼬아 내뱉었다. 밑도 끝도 없이 좋아요, 하
면 대체 무슨 뜻으로 한 말인지 알아듣는단 말인가. 지수는 어
이가 없어졌다.

"뭐가요?"

"식구가 늘어서 좋냐구요?"

배배, 배배, 더 이상 꼴 수도 없을 것 같은 시비조였다.

"좋지, 그럼 안 좋아요?"

뭐가 문제란 말인가, 뭐가. 하여간 특이한 개념을 가진 남자
였다. 남자가 유난히 그녀의 배 부위를 노려보았다.

"씨이, 좋기도 하겠네요. 씨이……."

울 것 같은 얼굴을 한 남자가 울분을 토하며 성우의 방을 향
해 쿵쿵 걸어갔다.

"저 인간이 축하는 못해줄망정 씨이?"

지수는 남자의 하는 짓이 영 못마땅해서 눈을 샐쭉 흘겼다.
하지만 어제오늘만의 일이 아니었기 때문에 그러거나 말거나
신경도 쓰지 않았다. 지수는 미니스커트에 망사스타킹을 신고

있었던 꽃미남 1304호에 대한 충격적인 기억이 다시금 떠올랐다. 엄청난 사실 앞에 방금 사라진 남자처럼 거의 울 것 같은 얼굴을 했다.

"씨이, 진짜 여자인 거야? 어떻게 그래? 그 바디라인이 어떻게 여자냐구!"

그러다 지수는 갑자기 남자가 했던 말이 떠올랐다. 좀 평범하게 살 수 없냐고 했던 말이. 남자가 지금의 일을 예언이라도 한 듯 느껴졌다. 지수는 자신을 비하하고 무시했던 남자가 더 정확하게 세상을 보는 것 같아 화가 치밀었다.

"그럼, 혹시 저 인간, 내가 꽃미남 1304호 좋아하는 거 알고 그딴 소리 한 거였어? 그럼 사랑해선 안 될 사람이 꽃미남 1304호야? 씨이, 뭐가 이래? 씨이……."

지수는 도대체가 살맛이 나지 않았다, 살맛이!

동혁은 감정을 드러내지 않기 위해 고군분투했다. 아무리 죽을 맛이라도 절대 내색하지 못했다. 반면 순수하고 맑은 성우는 감정을 여과없이 드러내며 연신 싱글벙글 웃음을 그치지 못했다. 성우가 오늘처럼 피아노를 경쾌하게 신나게 친 적이 있었나 싶었다. 동혁은 에너지가 한없이 부족한 모습으로 문가에 멍하니 서서 성우를 지켜보았다. 피아노 반복 연습을 끝낸 성우가 책과 피아노 뚜껑을 덮고 내려왔다.

"형, 동생 방 되게 예쁘죠?"

동혁은 성우에게서 동생이 생겼다는 말과 드디어 내일부터 엄마랑 아빠랑 같이 살 수 있게 됐다는 말을 전해 듣고 충격을

받은 나머지 오늘 꾸몄다는 동생 방을 다녀오겠노라 핑계를 대
고 화장실을 다녀오는 길이었다. 진짜 동생 방을 가볼 생각은
없었다. 더 큰 충격에 휩싸일까 봐서. 동혁은 성우에게 거짓말
을 둘러대기로 했다.

"응."

입이 귀에 걸린 성우가 행복에 겨운 표정으로 입을 열었다.

"형은 정말 좋은 형이에요. 울지 않고 기다리면 더 좋은 날이
올 거라고 했는데 진짜 그런 날이 오잖아요. 형이 한 말은 한 번
도 틀린 적이 없어요. 형, 이제는 책 읽을까요?"

"응."

동혁은 그저 응, 응, 이 말밖에 할 말이 없었다. 여전히 성우
가 전해준 소식이 청천벽력처럼 느껴지고 그 소식에 숨통이 조
이는 것 같아서 말이다. 동혁은 장님이 된 것처럼 눈앞이 깜깜
하기만 했다. 반면 성우는 덩실덩실 어깨춤이라도 출 것처럼 몸
을 들썩거리고 노래를 흥얼거렸다.

"한성우."

"네?"

"그렇게 좋아?"

"네, 좋아요. 하늘만큼 땅만큼 진짜, 진짜 좋아요."

넌 참 좋겠다. 난 돌 것 같은데, 난 미칠 것만 같은데. 동혁은
입 안에서 맴도는 말을 억지로 꿀꺽꿀꺽 삼켜 넘겼다. 성우가
책장에서 책 한 권을 꺼내 들더니 갑자기 뭔가가 생각난 사람처

럼 외쳤다.

"참, 형! 나 형한테 진짜 할 말 있는데."

더 이상은 무리였다. 동혁은 아무 말도 듣고 싶지 않았다. 이미 용량이 초과해서 한 마디라도 더 보태면 진짜 머리를 쥐어뜯으며 창문을 열고 투신할지도 모를 일이었다. 동혁은 손으로 성우의 입을 틀어막고 싶은 충동이 일었다.

"한성우, 너 오늘 말이 너무 많은 것 같다. 책부터 읽어라. 응?"

꼭 해야 할 말이 있는 것처럼 성우가 갈등하는 모습을 보였다. 하지만 동혁의 심상치 않은 표정에 입술을 꾹 다물었다.

"오늘 말고 다음에 해. 알았지?"

"네."

마음을 접은 성우가 책을 들고 책상으로 다가갔다. 동혁은 여전히 문가에 서서 소리 내어 책을 읽는 성우의 모습을 지켜보았다. 형체를 알아보기 힘들 정도로 파괴되고 한꺼번에 유실된 집을 바라보는 이재민의 심정이 어떤지 동혁은 이제야 이해할 수 있을 것 같았다. 얼마나 막막하고 까마득했을까? 마음 하나 부서지고 무너져도 이렇게 상심이 되는데 말이다. 머릿속에서 온갖 구슬픈 노래가 메들리로 들려오는 것 같았다.

동혁은 두려워졌다. 사랑하는 사람의 행복을 진심으로 기원해 주지 못할 것 같아서 말이다. 어쩌다 이렇게 속이 좁고, 쩨쩨하고, 이해심없고, 열등감에 시달리는 놈이 됐는지 알 수가 없었다. 동혁은 눈물을 한 바가지쯤 쏟아내고 싶은 마음이 굴뚝같았다. 바다나 산으로 가 목이 터져라 소리를 지르고 싶은 마음뿐이었다. 날아가는 목소리로 책을 읽는 성우만 아니라면 말이다.

"한성우."

"네?"

책을 읽다 말고 성우가 뒤를 돌아보았다.

"너 나 좋냐?"

동혁은 뜬금없이, 난데없이, 엉뚱한 질문을 던졌다. 하지만 성우는 싱글벙글 웃으며 네, 하고 크게 대답을 해주었다. 동혁은 눈물이 핑 돌았다.

"나도 네가 좋다. 성우야…… 미안하다."

"뭐가요?"

왜 그런 말을 하는지 성우는 이해가 안 가는 모양이었다. 성우가 뜻 모를 이야기에 고개를 갸우뚱했다. 눈물의 양이 많아지는 것 같아서 동혁은 천장을 한참 올려다보고선 다시 성우를 바라보았다. 이번엔 성우에게 희미하게나마 미소도 지어 보였다.

"성우야."

"네?"

자꾸 불러서 귀찮을 법도 한데 여전히 웃는 얼굴이었다. 그래서 더욱 미안해졌다.

"사랑한다."

"어? 그거 어디서 많이 들어본 말이네요. 미안하다, 사랑하다. 헤헤."

동혁은 재미있다는 듯이 웃음을 터뜨리는 성우에게 달려가 와락 껴안아 버렸다. 동혁은 금방이라도 왈칵 눈물을 쏟아질 것만 같았다.

"자식, 따지지 마라. 그냥 대충 넘어가자."

"형."

"왜?"

"무슨 일 있어요? 어디 아파요?"

"그래, 아프다. 찢어진다. 답답하고 막막해 죽겠다. 터질 것 같다!"

동혁은 솔직한 심정을 토로했다. 다른 사람은 몰라도 성우한테만은 해도 괜찮을 것 같았다. 어차피 이유는 잘 모를 테니까.

"괜찮아질 거예요. 잠시 비가 오는 것뿐일 거예요. 기다리면 더 좋은 날이 올 거예요."

성우는 죽는소리를 해대는 어른의 등을 작은 손으로 다독거렸다. 순간 동혁은 혀를 깨물고 죽고 싶은 심정이 되었다.

"그래, 그러겠지."

말로는 그렇게 했지만 동혁은 속으로 가슴을 쥐어뜯으며 울부짖었다. 영원히 비가 올 것만 같았다. 기다려도 더 좋은 날 따위는 영영 없을 것만 같았다.

차동혁! 너 어쩌다 이렇게 됐냐? 우흑흑흑!

동혁은 주먹으로 입을 틀어막고 흐느낌을 억지로 삼켰다.

참 다행스럽게도 다음날은 일요일이었다. 집에서 하루 종일 굴을 파도 되는 일요일. 가을 날씨답게 하늘은 청명했고 햇살은 눈부셨다. 알록달록한 단풍의 색채는 이루 표현할 수 없을 만큼 아름다워서 바라보고 있노라면 정신이 아득해질 것만 같았다. 데이트나 가족나들이를 떠나기에 아주 좋은 날씨였다.

하지만 동혁은 그게 싫었다. 싫다 못해 아주 못마땅했다. 천둥, 번개를 동반한 비를 내려달라고 기도라도 하고픈 심정이었다. 지금쯤 성우네 가족은 깨를 무한정으로, 각기 종류대로 볶고 있을 텐데. 생각만 해도 동혁은 가슴이 욱신욱신 쑤시다 못해 진저리가 쳐질 정도였다.

"쯧쯧……."

동혁은 식사도 거른 채 하루 종일 이불을 뒤집어쓰고 굴을 파고 있었다. 그러자 계속 혀 차대는 소리가 날아들었다. 한심하다는 듯 고개를 휘저으며 혀를 찬 사람은 은혁이었다.

"가족들끼리 혀차기 놀이 해? 왜 한 번씩 들어와서 혀를 차고 그래?"

동혁은 여전히 굴속에서 웅크리고 누워 신경질적으로 쏘아댔다. 형이 문을 닫고 들어와 다시 한 번 혀를 차댔다.

"쯧쯧."

"난 빼고 해. 그런 놀이 할 기분 아니니까."

"야, 일어나."

닮을 걸 닮지 왜 모친의 말투를 꼭 닮는단 말인가! 생각을 하다 보니 동혁은 더 못마땅해졌다.

"싫어. 귀찮아."

"일어나라."

"싫다니까."

"실연당했냐?"

"실연 무슨! 상관 말고 나가라니까!"

버럭 소리를 치자 문이 벌컥 열리는 소리가 들려왔다.

"어따 대고 큰 소리야?"

연이어 들려온 목소리는 모친의 것이었다. 동혁은 형한테 대들었다고 모친에게 혼이 날 것 같아 입을 꾹 다물고 침묵을 지켰다.

"그래 가지고 사람 되겠냐? 옜다, 받아라."

이불을 들춘 모친이 뭔가를 이불 속으로 휙 던졌다.

"으악! 이, 이게 뭐예요?"

꺼끌꺼끌한 느낌에 놀라 동혁은 벌떡 일어나 앉았다. 모친이 던진 것은 인진쑥과 통마늘이었다.

"곰 같은 놈아, 사람이 되려면 준비물은 챙겨서 굴에 들어가 있어야지!"

"씨이……."

동혁은 죽겠다는 식으로 인상을 구겼다.

"씨이?"

모친의 눈빛이 싸늘하게 가늘어졌다.

"그렇게 들어앉아 있어놓고도 겨우 씨이냐? 씨이! 그래 가지고 어느 세월에 알파벳 다 외울래? 엉?"

동혁은 돌겠다는 식으로 흐느끼며 속상함을 말했다. 정말 지금은 아무 말도 하고 싶지 않았다. 모친의 특유한 구박에 다른 때처럼 장난스럽게 대꾸할 힘이 없었다.

"나 좀 그냥 내버려 둬요. 제발, 플리즈……."

"얼씨구, 이놈이 영어를 제법 할 줄 아네."

냉엄할 만큼 무표정한 두 사람을 보고 있노라니 동혁은 복장이 터질 지경이었다.

"돌갔네. 미치갔네. 죽갔네!"

"이놈아, 그건 우리가 할 소리야. 퍼뜩 굴에서 나오지 못해! 입에다 쑥, 마늘 처넣기 전에!"

결국 모친에게 달달 들볶여 동혁은 집에서 뛰쳐나올 수밖에 없었다. 동혁은 대문 앞에서 처량하게 쪼그려 앉아 있었다. 지나가는 사람들이 계속 힐끗힐끗 쳐다보았다.

"씨이, 왜 이렇게들 날 못 잡아먹어 안달이야? 날씨는 또 왜 이 모양이야?"

동혁은 눈을 뜰 수 없을 정도로 사정없이 찔러대는 가을 햇살을 못마땅한 듯 째려보았다. 갑자기 머릿속에서 한 노래가 시작

되었다. 많이 들어봤던 노래의 기타와 드럼 반주에 맞춰 동혁은
저도 모르게 흥얼거리기 시작했다.

울고 있는 나의 모습.
바보 같은 나의 모습.
환하게 비추는 태양이 싫어.
태양이 싫어.

"씨이, 내가 왜 이 노래를 부르는 거야?"
울고 싶은 심정으로 동혁은 벌떡 일어나 뛰기 시작했다. 여전
히 들려오는 노래를 이제는 속으로 흥얼거리며.

누군가 날 알아보며
왜 우냐고 물어보면,
대답을 해줄 수가 없는 게 너무 싫어.

슬픈 표정을 짓고 뛰어가자 지나가던 동네 아줌마들이 이상
한 눈으로 쳐다보았다.
"으아! 미치겠다! 이거 완전히 내 이야기잖아!"
노래는 계속되었고 동혁은 무작정 앞을 향해 더 빨리 달려나
갔다.

태양을 피하고 싶어서 아무리 달려봐도
태양은 계속 내 위에 있고,
너를 너무 잊고 싶어서
아무리 애를 써도 아무리 애를 써도
넌 내 안에 있어.

"한지수, 이 지지배! 으아아아악!"
동혁은 손으로 귀를 틀어막고 울부짖으며 달렸다.

동혁은 태양을 피해 인근 초등학교 운동장에 딸린 등나무 밑에 앉아 있었다. 하지만 이곳도 안전지대는 아니었다. 축구를 하러 나온 악동들과 그들의 친구들이 같이 놀아달라고 떼를 썼기 때문이다.

"형, 지난번에 축구 제대로 하는 법 가르쳐 준다고 했잖아요! 네?"

"기억 안 나."

"에이, 형! 그러지 말고 가르쳐 줘요!"

동혁은 한 아이가 든 공을 빼앗아 귀찮다는 듯이 멀리 아주 머얼리 뻥 차버렸다. 심술맞은 놀부가 따로 없었다.

"우와, 짱이다! 공 가지러 가자!"

혼자 있게 됐나 싶었는데 그것도 잠시, 아이들이 다시 모여들었다.

"형, 공 가져왔어요!"

동혁은 귀찮아 죽겠는데 성가시게 구는 아이들을 매섭게 쳐다보았다. 아이들이 일제히 입을 다물었다. 아무 잘못도 없는 애들한테 화풀이하는 자신이 마음에 들지 않아 동혁은 굳은 표정을 누그러뜨렸다.

"그렇게 배우고 싶어?"

다소 어조를 부드럽게 하자 아이들이 다시 활기찬 표정을 지었다.

"네!"

"연습하고 시합하기 전에 뭐 해야 할 것 같아?"

동혁은 여전히 힘없이 시큰둥하게 물었다.

"준비운동이요!"

"운동장 다섯 바퀴, 실시."

동혁은 힘없이 명령을 내렸다.

"실시!"

아이들이 줄을 맞춰 운동장을 뛰기 시작했다. 달리기가 끝날 때까지 동혁은 한숨을 푹푹 쉬며 하늘을 멍하니 바라보았다. 텅 빈 그의 가슴만큼이나 하늘은 구름 한 점 없이 푸르디푸르렀다. 씁쓸한 표정으로 하늘을 올려다보고 있는데 아이들의 외침이 들려왔다.

"형! 다 돌았는데요!"

"알았다."

동혁은 나지막하게 한숨을 내뱉으며 일어나 짝을 정해 스트레칭을 하게 만들고 왕복달리기, 패스 연습 등을 시켜서 몸을 충분히 풀게 만들었다.

"공을 빼앗기지 않으려면 상대편 선수와 공 사이에 자신의 몸을 위치시켜야 해. 이렇게. 무슨 말인지 알겠니?"

시범을 보여주며 동혁은 아이들에게 자세하게 설명을 해주었다.

"그리고 지금부터 내가 하는 말, 꼭 기억해야 한다. 드리블보다는 패스를, 패스를 한 다음엔 무조건 뛰기, 몸싸움은 어깨로, 절대 공 오래 가지고 있지 않기, 공보다는 선수들의 움직임을 주목하기, 수비할 때 공격수보다 먼저 움직이지 않기. 알았지?"

"네."

"그럼 편 나눠서……."

"형!"

낯익은 목소리에 동혁은 반사적으로 뒤를 돌아보았다. 성우였다. 뛰어오는 성우 뒤로 지수와 한 남자가 보였다. 동혁은 직감적으로 남자가 성우 아빠임을 깨달았다. 성우는 몰라도 이 상황에선 동혁은 성우 아빠의 출현이 절대 반갑지 않았다.

차라리 안 만났더라면 좋았을 것을. 동혁은 이 상황에서 도망가고픈 충동이 일었다. 당장이라도 성우 아빠의 멱살을 쥐고 지수에게 무슨 짓을 했냐며 따질 것 같아서였다. 동혁은 충동을 억누르기 위해 주먹을 꽉 그러쥐었다.

동혁은 성우에게로 시선을 돌렸다. 성우는 아빠의 옆에서 해처럼 밝은 웃음을 짓고 있었다. 행복해하는 성우를 보며 동혁은 마음을 어지럽게 하는 감정을 털어내듯 고개를 털레털레 털었다.

"한성우, 너도 축구 시합할래?"

아이들이 성우를 반겼다.

"시합하는 거야? 그럼 나도 끼워줘!"

"근데 누구야?"

아이들이 흐뭇한 미소를 짓고 다가오는 성우 아빠에게 호기심을 보였다.

"우리 아빠!"

성우가 자랑스러움이 묻어나는 말투로 아이들에게 아빠를 소개했다.

"안녕하세요!"

"그래, 안녕? 성우 친구들이구나."

성우 아빠가 아이들의 머리를 쓰다듬어 주었다. 동혁은 그런 성우 아빠를 곁눈질로 머리끝부터 발끝까지 쫙 훑어보았다. 큰 키에 건장한 체격을 가진 성우 아빠는 자신감이 넘치고 당당하게 보였다. 범접할 수 없는 기품이 느껴졌다. 외모도 뛰어났다.

성우의 말을 참고해 본다면 성우 아빠는 모든 걸 갖춘 능력있는 남자에 해당했다. 부와 명예, 권력을 거머쥐고 성공의 궤도를 달리는 남자! 두 살림을 차리고도 하늘을 우러러 한 점 부끄럼없는 듯 행동하는 남자! 사회적으로는 비정상적이라 인정받을 수 없지만 그의 입장에선 너무 많은 걸 갖춘 남자였다.

갑자기 동혁은 황새와 나란히 서 있는 뱁새가 된 듯한 느낌이 들었다. 비참했다. 여태까지 지수의 눈에 비친 자신의 모습이 초라할 수밖에 없을 것이라 생각하니 동혁은 입 안이 소태처럼 쓰게 느껴졌다.

"아빠, 내가 말한 형이야!"

성우가 나서서 성우 아빠를 그에게 소개를 했다. 안 그래도 되는데 말이다. 하여간 애들은 쓸데없는 짓을 너무 많이 할 때가 있다.

"안녕하세요?"

"아, 네. 안녕하세요?"

얼떨결에 동혁은 성우 아빠가 내민 손을 잡고 악수를 하게 됐다. 따뜻한 체온과 생생한 느낌으로 동혁은 제대로 실감이 났다. 이 남자가 누구의 아버지이며 누구의 남편인지를 말이다. 동혁은 행복이란 두 글자를 얼굴에 새긴 성우 아빠에게 참을 수 없는 질투심을 느꼈다. 상상에서처럼 성우 아빠의 얼굴을 마구 찌그러뜨리고 짓이기고픈 충동이 들었다.

"성우한테 말씀 많이 들었습니다. 어떤 분인지 많이 궁금했는데 이제야 뵙네요."

그건 내가 할 소리입니다, 라는 말이 목구멍에서 맴돌았지만 동혁은 그저 어색하기 짝이 없는 웃음으로 인사를 마무리했다.

"형, 축구는 언제 할 거예요?"

아이들이 조바심을 냈다.

"아빠, 나 축구 하고 싶은데 해도 돼요?"

"그래. 다치지 않게 조심하고."

그는 축구를 하겠다는 성우의 운동화 끈까지 조여주는 한없이 좋은 아빠였다. 동혁은 그런 부자에게서 일부러 시선을 거둬들였다. 더 이상 내려갈 곳을 찾지 못한 마음이 이리저리 방황을 했기 때문이다.

그때, 오늘따라 유독 신경을 쓴 듯 가을 분위기가 물씬 풍기는 짙은 보랏빛 스커트와 그에 어울리는 여성스러운 블라우스까지 입은 지수가 시야에 들어왔다. 지수는 흐뭇한 미소를 지으며 성우 아빠와 성우에게 다가갔다. 행복한 가족의 모습이었다. 동혁은 하늘을 올려다보며 우울한 표정을 떨쳐 내려고 애를 썼다.

동혁은 심판을 보기로 하고 호루라기 대신 손과 입을 사용하여 삑 하는 소리를 내 경기 시작을 알렸다. 다정하게 대화를 나누는 지수와 성우 아빠를 보고 싶지 않아 일부러 등을 돌리고 서서 공을 쫓아 뛰어가는 아이들을 지켜보았다.

동혁은 빨리 시간이 흘러갔으면 좋겠다는 생각을 하며 뛰어다녔다. 그러다 지수가 자리를 뜨는 모습을 보게 됐다. 절로 걸음이 멈춰졌다. 애달픈 눈빛과 표정을 하고 교문을 나가는 지수를 계속 바라보았다. 그때였다.

"형!"

부르는 소리에 동혁은 뒤를 돌아보았다. 순간 하늘에 뭔가가 뚝 떨어졌다. 그것은 다름 아닌 축구공이었다. 머리를 강타한 축구공이 다시 한 번 튕겨 올라갔다. 일그러진 얼굴을 하고 서 있는데 아이들이 박장대소하며 까르르 웃어댔다. 동혁은 모든 광경을 지켜보고 있는 성우 아빠에게 망가지는 모습을 보였다는 사실이 너무 창피했다. 땅굴을 파서라도 도망가고 싶은 심정이었다. 뭐 이렇게 되는 일이 없나 싶었다.

마침내 시간이 흘러 동혁은 손을 입에 대고 종료를 알리는 신호음을 냈다. 아이들은 기진맥진한 모습으로 등나무 밑 벤치로 몰려들었다.

"음료수 사러 갔으니 조금만 기다려라."

성우 아빠가 자상하게 설명을 해주며 아이들의 머리를 쓰다듬어 주었다. 동혁은 심판을 보는 동안 틈틈이 고민하면서 내린 결정을 알리기 위해 성우 아빠에게 다가갔다. 다시 한 번 마음을 다잡으며 동혁은 성우 아빠를 불렀다.

"성우 아버님."

"네."

성우 아빠가 환한 미소를 지어 보이며 뒤를 돌아보았다. 동혁은 이런 자리에서 성우 아빠를 만나지 않았더라면 호감을 가질 수도 있겠다 싶었다. 어쩌면 생각했던 것보다 더 좋은 사람일지도 모른다는 생각이 들었다. 하지만 친해지고 싶은 마음은 절대 없었다. 어떻게 지수의 남자와 친해질 수 있단 말인가.

"드릴 말씀이 있습니다."

"아, 네."

성우 아빠가 긴 다리로 성큼성큼 다가왔다. 보면 볼수록 인상
이 좋은 남자였다. 동혁은 그래도 싫었다. 너무 많은 것을 가진
남자, 특히 지수와 성우를 평생 소유할 수 있다는 사실이 제일
마음에 들지 않았다. 유치하고 나쁘다고 손가락질을 해도 어쩔
수 없는 일이었다.

"말씀하세요."

"성우 가르치는 일 그만 했으면 합니다."

"네?"

갑작스런 말에 성우 아빠가 놀라 눈을 크게 떴다. 동혁은 성
우 아빠가 묻지도 않았는데 곧바로 이유를 설명해 주기 시작했
다.

"이젠 그럴 필요가 없겠다 싶어서요. 똑똑한 아이예요. 가르
쳐 주는 대로 스펀지처럼 잘 빨아들여요. 이젠 제대로 가르쳐야
죠. 그래야 합니다."

동혁은 애써 명랑하게 설명을 했다.

"혹시 다른 이유는 없으신 건가요?"

"네?"

설명이 부족했던 걸까, 아니면 이면에 다른 이유가 있을 거라
생각하는 걸까? 예리한 질문에 동혁은 잠시 주춤거렸다.

"보수가 적다든지, 아니면……."

어찌 된 사람들이 툭하면 돈을 거론하는지. 동혁은 불쾌하기가 짝이 없었다. 화가 스멀스멀 피어올랐다.

"아뇨, 다른 이유는 없습니다. 때가 왔기 때문에 그러는 겁니다."

동혁은 단호하게 말했다.

"성우가 많이 서운해할 것 같군요."

"이해할 겁니다."

"성우 말고도 여러 명을 가르치신다고 들었습니다."

"네, 몇 명 가르치고 있습니다."

"적성에 잘 맞는 일을 하신 것 같아 보기 좋습니다."

"일이라고 할 수도 없습니다. 돈은 되지만 언제까지 이렇게 살 수도 없구요. 평생 할 수 있고, 가정을 책임질 수 있는 일을 찾아야겠죠."

성우 아빠가 동혁의 말에 수긍을 하듯 고개를 끄덕였다.

"어쨌든 그간 고생이 많으셨습니다."

동혁은 성우 아빠가 점점 좋은 사람일 것 같다는 생각이 들었다. 그 점이 못마땅하면서도 안심이 되었다. 성우의 말을 빌리자면 앞으로 온 가족이 모여 살 수 있다고 했다. 확실히 단정 지을 수는 없지만, 그 말은 성우 아빠가 이혼 절차를 밟고 지수와 새 출발을 하기 위해 왔다는 것을 뜻하는 것이다. 지수와 성우가 그토록 바랐던 일이 이제야 이루어진 셈이었다. 동혁은 가슴 아픈 일이지만 사랑하는 지수와 성우를 위해 진심으로 축복을 빌고 싶었다. 아주 어려운 일이겠지만 그래야만 한다고 생각했다.

"고생은요. 즐거운 시간이었습니다."

짧은 기간이었지만 못 잊을 추억으로 남을 것은 확실했다. 동혁은 애써 웃으려고 했지만 그것마저 마음대로 되질 않았다.

"그런데 지수도 이 사실을 알고 있나요?"

비겁한 방법이지만 동혁은 지수와 성우에게 과외를 그만둔다는 말을 하지 않을 작정이었다. 아니, 하지 않는 게 아니라 못하는 거였다. 감정이 앞설 것 같아서, 마음의 정리가 되지 않을 것 같아서 말이다. 이런 식으로 모든 걸 정리하게 될 줄은 몰랐다. 벌써부터 동혁은 마음이 아파왔다. 다시는 볼 일이 없을 거란 생각에. 누군가에게 마음을 주는 일이 이렇게까지 아픈 일인 줄 몰랐다.

"아닙니다. 성우 아버님이 전해주셨으면 합니다."

그때 양손 가득 뭔가를 든 지수가 교문 쪽에서 나타났다. 머리를 바람에 날리며 뛰어오는 지수의 모습에 동혁은 여전히 가슴이 두근거렸다. 곁에 있는 성우 아빠가 예민하게 의식되어 동혁은 아예 고개를 다른 쪽으로 돌려 버렸다.

"얘들아, 목마르고 배고프지? 자, 여기 음료수, 햄버거!"

지수가 환하게 웃으며 아이들에게 간식을 나눠 주었다.

"와! 신난다!"

"드세요."

지수가 봉투에서 햄버거와 음료수를 꺼내 그에게 건넸다. 하지만 동혁은 거들떠보지도 않았다. 감추고 싶은 감정을 드러내는 게 싫어서였다.

"전 됐습니다. 애들아, 형은 그만 가봐야겠다. 다음에 보자."

"가려구요?"

차가운 반응에 마음이 상했는지 지수가 불평을 하듯 물었다.

"네."

동혁은 여전히 눈길도 주지 않았다.

"바쁜 일 있어요?"

"약속이 있어서요."

약속 같은 건 없었다. 동혁은 더 이상 행복한 가족을 마주 대하고 있을 자신이 없을 뿐이었다.

"그래요? 그럼 안녕히 가세요."

지수가 입을 비죽이더니 새침하게 말하고선 고개를 돌려 버렸다.

"그럼 전 이만 가보겠습니다."

동혁은 끝까지 지수를 외면한 채 성우 아빠에게 인사를 건넸다.

"만나서 반가웠습니다."

"네, 저도 반가웠습니다. 성우한테 말씀 좀 잘해주십시오. 그럼."

잡고 싶지는 않았지만 더 이상 이럴 일도 없을 거란 생각에 동혁은 성우 아빠의 손을 잡고 흔들었다. 그리고 미련도 없이 등을 돌려 버렸다. 순간 가슴에서 휑한 찬바람이 불었다. 동혁은 이를 악물고 걷다가 이내 뛰어서 학교를 빠져나왔다.

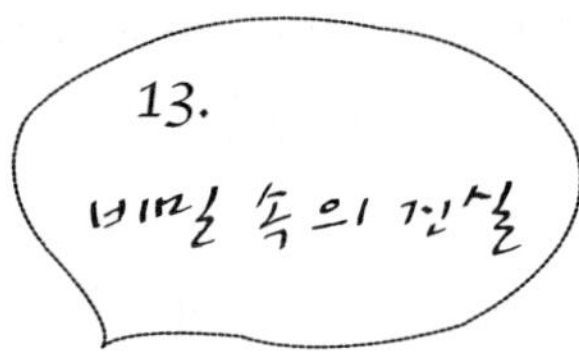

일방적이긴 하지만 동혁은 모든 것을 정리했다고 생각했다. 하지만 전혀 실감이 나지 않았다. 성우의 하교시간만 되면 학교로 가야 할 것 같았고, 성우나 지수에게서 연락이 오면 평소 때처럼 전화를 받아야만 할 것 같았다.

성우와 지수에게서 끊임없이 전화와 문자가 오고 있었다. 전화야 안 받으면 그만이지만 문자는 어쩔 수 없이 읽게 되었다. 대부분 말없이 과외를 그만둔 것에 대한 항의성 내용이었다. 성우는 형이 그럴 줄은 몰랐다며 우는 얼굴을 그려 보냈고, 지수는 조르는 성우 때문에 미치겠으니까 책임을 지라고 했다. 동혁은 이에 대해 아무런 반응을 보이지 않았다. 하지만 가슴은 달랐다. 여지없이 찢어지고 무너져 내리는 뚜렷한 반응을 보였다.

혹시라도 체육과외가 이루어지는 학교로 지수와 성우가 찾아올까 봐 동혁은 학부모들의 동의를 받아 멀리 떨어진 다른 학교로 장소를 옮겨 가르쳤다. 그리고 일부러 지수와 성우가 다닐 만한 길은 피해 다녔다.

그러던 어느 날 밤이었다. 과외를 마치고 집으로 가고 있는데 전혀 알지 못하는 번호로 전화가 걸려왔다. 가끔씩 소개를 받고 상담을 요청하는 전화가 왔기 때문에 동혁은 이번에도 그런 줄 알고 휴대전화를 받아 들었다.

"여보세요?"

[이봐요, 나 한지수예요.]

순간 동혁은 공포영화 속 배우처럼 심장을 뚝 떨어뜨리고 사색이 되고 말았다. 하마터면 휴대전화까지 떨어뜨릴 뻔했다. 솔직히 동혁은 오랜만에 듣는 지수의 목소리에 당황스럽기도 했지만 한편으로는 반갑기까지 했다. 하지만 그 마음을 고스란히 드러낼 수는 없었다. 동혁은 다소 퉁명스럽게 전화를 받았다.

"그런데요?"

이 한 마디 말을 뱉기까지 얼마나 힘들었는지 전화를 한 지수는 알까. 두근거리는 심정이 반이었고, 미운 마음이 또 이 분의 일, 거기다 살며시 고개를 치켜드는 미련이 이 분의 일이었다.

[정말 해도 해도 너무하군요! 이러는 법이 어디 있어요?]

지수의 목소리가 아주 싸늘하고 딱딱했다. 마치 얼음 조각이 뚝뚝 떨어지는 느낌이었다.

"무슨 법이요?"

동혁은 일부러 무덤덤하게 되물었다. 감정이 흐트러질까 봐, 중심을 못 잡고 흔들릴까 봐.

[이런 식으로 과외를 그만두는 법이 세상에 어디 있냐구요?]

지수의 언성이 점점 높아졌다. 많이 화가 난 모양이었다. 순간 동혁은 가슴이 문서 분쇄기에 들어간 종이처럼 갈기갈기 찢어졌다. 동혁은 누군들 그런 식으로 과외를 그만두고 싶었겠냐고 반박을 하고 싶었다. 하지만 그런다고 해서 뭐가 바뀐단 말인가.

변하지 않는 사실은 서로 함께 있으면 아프고 괴로울 뿐이라는 것이다. 지수와 성우는 아무렇지 않을지 몰라도 동혁은 달랐다. 아마 성우네 가족이 오순도순 사는 모습을 계속 지켜보게 된다면 불면증, 알코올중독, 신경쇠약 등등 부작용에 시달리게 될 것이다. 동혁은 얼굴을 찌푸리며 다시 입을 열었다. 여전히 퉁명스러운 말투가 쏟아졌다.

"그런 것도 절차 밟고 법에 위반되는지 안 되는지 알아보고 해야 하는 거예요?"

[과외 계속해 주세요. 성우, 애가 얼마나 고집불통인 줄 알아요? 아주 성우 때문에 내가 미치고 환장하겠다구요! 애 하나 광팬 만들어놓고 이렇게 무책임해도 되는 거예요? 말 좀 해봐요!]

애써 화를 억누르는 지수의 목소리가 들려왔다. 순간 동혁은 마음이 약해지고 흔들렸다. 예고도, 작별 인사도 없이 그런 소식을 전해 들었으니 아이가 놀라는 건 당연한 일이었다. 그게 제일 마음이 걸렸는데, 역시나 속상해지고 말았다. 그렇다고 해서 되돌릴 수는 없는 노릇이었다.

"무슨 말을 하라구요? 난 성우를 위해서 그렇게 한 거거든요? 성우 아빠한테 얘기 들었으면 잘 알 거 아니에요. 나 설득할 시간 있으면 성우나 잘 알아듣게 타이르세요. 말귀 못 알아듣는 애 아니잖아요."

[과외 못해주겠단 소리예요?]

"네."

동혁은 매정하게 거절했다. 한 번 아닌 것은 아닌 것이다. 여지를 두면서 계속 우유부단하게 행동하면 서로가 힘들 뿐이다. 사람의 욕심은 끝이 없기에 보고 있으면 만지고 싶고, 만지다 보면 가지고 싶기 때문에 더욱더 안 될 일이었다. 지금은 잔인하게 구는 게 가장 옳았다.

[얼마면 돼요? 얼마면 다시 해줄 건데요?]

지수가 원빈의 명대사를 읊었다. 이에 동혁은 슬프고 화가 났다. 도대체 나하고는 과외, 돈 얘기밖에 할 말이 없냐, 하고 소리를 지르고 싶었다. 동혁은 사력을 다해 인내심을 그러모았다.

"해주고 싶어도 바빠서 못해줘요, 이미 시간표 꽉 차서."

[핑계로 들려요. 혹시…… 이러는 이유가 나 때문이에요? 나하고의 일 때문에?]

동혁은 괴로움의 신음을 흘리며 몸부림을 치고 싶었다. 눈을 감고 피가 베일 정도로 입술을 깨물었다. 지수가 애써 잠재웠던 기억을 다시 일깨웠기 때문이다.

[그런 거군요. 나 때문에.]

아무 말을 하지 않았더니 지수가 거의 확신을 하듯이 말했다. 지수가 말할 틈도 주지 않고 계속 말을 이어갔다.

[양심의 가책을 느껴서 그런 거라면…….]

"입 다물어요."

더 이상 듣고만 있을 수가 없어 동혁은 으르렁거리며 말을 끊었다. 잠시 무거운 정적이 흘렀다. 동혁은 감았던 눈을 떴다. 고통과 슬픔의 빛을 담고 있는 눈망울이 심하게 일렁거렸다.

"그래요. 그래서 그만뒀어요. 됐어요? 더 이상 그러면 안 되니까! 그렇게 살면 안 되니까! 내 마음 나도 어떻게 할 수 없으니까! 마음 꽉 붙들어 매도 당신만 보면 무너지니까! 그래서 그만뒀다구요! 됐어요?"

점점 크고 강해진 목소리가 나중엔 고함이 되어버렸다. 동혁은 길 가에 수북이 쌓여 있는 낙엽을 발로 퍽 걷어찼다.

[당신…… 나 좋아해요?]

동혁은 누군가의 감정 상태를 묻는 말이 이렇게까지 잔인하게 들릴 줄은 몰랐다. 거짓말은 딱 질색이었다. 하지만 이 상황에서 진실을 털어놓을 순 없는 일이었다. 동혁은 일부러 시큰둥한 반응을 보였다.

"착각은 자유니까 마음대로 생각해요. 달라질 건 없으니까."

[당신, 왕싸가지에 왕밥맛이에요!]

지수가 갑자기 욕을 하기 시작했다.

"나 원래 그런 놈이에요."

동혁은 더 퍼붓고 미운 정이라도 떼란 식으로 더 시큰둥한 반응을 보였다.

[무책임하고 제멋대로이고 잔인하기 이를 데 없는 정말 나쁜 사람이에요!]

지수가 악을 바락바락 써댔다. 동혁은 마음이 아렸다. 아무리 애를 써도 무신경, 무감각하게 지수를 대할 수가 없었다. 동혁은 저도 모르게 큰 소리를 내며 반발을 하고 말았다.

"날 그렇게 만든 사람이 누군데요!"

[뭐라구요?]

억울했는지 지수의 목소리가 살포시 떨리기까지 했다. 눈으로 그릴 수 있을 정도로 지수의 얼굴이 그의 온 뇌리에 가득 찼다. 이렇게 목소리만 들어도 환장하겠는데 직접 보고, 포기를 하려면 아마도 죽을 맛일 것이다. 동혁은 얼굴을 일그러뜨렸다.

"사람 마음 방황하게 만드는 거, 그거 정말 큰 죄거든요? 하여간 더 이상 건들지 말아요! 들쑤시지 말아요! 흔들지 말라구요! 간신히 마음 잡은 사람 그냥 놔두라구요! 당신은 당신 갈 길 가요! 난 내 길 갈 테니까요! 앞으론 이런 전화 하지 말아요. 끊어요!"

동혁은 휴대전화를 끊고 배터리까지 몽땅 뽑아 주머니에 쑤셔 넣었다. 고개를 떨어뜨리고 주먹을 불끈 쥐었다. 오랜 시간을 공들여 가라앉혔던 감정이 또다시 들끓어올랐다. 속상했다. 다시 비집고 들어온 지수의 존재로 인해 마음이 너무 아프고 무거웠다.

"에잇!"

동혁은 뛰기 시작했다. 바람처럼 빠르게 달렸다. 심장을 터뜨려 버릴 작정을 한 사람처럼 전력질주를 했다. 그러다 동네 오락실을 발견했다. 펀치기계 앞에 서서 동전을 집어넣으려고 하는데 오락실 주인이 부랴부랴 뛰쳐나와 제발 그냥 가달라고 사정사정을 했다. 예전에 망가뜨려 놔서 새 기계를 들여놨는데 또 무슨 억한 심정으로 생각으로 왔느냐고 하면서 말이다.

어쩔 수 없어 동혁은 평소 잘 가는 노래방을 찾았다. 비어 있는 방이 있는 것 같은데 방이 없다며 그냥 가달라고 했다. 아무래도 예전에 분위기를 잔뜩 흐려놓은 일 때문에 그런 것 같았다.

하는 수 없이 동혁은 그냥 거리를 배회하다가 동네 포장마차를 찾았다. 목에 콱 걸려 아무리 삼키려고 해도 딱 달라붙어 요지부동인 뭔가를 해결하기 위함이었다.

그걸 해결하기 위해 동혁은 연신 술을 입 안에 쏟아 붓고, 뜨거운 어묵 국물까지 동원했다. 하지만 짜증만 치밀어 오르고 애꿎은 입천장만 홀라당 벗겨졌을 뿐, 아무런 성과도 얻지 못했다.

"아줌, 아니, 저기요! 여기 소주 한 병 더 주세요!"

동혁은 더 이상 지수를 연상하게 되는 단어를 쓰지 않을 생각이었다. 그런데 아줌마라는 말을 자꾸 쓸 일이 생겼다. 그럴 때마다 어김없이 지수의 얼굴이 생각났다. 동혁은 못마땅한 얼굴로 인상을 팍 쓰고 술을 들이켰다. 그때였다.

"안녕하세요?"

마침 포장마차 옆을 지나치던 남자가 아는 척을 해왔다. 바로 지수네 옆집에 사는 남자였다. 예전에 엘리베이터 안에서 펜을 빌려주는 친절을 베풀고 백수 탈출을 함께 기뻐해 줬던 남자, 가끔씩 오가다 인사를 나눴던 남자였다. 잘 아는 사이는 아니었지만 그래도 안면이 있는 남자라 동혁은 자리에서 일어나 인사를 건넸다.

"아, 네, 안녕하세요?"

"되게 오랜만이시네요. 혼자 계시는 거예요?"

남자가 눈을 반짝이며 물어왔다.

"네. 그런데 여기는 어쩐 일이세요?"

"지나가는 길에 보여서 인사나 하고 가려고요."

그저 인사나 하고 갈 사람처럼 보이지는 않았다. 반가워하는 기색이 너무 역력해서 말이다.

"아, 네. 한 잔 하실래요?"

그냥 보내면 서운해할 것 같아 동혁은 남자에게 술을 권했다.

"그래도 돼요?"

역시나 기다렸다는 듯 남자가 목소리를 한껏 드높였다.

"그럼요. 앉으세요. 아줌, 저기요! 여기 잔 하나도 더 주세요!"

또 한 번의 실수를 할 뻔해 동혁은 인상을 구겼다. 주문한 술과 잔이 마련되자 동혁은 남자에게 잔을 건네고 술을 따라주었다.

"그런데 무슨 일 있으세요? 안색이 안 좋으신 것 같아요."

남자가 동혁의 안색을 살피며 물어왔다.

"아무 일도 없어요. 그냥요."

겉으론 웃었지만 동혁은 속으로 울었다. 정말 아무 일도 없었더라면 얼마나 좋았을까 싶었다. 애초에 연필이나 품어야 할 흑심을 품지 않았더라면 얼마나 좋았을까. 그러면 이렇게까지 괴로워할 일도 없었을 텐데 말이다. 이런 불상사가 생길 줄 알았으면 미리미리 대비했어야 했다. 지수를 멀리했어야 했다. 그런데 그러지 못하고 정신없이, 미련하게 빠져들었다. 그게 큰 잘못이었다. 지수 생각에 동혁은 또다시 팔다리를 끊어내는 아픔이 느껴졌다.

동혁은 남자의 잔에 자신을 잔을 부딪치고 단숨에 술을 삼켰다. 처음엔 불덩어리를 삼키는 것 같았는데 이제는 그런 느낌조차 들지 않았다. 술이 물 같았다. 여전히 목에 걸린 뭔가를 해결도 못했는데 말이다.

“그냥은 아닌 것 같은데요?”

“가을이잖아요. 괜히 개폼 잡고 가을 타는 척하는 거예요.”

속사정을 털어놓을 수가 없어 그저 길가에 쌓인 낙엽만 바라보며 동혁은 쓴웃음을 지어 보였다.

“옆구리가 시려서 그러시는 거죠?”

이 남자도 점쟁이의 피가 흐르는 모양이었다. 동혁은 더 쓰게 웃고 말았다.

“옆구리뿐인가요, 온몸이 다 시려요. 나이 들었나 봐요.”

동혁은 최대한 쾌활한 척을 하려고 애를 썼다. 하지만 여전히 차갑고 건조한 바람만 이는 가슴은 휑할 뿐이었다.

“저는 이성민이라고 해요. 그쪽은요?”

술 한 잔을 꿀꺽 삼킨 남자가 느닷없이 자신을 소개하며 손을 내밀었다. 동혁은 얼떨결에 남자가 내민 손을 잡았다.

“아, 그러고 보니 우리, 서로 이름도 몰랐군요? 전 차동혁이라고 합니다.”

“아, 차동혁 씨……. 그런데 댁은 어디세요?”

남자가 기억에 담아두려는 듯 고개를 끄덕이더니 이내 또 다른 질문을 던졌다. 묻고 싶은 것도 많고, 알고 싶은 것도 참 많은 사람이었다.

“이 근처에 삽니다.”

“그러시구나. 이 동네에 오래 사셨어요? 전 일 년 정도 됐는데.”

"한 삼 년 됐습니다."

"결혼…… 하셨나요? 전 안 했거든요."

"저도 아직 안 했습니다."

동혁은 이상한 기분이 들었다. 질문이 굉장히 사적인 방향으로 흘러가고 있었기 때문이다. 더군다나 묻지도 않았는데 남자가 계속 자신에 대한 정보를 꼭 덧붙이며 질문을 했다. 섣부른 판단일지 몰라도 남자가 작업의 정석을 밟고 있다는 생각이 얼핏 들었다. 동혁은 기분이 묘해졌다.

"그런데 요즘엔 왜 그렇게 안 보이세요? 학교 운동장에서도 안 보이시고."

"저 과외 하는 거 보신 적 있으세요?"

동혁은 기분이 더 얼떨떨해졌다. 남자의 관심이 지대했기 때문이다.

"네. 못하는 운동이 없으시던데요? 혹시 체대 나오셨어요?"

"네."

"저도 운동 좀 했어요. 농구요."

남자가 눈을 반짝거리며 환한 미소를 지어 보였다. 동혁은 뭔가 거치적거리는 느낌이 들었다. 농구를 했다는 남자를 어디선가 많이 본 것 같은 기분이 들어서였다. 동네가 아니라 그 어디에선가 말이다. 순간 동혁은 정답이 퍼뜩 떠올라 눈을 커다랗게 뜨고 손가락을 튕기며 외쳤다.

"오잉! 혹시 그럼 여자실업계 농구선수 이성민 씨?"

"네. 절 아세요?"

그랬다! 남자인 줄 알았던 성민은 한때 유명했던 여자실업계 농구선수였던 것이다!

"당근이죠! 제 전공이 사회체육 아닙니까? 모든 운동선수를 다 알지는 못해도 성민 씨의 명성만큼은 익히 들어 알고 있었습니다! 그런데 이렇게 실제로 만나게 될 줄은 몰랐죠. 실감이 전혀 안 나는데요?"

동혁은 얼떨떨하기도 하고 반갑기도 했다. 저도 모르게 손으로 몸을 마구 더듬으며 뭔가를 찾기 위해 애를 썼다. 성민이 궁금한 얼굴을 하자 동혁은 활짝 웃으며 크게 외쳤다.

"사인 좀 받으려구요! 저 한 스무 장만 해주시면 안 될까요?"

"아하하하!"

성민이 행복에 겨운 웃음을 터뜨렸다. 어쩌면 저렇게 생긴 것도, 말하는 것도, 웃는 것도 남성스러울까. 단 한 번도 여자라는 생각을 해보지 않았기 때문에 동혁은 이 상황이 그저 신기하기만 했다.

"오늘은 펜이 없는데……."

"잠시만요."

동혁은 근처 문방구로 잽싸게 뛰어가 종이와 펜을 사 들고 왔다. 성민이 자그마치 스무 장이나 되는 종이에 사인을 해서 건네주었다.

스무 장!

동혁은 돈다발이라도 되는 양, 사인이 담긴 종이를 뿌듯하게 바라보았다. 한때 우리나라 여자 농구계에 혜성처럼 등장해서 화려한 스포트라이트를 받았던 이성민 선수의 사인이니 안 그럴 수가 없었다. 갑자기 동혁은 성우에게 혜성과 스포트라이트에 대해 설명해 줬던 일이 생각났다.

"혜성이란 말이지, 동방신기나 슈퍼주니어 같은 거야. 가요계에서 갑자기 뛰어나게 확 드러나는 존재, 그게 혜성이거든. 그리고 스포트라이트는 말이야, 많은 가수 중에 믹키유천만 밝게 비춰주는 조명을 말하는 거야."

동혁은 성우가 보고 싶었다. 사인 받은 종이를 성우에게 나눠주고 싶었다. 버리지 말고 오래오래 가지고 있으라고 말해주고 싶었다. 원래 유명한 사람들의 사인은 사후에 그 진가를 발휘하는 법이라고 설명을 해주고 싶었다. 성우가 사후는 뭐고 진가는 또 뭐냐고 물으면 이 사인을 해준 사람이 죽으면 이 종이가 비싸게 팔릴 수도 있단 소리라고 가르치고 싶었다. 성우 생각에 동혁은 또 우울해지고 말았다. 그때였다. 성민이 또다시 질문을 하기 시작했다.

"그런데 정말 옆구리 시린 거 맞아요? 애인 없냐구요."

"정말 시리고 없는데요."

동혁은 사인 받은 종이를 잘 접어 점퍼 안주머니에 집어넣으며 말했다.

"그럼, 지금부터 제가 하는 말 농담으로 듣지 마세요."

"뭔데요?"

쉽게 할 말은 아닌지 성민은 잠시 주춤거렸다. 용기가 필요한지 크게 숨을 들이마시기도 하고, 수줍은 듯 얼굴을 붉히기도 했다. 이내 성민이 커다란 결심을 한 사람처럼 입을 열었다.

"우리 사귈래요?"

"네에?"

궁금한 표정으로 있다가 믿을 수 없는 말에 동혁은 눈을 한껏 크게 떴다.

"연애하자구요."

"저랑 성민 씨랑요?"

전혀 예상치 못한 제안이어서 동혁은 재차 물었다.

"네. 놀라셨어요?"

"술이 확 깨는데요?"

반응이 우스운지 성민이 작게 웃음을 터뜨렸다.

"동혁 씨 은근히 둔하네요. 그렇게 들이댔으면 눈치 챌 법도 한데 전혀 모르셨어요?"

"들이대다니요? 언제요?"

"일부러 동혁 씨 체육과외 하는 학교 들락날락하고 그랬는데 진짜 모르셨어요?"

"정말 그랬어요?"

"엘리베이터에서 그렇게 많이 마주치고도 정말 몰랐어요? 저 일부러 그런 건데."

전혀 몰랐던 사실을 성민이 줄줄 읊었다. 동혁은 당혹스러웠다.

"와, 진짜 몰랐나 보네. 어떻게 그걸 모를 수가 있을까? 저 지난번엔 큰맘먹고 동혁 씨한테 대시하려고 미니스커트, 망사스타킹, 하이힐, 화장까지 하고선 길에서 기다린 적 있었어요. 불행히도 그날 뵙지는 못했지만요. 그런데 제 옆집하고는 어떤 관계예요?"

"네?"

충격적인 설명과 연이은 갑작스런 질문에 놀라 동혁은 눈을 더 동그랗게 뜨고 되물었다.

"제가 너무 사적인 질문을 했나요?"

성민이 얼굴을 붉히며 머쓱하게 웃었다.

"아뇨, 괜찮습니다. 그 집하고는…… 그러니까……."

동혁은 대답이 쉽게 나오질 않았다. 갑작스러운 성민의 대시에 많이 놀랐기도 했지만 이제껏 숨겨온 사실을 잘 알지도 못하는 성민에게 털어놓아도 되나 싶어서였다. 하지만 성민이 전혀 관계가 없는 제삼자라는 사실이 덜 부담스러운 건 사실이었다. 솔직히 지수가 앞으로 이 사실을 전해 듣더라도 이제는 아무런 상관이 없을 듯했다. 두 번 다시 만날 일이 없기 때문이었다.

"친구예요. 초등학교를 같이 다녔던 친구요."

"아, 친구였구나!"

남자가 무지 기쁜 얼굴을 해 보였다. 하지만 동혁은 또다시 지수를 떠올리게 돼 술이 당겼다. 이번엔 아예 소주를 병째 들이켰다. 그때였다. 갑자기 성민이 손으로 뒤를 가리키며 크게 외쳤다.

"어머! 동혁 씨, 친구 분 오셨어요!"

순간 동혁은 저도 모르게 입 안 가득 담은 소주를 백정처럼 성민에게 내뿜고 말았다. 벌떡 일어나 뒤를 돌아보니 정말로 지수가 바로 등 뒤에 서 있었다. 동혁은 심장이 쿵 하고 떨어졌다.

동혁은 소주 세례를 받고 똥 씹은 얼굴로 굳어져 있는 성민은 눈에 들어오지도 않았다. 오직 지수만 보였다. 지수가 성민의 말에 난데없고 혼란스럽다는 표정을 짓고선 그를 물끄러미 쳐다보았다. 동혁은 이 상황이 현실보다는 꿈에 가깝게 여겨졌다. 미처 적응할 틈도 주지 않고 신의 장난이 또 시작되려는 모양이었다.

"당신 이름이…… 동혁이에요? 그런데 친구라니요? 누가 당신 친구예요? 나요?"

지수가 확인을 하듯 되물었다. 하지만 동혁은 어찌할 바를 몰라 지수를 빤히 쳐다보기만 했다. 상황이 이해가 안 되는지 성민이 끼어들었다.

"동혁 씨랑 초등학교 친구…… 아니에요?"

"내가 아는 초등학교 친구 동혁은 차동혁밖에 없거든요?"

지수가 성민은 쳐다보지도 않고 그에게 질문을 던졌다. 하지만 동혁은 이번에도 아무 말을 하지 못했다. 그저 새하얗게 질린 얼굴을 하고 얼음동상처럼 **빳빳**하게 굳어 있었다. 지수가 차동혁이란 인간에 대해 어떻게 생각하는지는 이미 잘 알고 있었다. 동혁은 매정하게 끊어버릴 인연이라도 이런 상황을 원한 건 아니었다. 그런데 일이 원치 않는 방향으로 흘러가고 있었다. 난감하기가 이를 데 없었다. 동혁은 팝콘처럼 어느 순간 펑 하고 튀어버려 산산조각 날 것처럼 아슬아슬, 위태위태한 분위기를 연출하고 있는 지수를 말없이 바라보기만 했다. 이번에도 성민이 나섰다.

"그래요, 이분이 차동혁 씨잖아요. 도대체 지금 뭐가 문제인 거예요?"

"다, 다, 당신이 차동혁이란 말이에요? 백운초등학교를 다녔던 스물아홉 살, 차동혁?"

다시 한 번 확인을 한 지수가 침묵을 긍정이라 생각하고 눈살을 찌푸렸다. 지수의 눈에서 고압의 전류가 흐르고 불꽃이 팍팍 튀어 올랐다. 살벌한 기운이 뿜어져 나왔다. 불여우가 따로 없었다. 충격 다음에 지수를 찾아온 것은 격렬한 분노였던 것이다.

"어우! 나쁜 자식! 사람 뒤통수를 이따위로 쳐!"

지수가 두 주먹을 불끈 쥐고 몸을 바르르 떨어가며 소리쳤다. 지수의 말은 끝날 줄 몰랐다.

"네가 차동혁이란 말이지? 내 철천지원수 차동혁! 차동혁. 그래, 차동혁이 틀림없어. 그래서 여태까지 이름도 가르쳐 주지 않았던 거야! 속였어. 날…… 속였어!"

지수가 도저히 믿을 수 없다는 듯 고개를 휘저으며 뒷걸음질을 쳤다. 동혁은 가슴 한복판에서 알알한 통증이 느껴졌다. 동혁은 지수가 더 달아나기 전에 잡고 싶었다. 하지만 잡아서 무슨 말을 한단 말인가. 그저 속여서 미안하다, 차마 털어놓을 수가 없었다, 하는 말밖에 더 있겠는가.

동혁은 지수를 잡을 수가 없었다. 지수가 하늘이 두 쪽 나는 일이 있어도 용서할 수 없다고 했던 차동혁이었기 때문에 그냥 못 박힌 채로 서 있을 수밖에 없었다.

지수가 등을 돌리고 길가에 세워둔 차를 향해 빠르게 걸어갔다. 동혁은 지수가 멀어질수록 마음이 조급해졌다. 잡고 싶다는 마음과 그래선 안 된다는 마음이 서로 싸움을 벌이고 있었기 때문이다. 동혁은 이유를 막론하고 지수를 붙잡고 싶었다. 하지만 그럴 수 없는 입장이라는 걸 잘 알았다. 갈등하는 사이에 지수가 차를 타고 가버렸다.

동혁은 오만 가지 정이 다 떨어져 실컷 욕을 해댈 지수를 떠올리며 괴로워했다. 때리지 못하고 그렇게 가버린 것에 대해 두고두고 죽는 날까지 후회할지도 모르는 지수, 예전처럼 화병이 도져 거식증, 우울증에 걸려 정신과 치료를 받을 수도 있는 지수 걱정에 동혁은 미쳐 버릴 것만 같았다.

차라리 그냥 보내지 말고 맞을 짓을 해서라도 맞아줄 것을. 실컷 분이 풀릴 때까지 때리고 욕하라고 할 것을. 왜 그냥 보냈을까? 왜!

그때였다.

"성우 고모 되게 무섭네요."

동혁은 성민이 불쑥 내뱉은 말에 소스라치게 놀라 뒤를 돌아보았다. 성민이 손수건으로 얼굴을 닦고 있었다.

"네? 지금 뭐라고 하셨어요?"

"성우 고모 되게 무섭다구요."

동혁은 여전히 귀를 의심했다. 성우 엄마더러 성우 고모라니, 이 무슨 귀신 씨나락 까먹는 소리란 말인가. 도무지 이해할 수 없는 말이었다.

"성우 고모요?"

동혁은 놀라움에 커다랗게 뜬 눈만 끔뻑거렸다. 성민이 눈살을 찌푸리며 고개를 갸우뚱거렸다.

"분명히 성우 고모라고 했는데. 성우 이모라고 한 걸 잘못 알아들었나? 아니에요, 저분 성우 고모 맞아요. 제가 저분한테 직접 들었거든요."

동혁은 귀신한테 홀린 듯한 표정을 짓고선 지수가 사라진 곳을 다시 바라보았다. 갑자기 현기증이 몰려오면서 눈앞이 하얘졌다.

"한성우, 내 이 자식을!"

동혁은 그제야 비로소 성우의 거짓말에 속은 것을 깨달았다.

성우를 처음 만난 날, 성우는 분명히 그에게 지수를 자신의 엄마라고 소개했다. 그리고 그 이후로도 별다른 말을 하지 않아 계속 그렇게 믿게끔 만들었다. 생각해 보니 성우가 지수를 엄마라고 부른 적도, 고모라고 부른 적도 없는 것 같았다.

왜 그런 거짓말을 했던 걸까? 애들이 엄마 없는 애라고 놀려서? 제길!

성우가 하루에도 몇 번씩 천국과 지옥 사이를 오가는 그의 심정을 알 리는 만무했다. 속에 꽁꽁 감춰둔 감정을 무슨 수로 알 수 있단 말인가. 동혁은 두 주먹을 불끈 쥐고 온몸을 부르르 떨어댔다. 하지만 이상하게도 화가 나질 않았다. 점화를 시키려고 애를 써도 불이 안 붙는 것처럼. 오히려 어이가 없어 웃음이 새어나왔다.

동혁은 그 순간 깨달았다. 그렇게 목에 달라붙어서 안 떨어졌던 뭔가가 어디론가 사라지고 없어졌음을. 그러나 차는 이미 떠났고 어디서부터 어떻게 손을 대야 할지 모르는 상황이었다. 좀 더 일찍 중대한 사실을 알았더라면 얼마나 좋았겠는가 하는 아쉬움이 짙어졌다.

"이런 젠장!"

그래도 두 가지 문제 중에 하나는 해결된 셈이었다. 철천지원수의 이미지만 벗으면 만사가 해결되는 거였다. 노력해도 안 되는 일은 어쩔 수 없다 하더라도, 최선을 다해 노력하면 가능한 일은 시도해 볼 가치가 있었다.

"아이, 진작 좀 알려주시지 그랬어요!"

동혁은 엉뚱한 방향으로 비난의 화살을 날렸다. 성민이 더 어리둥절한 표정을 지었다.

"네?"

"하여간 고맙습니다! 성민 씨, 나중에 봐요! 택시!"

급하게 손짓을 하며 동혁은 택시를 불러 세웠다. 택시에 몸을 싣고 지수가 간 방향으로 가줄 것을 주문하고 휴대전화를 꺼내 단축키를 눌렀다. 하지만 신호만 길게 갈 뿐이었다.

"한지수, 좀 받아봐라! 누가 그런 줄 알았냐?"

그럼에도 동혁은 얼굴에서 미소를 지우지 않았다. 원망하고 있던 신이 불시에 내린 축복에 감격한 듯 눈을 빛냈다.

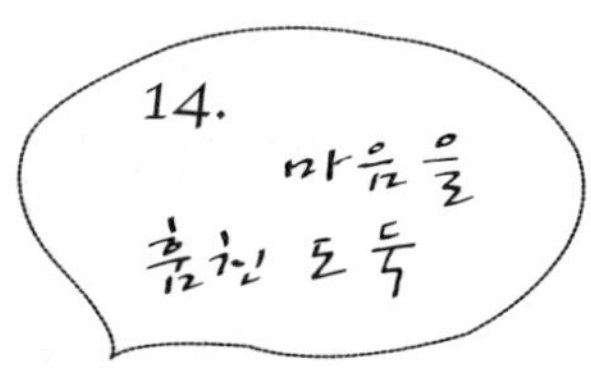

사고가 났는지 계속 쭉쭉 잘나가던 도로가 갑자기 꽉 막혔다. 지수는 분노라는 감정이 여실히 드러난 얼굴에 짜증을 하나 더 얹었다. 그랬더니 얼굴이 더욱 사납게 일그러졌다.

가방 속에서 여전히 휴대전화가 울려댔다. 지수는 거칠게 가방을 뒤져 휴대전화를 꺼냈다. 예상했던 대로 '곰탱이'라는 글자가 떠 있었다. 남자의 이름 대신 저장해 놓았던 별명이었다.

"이 곰탱이가 그 망할 놈의 차동혁이란 말이지!"

그 사실을 안 순간부터 하늘과 땅이 몇 번이나 뒤바뀌었는지 모른다. 머릿속에서 '남자=곰탱이=초등학교 친구=차동혁=나쁜 새끼=백만 가지 욕을 붙여줘도 시원찮을 놈'이란 공식이 성립됐다.

지수는 동혁이 너무 괘씸하고 미워서 미쳐 버릴 것만 같았다. 지수는 마음 같아서는 창문을 열고 값비싼 휴대전화를 도로에 내동댕이치고 싶기만 했다. 하지만 그 안에 저장된 수백 개의 전화번호까지 날릴 수가 없어 수전증 환자처럼 손을 마구 떨어 댈 뿐이었다. 지수는 갈아 마셔도 성이 안 찬다는 듯이 입술을 들썩들썩 움직였다.

"나쁜 자식! 인간 말종, 차동혁!"

뭐 이런 악연이 다 있을까 싶었다. 세상에 이렇게까지 잔인한 운명이 존재할까 싶었다. 동혁을 증오했다고 신이 이런 말도 안 되는 천벌을 내리신 걸까? 아니면 이기적인 몸매로 수많은 여자 들의 염장을 질러놨다고? 그것도 아니면 내가 무슨 죄를 졌다 구!

지수는 환장할 것 같아서 주먹으로 클랙슨을 미친 듯이 쳐댔 다.

빵! 빵! 빵! 빵!

소음에 가까운 소리에 사람들이 이맛살을 찌푸리며 비난의 눈초리를 던졌다. 하지만 지수는 눈에 뵈는 게 아무것도 없는 상태였다.

지수는 범진에게서 동혁이 과외를 그만두기를 원한다는 말을 전해 들었을 때가 생각났다. 그때 성우는 하늘이 무너져 내린 듯한 얼굴을 하고서 대성통곡을 했다. 뿐만 아니라 동혁한테 전화를 걸어 과외를 계속해 달라고 할 거라며 떼를 썼다. 동혁이 전화를 받지 않자 성우는 범진의 휴대전화를 가지고 문자까지 날렸다. 하지만 성우는 동혁에게서 아무런 답도 얻지 못했다.

그때부터 지수는 성우에게 들들 볶이기 시작했다. 동혁에게 연락을 해 그를 설득해 달라는 것이었다. 그래서 지수는 하는 수 없이 그에게 전화를 걸고 문자를 보냈다. 하지만 결과는 매 한가지였다. 그랬더니 성우가 동혁을 설득하지 못하면 절대 집에 보내줄 수 없다며 지수에게 협박까지 했다. 그래서 지수는 집에도 못 가고 며칠 더 성우네 집에서 묵어야만 했다.

지수는 말도 없이 가버리면 제까짓 게 어쩌겠냐 싶어서 몰래 짐을 챙겨 집으로 갔다. 그랬더니 성우가 범진을 졸라 지수의 집에까지 찾아와 또 생난리를 부렸다. 무슨 수를 써서라도 꼭 동혁을 설득해 보내주겠다는 약속까지 하고서야 성우를 집에서 내쫓을 수 있었다.

그래서 나중엔 집전화로 동혁에게 전화를 걸었던 것이다. 모르는 전화번호니 받을 수도 있겠다 싶어서. 예상대로 지수는 동혁과 통화를 할 수 있었다. 하지만 동혁은 그녀의 부탁을 냉정하게 거절을 했다. 게다가 속을 홀딱 뒤집어놓는 말투로 빈정거리기까지 했다. 그런 동혁이 하도 괘씸하고 미워서 지수는 욕을 퍼부어주었다. 그랬더니 동혁이 또다시 현기증이 일어날 만큼 속을 정신없이 뒤집어 놓고선 전화를 끊어버렸다.

지수는 동혁의 말대로 성우를 달래기로 했다. 또 집으로 찾아올 것 같아서 아예 범진의 집으로 찾아갔다. 달래는 도중에 성우가 하도 성질을 긁어대서 지수는 성우에게 진즉에 좋은 형 아니라고 했지 않느냐, 죽어도 좋아하지 말라고 했지 않느냐, 하고 소리를 지르며 다그쳤다. 그랬더니 성우 이 녀석이 이 모든 잘못은 고모한테 있다고 하면서 또 속을 뒤집어놓았다. 누가 그 스승의 그 제자 아니랄까 봐서!

또 성우 이 녀석이 한다는 말이 고모가 형을 예뻐해 줬으면 그런 일이 없을 거라고 했다. 우라질! 말이 되는 소리를 해야 할 것 아닌가! 그럼, 가끔씩 사이코 짓을 하는 동혁의 머리를 쓰다듬고 엉덩이까지 두들기며 아우, 예쁘기도 하지, 어쩜 이렇게 하는 짓이 깜찍하고 귀여워요? 이러기라도 했어야 한단 말인가! 그래서 지수는 성우에게 소리를 빽 질렀다. 그놈이 예쁜 짓을 해야 예뻐해 줄 거 아니냐고 말이다. 그랬더니 차동혁 광팬 대표주자 성우 녀석이 형은 노력을 했단다. 아니, 언제부터 속을 긁어대는 게 노력이란 뜻으로 쓰였단 말인가!

성우가 마지막에 한 말은 정말 충격적이었다. 형이 고모를 좋아해서 그런 거란다. 그 말에 지수는 순간 가슴이 떨리고 설레었다. 미칠 정도로 뛰는 가슴의 박동 때문에 손부채로 얼굴에 몰린 열기를 지워내야 했다.

동혁에게 혹시나 해서 물었던 말을 성우가 도청이라도 한 것처럼 정확히 알고 말했기 때문이다. 지수는 얼굴이 새빨개지기 전에 범진과 정연의 앞에서 성우에게 이 무슨 얼토당토않은 소리냐고 혼을 냈다.

더 놀라운 사실은 옆에서 듣고만 있던 범진이 성우한테 들은 말을 종합해 보면 그럴 확률이 높다고 했다. 성우가 범진에게 무슨 말을 했는지는 몰라도 지수는 심장이 요란하게 뛰어서 정신을 잃을 것만 같았다. 정연까지 무슨 말을 들었는지 덩달아 한 팀을 이루어서 지수를 몰아세웠다. 지수는 인사도 없이 집을 나와 버렸다.

하여간 차동혁이란 인간은 직접 또는 간접적으로 아는 사람들을 극으로 치닫게 하는 면이 있었다. 지수는 이 세상에 존재하는 차동혁 안티는 오직 자신뿐일 거라고 생각했다.

운전을 해서 집으로 되돌아가는 길에 지수는 우연히 포장마차에 있는 동혁과 꽃미녀 1304호를 발견했다. 순간 차를 세우고 그러면 그렇지 하는 자포자기 심정으로 동혁을 째려보았다.

좋아해? 좋아하기는, 개뿔!

그런 사람이 좋아하는 사람의 전화를 퉁명스럽게 받고 다른 여자와 포장마차에서 술잔을 기울이고 있단 말인가!

지수는 풀리지 않을 만큼 화가 났지만 성우를 위해서, 아니, 성우에게 들볶이는 게 싫은 자신을 위해서 마지막으로 한 번 더 동혁을 설득해 볼 작정으로 그에게 다가갔다. 그런데 거기에서 충격적인 비밀을 듣게 된 것이다.

그 비밀인즉슨 새롭게 등장한 공식 '남자=곰탱이=초등학교 친구=차동혁=나쁜 새끼=백만 가지 욕을 붙여줘도 시원찮을 놈’이란 것이었다. 지수는 살면서 한 남자에게 한 번도 아니고 두 번씩이나 농락을 당할 줄은 몰랐다. 기가 막혀서 뒤로 자빠질 것만 같았다. 짧았지만 동혁과 투덕거리며 함께 지낸 시간들이 파노라마처럼 뇌리를 스쳐 갔다. 늘 나쁘지도, 그렇다고 해서 늘 좋지만도 않았다. 하지만 지수는 그 많은 시간 동안 단 한 번도 위와 같은 공식이 성립되리라고는 생각지 못했다.

다시 차에 올라타 핸들을 움켜잡고 왼쪽으로 틀었을 때 지수는 심장에서 강한 통증이 느껴졌다. 눈시울이 화끈거렸다. 하지만 왜 아픈 건지, 왜 눈물이 나려 하는 건지 이해할 수가 없었다. 미쳤나 싶었다.

지수는 깊게 생각하지 않고 대충 원인과 결과를 분석하고 결론을 내렸다. 원인! 곰탱이가 철천지원수 차동혁이란 사실을 감쪽같이 속이고 자신을 농락했다. 결과! 당한 게 너무 분했다. 아프고 눈물이 날 만큼. 결론! 곰탱이 차동혁은 상종 못할 몹쓸 짐승이었다. 지수는 그곳을 떠나오기 전 일부러 동혁의 모습이 담긴 룸미러나 사이드미러를 보지 않으려고 앞만 보고 운전을 했던 것이 떠올랐다.

지수는 좀처럼 움직이지 않는 도로의 차 안이 답답하게만 느껴졌다. 차창 모두를 내리자 싸늘한 바람이 빠르게 몰려들어 왔다. 지수는 고개를 젖히고 지끈거리는 이마를 손으로 문지르며 눈을 감았다. 그때였다.

“한지수!”

어디선가 동혁의 목소리가 들려왔다. 지수는 이제 환청까지 들리나 싶어 미간을 좁히고 고개를 거칠게 흔들어댔다. 머릿속에서 그를 깨끗하게 비울 생각이었다. 하등 도움이 되지 않는 차동혁이라는 존재를 무시하지 않고서는 울분과 분노를 참지 못할 것 같았다.

"한지수!"

그래도 동혁의 목소리가 점점 가까워졌다. 지수는 또다시 정신과 치료를 받게 되나 싶어 짜증이 치밀었다. 신세 한탄을 하듯 지수는 원망하는 얼굴로 하늘을 올려다보며 깊은 한숨을 내쉬었다.

"한지수!"

지수는 인내심의 한계가 느껴졌다. 눈을 번쩍 뜨고선 이를 바득바득 갈아댔다.

"나쁜 새끼, 진짜 한 번만 더 괴롭히면 내가 전 재산을 털어서라도 청부살인을 하고 만다!"

그때였다.

"한지수! 헉헉!"

갑자기 동혁이 조수석 차창 밖에서 불쑥 나타났다. 전력질주를 한 사람처럼 거칠게 숨을 내뱉으며.

"엄마야, 깜짝이야!"

지수는 죽을 만큼 놀라며 눈을 휘둥그렇게 뜨고 외쳤다. 미처 막을 새도 없이 동혁이 벌컥 차 문을 열고 조수석에 들어와 앉

았다. 충격과 놀라움, 분노의 연속에 지수는 동혁을 향해 소리
쳤다.

"뭐야, 너!"

"나야 나, 차동혁!"

"누가 네 이름 물었어. 왜 여기에 있는지를 물은 거지."

동혁이 동갑내기 철천지원수라는 사실을 안 이상 지수는 꼬
박꼬박 존댓말을 하고 최소한의 대우를 할 생각은 없었다. 독하
다는 소리를 들을 정도로 지수는 눈꼬리를 한껏 찢으며 동혁을
야멸치게 노려보았다.

"아주 중요한 사실을 이제야 알게 됐다는 걸 말해주려고."

진정이 되지 않았는지 동혁이 여전히 숨을 헐떡거렸다. 지수
는 얼굴에 닿는 동혁의 거친 숨소리, 뜨거운 숨결에 아이러니하
게도 야릇한 흥분이 일고 말았다. 정말이지 차동혁이라는 인간
이 하는 짓은 다 마음에 들지 않았다. 그리고 왜 하필이면 이 남
자가 차동혁이란 말인가! 아우! 지수는 그 사실이 너무 못마땅
했다. 차동혁이란 인간한테 가슴이 설레고, 심장이 춤을 추고,
성적 흥분을 하게 될 줄은 미처 몰랐기 때문이다. 지수는 믿을
수도, 인정할 수도 없는 그 사실 때문에 목소리가 날카로워졌
다.

"그게 뭔데!"

"네가 성우 엄마가 아니라는 사실."

엉뚱엉뚱 온통 엉뚱한 점뿐인 동혁이 또다시 헛소리, 개소리,

속 터지고 문드러지는 소리를 해왔다. 차동혁은 지구에 소풍 온 엉뚱별의 외계인이 틀림없었다. 그 별에서도 복장 터지는 소리만 지껄이다가 강제 추방당한 아웃사이더일 게 뻔했다.

"난 진짜 네가 성우 엄마인 줄 알았다니까."

할 말은 아니지만 지수는 이런 놈을 낳아 고이고이 기르신 동혁의 부모님이 너무 불쌍했다. 뼈 빠지게 몸 고생, 마음고생을 해가며 인간이 먼저 되라고 가르친 그의 은사님들이 가여웠다. 번드르르한 겉모습에 속아 하라는 공부는 안 하고 학 접고, 별 접어 동혁에게 갖다 바쳤던 여자 아이들이 안쓰러워 눈물이 다 날 지경이었다. 지수는 버럭 소리를 질러대기 시작했다.

"단세포보다 못한 놈!"

붙여줄 호칭이 어디 그것만 있겠는가. 그 리스트를 작성하려면 아마 무덤에 들어앉을 때까지 해도 시간이 모자랄 판이었다.

"뭐라고 불러도 좋다! 중요한 건 네가 성우 엄마가 아니라는 사실이니까!"

동혁이 환한 얼굴을 하며 갑자기 핸들을 잡고 있는 그녀를 와락 포옹을 해왔다. 지수는 동혁의 품에서 빠져나오려고 버둥거렸다. 하지만 헛수고일 뿐이었다. 지수는 도저히 엉뚱별의 무지막지한 아웃사이더를 이겨낼 재간이 없었다. 천하장사 같은 힘, 세계 제일의 엉뚱함과 말발! 지수는 위협을 하듯 낮은 목소리로 뇌까렸다.

"좋은 말 할 때 놔라. 죽고 싶지 않으면."

"한지수, 넌 아마 죽었다 깨어나도 모를 거다. 내가 지금 어떤 기분인지."

동혁이 헤죽헤죽, 싱글벙글, 방긋방긋, 실실 미친놈처럼 웃어 댔다. 동혁이 그러면 그럴수록 지수는 입 안에 소태를 문 것 같아 얼굴을 일그러뜨렸다. 충격을 받아 아직까지도 패닉 상태에서 벗어날 수가 없는데 차동혁 저놈은 뭐가 좋다고 저렇게 연신 웃는 건지, 그 모습을 바라보는 지수는 속이 터지고 문드러질 지경이었다.

"술 먹은 개라더니. 야, 이거 정말 못 놔!"

온몸을 제압당한 상태에서 그나마 자유로운 건 머리뿐이었다. 지수는 예전처럼 머리를 날려 동혁의 면상을 콱 들이받았다. 뻑, 하는 소리와 함께 동혁의 외마디 비명이 울려 퍼졌다.

"악!"

동혁이 손으로 얼굴을 감싸며 물러나자 지수는 연타로 꽉 움켜쥔 주먹을 날리려 했다. 뒤에서 길을 재촉하는 클랙슨 소리만 아니었더라면 지수는 아마 살인범이란 타이틀을 달고 수갑을 찰 때까지 동혁을 두들겨 팼을 것이다. 지수는 씩씩거리며 마지못해 다시 운전을 해나갔다. 동혁이 사이드미러에 얼굴을 가까이 들이대고 코를 만지작거리며 불만을 토로했다.

"야, 코뼈 내려앉는 줄 알았다."

"얼꽝을 만들어놓으려다가 그나마 봐준 거야. 운 좋은 줄 알아!"

"그런데 너 지금 어디 가는 거냐?"

"알아서 뭐 하게!"

지수는 있는 대로 화가 치밀어서 절대 고운 목소리를 낼 수가 없었다.

"아는 게 힘이라잖냐?"

못마땅해서 안면근육을 씰룩거리며 지수는 차선을 변경했다. 끼익 하는 소리가 날 정도로 차를 길가에 급정거시켰다. 그리고 매정하게, 싸늘하게 외쳤다.

"내려!"

"여기서?"

"그래, 여기서 당장 내려!"

"싫다. 너 만나려고 속눈썹을 휘날리며, 신발에서 고무 타는 냄새 나게 뛰어왔는데! 절대 그럴 수 없다."

"죽고 싶냐?"

지수는 위협조로 외치며 두 손으로 동혁의 멱살을 확 잡아당겼다. 박치기왕이었던 프로레슬러 김일의 영혼이 옮겨 붙은 것처럼 지수는 자꾸 박치기를 해대고 싶은 욕망이 들끓었다. 동혁이 한 번만 더 말도 안 되는 소리를 지껄이면 지수는 그가 영영 깨어나지 못하게 만들어줄 생각이었다.

"네가 김남일이냐?"

"뭐?"

또 환장어록(헛소리, 개소리, 속 터지고 문드러지는 소리) 3종 세트를 선보일 모양이었다.

"월드컵에서 송종국이 미국선수 때문에 다쳤을 때 김남일이 미국선수 때리면서 그랬단다, 죽고 싶냐? 라고. 지인짜 멋있지 않냐?"

"차아도옹혀역, 시답지 않은 소리 그만 지껄이고 좋게 말할 때 얼른 내려라."

기대를 저버리지 않는 차동혁에게 지수는 이를 빠득빠득 갈고 쏘아붙인 후에 떠밀었다. 지수는 동혁과 더 이상 얼굴을 마주하고 싶지 않았다. 싸우고 싶지도 않았다. 아무 생각도 할 수 없게 만든 동혁에게 휘두르고 싶지 않았다.

"싫다는데 억지로 권하고, 강제로 시키는 거 그거 안 좋은 버릇이다."

울화통이 터질 것 같아 지수는 주먹으로 자신의 가슴을 퍽퍽 쳐댔다. 옆에서 그 모습을 바라보던 동혁이 그녀의 손목을 잡아챘다.

"가슴 또 터지고 찢어지면 어쩌려고, 그러지 마라."

병 주고 약 준다는 말은 이럴 때 쓰는 말이리라. 지수는 경고를 하듯 낮은 소리로 으르렁거렸다.

"놔라."

"한지수, 진짜 내가 하고 싶은 말은……."

동혁이 진지하게 말하는 통에 잠시 지수는 입을 다물 수밖에 없었다. 지수는 동혁을 가만히 쳐다보았다. 심장이 주인을 배반

하듯 동혁의 눈길에 속절없이 꿈틀거렸다.

"그동안 본의 아니게 오해를 하고 속여서 미안하다는 거다. 미안하다, 날 용서해라."

언제 어떻게 변할지 모르지만, 말투로 봐서는 진심이 담긴 사과 같았다. 하지만 지수는 좀 더 구체적인 설명이 필요했다.

"속인 건 그렇다 치고 도대체 뭘 오해했다는 건데?"

"아까도 말했지만, 난 진짜 네가 성우 엄마인 줄 알았다니까."

좀 달라졌나 하고 기대를 걸었다가 지수는 뒷골을 잡고 쓰러질 뻔했다. 더 이상 올라갈 곳이 없다고 삑삑 소리를 내는 혈압에 지수는 두 손을 쫙 펴들고 하늘을 우러러보고 탄식을 했다. 대체 왜 자꾸만 동혁이 성우 엄마라는 소리를 하는지 이유를 알 수가 없었다. 멀쩡한 처녀를 아줌마로 부르는 것도 모자라, 이제는 아예 아줌마로 만들더니 또 그게 아니어서 다행이라고 한다. 지수는 동혁을 차 밖으로 내던져 버리고 싶은 충동에 휩싸였다.

"우우, 미쳐! 내가 정말 너 때문에 미친다!"

"미치지는 마라. 그것까진 내가 어떻게 할 수가 없다."

"차동혁!"

지수는 급기야 감정을 폭발시키고 고래고래 소리를 질렀다. 광녀가 되어 차를 들고 뛸 수도 있을 정도로 감정이 격해졌다.

"귀청 떨어지겠다. 살살 해라."

"내려."

"입 안 아프냐? 왜 자꾸 같은 소리만 하냐? 진정하고 내 말 좀 끝까지 들어봐라. 성우가 나한테 널 엄마라고 소개했었다."

"성우가 미치기라도 했다는 거야?"

그러지 않고서야 고모를 엄마라고 했을 리가 없지 않은가. 어디 끌어다 댈 핑계가 없어서 성우를 끌어다대는가. 동혁이라면 자다가도 일어날 정도로 좋아하는 광팬이자, 사부라는 말까지 서슴지 않는 어리고 순진한 조카 성우를. 지수는 동혁을 집요하게 바라보았다. 거짓의 흔적을 찾아내기 위해.

"처음에 애들이 엄마 없는 애라고 놀리니까 얼떨결에 거짓말을 한 모양이다."

"그럼, 넌 이때까지 걔 말만 믿고 날 성우 엄마로 생각했던 거란 말이야?"

"그래."

"어이없어."

지수는 헛웃음을 쳤다.

"나도 지금 너무 어이가 없다."

"성우도 너도 둘 다 어이없단 말이야!"

미치고 팔짝팔짝 뛸 것 같아서 지수는 소리를 꽥 질러댔다.

"난 사람 말 믿은 죄밖에 없다."

동혁이 억울함을 호소했다. 하지만 지수는 그런 동혁이 전혀 불쌍하지 않았다. 머리 나쁜 게 죄였기 때문이다. 어떻게 이때까지 모든 게 딱딱 맞아떨어질 수가 있었단 말인가. 한 번이라도 물어보지 않았던 동혁이 한심하게만 느껴졌다.

"순진하게 믿은 게 잘못이라면, 그래! 내가 잘못했다. 널 속인 것도 잘못했다. 하지만 너한테 상처 줄 생각은 절대 없었다."

"상처 줄 생각이 없었다고? 넌 날 속였어! 한 번도 아니고 두 번씩이나 날 가지고 농락했단 말이야!"

"농락? 내가 널 농락했다구? 야, 한지수! 하늘이 두 쪽 나도 용서할 수 없다고 하는데 어떤 미친놈이 맞아죽으려고 자진신고를 하겠냐? 널 다시 만나서 너무 좋은데, 네 곁에 있고 싶은데, 널 사랑하게 됐는데 그 상황에서 내가 나야 나, 내가 그 빌어먹을 차동혁이라고! 이럴 수 있겠냐구! 너라면 그럴 수 있겠어? 어!"

사랑이란다. 하지만 지수는 절대 인정할 수가 없었다. 순간을 모면하기 위해 들먹이는 사랑 따위는 절대 인정할 수가 없었다. 지수는 미친 듯이 고함을 지르며 동혁을 향해 삿대질을 했다.

"적반하장도 유분수지 뭘 잘했다고 되레 큰소리야! 그리고 뭐? 사랑? 이건 또 무슨 개수작인데!"

"개수작이 아니라 내 진심이다. 널 사랑한다, 한지수."

진심이란다. 젠장! 지수는 저놈의 뱃속을 가르고 그 진심이라는 것과 대면을 했으면 소원이 없겠다 싶었다. 지수는 완전히 돌 것 같은 심정에 두 눈을 감았다. 이제는 어떤 소리도 귀에 들어오지 않았다.

"차동혁."

지수는 마음을 가라앉히려고 노력하며 한껏 낮은 톤으로 조용히 불렀다. 그리고 차분하게 계속 말을 이어나갔다.

"부탁이다. 넌 이러는 게 재미있나 본데 난 아니다. 아프고 힘들다. 그러니 제발 좀 그만 해라."

아닌 게 아니라 진짜 진이 빠지기 시작했다. 지수는 말싸움도 지겹고 이상한 뇌 구조를 가진 차동혁을 이해하고 분석하는 일도 너무 힘들었다.

"바보."

"그래, 나 바보다. 만날 너한테 당하기만 하는 바보다. 됐냐?"

자포자기를 한 사람처럼, 될 대로 되라는 식으로 지수는 자조적인 말을 내뱉었다.

"한지수, 아직도 안 보이냐?"

"그래, 안 보인다. 난 눈뜬장님이라서 아무것도 안 보인다. 됐냐?"

지수는 여전히 시큰둥한 말투로 말했다.

"그럼, 느낄 수 있게라도 해줄게."

지수가 말뜻을 이해하기도 전에 동혁이 그녀를 확 껴안으며 뜨거운 입맞춤을 해왔다. 방심은 금물인 것을! 지수는 열렬한 키스에 심한 어지러움과 혼란을 느꼈다. 너무 놀라 저항하는 것조차 망각한 상태였다. 머릿속 어디에선가 경고의 종소리가 딸랑딸랑 정신없이 울려댔다. 하지만 정열적인 키스에 정신이 점

점 몽롱해져 갈 뿐이었다. 지수는 영혼까지 다 빼앗기는 느낌을
받았다.

"느껴지냐?"

입술이 떨어져나가고 동혁의 거친 호흡이 섞인 말소리가 들
리자 지수는 그제야 마법에서 풀려난 것처럼 정신을 가다듬을
수 있었다. 지수는 창백한 얼굴로 몸을 떨면서 동혁을 멍하니
바라보았다. 지수는 입술이 욱신거렸다. 감전당한 사람처럼 온
몸이 찌릿찌릿했다. 너무나 혼란스러워서 어떤 말도 할 수가 없
는 상황이었다.

"너도 나 못지않게 되게 둔한 것 같다. 286컴퓨터보다 느리
고 둔해. 느리다 못해 감당이 안 되니까 다운까지 되잖아."

조롱하는 동혁의 말에 지수는 다시 눈빛이 뾰족해졌다. 하지
만 동혁은 대꾸할 여유도 주지 않고 계속 말을 이어나갔다.

"한지수, 그래도 난 네가 좋다."

칭찬을 하는 건지, 욕을 하는 건지! 지수는 당최 어느 장단에
맞춰 춤을 춰야 하는 건지 알 수가 없었다. 동혁이 입을 귀에 걸
고 철없이 히죽거렸다. 지수는 입술을 깨물고 그런 동혁을 노려
보았다.

"차동혁, 그러니까 지금 네가 이러는 게 다 내가 좋아서라구?
날 사랑해서라구?"

"이제야 좀 알 것 같냐?"

지수는 진정을 하기 위해 숨을 크게 내쉬고는 다시 입을 열

었다.

"그래, 특이한 인간의 특이한 사랑 방식이라 해두자. 이해해 보려고 애를 써도 이해할 순 없을 테니까. 그런데 왜? 왜 내가 좋은데?"

"이유가 필요하냐?"

"그래."

"필요하다니 설명은 해주겠는데, 그냥 자연스러운 일로 생각하면 안 되겠냐? 바람이 불고 꽃이 피는 것처럼 말이야."

"그런 말이 설득력이 있다고 생각하니? 마음 바뀌면 넌 나중에 그것도 자연스러운 일이라고 하겠구나?"

"어허, 얘가, 얘가! 사람 마음을 몰라도 너무 몰라주네. 한지수, 내가 이래 보여도 지조, 의리 이런 거 빼면 시체이고 늘 푸른 소나무 같다는 소리를 듣는 사람이야!"

동혁이 억울하다는 듯이 펄쩍 뛰었다. 하지만 지수는 점점 의심이 그득해져 버렸다.

"한지수, 콩닥콩닥 뛰는 내 심장을 느껴봐라. 이래도 못 믿겠냐?"

동혁이 지수의 손을 잡아끌어다가 그의 탄탄한 가슴에 가져다 댔다. 하지만 지수는 여전히 한심하게 여겨질 뿐이었다.

"너 신체결함 있니?"

"어허, 신체결함이라니! 군대까지 잘 갔다 온 사람한테!"

"요즘 군대에선 심장이 오른쪽에 있는 사람도 받아주나 보지?"

그제야 손을 오른쪽 가슴에 가져다댄 사실을 깨닫고 동혁이 멋쩍은 웃음을 흘렸다.

"하여간 대충 넘어가는 법이 없어."

지수는 동혁의 손에서 손을 확 빼냈다.

"그래, 난 대충대충, 얼렁뚱땅 사는 사람 딱 질색인 사람이야. 차동혁 너, 나 좋아한다고 했지? 나 사랑한다고 했지?"

"그래."

"그래서?"

"그래서라니?"

"그래서 어쩔 거냐구?"

동혁은 전혀 말뜻을 이해하지 못한 채 그저 눈만 끔뻑거렸다. 답답한 지수는 동혁을 한 번 흘겨본 후, 뒷말을 이어나갔다.

"그 감정을 어떤 식으로 해결하고 싶은 건데? 연애? 결혼? 그게 아니면 뭐?"

"우선 연애…… 그러다 결혼도 할 수 있지 않을까?"

"말처럼 쉬울 것 같아? 게다가 난 널 절대 용서할 생각이 없는데?"

"어려울 건 또 뭐냐? 좋아하고 사랑하는데. 네가 그 절대라는 단어만 빼고 용서만 해주면 가능하지 않을까? 짧은 인생 서로 사랑하면서 살자."

어쩌면 이토록 단순할 수 있을까. 짧은 인생 사랑하며 살자는 말에 지수는 기가 막혀 웃음이 튀어나왔다.

"넌 참 좋겠다. 문제 해결도 쉽고 인생도 쉽고 사랑도 쉽고 모든 게 다 쉬워서."

"머리 굴리고 살아봤자 대가리만 쥐나고 아프더라."

"굴려본 적은 있니? 대가리 빠개지게 네 인생, 다른 사람 인생에 대해 심각하게 고민해 본 적은 있냐구?"

"애가 사람을 뭐로 보고! 야, 나도 고민 많이 하면서 살아. 이 주름 보이냐? 청년실업문제로 인해 생긴 주름이다. 이 주름은 북핵문제, 이 주름은 저출산 고령화문제 등등, 내가 얼마나 진지하고 속이 깊은 사람인데."

말 같지도 않은 말에 지수는 콧방귀가 절로 요란하게 뀌어졌다. 그런 거대한 이상은 아니더라도 동혁이 한지수라는 여자를 놓고 진지한 고민을 한 적이 있을까 하는 의심이 들었다. 동혁의 가벼운 말투와 행동을 되짚어보면 신뢰는커녕 농락당한 기분만 들 뿐이었다.

"오호, 그러셔? 철딱서니 분실하고 된장인지 똥인지 분간 못하고 사는 네가?"

"너는 왜 사람 마음을 찌르고 찢고 헤집고 그러냐?"

"네가 그랬거든. 네가 내 마음, 꿰맬 수도 없을 만큼 너덜거리게 만들었다구!"

지수는 얼룩진 과거가 회상돼 목소리를 점점 높였다.

"그래서 미안하다고 하지 않냐. 진짜 미안하다. 하늘만큼 땅만큼 미안하다. 내가 철딱서니가 조금만 있어도 그러지 않았을 거다. 좋아하는 마음을 제대로 표현하지 못하고 너 많이 힘들게 한 거 얼마나 후회했는지 모른다. 정말 딱 죽고만 싶은 심정이었다구. 어떻게 해야 내 말을 믿어줄래?"

지수는 여전히 원망의 눈길로 동혁을 조용히 바라보다가 입을 뗐다.

"아니, 넌 진심이라곤 눈곱만치도 없는 인간이야. 건성이고, 깊게 생각하고 행동하는 법이 없는 망나니라구. 어쩜 너는 세월이 지나도 변한 게 하나도 없니?"

확신하듯 단정 짓는 지수의 말에 동혁이 화들짝 놀라며 눈을 휘둥그렇게 떴다.

"야, 너 진짜 우리 어머니 만난 적 없냐? 어쩜 토씨 하나 안 틀리고 똑같이 읊어대냐? 넌 나에 대해 모르는 게 너무 없는 것 같다."

지수는 한심해서 혀를 세차게 차대며 인상을 찡그렸다.

"쯧쯧, 안 봐도 훤하다, 훤해. 얼마나 그 속이 터지고 문드러지셨을까?"

"그건 내가 생각해도 참 유감스러운 일이다. 잘해 드리고 싶은데 그게 맘처럼 쉽지가 않네."

"쯧쯧, 철딱서니 1%도 없는 놈. 넌 진짜 덩치만 컸지 하는 짓은 영락없는 애다, 애! 좋아, 어찌 됐든 간에 다 좋다구. 내가 지금 하려던 말은 그게 아니니깐. 좋아하고 사랑하는 감정, 그냥 혼자 마음에 품을 수 있어. 그거 가지고 뭐라고 하진 않아. 하지만 난 널 사랑해, 널 행복하게 만들어줄게, 하는 식으로 공수표 남발하는 남자한테 내 인생 전부를 걸 순 없어. 난 눈에 보이는 것만 믿고 필요한 사람이야. 더 자세하게 설명하자면, 풍요로운 삶을 보장해 줄 만한 타이틀이 새겨진 명함, 재산세영수증, 이런 게 없으면 연애도 결혼도 불가능한 여자라구. 내 말 무슨 말인지 알아듣겠어?"

직설화법에 놀란 동혁이 할 말을 잃고 그저 황당한 표정만 지어 보였다. 무서우리만치 당당하고 화끈하게 자신의 의사를 밝히는 그녀에게 기가 질린 모양이었다.

"그런 면에서 넌 전혀 준비가 되어 있지 않아. 게다가 넌 나한테 철천지원수나 다름없는 녀석이야. 그건 너도 인정하겠지? 보통의 노력 가지고선 내 마음 절대 얻지 못할 거야. 만회할 시간을 주겠어."

지수는 가방에서 메모지와 펜을 꺼내 뭔가를 열심히 적어 동혁에게 건넸다.

"받아. 우리 집 주소야. 나도 나 좋다는 사람 싫지는 않아. 하지만 선택과 거절의 기준은 분명히 있어. 나하고 연애하고 싶고, 결혼하고 싶으면 내가 필요로 하는 걸 눈으로 확인시켜 줘. 그럼, 이만 내려줄래?"

동혁이 뭔가에 홀린 사람처럼 앉아 있다가 그녀의 명령에 따랐다. 문이 닫히자 지수는 미련없이 차를 움직여 그 자리를 떠나 버렸다. 룸미러 안에 비친 동혁의 모습이 급속도로 작아졌다. 동혁은 메모지를 든 채 여전히 멍한 모습으로 서 있었다.

"뭐? 내가 좋아서라구? 사랑해서라구? 웃기고 있네! 벌써 나한테 걸린 여자만 해도 둘이나 되면서. 바람둥이 같은 놈! 대책 없는 놈!"

지수는 예전에 식빵을 공이 되게 만들었던 여자, 꽃미녀 1304호가 떠올라 신경질적으로 외쳤다. 지수가 이날 이때까지 좋다고 쫓아다니는 남자 하나 없이 살아온 건 아니었다. 오히려 모델이란 직업 때문에 달라붙는 남자들이 많았던 게 사실이었다.

하지만 그들 중 진정한 사랑을 느끼게 해준 남자는 단 한 명도 없었다. 어떻게든 구워삶아 하룻밤 품어보고 싶은 목적으로 접근하는 남자들이 대부분이었다. 그러한 남자들에게 상처를 입은 친구들을 여럿 보았기 때문에 지수는 동혁에게 한 것처럼 일부러 까탈을 부려서 남자들의 속마음을 시험하곤 했다.

물론 그러한 시험을 달가워하는 남자들은 없었다. 백이면 백 연락을 끊고 손쉽게 얻을 수 있는 대상을 찾아 떠나갔다. 늘 결과는 씁쓸하고 참담했지만 지수는 진정한 사랑을 얻기 위해선 그럴 수밖에 없었다.

"그런데 왜 이렇게 가슴이 쿵쿵 뛰고 자꾸 신경이 쓰이는 거야? 이건 분명히 마음을 빼앗겼다는 증거인데."

믿을 수 없는 사실 앞에서 지수는 경악을 금할 수 없게 됐다.

"세상에서 가장 싫어하는 세 가지 중 하나인 차동혁한테? 내가? 말도 안 돼, 말도 안 돼. 미쳤어, 미쳤어!"

지수는 부정을 하듯 고개를 휘휘 저었다.

동혁과는 처음부터 서로 으르렁거리며 싸운 기억밖에 나질 않았다. 물론 오늘까지 세 번 키스한 일을 무시할 수는 없을 것이다. 하지만 모두 감정의 교류가 없는 일방적인 키스였을 뿐이었다. 마조히즘이 아니고서야 어떻게 못살게 구는 인간한테 마음을 빼앗길 수 있단 말인가. 지수는 도무지 이해가 가질 않았다. 게다가 상대는 예전의 곰탱이가 아니라 차동혁이란 말이다.

"한지수, 그런데 너 왜 이렇게 안절부절못하는 거야?"

서로 다투면서 미운 정 고운 정이 퇴적되는 것과 소리없이 오래 내려 땅 속 깊은 곳까지 흠뻑 젖게 만드는 보슬비가 더 무섭고 위력적이란 생각이 들었다. 정확한 시점을 알 수는 없었다. 하지만 분명한 건 절대 그냥 묵과할 수 없는 감정이 생성됐다는 사실이었다. 지수는 혼란스러웠다.

"그래도 그렇지 한지수 너, 어떻게 곰탱이가 차동혁이란 걸 알면서도 마음을 빼앗길 수 있는 거야? 미치지 않고서야 어떻게 그럴 수가 있냐구!"

아랫입술을 꽉 깨문 채로 눈살까지 심하게 찌푸린 지수는 액셀러레이터를 밟아 속도를 높였다. 차동혁과 인정할 수 없는 감정으로부터 달아나고 싶은 심정을 반영하기라도 하듯.

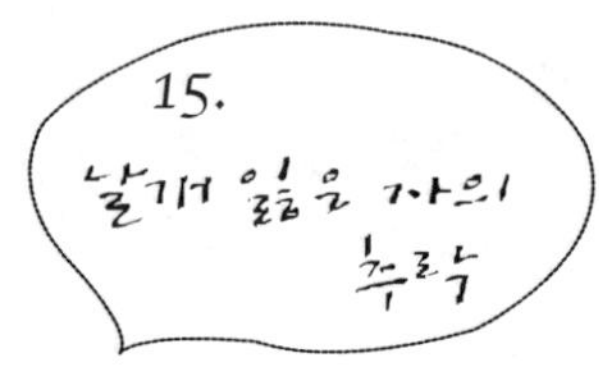

동혁은 지수가 모친을 닮은 구석이 한두 가지가 아니라는 생각은 했어도 이렇게까지 똑같은 줄은 미처 몰랐다. 사춘기 시절, 빨리 연애해서 결혼하고 싶다는 소망을 내비쳤을 때 모친도 지수와 비슷한 소리를 읊어댄 적이 있었다.

"철없는 놈, 연애하고 결혼하는 일이 말처럼 쉬운 줄 알아? 사랑 타령만 하면 다 되는 줄 아느냐구? 번듯한 직장명, 직명 새겨진 명함, 문패 하나 없는 놈한테 어떤 여자가 인생을 걸어? 지지리 고생하려구? 정신 차려라! 이놈아!"

동혁은 한숨이 터져 나왔다. 얼굴에 짙은 그늘이 드리워졌다. 오해를 해결하기 위해 진심을 다해 용서를 빌면 될 줄 알았다.

그런 다음엔 지수와의 만남이 핑크빛 같을 줄 알았는데, 착각이었다. 혼자만의 환상이었다. 지수가 어려운 숙제를 내주고 가버렸다. 하지만 그것은 지금으로는 감당하기 힘든 숙제였다.

풍요로운 삶을 보장해 줄 만한 타이틀이 새겨진 명함!

동혁은 지금 당장이라도 명함 만드는 곳을 찾아가 퍼스널 트레이너라는 근사한 직함을 박아 금장테두리를 해서 줄 수는 있었다. 하지만 그 명함이 풍요로운 삶을 보장할 수는 없었다.

재산세영수증!

동혁은 이것 또한 지금 당장이라도 지방 촌구석 지하단칸방을 모기지론으로 구입해 발급받을 수 있었다. 하지만 그것을 지수에게 제출한 순간, 얻어터져 대출금 한 번 갚지 못하고 저 세상으로 가는 급행열차를 탈 수도 있는 일이었다. 그리고 그전에 먼저 지금 장난하는 거냐고 지수가 소리를 질러댈 것이 분명했다.

동혁은 그때부터 비로소 욕심이 생겼다. 뭔가를 소유하고 싶은 욕심, 잘해내고 싶은 욕심, 분실한 철딱서니도 되찾고 열심히 살고 싶은 욕심이. 동혁은 굳은 결심을 하기에 이르렀다. 능력있는 남자로, 장한 아들로 거듭나기 위해 노력할 것을 말이다.

동혁은 거실 소파에 앉아 계산기를 두들겨가며 가계부 정리를 하고 있는 모친을 맞은편 소파에 앉아 뚫어지게 쳐다보았다. 돈 되는 부동산 고르는 안목이 탁월한 모친은 부동산에서 짭짤

한 성과를 얻어 오늘날의 부를 축적했다. 하지만 모친의 재산이 얼마나 되는지 정확히 아는 사람은 식구들 중 아무도 없었다.

"왜?"

아무 말도 안 했는데 모친이 시선을 느끼고선 그렇게 물었다.

"요즘 아파트 얼마나 해요?"

동혁은 목표를 정해놔야 더 열심히 뛸 수 있을 것 같아 그렇게 물었다. 앞으로 열심히 노력해서 지수에게 차동혁이란 남자가 얼마나 괜찮은 남자인지, 속이 꽉 차고 알토란 같은 남자인지, 인생 자체가 황금알 같은 남자인지를 보여줄 결심을 하며.

요즘 같이만 잘나가면 몇 년 안에 내 집 마련도 할 수 있고 일등 신랑감도 될 수 있을 텐데.

동혁은 아주 거대한 꿈의 풍선을 잡고 하늘로 둥둥 떠오르기 시작했다.

"내가 부동산 중개인이냐? 그걸 왜 나한테 물어?"

"어머니, 저보다 부동산 더 사랑하시잖아요."

"그거야 그렇지. 너한테 투자한 것보다 시세차익을 많이 남겨 주니까."

"얼마나 가져야 이 근처 아파트 살 수 있어요? 방 세 개짜리로."

"팔억."

순간 모친이 무시무시한 바늘로 풍선을 뺑 하고 터뜨려 버렸다. 동혁은 사발만큼 큰 눈을 하고 땅 아래로 뚝 떨어지고 말았다. 전치 4주 정도의 진단 결과가 나올 것 같았다. 쉽게 생각했던 일들이 일시에 나락으로 떨어졌다.

"네에에? 파, 파, 팔억이요? 아니, 오십 평, 칠십 평 이런 아파트 말구요."

"평당 사천만 원씩 계산해 봐. 얼마인가?"

놀라게 할 생각으로 한 말이 아니었나 보다. 그래서 동혁은 더 크게 놀라고 말았다.

"진짜예요? 아니, 아파트를 금으로 만들었대요? 왜 그렇게 비싸요? 그럼 오십 평짜리는…… 헉! 이십억! 미친 거 아니에요?"

"네놈처럼 살면 죽을 때까지 강남 아파트는 절대 못 산다고 생각하면 돼."

틀린 말이 아니었다. 동혁은 평생 번 돈을 고스란히 쥐고 있어도 절대 그만한 돈은 만들지 못할 것 같았다. 충격을 받아 심장이 벌렁거리는 아들은 안중에도 없는지 모친은 여전히 계산기만 열심히 두들겼다.

"우씨, 집은 남자가 마련해야 한다고 하던데 결혼도 못하겠네."

"분수에 맞춰 갈 생각을 해야지 결혼을 왜 포기해? 미련한 놈!"

"내 분수대로 살려면……."

곰곰이 생각을 하려던 찰나, 모친이 매정하게 말을 싹둑 잘랐다.

"지하 단칸방."

너무한다 싶어 눈을 흘기는데, 모친이 말을 덧붙였다.

"그것도 지방."

진짜 너무한다 싶어 인상까지 팍 쓰는데, 모친은 거기에다 한 마디를 더 보탰다.

"촌구석."

하여간 해도 해도 너무한 모친이었다. 빨랫방망이로 옷에 구멍이 날 정도로 팍팍 두들기는 것처럼 아들의 자존심도 거침없이, 남김없이 날려 버렸다. 그리고 겨우 추스른 용기마저도 더 이상 솟아나지 못하도록 질근질근 밟아버렸다.

"정말 해도 해도 너무하시는 거 아니에요? 꼭 그렇게 기를 죽이셔야 해요?"

동혁은 뚱한 표정으로 볼멘소리를 해댔다.

"현실이야, 현실."

"어머니."

동혁은 서운한 마음을 털고 소파에서 내려와 모친 앞에서 무릎을 꿇고 진지한 자세를 취했다. 태도가 달라졌음에도 모친의 표정엔 여전히 변화가 없었다.

"왜?"

"저한테 투자 좀 하세요. 헬스클럽이라도 열게 청담동에 있는 상가 한 층만 빌려주세요. 네?"

동혁은 체육과외에 헬스클럽까지 겸하면 더 빠른 시일 안에 지수를 얻을 수 있을 것 같단 생각이 들었다. 지수 생각에 동혁은 더 애달파 하는 표정을 짓게 되었다.

"차라리 연을 끊자."

모친은 더 들어볼 가치도 없는 얘기라는 듯 일언지하에 잘라 말했다. 동혁은 얼굴을 찌그러뜨렸다. 하지만 동혁은 마음을 고쳐먹고 진심을 다해 말하기로 했다. 지금까지 모친에게 보여온 모습에서 탈피를 하고, 모친에게 믿음을 주고 확신을 주기 위해 노력을 하기로 말이다. 그동안 그저 심각한 상황을 피하기 위해 설렁설렁 농담으로 자괴감을 숨기고, 혹시라도 걱정을 끼칠까 싶어 가볍게 굴었던 것처럼 하면 절대 안 되는 상황이었다.

"돈 벌어서 갚을게요. 네? 저도 사람답게 살고 싶어서 그래요."

"차라리 기부를 하라고 해라."

기부라는 말에 솔깃해졌다. 다시 동혁은 해처럼 환한 얼굴을 했다. 희망이 보이기 시작했다.

"그럼 기부 좀 하세요."

"싫다."

검은 먹구름이 희망의 해를 꿀꺽 삼켜 버렸다. 동혁은 다시 눈앞이 캄캄해졌다. 어쩐지 너무 쉽다 싶었다. 동혁은 모친의 발에 차여 내동댕이쳐진 축구공의 심정이 되었다.

"왜요?"

"난, 사지 멀쩡한 놈한테 절대 기부 같은 거 안 한다."

차라리 말을 꺼내지 말지, 왜 사람을 놀린단 말인가? 섭섭하고 원망스러워 동혁은 모친에게 눈을 흘겼다.

"어머니."

"왜?"

"어느 다리였어요?"

"양다리면 어쩔 거고, 넓적다리면 어쩔 건데? 지금에 와서 친모라도 찾겠단 거냐?"

무슨 말을 못하게 했다. 미리 질문을 예상이라도 했다는 듯 반응이 즉각 돌아왔다. 어쩜 저렇게 요지부동일까 싶을 정도로 모친은 끝까지 감정의 변화가 없었다. 동혁은 서운함에 입술을 앞으로 돌출시키고 뚱한 표정을 지었다. 모친 앞에선 진지해지려야 진지해질 수가 없다는 사실을 깨달은 것이다.

"한번 그래 보려구요."

"나 하나 괴롭히는 걸로 부족해서 이젠 친모까지 찾아내서 괴롭히려구? 아서라, 더 이상 잔혹한 가족사 만들어내지 마라. 너 아니더라도 세상은 충분히 어둡다."

마침내 정리가 끝났는지 모친이 가계부를 탁 닫고 방으로 들어가 버렸다. 평소 누구에게도 절대 설득당하는 일이 없는 모친이었다. 그 사실을 잘 알면서도 동혁은 왜 쓸데없는 도끼질을 했을까 하고 후회했다. 깊은 한숨이 나왔다.

동혁은 현재 상황으로 인해 어쩔 수 없이 숙제를 미룰 수밖에 없었다. 그래도 가장 큰 걸림돌이었던 문제가 해결된 상황이지 않는가. 한지수가 완전한 싱글이란 사실만으로도 어딘가! 그나마 희망은 있다는 결론이었다. 동혁은 현재 하고 있는 일이나 열심히 하면서 고민해 볼 생각이었다.

하지만 그 다음날, 동혁은 인생살이가 말처럼 생각처럼 쉬운 게 아니라는 사실을 뼈저리게 깨닫게 되었다.

[죄송합니다. 사정이 생겨서요.]

[유감입니다. 아이가 선생님을 참 좋아했었는데…….]

[그동안 수고 많으셨습니다. 고맙습니다.]

마치 약속이라도 한 듯 똑같은 내용의 전화가 연달아 걸려왔다. 그것은 바로 과외를 그만두겠다는, 해고통지나 다름없는 소식들이었다. 동혁은 예측불허, 상상초월인 사건 앞에서 망연자실, 넋 나간 꼴로 있을 수밖에 없었다.

최선을 다해 가르쳤고 좋은 결과에 만족했던 학부모들이었다. 서로 앞 다퉈 지인들에게 소개를 해주었던 사람들이었다. 그런데 무슨 이유에서인지 태도가 냉정하게 돌변해서는 갑자기 과외 중단을 선언한 것이다. 그것도 한꺼번에 말이다.

다시 백수가 됐다는 사실보다 동혁은 그 사유가 궁금해 견딜 수가 없었다. 아무리 생각해 봐도 자신은 잘못한 일이 없었기 때문이다. 동혁은 벌떡 일어나 아래층에 있을 형수를 찾아보았다. 처음 일자리를 주선해 준 사람이니 이유를 알고 있을 것만 같아서였다.

"형수님!"

"아이, 깜짝이야!"

부엌에서 빨래를 삶고 있던 형수가 화들짝 놀라며 뒤돌아섰다.

"놀라셨어요? 죄송해요. 뭣 좀 여쭈어보려구요."

"도련님, 차 한 잔 드릴까요? 날씨가 추워져서 생강차 좀 끓여봤는데."

형수는 평소와 달리 난처한 얼굴로 쭈뼛거리며 말을 빙빙 돌렸다. 그런 형수의 모습에 동혁은 단박에 형수가 자신이 잘린 자초지종을 알고 있음을 깨달았다.

"형수님은 이미 뭔가를 알고 계신 거죠? 왜 제가 잘렸는지? 왜 저러는 거래요? 다들 절 마음에 들어하셨잖아요. 그런데 왜 이제 와서!"

동혁은 이유를 알고 싶은 마음에 성급하게 외쳤다.

"도련님, 우선 앉으세요. 그리고 제 말을 들어보세요."

동혁은 흥분을 가라앉히고 식탁 의자에 털썩 주저앉았다. 형수가 따뜻한 생강차 한 잔을 건네주었다. 그러나 섣불리 털어놓을 수 없는 말인 듯 형수가 계속 동혁의 눈치를 살피며 시간을 끌었다.

"형수님, 전 괜찮아요. 편하게 말씀해 주셔도 돼요."

"도련님, 사실은요……. 선배 언니가 도련님에 대해서 무슨 말을 들었나 봐요."

"무슨 말이요?"

"그게……."

형수가 얼굴을 붉히며 말하기를 계속 주저했다.

"어서요."

연이은 재촉에 형수가 마른침을 삼키고선 입을 열었다.

"도련님, 저는 도련님을 믿어요. 그래서 선배 언니가 하는 말도 믿지 않았고 그럴 리가 없다고도 했어요."

"글쎄, 그게 도대체 뭐냐구요?"

"도련님이 일하시던 스포츠센터에서 나오실 수밖에 없었던 이유가……."

차마 입에 담기 힘든 말인지 형수가 말끝을 흐렸다.

"제가 직장 내 대표를 성희롱해서 잘렸다는 말을 하고 싶으신 거예요?"

거침없는 동혁의 말에 형수가 소스라치게 놀라며 부인하듯 두 손을 내저었다.

"전 절대 그 말 안 믿어요! 도련님이 그러실 분 아니라는 거 누구보다 제가 더 잘 알구요! 그래서 그 선배 언니가 성희롱을 당했다고 주장하는 스포츠센터 태표한테 직접 들은 이야기라고 했어도 아니라고, 아니라고 몇 번을 말했는데……."

마음 여린 형수가 눈물까지 글썽였다. 그때였다.

"뭣! 성희롱!"

방에서 나온 모친이 우연히 형수와의 대화를 듣고 득달같이 달려와 소리를 높였다.

"어머니!"

크게 놀란 형수가 자리에서 벌떡 일어나 외쳤다.

"어머니, 오해예요. 다 그 대표라는 여자가 지어낸 말이라구요. 도련님이 그럴 리가 없잖아요."

"그럼, 그 여자가 미치기라도 했단 말이냐? 남의 자식 앞길을 막을 정도로? 차동혁, 입이 있으면 뭐라고 말 좀 해봐! 이놈아!"

모친이 삿대질까지 하며 호통을 쳤다. 동혁은 학부모들에게까지 마수의 손길을 뻗쳐 터무니없는 헛소문을 진실인 양 믿게 만든 이가 남희정이란 사실에 아연실색하고 말았다. 그리고 수단방법을 가리지 않고 비열하게 밥줄을 끊어놓은 걸로도 모자라 가족들에게까지 지울 수 없는 상처와 굴욕을 안겨준 그 마녀 같은 인간에게 참을 수 없는 분노를 느꼈다.

그래도 동혁은 이때까지 아무런 결격사유가 없음에도 채용되지 않는 이유가 남희정의 술수 때문이라고만 짐작했을 뿐이다. 하지만 오늘은 달랐다. 직접 희정에게서 말을 들은 증인까지 있었다. 사건의 전모를 파악하게 된 동혁은 감당할 수 없는 울분이 치밀어 올랐다. 그는 자리에서 벌떡 일어나 소리를 치기 시작했다.

"어머니, 저 아무리 못났어도 어머니 아들이고, 하늘에 계신 아버지 아들이에요! 어머니, 아버지가 그렇게 안 가르치셨는데 제가 그런 몹쓸 짓을 했을 것 같아요? 절 그렇게 모르세요? 저

부모님 이름 빛내지는 못할망정 먹칠하고 다닌 적 없어요! 저 그런 놈 아니라고요! 세상에 여자가 그 여자 하나라고 해도 직장에서 더러운 짓 할 정도로 정신 나간 놈도 아니에요! 그리고 그 여자가 얼마나 끔찍한 여자인지 아시면 그런 말씀 못하실 거예요! 정작 성희롱을 당한 건 그 여자가 아니라 저라구요! 그래서 일 그만둔 거였구요! 저 두 분을 걸고 결백하다고 맹세할 수 있어요! 제 말이 거짓말이면 지금 당장 땅 파서 묻어버려도 좋아요!"

"이놈아, 그런데 왜 그런 누명을 쓰고 다녀?"

많이 속상했는지 모친이 동혁의 등짝을 세게 갈겼다. 엄청난 파워였다. 동혁은 괴로운 표정을 짓고 몸부림을 쳤다.

"저도 속상해 죽겠어요! 미치고 환장하겠다구요! 아니라고 해도 안 믿어주는 걸 어떡해요? 모두들 제 말보다 그 미친 스토커 같은 여자의 거짓말을 더 믿는다구요!"

"그래서 지금껏 놀고먹은 게야? 이력서를 그렇게 많이 넣었는데도 안 되는 이유가 그 여자 때문이었던 거야?"

"네!"

홧김에 동혁은 언성을 높여 수긍을 하고 말았다. 하지만 속이 시원하기는커녕 더욱 억울해졌다. 이 모든 재앙의 원인인 희정이 악랄하게 웃고 있는 모습이 눈앞에 그려지자 속이 부글부글 끓기 시작했다. 동혁은 도저히 가만히 있을 수가 없어졌다.

"내가 남희정, 이 여자를 가만두나 봐라!"

동혁은 앞뒤 가리지 않고 무작정 부엌을 뛰쳐나갔다.

"도련님!"

"이놈아!"

형수와 모친이 다급하게 외치며 뒤를 따라갔다. 하지만 빠른 발로 쌔앵 하고 내달리는 동혁을 붙잡기엔 역부족이었다.

참는 것도 한계가 있었다. 동혁은 비장한 각오를 하고 희정이 운영하는 스포츠센터를 찾아갔다. 눈에 뵈는 게 없어 통과절차를 설명하려는 여비서까지 밀치고 희정의 사무실 문을 벌컥 열어젖혔다.

사무실에서 희정은 혼자가 아니었다. 직원으로 보이는 남자와 함께였고 남자의 무릎에 엉덩이를 걸치고 앉아 있었다. 별안간 들이닥친 동혁으로 인해 많이 놀랐는지 희정이 허둥지둥 흐트러진 옷매무새를 가다듬으며 남자의 무릎에서 벌떡 일어났다.

"뭐야? 노크도 없이!"

희정이 찢어지는 음성을 내며 비서와 동혁을 쏘아보았다. 앉아 있던 남자도 놀라기는 마찬가지였다. 못 보일 꼴을 보인 게 부끄러웠는지 남자는 얼굴을 붉히며 황급히 사무실을 떠났다.

"여전하시군요."

비아냥거리는 동혁의 말투가 귀에 거슬렸는지 희정이 눈을 가늘게 뜨고 동혁을 노려보았다.

"이 비서! 당신, 뭐 하는 사람이야? 잡상인 하나 통제 못하는 허수아비야!"

희정이 동혁에게서 눈길을 떼지 않은 채 안절부절못하며 서 있는 여비서에게 호통을 쳤다.

"죄, 죄송합니다!"

"당장 나가서 사표나 써와!"

"네?"

희정이 당혹감을 감추지 못하는 여비서를 문밖으로 밀쳐 내고선 문을 닫아버렸다. 그리고 다시 뒤돌아섰다.

"예고도 없이 이렇게 무작정 쳐들어오다니, 상당히 예의가 없군."

"예의를 운운하실 자격이 있으신가요?"

"뭐?"

반박이 같잖다는 듯 희정이 눈살을 찌푸렸다.

"계속 비겁하게 나오실 겁니까?"

"당최 무슨 말인지 알아먹을 수가 있나? 차동혁 씨, 머리 떼고 꼬리 떼고 말을 하면 상대방이 알아들을 수 있겠어?"

"모르는 척하지 마십시오. 다 아시지 않습니까?"

"나 참, 스무고개 놀이를 하자는 것도 아니고 이건 무슨 경우야?"

희정이 콧방귀를 뀌어가며 노골적으로 빈정거렸다.

"단도직입적으로 묻겠습니다. 제가 이곳에 재직하는 동안 대표님을 성희롱한 적이 있습니까?”

희정이 낮게 비웃음을 흘리며 입을 열었다.

“아마, 그래서 잘렸지 않나?”

“뭐라구요? 이것 보십시오! 성희롱을 한 건 당신이지 내가 아닙니다!”

동혁은 분노가 들끓어 오르는 것을 느끼며 큰 소리를 냈다.

“감히 어디서 큰소리야!”

적반하장도 유분수지, 희정이 되레 큰 소리를 내며 말을 잘랐다.

“아직도 모르겠어? 당신과 내 파워의 크기가 얼마나 다른지를? 내가 그런 적이 있다고 하면 있는 거고, 없다고 하면 없는 거야. 알아?”

“인생 그따위로 살고 싶습니까? 죄 없는 사람 인생 막아가면서까지?”

“죄가 없다고 생각해? 죄가 왜 없어? 날 거역한 죄가 얼마나 큰데.”

동혁은 어이가 없어 할 말을 잃고 말았다. 상대할 가치가 없는 사람이라는 건 이미 알고 있었지만 끝을 모르는 오만방자한 태도에 기가 질려 버렸다.

“인간이기를 포기하시는 겁니까? 양심까지 버려가면서?”

“내 방식대로 살겠다는데 누가 뭐래?”

“그런 식으로 살다 천벌 받습니다!”

"천벌? 흥! 웃기는군! 연약한 것들이 꼭 하늘을 의지하며 그딴 소리를 지껄이지. 날 위협하려면 그런 말보다 더 확실한 게 필요할 거야. 그전까진 난 눈 하나 깜짝하지 않아."

"저처럼 당신한테 피해를 당한 사람이 여럿인 것 압니다."

"그래? 그래서 그 피라미 새끼들하고 연대투쟁이라도 해서 나한테 덤비겠다는 거야? 거 참, 재미있는 게임이 되겠군. 기대하고 있을게. 어떤 멍청한 새끼들을 모아서 그럴지는 모르겠지만, 쉽지는 않을걸?"

잠시 말을 끊은 희정이 천천히 발걸음을 옮겨 동혁에게 다가왔다. 그리고 분노의 화신처럼 서 있는 동혁을 아주 재미있다는 듯 올려다보며 사악한 미소를 흘렸다.

"성이 아주 많이 났네?"

희정이 손을 올려 딱딱하게 굳어진 동혁의 얼굴을 만지려 했다. 동혁은 치가 떨릴 정도로 화가 나 즉각적으로 항의를 하며 외쳤다.

"더러운 손 치우십시오!"

"훗!"

희정이 비웃음을 터뜨렸다. 두려움이 없는 여자였다. 어디서 그런 오만함과 배짱이 나오는지 몰라도 희정은 안하무인격으로 행동을 하고 있었다. 짧은 침묵이 흘렀다. 희정이 태도를 바꿔 사근사근한 목소리로 속삭이듯 말했다.

"차동혁 씨는 보면 볼수록 매력이 넘치는 사람이야, 참 이상

한 남자이기도 하구. 내가 그렇게 싫어? 다른 남자들은 내가 싫어도 내가 가진 재산과 권력을 생각해서 날 막 대하지는 않거든. 그런 면에서 당신은 좀 유별난 편이지. 그래서 더 끌리기도 하지만."

희정이 동혁의 주위를 느리게 빙글빙글 돌며 부드럽게 말했다.

"생각을 달리 먹지 그래? 뭐 하러 일을 복잡하게 만들려고 그래? 눈 한 번 감고 제가 잘못했습니다, 절 받아주십시오, 하면 끝날 일을. 어때, 그 편이 더 낫지 않아? 나한테 잘만 보이면 당장이라도 좋은 자리 하나 마련해 줄 수 있어. 대기업 부장 연봉에 맞춰 대우해 줄 수도 있다고. 그래도 싫어?"

"싫습니다!"

동혁은 생각해 볼 필요도 없다는 듯 단호하게 외쳤다. 그럴 줄 알았다는 듯이 희정이 웃음을 터뜨렸다.

"후후후, 그 정도로는 부족하다는 뜻이야?"

"당신이 내는 숨소리도 역겨운데 내가 당신 그늘 밑에서 있을 것 같습니까?"

일순간 희정의 얼굴에서 웃음기가 싹 사라졌다. 희정이 다시 사납게 돌변해 으르렁거렸다.

"날 자극할 셈이야? 날 정말 화나게 만들 셈이냐구?"

"당신의 권력이 얼마나 센지는 몰라도 진실의 힘을 이기진 못할 겁니다!"

"결국은 나한테 도전을 하시겠다, 그 뜻인가?"

"진실을 밝힐 겁니다."

"진실? 진실이라……."

희정이 비열한 표정을 지으며 비아냥거리기 시작했다.

"그래, 어디 한번 열심히 해봐. 난 적절하게 대응해 줄 테니. 인생이 무료하고 지루하던 차에 잘됐네. 기대하고 있을게. 더 할 말이 남았나? 없으면 썩 꺼져."

여유만만하게 빙긋이 미소를 지어 보이던 희정이 도도하게 턱으로 문을 가리켰다. 노크 소리가 난 것도 그때였다. 검은 양복을 입은 남자가 들어오다 동혁을 보고는 흠칫 놀란 표정을 지었다.

"손님이 있는 줄 몰랐군요. 죄송합니다."

"아, 아니 안 그래도 부르려고 했어요. 차동혁 씨, 안 나가나? 바빠서 배웅은 못하겠네."

동혁은 험상궂게 생긴 남자를 흘긋 바라보다 다시 비아냥거리는 희정을 노려보았다. 그리고는 이내 문을 열고 밖으로 나와 버렸다.

동혁은 음흉한 눈빛을 빛내며 하얀 치아를 드러내고 방금 들어온 남자와 그를 번갈아 보며 잔인한 웃음을 흘린 희정의 모습이 왠지 꺼림칙하게 느껴졌다.

지수를 만나기 위해선 번듯한 명함과 재산세영수증이 필요했다. 하지만 동혁은 다시 백수가 돼 당분간 그런 건 꿈도 꿀 수 없게 되었다. 그동안의 노력과 수고가 모두 수포로 돌아간 셈이었다.

"빌어먹을! 도대체 나하고 전생에 무슨 웬수가 졌다고 저러는 거야?"

동혁은 등을 돌려 방금 나온 스포츠센터를 째려보았다. 희정이 호락호락한 여자가 아니라는 사실은 이미 알고 있었다. 하지만 저렇게 비겁하고 졸렬하게 나올 줄은 몰랐다. 동혁의 입에서 백 미터짜리 욕이 저절로 나왔다.

진실을 밝히겠노라고 호언장담을 하고 나왔지만 사실 동혁은 어떤 방법으로, 어떤 절차를 밟아야 할지 감조차 잡을 수가 없는 상황이었다. 소문으로만 돈 사실을 가지고 피해를 본 사람들을 찾아 도움을 얻는다? 실현 가능성이 낮은 얘기였다.

동혁은 도약할 수 있는 기반까지 잔인하게 흔들어 놓은 희정이 너무나 원망스러웠다. 괘씸하다고 죄 없는 사람의 인생을 이렇게까지 망가뜨릴 수 있는 건지 도무지 이해가 되질 않았다. 입 안에서 쓴맛이 느껴졌다. 마음이 씁쓸해졌다. 불처럼 일어난 분노는 좀처럼 사그라지질 않았다.

시간이 갈수록 동혁은 처량해졌다. 억울한 일을 당한 건 분명한데 누구한테 하소연도 할 수 없는 상황이고 진실을 밝힐 만한 힘도 없었기 때문이다. 물론 법적인 구제방법이야 있을 것이다. 하지만 진실이 밝혀져도 기껏해야 시정조처 사항의 이행을 명령 받고 과태료나 내는 선에서 일이 끝날 것은 불을 보듯 뻔한 일이었다.

거짓말을 일삼아 사람들을 골탕 먹이는 나쁜 버릇을 가진 여자와 싸워 잃어버린 시간과 명예를 다시 회복하는 일은 절대 쉽지 않을 것이다. 더군다나 상대는 대한민국에서 이름만 말해도 고개를 끄덕일 만한 내로라하는 스포츠센터 체인을 갖고 있을 만큼 재력이 있었고, 또 그것을 이용해 권력을 가진 자들을 제멋대로 휘두를 수 있는 막강한 존재였다. 일 하나 자신한테 유리하게 만드는 일쯤은 그녀에게 식은 죽 먹기에 해당할 것이다. 동혁은 하늘을 원망하듯 쳐다보았다.

"그냥 두고만 보실 겁니까? 제 인생 이대로 끝나게 하실 거냐구요?"

하늘은 아무런 대답이 없었다.

"저 열심히 살고 싶습니다. 인간 차동혁 좀 도와주세요!"

동혁은 몸부림을 치며 하늘을 향해 절규했다.

얼마나 걸었던가. 또 얼마나 많은 생각을 했던가. 그러다 보니 동혁은 지수가 알려준 아파트 앞까지 오게 되었다. 일을 나갔는지 지수가 사는 십층은 불이 꺼져 있었다.

동혁은 아파트 앞 놀이터 벤치에 앉아 불 꺼진 집을 세 시간 동안 지켜보았다. 지수라도 보면 텅 빈 것처럼 허전한 마음에 위안이 될까 싶어 찾아왔지만 그것마저도 불가능해 보여 동혁은 마음이 더 허해졌다.

"나보다 낫네. 저렇게 큰 아파트에 혼자 사는 거 보면."

동혁은 지수가 부럽기도 하고 자격지심마저 들었다.

"게다가 차도 있고."

아파트 주차장에 놓고 간 지수의 차를 바라보며 동혁은 혼자 중얼거렸다.

"번듯한 직업에, 잘나가는 오빠에, 똑똑하고 예쁜 조카들까지. 한지수는 참 좋겠다."

신세 한탄이나 다름없는 말을 계속 내뱉는 모습이 한심하게 여겨져 동혁은 자리를 털고 일어났다. 그때였다. 컴컴한 아파트 단지 안으로 차 한 대가 환한 헤드라이트를 켜고 천천히 들어오는 모습이 시야에 들어왔다. 꽤 좋은 차라 동혁은 잠시 넋을 놓고 감상을 하게 되었다.

"저거 재규어 아냐? 꽤 비쌀 텐데……."

마침내 차가 멈췄고 문이 열렸다. 운전석에 앉아 있던 남자가 냉큼 내려 조수석으로 다가가 문을 열어주었다. 곧 조수석에서 한 여자가 내렸다. 그 여자는 다름 아닌 지수였다. 동혁은 그 사실에 놀라움을 금치 못하고 입을 떡 벌렸다.

"고마워요. 데려다 줘서."

작지만 지수가 분명하다는 것을 알려주는 목소리였다.

"고맙기는요."

뭐 하는 사람인지 알 수 없으나 남자가 걸친 옷과 액세서리로 부유층에 속한 사람이라는 것을 알 수가 있었다.

"그럼, 이만 가보세요."

"여기까지 왔는데 차 한 잔 주시면 안 돼요?"

헤어지기 섭섭하다는 걸 의미하는 말이었다. 순간 동혁은 위기감이 들었다.

"다음에요. 오늘은 좀 피곤해서요. 자고 싶어요."

지수의 말투가 듣는 이의 감정이 상하지 않도록 모나지 않고 부드러웠다. 하지만 그건 분명 거절의 의미였다. 동혁은 다소 안심이 됐다. 하지만 그 정도론 불안한 마음을 달랠 수가 없었다.

"지난번에도 그러더니 또 다음이에요?"

남자가 그냥 물러날 생각이 없는지 투정에 가까운 말을 했다.

"미안해요. 정말 힘들어서 그래요."

"그럼 다음엔 꼭 주셔야 합니다."

"네."

"잘 자요."

"안녕히 가세요."

지수는 남자가 차에 올라타자 곧바로 현관문 안으로 모습을 감춰 버렸다. 차마 부를 새도, 잡을 새도 없었다. 동혁은 온몸에서 힘이 쭉 빠져나가는 기분이 느꼈다. 하필 이럴 때 저런 광경을 목격할 건 또 뭐란 말인가.

동혁은 여전히 못난 모습으로 다른 남자를 만나는 지수를 부르지도 못하는 자신의 신세가 처량하게 느껴졌다. 하지만 그게 냉정한 현실이었다. 자괴감에 입술을 물어도 현실은 변하지 않았다. 동혁은 허공을 응시하며 긴 한숨을 내뱉었다.

잠시 후 십층에 불이 들어왔고 베란다로 나온 지수가 환기를 시킬 모양인지 창문을 모두 열어젖히는 게 보였다. 동혁은 멍하니 그 모습을 바라볼 뿐이었다. 큰소리로 부르면 금방이라도 지수의 시선을 받을 수 있을 텐데 지금 이 순간 동혁은 아무 짓도 할 수가 없었다.

"한지수, 널 보면 기분이 좋아질 줄 알았는데 왜 이렇게 기분이 더럽고 비참한지 모르겠다."

입가에 자조의 빛을 띄우며 동혁은 씁쓰레 웃고 말았다.

"네가 나한테 그럴 만도 했겠다. 저런 놈한테도 튕기는데 하물며 나 같은 건 얼마나 우스웠겠니? 미안하다. 가진 게 너무 없었어."

동혁은 천근만근 무겁게 여겨지는 발을 옮기기 시작했다.

"네가 원하는 거 보여주려면 시간이 너무 오래 걸릴 것 같다. 그래서…… 슬프다. 아프다."

동혁은 오랜 시간 걸어서 자신이 사는 동네까지 왔다. 어둡고 추운 밤이었다. 달빛마저 희미해 더욱 깜깜한 밤이었다. 동혁은 인적 없는 골목길로 접어들었다. 하루 종일 연락도 없이 나가 있어 가족들이 걱정을 하고 있을 것이다. 하지만 지금 동혁은 인생 자체가 짜증이 나고, 만사가 귀찮고, 살맛이 안 나는 상태여서 가족까지 돌아볼 만한 심적인 여유가 없었다.

동혁은 바지 주머니에 양손을 집어넣고 고개를 푹 숙인 채로 한숨을 내쉬며 길을 걸었다. 그래서 골목으로 접어들 때부터 행동거지를 주시한 한 남자가 전봇대 뒤에 서 있는 것을 차마 보지 못했다.

"차동혁."

모자를 푹 눌러쓰고 마스크로 얼굴 반 이상을 가린 남자가 이름을 부르며 다가왔다. 동혁은 걸음을 멈추고 남자를 흘깃 바라보았다.

"누구……?"

남자의 쭉 찢어진 눈이 어둠 속에서 날카로운 빛을 발했다. 예감이 좋지 않았다. 남자가 가죽점퍼 주머니 안에서 뭔가를 꺼내 손 안으로 감추는 것이 보였다. 동혁은 그런 남자의 모습에 신변의 위험을 감지하고 한 걸음 뒤로 물러섰다. 하지만 남자는 조금도 긴장하거나 불안해하지 않았다. 오히려 침착하게 몸을 움직여 다가왔다.

"누군지 알아서 뭐 하게."

섬뜩할 만큼 남자의 목소리는 평온했다. 아는 게 힘이라는 말을 해줄 사이도 없이 남자가 즉시 손 안에 감춰두었던 시퍼런 칼을 바깥으로 바꿔 들고 달려들었다. 예의라고는 눈곱만큼도 없는 놈이었다.

"허억!"

복부를 향해 날아온 칼을 피하기 위해 동혁은 날쌔게 엉덩이를 뒤로 뺐다. 단 한 번의 공격으로 모든 것이 다 해결될 줄 알았던 남자가 눈살을 찌푸렸다. 동혁은 이대로 당할 수는 없다는 생각에 우선 숨을 골랐다. 조악한 움직임은 오히려 위험을 가중시킬 뿐이었다. 정확하게 움직임을 읽고 있다가 미리 선수를 쳐야 우위를 차지할 수 있는 것이다. 동혁은 잠시 남자의 움직임을 자세히 살폈다. 그리고 드디어 기회를 포착해 날렵하게 칼을 쥔 남자의 손목을 두 손으로 덥석 잡아 힘을 주고는 한쪽으로 사정없이 비틀어 버렸다.

"악!"

고통을 느낀 남자가 비명을 지르며 칼을 땅에 떨어뜨렸다. 동혁은 발로 칼을 차서 사 미터가량 날아가게 만들었다.

"새끼야! 내가 횟감으로 보이냐? 횟감을 구하려면 수산시장으로 갔어야지!"

동혁은 빠르게 남자의 뒤로 가 팔로 목을 세게 조였다. 질식할 것 같은지 남자가 몸부림을 치며 캑캑거렸다.

"칼 맞으면 사람이 죽을 수도 있거든? 이렇게 목을 조이거나 비틀면 평생 누워 지낼 수 있거든?"

괴로운지 남자가 거세게 버둥거렸다. 동혁은 남자의 몸을 뒤로 휙 돌려 코를 향해 있는 힘껏 주먹을 날렸다. 남자가 손으로 코를 막으며 비명에 가까운 소리를 내질렀다. 하얀 마스크가 점점 빨갛게 물들어갔다. 남자의 손가락 사이사이로 붉은 피가 새어나왔다. 쌍코피가 터진 모양이었다.

"어떤 새끼가 나한테 얻어터지라고 널 혼자 보냈냐? 말해, 이 빌어먹을 자식아!"

"너, 이 새끼 진짜 죽여 버린다!"

"이 자식이 아직도 정신을 못 차렸네! 나 죽이기 전에 네가 먼저 죽거든!"

동혁은 몸을 한 바퀴 돌려 남자의 턱을 향해 발을 날렸다. 남자가 옆으로 돌아간 턱을 치켜 올린 채로 이내 땅바닥에 쿵 하고 쓰러졌다. 남자가 새우처럼 몸을 웅크리며 얻어맞은 코와 턱을 잡고 신음했다. 동혁은 한 걸음 다가가 남자의 옆구리를 찍듯이 차자 남자가 숨이 끊어질 듯한 신음을 흘렸다.

"윽! 으, 으, 으으……."

"불지. 뒈지고 싶지 않으면."

동혁은 빨간 마스크를 걷어내고 남자의 멱살을 잡았다. 순간 동혁은 깜짝 놀라고 말았다. 남자의 얼굴이 눈에 많이 익었기 때문이다.

"너 이 새끼, 나 본 적 있지?"

동혁은 질문을 던지고선 기억을 더듬거렸다. 남자 역시 마찬가지인지 눈가가 가늘어졌다. 대학을 포함 초중고 동창은 절대 아니었다. 수영강습을 받은 적이 있는 회원도 절대 아니었다. 빌려준 돈 떼어먹고 달아난 녀석도 아니었다. 순간 머릿속에 퍼뜩 떠오른 얼굴이 있었다. 조폭 형님들과 함께 어울려 광란의 밤을 보냈을 때 마이크를 빼앗아 랩을 했던 바로 그 남자였다.

"형님! 맨발의 청춘, 형님, 그러면 랩, 형님, 마빡, 와루바시!"

동혁은 경악할 만큼 놀라 저도 모르게 비슷한 어구를 더듬더듬 반복하는 버퍼링 개그를 하고 말았다. 그제야 남자도 그때의 기억이 났는지 고통스러운 얼굴을 찡그리며 황당한 표정을 지었다.

"아니, 넌!"

"네! 형님, 맞습니다! 접니다, 저!"

동혁은 얻어터져 엉망이 된 남자를 부축해 일으켜 대문 앞에 앉혀주었다. 그리고 그 옆에 앉아 손수건과 담배를 꺼내 남자에게 건네고 불을 붙여주었다. 남자가 착잡한 심정으로 담배를 피우며 손수건으로 코피를 쓱 닦아냈다. 서로에게 필요한 약간의 시간이 흘렀다.

"형님, 싸나이가 그깟 돈 몇 푼에 칼질을 해서야 되겠습니까? 도대체 누구입니까? 이런 일을 시킨 사람이?"

"고객 정보는 절대 외부에 유출하지 않으며 서비스 제공을 위한 분석 자료로만 활용된다."

조폭 주제에 남자는 신용카드 업계 사람처럼 전문적인 용어를 동원해 가며 해명을 했다.

"정 그렇다면 더 이상 난처하게 만들지는 않겠습니다. 사실 짐작 가는 여자가 하나 있습니다. 제 인생 완전히 종치게 만든 여자죠. 그 여자 때문에 아주 돌아버리겠습니다. 자기랑 자주지 않는다고 스토커처럼 쫓아다니며 헛소문 퍼뜨려 직장도 얻지 못하게 만든 아주 극악무도한 여자입니다. 형님! 돈이면 뭐든 다 해결되는 세상이라 하지만 이건 정말 너무한 거 아닙니까? 전 하늘을 우러러 한 점 부끄럼 없이 살려고 노력한 사람입니다. 뿌리는 대로 거두며 살려고 애를 쓰는 사람입니다. 그런데 그 사악한 여자는 이렇게 힘없고 선량한 민간인을 해치려고 혈안이 되어 있습니다. 전 정말 억울합니다. 잘못한 게 없는데 오늘도 칼 한 번 맞고 저 세상으로 갈 뻔했잖습니까? 제가 오늘 운이 좋았기에 망정이지 하마터면 번개처럼 빠르고 전광석화 같은 형님의 검술에 유언 한 마디 남기지 못하고 갈 뻔했습니다. 생각만 해도 진짜 아찔아찔합니다.”

동혁의 신세 한탄에 남자가 일그러진 얼굴을 하고 계속 말없이 담배만 뻐끔뻐끔 피워댔다. 그 모습이 아주 심각해 보였다. 동혁은 온 힘을 다해 남자에게 진심을 전했다.

“형님, 옷깃만 스쳐도 인연이라 하지 않습니까? 저는 그날부터 형님들을 친형님들처럼 생각하기로 마음먹었습니다. 형님도 부디 오늘의 일은 잊어주시고 절 용서해 주십시오. 형님이신 줄 알았으면 절대 그러지 않았습니다.”

동혁은 담배를 끄고 멀리 떨어져 있던 칼을 주워와 옷으로 닦은 후 남자에게 건넸다. 위험한 사건의 흔적을 지우는 넓은 아량이었다.

"혹시 기억나십니까? 그날 제 마누라라고 했던 여자?"

남자가 고개를 끄덕끄덕 끄덕이며 칼을 주머니 속에 집어넣었다. 겸연쩍은 표정이 역력했지만 동혁은 내색하지 않았다.

"기억하지."

"사실은 제 첫사랑이자 평생의 반려자로 삼고 싶은 여자입니다. 그런데 형님한테 오늘의 불미스런 사건을 의뢰한 여자 때문에 영영 헤어지게 생겼습니다."

남자가 안타깝다는 듯이 쯧쯧 하고 혀를 차댔다. 동혁은 이런 상황에 이르게 한 여자에 대한 분노도 분노지만 지수 생각에 한없이 마음이 연약해지고 말았다. 영영 헤어지게 생겼다는 말이 실감이 나서 뜨거운 눈물이 핑 돌았다. 동혁은 남자를 와락 껴안고 눈물을 펑펑 쏟아내고 말았다.

"그 여자를 사랑하고 있습니다! 형님, 가슴이 답답하고 찢어질 것 같고 터질 것만 같습니다! 전 어떻게 해야 하는 걸까요? 형님, 사랑은 눈물의 씨앗이라고 감히 고하고 싶습니다. 오늘 형님 품에서 맘껏 울게 해주십시오! 꺼이, 꺼이!"

이런 경험이 한 번도 없었는지 남자가 어쩔 줄을 몰라 하다가 동혁의 등을 몇 번 토닥거려 주었다.

"자식, 울지 마라. 형님이 있잖냐!"

"형니이이이이이임!"

동혁의 모친은 밤늦도록 귀가하지 않는 동혁에 대한 걱정으로 잠을 이룰 수가 없었다. 그동안 속내를 드러내지 않고 혼자 끙끙대면서 온갖 구박을 견뎌왔을 동혁을 생각하니 미안한 마음이 앞섰다.

일찍 세상을 뜬 남편 때문에, 아비 없는 자식들이라는 소리를 듣지 않게 하려고 남들보다 몇 배 더 노력하며 살아왔다. 늘 근면, 절약, 정직을 몸소 실천하려고 했고 유난을 떨어가며 긴 사설과 매질로 자식을 다스려 왔다.

특히 동혁은 은혁에 비해 길들이기 힘든 천방지축 야생마라 늘 신경이 쓰이곤 했다. 그래서 더 많은 야단과 질책을 할 수밖에 없었다. 자식을 아끼고 사랑하는 것은 좋으나 스스로 자립할 수 있는 힘을 길러주는 것이 가정교육의 기본이자 진정으로 자식을 사랑하는 방법이라 생각해 왔기에 쉽게 의존하려는 태도만 보여도 아예 여지를 주지 않았던 것이다.

그런데 이제 와 생각하니 너무 빡빡하게 군 건 아닌지, 비집고 들어올 틈조차 내어주지 않은 게 아닌지 하는 후회가 밀려왔다. 아들 마음 하나 제대로 헤아리지 못한 게 부끄럽기까지 했다. 맥 빠진 듯 길게 내뱉는 한숨이 공중으로 흩어졌다. 그 때 똑똑, 하고 방문을 두드리는 소리가 들려왔다. 모친은 눈을 뜨고 고개를 들었다.

"누구냐?"

"저예요. 어머니."

은혁의 부인 윤정이 조심스럽게 대답을 했다.

“들어오너라.”

모친이 누워 있는 자리에서 일어나자 윤정이 문을 열고 쪼르르 달려와 앞에 앉았다.

“안 주무셨어요?”

“그러는 넌 왜 안 잤니?”

“도련님이 걱정돼서요. 휴대전화까지 놓고 나가고선 연락도 없으니 더 염려가 돼요.”

“무슨 일이야 있겠니? 너무 걱정 마라.”

“자꾸 무슨 일이라도 생겼을까 봐 걱정이 돼요.”

“생기면 생기는 거지 뭐! 그나저나 내, 어떤 년인지 가만두나 봐라! 내 아들 앞길을 막아도 유분수지! 에이, 발칙한 년!”

모친은 현란하게 손마디를 꺾으며 으드득으드득하는 소리를 냈다. 너무 과격한 면모를 보였는지 윤정이 겁을 집어먹은 표정을 지었다.

“어머니.”

모친은 무슨 중요한 말을 할 것처럼 운을 띄우는 윤정을 가만히 쳐다보았다.

“도련님이요, 어머님이 좀 도와주시면 안 돼요?”

“도와주다니 뭘 어떻게?”

“요즘 같은 불경기에 누구 밑에 들어가 일하는 것도 쉽지는 않잖아요.”

“그래서?”

"도련님은 뭘 하셔도 참 잘하실 텐데."

"말 빙빙 돌리지 말고 하고 싶은 말을 해봐."

"작은 규모라도 헬스클럽 같은 거 운영할 수 있게 도와주면 좋지 않을까요? 비용이 많이 들면 저희도 보태구요."

모친은 시동생을 생각해 주는 며느리가 기특하게 여겨졌다. 하지만 그걸 표면적으로 정직하게 드러낼 만한 성격은 절대 아니었다.

"너 돈 많은가 보다?"

"많진 않아도 돕고 싶은걸요."

"그러다 떼이면?"

"도련님이 그러실 분인가요?"

"가족끼리는 원래 돈 거래하는 거 아니다."

"정말 돕고 싶어서 그래요. 네?"

애원하는 윤정을 바라보다 모친은 심각한 표정으로 조용히 말을 읊어나갔다.

"지금은 그것보다 실추된 동혁이의 이미지를 어떻게 회복시키느냐가 더 시급한 문제 같구나. 보아하니 앞길이 꽉 막힐 정도면 헛소문이 많이 퍼져 있는 상태 같은데, 그걸 먼저 해결해야 하지 않겠니?"

"누군지 몰라도 정말 나쁜 사람이에요! 착한 도련님을 그런 식으로 몰아세우고 창창한 앞길을 막다니! 절대 용서할 수 없어요! 나중에 걸리기라도 하면 아주, 아주, 아주 무섭게 해줄 거예요!"

윤정이 두 주먹을 불끈 쥐고 부들부들 몸을 떨며 열변을 토했
다.

"어떻게 무섭게?"

순진한 윤정이 하는 짓이 귀여워 모친은 장난을 걸며 물었다.

"글쎄요. 어떻게 하는 게 무서운 건지는 연구 좀 해봐야겠는
데요."

"네 머리로 연구해 보았자 무서운 게 나오겠니? 내가 하는 거
잘 봐라. 이 정도쯤은 돼야 좀 무서운 거니까."

윤정이 진지한 얼굴을 하고 시어머니를 쳐다보았다. 제대로
배워보겠다는 일념으로 눈에 쌍심지까지 켜고서. 모친은 우선
인상을 더럽게 험악하게 만들었다. 그리고선 입을 거칠게 움직
여 댔다.

"나중에 걸리기만 해봐라! 내가 네년의 두 눈깔은 파버리고,
팔다리를 쭉쭉 찢어서 줄넘기를 하고, 뼈는 씹어 먹어버릴 테니
까!"

죽었다 깨어나도 흉내조차 낼 수 없는 욕설에 놀란 윤정이 경
악한 표정을 지어 보였다. 그런 윤정을 곁눈질로 확인하고선 모
친은 안면근에서 힘을 빼고 평소의 무표정한 얼굴로 돌아왔다.

"좀 심했냐?"

"듣는 사람이 심장마비에 걸릴 만큼 위협적인데요. 강력한 힘
이 느껴져요."

“그래?”

“그런데 제가 그렇게 말하면 그 맛이 날까 모르겠어요.”

“어디 한번 해봐라.”

윤정은 흉내를 내려다가 도저히 자신이 없는지 고개를 내저었다.

“나중에 연습 좀 하고 나서요. 그런데 어머니.”

“왜?”

“진짜 궁금해서 그러는데요. 어머니, 소싯적에 무서운 언니셨죠?”

“무서운 언니라니?”

“왜, 말 무섭게 하고 눈에 힘 확 주고 쳐다만 봐도 입 실룩거리는 그런 언니들 있잖아요.”

“흠흠…… 너 잘 시간 많이 지나지 않았니? 은혁이가 찾겠다. 어서 가봐라.”

과거를 짐작한 듯 예리한 질문에 대답하기 곤란해진 모친은 헛기침을 하며 이불 속으로 슬금슬금 기어들어 가버렸다. 아무래도 며느리에게 꼬투리를 잡힌 것 같았다. 아무래도 예전에 단풍구경을 데리고 갔던 게 화근이었던 것 같다.

단풍구경을 하고 집으로 돌아오는 길에 소감을 물었더니 윤정이 살벌하면서도 화기애애한 분위기의 여행이었다고 했다. 그러면서 어머님의 동년배 친구들은 다 소싯적에 한가락 했을 것 같아요, 라고 했다. 하긴 친구들이 육두문자를 자유자재로 구사하고 껌을 씹어도 불량스럽게 씹어댔기 때문에 그런 말을 하는 건 당연한 일이었다.

여행을 다녀와 기가 잔뜩 질렸던 모양인지 그 모임에만 나가려고 하면 윤정이 그런 친구들하고 어울려 다니지 않았으면 좋겠다고 했다. 하지만 모친은 그 모임의 회장이라 그럴 수가 없다고 대답을 해주었다.

그 이후로 윤정은 그 모임 이야기만 나오면 신경을 곤두세우고 염려하는 눈빛으로 모친을 쳐다보곤 했다. 그럴 때마다 모친은 친구들을 그렇게 만든 건 나다 나! 하고 말을 해주고 싶었지만 순진한 며느리를 놀라게 할 수는 없어 참고 있었다.

"어머니."

윤정이 나가지는 않고 계속 말을 시켰다.

"말해라."

모친은 누운 채로 꿈쩍도 하지 않고 말했다.

"그런데 요즘 도련님이 진짜 연애하는 것 같아요."

"연애를 하는 건지, 삽질을 하는 건지 알 게 뭐냐?"

"삽질이요?"

아차차, 모친은 며느리 앞에서 은어를 사용하고 말았다. 갑자기 모친은 살아생전에 눈물을 머금고 고운 말 바른말을 사용해줄 것을 부탁했던 남편이 떠올랐다. 버스정류장에서 교복 차림으로 불량스럽게 껌을 쫙쫙 씹고 다리를 흔들어대다가 처음 만난 남편은 지극히 공부만 파고들 것처럼 보이는 모범생에 도덕

책과 같은 사람이었다. 못된 송아지 개과천선 한번 시켜보겠다고 덤벼든 남편과 티격태격하다가 사랑을 하고 결혼까지 해 아이들을 낳은 걸 생각하면 모친은 지금도 웃음이 나왔다. 문득 모친은 일찍 세상을 뜬 자상한 남편이 그리워졌다. 여전히 누운 채로 모친은 티를 내지 않으며 무뚝뚝하게 말을 내뱉었다.

"못 들은 걸로 해라."

"아, 네. 그런데 어머니, 도련님 장가보내실 때도 되지 않았나요?"

"어떤 정신 나간 여자가 개한테 시집을 오려고 하겠니?"

"도련님이 어때서요? 전 솔직히 은혁 씨가 도련님을 좀 닮았으면 좋겠어요."

모친은 더 이상 누워 있을 수가 없었다. 깜짝 놀란 얼굴을 해가지고 벌떡 일어나 앉았다.

"어허, 애가 큰일 날 소리를 하는구나! 속 터지는 인간은 하나로 족하다. 난 어떻게든 그 녀석한테 가족들이 전염될까 봐 쫓아내려고 애를 쓰는데."

"쫓아내지 마세요. 도련님 없는 인생은 너무 재미없어요. 전 나중에 도련님이 결혼하셔도 가까이 사셨으면 좋겠는걸요. 같이 살면 더 좋구요."

"애가, 애가! 진짜 큰일 날 소리를 하네. 너, 솔직히 말해봐라. 너, 나 저 세상으로 일찍 보내고 싶어서 일부러 그러는 거지?"

"어머니도 참! 제가 어머니 좋아하는 거 뻔히 아시면서 그런 말도 안 되는 말씀을 하세요? 어머니, 그러나저러나 도련님 괜찮겠죠? 걱정 안 해도 되는 거겠죠?"

"염려 말라니까. 그런데 너 정말 나 좋아하냐?"

"그럼요!"

"그래도 나보다 은혁이가 더 좋지?"

"음…… 그건 대답하기가 좀 곤란한데요?"

"이것아, 당연히 은혁이가 더 좋다고 해야지."

"그럼 어머니가 섭섭해하시잖아요."

윤정과의 대화는 언제나 끝이 없고 질리지가 않았다. 며느리지만 딸처럼 어여쁜 윤정이었다.

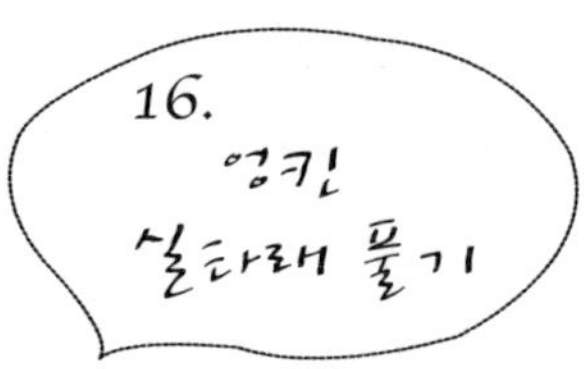

지수의 예상은 정확히 들어맞았다. 동혁은 보름이 지나도록 연락은커녕 코빼기도 보이질 않았다. 한두 번 겪는 일이 아니기에 대수롭게 생각할 필요도 없는 일이었다. 오히려 더 이상 시달릴 일도 없으니 앓던 이가 쏙 빠진 것처럼 시원해야 할 일이었다.

하지만 그렇지가 않았다. 시간이 흐를수록 지수는 욕구불만에 시달리는 사람처럼 쉽게 짜증과 화를 내고 지나치게 비판적이고 불안해하는 비정상적인 행태를 보이게 됐다. 특히 남자들이 관심을 보이며 접근을 할 때는 그 정도가 아주 심해졌다.

"지수 씨, 피곤하실 텐데 댁까지 모셔다 드릴까요?"

"신경 끄세요!"

"오늘 밤 술 한 잔 어때요?"

"꺼져요!"

"제 마음을 대신할 선물을 준비했습니다. 받아주십시오."

"개소리!"

하나같이 풍요로운 삶을 보장해 줄 만한 타이틀이 새겨진 명함, 재산세영수증을 보여줄 수 있는 남자들이었다. 별 볼일 없는 동혁에 비해 갖춘 게 아주 많은 남자들이었다. 그럼에도 불구하고 지수는 그 모든 남자들을 마다했다. 그 또한 미친 짓에 해당한다는 걸 지수 자신이 누구보다 제일 잘 알고 있었다.

하지만 지수는 더 이상 날카로워질 수 없을 만큼 뾰족해지고 예민해진 말과 행동을 스스로도 어찌할 수 없었다. 동혁으로 인한 부작용과 후유증은 이루 말할 수 없을 정도로 심각한 수준이었다.

지수는 마음을 다스리기 위해 모든 방법을 다 동원했다. 명상, 요가, 독서, 사격, 양궁, 살인적인 스케줄 등등. 하지만 어느 정도 효과를 나타낼 것처럼 되다가 말짱 도루묵이 되어버렸다. 왜냐하면 그때마다 눈앞에 뭔가가 꿈틀거리며 나타났기 때문이다. 그것은 바로 까불까불 촐랑대는 차동혁이었다. 미꾸라지의 탈을 쓴 차동혁! 동혁은 간신히 차분하게 만들었던 마음을 여지없이 산만하게 흩뜨려 놓았다. 그로 인해 지수는 수없이 비명을 질러야만 했다.

"미치겠다! 돌겠다! 차동혁, 이 나쁜 놈아! 훔쳐 간 내 마음 제 자리에 못 갖다 놔아아아!"

그러다 진짜 지수는 미치고 말았다. 일요일 오후에 차를 타고 동혁이 살고 있는 동네를 찾아가 두 시간 동안 배회를 하고 만 것이다.

지수는 차를 세우고 슈퍼마켓에 들어가기 전 주위를 두리번거렸다. 그리고 기저귀 하나를 사 들고 나와 또 한 번 두리번거리고 트렁크 문을 열고 기저귀를 집어넣은 다음 차에 오르기 전 또다시 두리번거렸다. 그런 식으로 산 물건들로 트렁크가 더 이상 문을 닫을 수 없을 정도로 꽉 차버렸다. 오빠네 부부를 위한 와인과 과일바구니, 성우에게 줄 학용품과 장난감, 연진이를 위한 옷과 신발, 분유 등등. 그런데 그런 미친 짓을 했음에도 불구하고 지수는 동혁을 만나기는커녕 코빼기도 보지는 못했다.

"아냐! 난 진짜 오빠가, 정연이가, 성우가, 연진이가 보고 싶어서 이 동네에 온 거야. 그래, 그런 거라구."

지수는 자존심이 상해 스스로에게 열심히 변명을 늘어놓았다. 하지만 바리바리 물건까지 싸 짊어지고 온 것도 모자라 바보 같은 변명을 늘어놓는 꼴이 한심해 얼굴을 못마땅하게 찡그렸다.

"한지수, 너 정말 마음에 안 든다. 그 비싼 자존심 어디다 팔아먹은 거니?"

지수는 한숨을 푹푹 내쉬었다. 하지만 아무리 구차한 변명을 둘러댄다 한들 이 동네를 찾은 이유가 차동혁 때문이란 건 부정할 수 없는 사실이었다.

"그렇게 보고 싶으면 차라리 전화를 해."

지수는 스스로를 타박했다.

"싫어. 내가 왜?"

두 가지 마음이 뒤엉켜 씨름을 했다. 하도 속상해서 지수는 울상을 짓고 말았다.

"나쁜 자식, 귀찮을 땐 불쑥불쑥 잘도 나타나더니만, 이럴 땐 왜 코빼기도 안 보이는 거야?"

차에 더 이상 물건을 집어넣을 자리가 없자 지수는 성우네 집으로 향했다.

정연과 범진, 그리고 성우는 연락도 없이 찾아온 방문객과 끝도 없이 들고 들어오는 선물의 양을 보고 깜짝 놀랐다.

"이게 다 뭐니?"

"아무것도 묻지 말고 받아."

"고모, 크리스마스 선물 미리 주는 거야?"

성우가 환한 낯빛으로 선물을 끌어안으며 물었다.

"묻지 말라니까."

지수는 괜히 심통이 나 코트도 벗지 않고 소파에 털썩 주저앉아 한숨을 내쉬었다.

"무슨 일 있니?"

연진이를 안아 재우고 있었던 범진이 그녀의 옆 자리에 앉으며 물어왔다. 지수는 범진의 품에서 새근새근 잠든 연진을 시큰둥하게 바라보았다. 그러다 지수는 역시 조카가 보고 싶어 이곳에 온 것이 아님을 깨닫고 다시 한 번 크게 한숨을 내쉬었다.

"일은 무슨. 아무 일도 없어. 아무 일도."

"잠 못 잔 얼굴인데? 정말 괜찮은 거야?"

자고 싶은데, 피곤해 죽겠는데 잠을 잘 수 없는 사람의 심정은 그 누가 알랴! 그리고 그런 사람이 괜찮을 리가 없지 않는가. 하지만 괜찮지 않다고 하면 그 이유를 물을까 봐 지수는 대충 둘러대기로 했다.

"괜찮아."

지수는 절로 풀이 죽은 목소리가 흘러나왔다.

"지수야, 점심은 어떻게 했어? 먹었어?"

정연의 물음에 밥을 먹었는지 안 먹었는지조차 헷갈려 지수는 두 개의 눈동자를 이리저리 굴렸다. 그러다 짜증 섞인 얼굴로 투덜거렸다.

"몰라, 배 안 고프니까 신경 쓰지 마."

"커피 줄까? 아니면 녹차?"

정연이 눈치를 살피며 조심스럽게 다시 물었다.

"됐어. 나 신경 쓰지 말고 그냥 있어. 없는 듯이 있다가 갈 거니까."

지수는 쿠션으로 얼굴을 가리고 소파에 벌렁 누워버렸다.

“여보, 연진이 침대에 눕히는 게 낫지 않을까요?”

분위기가 별로 좋지 않다는 걸 느꼈는지 정연이 일부러 자리를 피해주려는 행동을 보였다. 하지만 지수는 그러거나 말거나 신경도 쓰지 않았다. 머릿속에서 유유자적 신선놀음을 하는 미꾸라지 차동혁의 존재 때문에 미칠 지경이었기 때문이다.

“으응, 그러는 게 낫겠지?”

범진까지 정연을 따라가자 거실에 선물을 풀어보는 성우와 단둘이 남겨졌다. 여전히 지수는 소파 위에서 시체처럼 축 늘어져 있었다.

“와! 이거 가지고 싶었던 건데!”

성우가 싱글벙글 웃으며 조립식 자동차를 끼워 맞추기 시작했다. 시간이 계속 흘러갔지만 지수는 여전히 꿈쩍하지도 않은 채로 소파에 누워 있었다.

“이건 어떻게 해야 하는 거지? 고모, 고모, 일어나 봐. 이건 어떻게 해야 하는 거야?”

모르는 부분이 생겼는지 성우가 도움을 청했다.

“몰라.”

지수는 설명서도 보지 않고 성의없이 대답을 했다. 그러자 성우가 볼멘소리를 해댔다.

“동혁이 형은 금방 알 텐데.”

순간 지수는 주사를 맞은 사람처럼 몸을 움찔했다. 동혁과 비교를 당해서가 아니라 애써 머릿속에서 몰아내고 있는 동혁의 존재를 성우가 다시 디밀었기 때문이다. 지수는 갑자기 벌떡 일어나 비명을 지르며 머리를 거칠게 마구 흔들어댔다.

"아아아!"

그 해괴한 모습에 성우가 입을 떡 벌리고 얼어붙었다. 미치지 않고선 절대 저런 식으로 발광할 수 없다는 듯이 바라보며. 난데없는 괴성에 놀란 범진과 정연도 방에서 튀어나왔다.

"왜 그래? 왜 그래?"

성우가 자기도 모르겠다는 식으로 고개를 가로저었다. 지수는 눈을 감은 채로 거칠게 숨을 쉬면서 씩씩거렸다. 그래도 머릿속에 딱 달라붙어 있는 미꾸라지 차동혁은 떨어지지가 않았다.

"지수야, 왜 그래? 응?"

정연이 걱정을 담은 얼굴을 하고선 다가서려 했다. 지수는 못 보일 꼴을 보였다는 생각에 황급히 짐을 챙겼다.

"아냐, 아무것도. 나 갈게, 잘 있어. 또 놀러올게."

"정말 가려구?"

"나오지 마. 나오지 마. 그대로 있어, 그대로."

지수는 걱정하는 낯빛으로 뒤쫓아 나오는 정연과 범진을 만류했다. 그리고 이내 문을 닫고 아파트를 나와 버렸다. 지수는 한가로운 주말 오후를 보내고 있던 오빠네 가족들을 혼란의 도가니로 몰아넣은 채 그렇게 이상한 방문을 끝마쳤다.

지수는 아파트를 나와 주차장에 세워둔 차로 성큼성큼 걸어
갔다. 그러다 갑자기 걸음을 뚝 멈춰 섰다. 뜻밖의 인물과 마주
쳤기 때문이다. 바로 꽃미녀 1304호였다.

"안녕하세요?"

꽃미녀 1304호가 반갑게 인사를 하며 지수에게 다가왔다. 지
수는 얼떨결에 고개를 숙여 인사를 건넸다. 그런데 참으로 이상
한 일이었다. 예전엔 보기만 해도 가슴이 퉁탕퉁탕 뛰었는데 지
금은 여자라는 사실을 알아서 그런지 아무런 느낌조차 들지가
않았다. 오히려 동혁과 단둘이 포장마차에 앉아 있었던 그날의
일이 떠올라 불쾌한 마음마저 생겨났다.

"놀러왔다가 가시는 거예요?"

"네."

지수는 퉁명스럽게 대답했다. 그리고 말을 길게 하고 싶지 않
아 고개를 숙여 인사한 후 차에 오르려 했다. 그때 꽃미녀 1304
호가 머뭇거리며 말을 걸어왔다.

"저기, 혹시 차동혁 씨요."

차동혁이란 이름에 지수는 또 한 번 마법에 걸린 듯, 거미줄
에 갇힌 듯 옴짝달싹할 수가 없게 됐다.

"요즘 안 보이시더라구요. 혹시 연락처 좀 알 수 있을까요?"

지수는 동혁에게 관심을 보이는 꽃미녀 1304호가 마음에 들
지 않았다. 그동안 어떻게 숨기고 있었는지 몰라도 몸속에서 온
갖 심술과 질투, 시샘, 악랄함이 한꺼번에 튀어나왔다.

"연락처는 왜요?"

지수는 상당히 거칠고 사나운 말투로 되물었다.

"네? 그거야…… 걱정이 돼서 전화 좀 해보려고……."

"걱정을 왜 해요? 전화하지 마세요!"

지수는 따지듯 묻고선 단호하게 잘라 말했다. 그러자 꽃미녀 1304호가 당혹한 기색을 보이며 되물었다.

"네? 왜요?"

"왜긴요! 그냥 하지 말라구요! 전화하기만 해봐요. 그냥 안 둘 거니까!"

지수는 위협조로 대꾸를 하고선 거칠게 차 문을 열고 안으로 들어갔다. 꽃미녀 1304호는 여전히 황당하다는 표정을 짓고 서 있었다. 그런 꽃미녀 1304호에게 눈길도 주지 않고 지수는 시동을 걸어 급히 주차장을 빠져나왔다.

지수는 도로로 나온 순간부터 끊임없이 투덜거리기 시작했다.

"한지수, 넌 정상이 아니야. 미친 거야, 돈 거라구."

정지 신호가 켜지자 지수는 가방에서 휴대전화 꺼내 이어폰과 연결한 다음 귀에 꼈다. 그리고 단축번호를 길게 눌렀다.

"이 자식아, 빨랑 전화 받아! 나 더 미치기 전에!"

지수는 화가 나서 거의 제정신이 아니었다. 감정이 격해져 있어서 위태위태했다. 동혁이 전화를 받으면 지수는 속이라도 후련하게 맘속에 담긴 말들을 다 비워낼 작정이었다. 대화를 할 생각은 절대 아니었다. 화풀이가 주된 목적이었다. 드디어 전화가 연결되자 지수는 다짜고짜 고함을 질러댔다.

"이 나쁜은 노무 시키야! 너 왜 사람을 미치게 만들어? 왜 돌게 만들어? 사람 맘 흔들어놓고 어디서 개지랄 떠느라고 연락도 안 해? 그럴 거면서 왜 내 입술 빼앗았어? 그것도 세 번씩이나! 이 빌어먹을 노무 시키! 날 좋아한다구? 사랑한다구? 이런 게 좋아하고 사랑하는 거야? 이 천하의 개도 안 물어갈 사기꾼아! 지옥에나 가버려! 얼어죽을 놈아! 뒈져 버려!"

지수는 하고 싶은 말만 하고 전화를 끊어버렸다. 눈에 뵈는 게 없을 정도로 퍼부었더니 가슴이 심하게 오르내렸다.

잠시 침묵이 흘렀다. 지수는 가슴이 후련하고 시원해야 하는데 전혀 그런 기미가 보이지 않자 울상이 되었다. 곧 눈앞이 흐려졌다. 눈에서 뜨거운 눈물이 툭툭 떨어지기 시작했다. 이를 악물었지만 목구멍을 타고 올라오는 신음을 참아낼 수가 없었다. 가슴이 미어졌다.

"흐흑, 나쁜은 노무 시키."

지수는 손등으로 거칠게 눈물을 닦아냈다. 그러다 찌르는 시선을 느끼고 주위를 둘러봤다. 바로 정지선에 함께 서 있던 차 안의 사람들이 보내는 시선이었다. 지수는 창피하기도 했지만 동물원의 원숭이가 된 기분에 입술을 거칠게 씰룩였다.

"뭘 봐? 사람 우는 거 처음 봐?"

그때였다. 휴대전화가 울렸다. 발신인은 차동혁이었다. 갑자기 지수는 가슴이 퉁탕거리기 시작했다. 섣불리 전화를 받을 용기가 생기지 않았다. 가는 말이 독했으니 오는 말이 좋을 수 없기 때문이었다. 하지만 동혁이 무슨 말을 할지 궁금하기는 했다.

지수는 마음을 가다듬고 전화를 받았다. 하지만 아무 말도 하지 않고 기다렸다. 동혁이 어떤 목소리로, 어떤 톤으로, 어떤 뉘앙스로 말하는지에 따라 대응을 달리하겠다 마음먹으며. 하지만 선을 타고 들려오는 목소리는 동혁이 아니었다. 처음 듣는 여자의 목소리였다.

[여보세요?]

지수는 전혀 예상치 못한 상황이라 당혹하고 말았다. 다시 한 번 묻는 목소리가 들려왔다.

[여보세요?]

지수는 더 이상 말을 하지 않고 있을 수가 없었다.

"여, 여보세요?"

[저기, 안녕하세요. 저는, 차동혁 씨 형수 되는 사람인데요.]

"네?"

지수는 황당하기가 짝이 없었다. 그럼, 아까 그렇게 퍼부었던 말을 들은 사람이 동혁이 아니라 동혁의 형수? 순간 지수는 눈앞이 깜깜해졌다. 무슨 말을 더 해야 할지 알 수가 없는 상황이 되어버리고 말았다.

[사정이 있어서 제가 전화를 받았거든요. 그런데 실례지만 혹시 성함이 어떻게 되세요? 휴대전화에 아줌마라는 발신인으로만 떠서요.]

그 와중에도 지수는 아줌마라는 소리에 속으로 발끈하고 말았다. 하지만 겉으로 내색할 수는 없는 일이었다. 지수는 조심스럽게 이름을 밝혔다.

"한지수라고 합니다."

[어머, 한지수 씨? 진짜 한지수 씨예요? 한, 지, 수 씨 정말 맞아요?]

형수라는 여자가 이산가족 상봉의 기쁨을 누리는 것처럼 좋아했다. 지수는 도무지 지금 이게 무슨 상황인지 알 수가 없어 눈동자만 이리저리 굴렸다. 형수라는 사람만 있는 게 아닌 모양이었다. 다른 사람들의 목소리도 들려오기 시작했다.

[한지수래?]

[네! 어머니!]

[거봐요. 제가 뭐랬어요? 분명히 동혁이 애인이 맞을 거라고 했잖아요!]

[그럼, 빨리 오라고 해! 빨리!]

지수는 도무지 사태파악이 안 돼 머릿속이 혼란스러웠다. 동혁이 이 자식은 뭐 하고 가족들이 난리인지 알 수가 없었다. 그때 다시 형수라는 여자의 목소리가 들려왔다.

[지수 씨, 혹시 지금 저희 집으로 와주시면 안 될까요?]

“네? 지, 집이요?”

난데없는 초대에 지수는 더욱 어리둥절해졌다.

[지금 도련님이 아파 누워 계시거든요. 그런데 의식이 없는 중엔 여지없이 지수 씨를 애타게 찾아서요.]

지수는 뭔가에 한 대 얻어맞은 사람처럼 멍한 표정을 지었다. 뒤에서 빨리 움직이라는 듯 클랙슨을 울려댔지만 지수에게는 아무 소리도 들리지 않았다.

차를 도로 돌려 지수는 형수가 가르쳐 준 집 앞까지 찾아왔다. 중간에 차를 세워 과일바구니와 음료수까지 사 들고서. 지수는 살면서 이렇게까지 긴장이 됐던 적은 없는 것 같았다. 동혁뿐만 아니라 동혁의 식구들을 대해야 한다는 생각에 더 그러는 것 같았다.

벨을 누르자 온 가족이 출동해 대문을 열어주었다. 동혁의 어머니, 형수, 형이 눈에 들어왔다. 얼떨결에 지수는 90도로 허리를 굽혀 인사를 올렸다.

“안녕하세요. 한지수라고 합니다.”

고개를 들어보니 여섯 개의 눈들이 초롱초롱 반짝반짝 빛을 내고 있었다. 죽어가는 사람을 살릴 수 있는 명의를 만난 것처럼 말이다. 하지만 그것은 의식이 없는 중에 동혁이 애타게 불렀다는 여자에 대한 호기심을 반영한 눈빛이었다. 그런데 갑자기 동혁의 어머니와 형수가 동시에 웃음기를 거둬들이고 고개를 갸웃거렸다. 왜 그러는지 지수는 알 수가 없었다. 형이 입을 열었다.

"어서 들어오세요."

"네. 그럼 실례하겠습니다."

지수는 동혁의 어머니와 형수를 지나치다 갑자기 형수가 치는 박수 소리를 듣고 우뚝 멈춰 섰다. 뒤를 돌아보니 동혁의 어머니가 그러는 이유를 묻듯 형수의 옆구리를 쿡 찌르고 있었고, 형수는 서둘러 설명을 하려다 어정쩡한 자세로 굳어져 있었다. 동혁의 어머니가 어서 들어가라는 듯이 손짓을 했다. 지수는 고개를 갸웃거리고선 다시 등을 돌리고 집으로 들어갔다.

지수는 사 들고 온 과일바구니와 음료수를 거실에 놓고 형을 따라 이층으로 올라갔다. 동혁의 방으로 보이는 곳에서 형이 문을 열어주었다. 안으로 들어가자 등을 돌린 채로 침대에 누워 있는 동혁이 보였다. 동혁은 진짜로 아픈지 계속 강아지처럼 낑낑거리고 있었다. 형은 조용히 문을 닫아주고 가버렸다. 지수는 이 상황에서 뭘 어떻게 해야 하는 건지 알 수가 없어 한참을 허수아비처럼 서 있었다.

"나 좀 제발 그냥 내버려 둬요."

인기척을 느낀 동혁이 쳐다보지도 않고 괴롭다는 듯이 말했다. 이에 지수는 아무 말도 못하고 계속 서 있기만 했다. 자리에 누워 힘없이 말을 하는 동혁을 보자 눈시울이 뜨뜻해졌다.

"저 안 죽으니까 걱정 마시고 내려가세요."

지수는 동혁이 왜 이러고 누워 있는지 궁금해 동혁을 조용히 불렀다.

"차동혁."

이름을 부르는 순간 커다란 동혁의 등짝이 바늘에 찔린 것처럼 움찔거렸다. 이내 동혁이 조그맣게 투덜거렸다.

"젠장, 이젠 환청까지 들리네."

"차동혁, 나 좀 봐."

지수는 조금 더 크게 명확하게 동혁을 불렀다. 그러자 동혁이 소스라치게 놀라며 일어나 앉았다. 지수는 동혁과 눈이 딱 마주쳤다. 동혁은 면도도 하지 않아 초췌하기가 짝이 없는 얼굴로 놀라움을 표현하고 있었다. 방콕폐인(방에 콕 박혀 몸을 망친 사람)이 따로 없었다.

"여, 여, 여기는 어떻게……."

많이 놀랐는지 동혁이 말까지 더듬고 끝을 흐렸다. 하지만 눈빛은 뭔가 하고픈 말이 많음을 보여주고 있었다. 하고 싶은 말은 분명히 있으나 선뜻 말하기가 어려운 모양이었다. 어색한 분위기 속에 시간만 계속 흘러갔다. 지수는 더 이상 시간만 끌 수가 없어 힘겹게 입을 열었다.

"차동혁스럽지 않게 왜 이러고 있어? 어디가 아픈 거야? 왜 아픈 건데?"

동혁이 차마 대답하기가 어려운지 잠시 망설였다. 그동안 먹지도 못하고 잠도 제대로 자지 못했는지 살도 많이 빠지고 피곤한 기색이 역력했다.

"그냥 좀. 심각한 건 아니야."

말로는 아니라고 하지만 지금까지 본 모습 중에 제일 심각한 모습인 것은 분명했다.

"좀 앉을래?"

동혁이 침대에서 내려와 책상 의자를 끌어다 주었다. 그러다 자신이 형편없는 모습을 하고 있는 걸 깨달았는지 동혁이 손으로 머리를 쓸어 넘기고 옷을 단정히 하려고 애를 썼다. 그래도 안 되겠는지 동혁이 입을 열었다.

"저기, 미안한데 조금만 기다려 주라."

동혁이 옷장에서 옷을 꺼내 들고 방을 나가 버렸다. 지수는 주인 없는 방에 앉아 여기저기를 두리번거리며 어색한 시간을 보냈다.

잠시 후, 누군가가 문을 두드렸다. 지수는 의자에서 일어나 냉큼 문을 열었다. 과일과 음료수가 담긴 쟁반을 손에 든 형수가 서 있었다. 형수가 기분이 좋은지 생글생글 웃으며 쟁반을 내밀었다.

"이것 좀 드세요."

"네. 고맙습니다."

지수는 쟁반을 받아 들었다. 그러자 형수가 목소리를 낮춰 속삭이기 시작했다.

"고맙기는 저희가 더 고맙지요. 지수 씨가 오니까 도련님이 벌떡 일어나 샤워까지 하시잖아요. 저희가 아끼는 한지수 씨 연락처를 알아내려고 도련님 휴대전화까지 몰래 가져가서 계속 검색하던 중이었거든요. 그 와중에 지수 씨가 전화를 한 거예요. 그러니 저희가 얼마나 고맙겠어요. 정말 고마워요, 지수 씨. 그럼 저는 이만 가볼게요. 대화 나누세요."

형수가 친절하게 문까지 닫아주고 사라졌다. 동혁이 아주 착하고 애교가 많은 형수를 둔 것 같았다. 지수는 쟁반을 들고 책상으로 다가가 그 위에 올려놓았다. 그러다 옆에 놓인 작은 상자를 보게 되었다. 아주 오래된 상자였는데 뚜껑이 반쯤 열려 있었다.

지수는 호기심이 생겨 뚜껑을 마저 열고 안을 들여다보았다. 그 안엔 어릴 적 여자 아이들이 가지고 놀았던 공기와 까만 고무줄이 들어 있었다. 지수는 요즘에도 이런 게 있나 싶어서 상자를 들고 공기와 고무줄을 만져 보았다.

그때였다. 깔끔해진 모습으로 동혁이 문을 열고 들어왔다. 급하게 샤워를 하고 왔는지 젖은 머리에 작은 물방울들이 맺혀 있었다. 좋은 비누와 샴푸 향기가 코끝을 간질였다. 그때 동혁의 시선이 상자를 향해 날아왔다.

"이런 걸 왜 가지고 있어?"

지수는 동혁에게 질문을 던졌다. 순간 지수는 갑자기 과거에 친구들과 공기를 하거나 고무줄놀이를 하고 있으면 어디선가 나타나 공기를 훔치고, 고무줄을 끊고 달아났던 동혁이 생각났다. 지수의 기억 속 공기와 고무줄은 당혹스러움과 불쾌함을 주는 매개체였다. 지수는 도무지 이유를 알 수 없다는 얼굴을 하고 동혁의 설명을 기다렸다.

"너한테 주려고 했던 거야."

"뭐? 나한테 주려고 했다니 그게 무슨 소리야?"

지수는 무슨 소리인지 알아들을 수가 없어 눈살을 찌푸렸다. 동혁이 가까이 다가와 상자를 계속 쳐다보며 말을 해나갔다.

"4학년 되던 첫날에 이걸 들고 학교에 갔어. 그리고 널 찾아다녔어. 그런데 네가 없더라구."

"나 전학 간 거 몰랐구나?"

"응."

동혁이 고개를 들고 대답을 했다.

"그런데 왜 이걸 주려고 했어?"

동혁이 씁쓸하게 웃었다.

"철이 아주 조금 드니깐 좋아한다는 감정을 달리 표현할 수가 있겠더라구. 이걸 4학년 내내 가방 속에 집어넣고 다녔다고 하면 믿겠냐?"

믿을 수 없는 고백에 지수는 아무런 말도 나오질 않았다. 그저 놀란 눈으로 동혁을 올려볼 뿐이었다. 지수는 동혁의 감정이 그토록 오래된 것인지 미처 몰랐다. 당황스러움도 잠시, 지수는 가슴에 누군가가 작은 모닥불을 지펴 놓은 듯 따뜻함이 밀려드는 것을 느꼈다. 그리고 혼란스럽게 배회하던 뭔가가 도착점에 안착을 한 듯 편안해졌다.

"우리 어머니가 이사 다닐 때마다 왜 이런 걸 가지고 있느냐며 갖다 버리려고 하시는 거야. 그래서 안 된다고 대들다가 맞기도 했다. 사내 녀석이 어울리지 않게 별짓을 다 한다고 말이야."

생각만 해도 우스운지 동혁이 웃음을 터뜨렸다. 하지만 지수는 동혁처럼 웃을 수가 없었다. 어리지만 가방에 물건을 넣고 다녔을 동혁의 마음이 짐작이 되어 핀잔도, 통박도 놓을 수가 없어 그저 입술만 지그시 물 뿐이었다.

"초등학교 6학년 때 아버지 돌아가셨는데 내가 우리 어머니한테 무슨 소리를 한 줄 아냐?"

"뭐라고 했는데?"

"아버지 돌아가시기 전에 누나나 여동생 좀 낳아주시지 왜 안 낳아주셨냐고 했다. 그러다 또 헛소리한다고 맞았다. 그때는 그런 생각이 들었다. 누나나 여동생이 있었으면 여자애들 마음을 더 잘 헤아리지 않았을까, 그랬으면 네가 전학 가기 전에 못되고 유치한 방법 대신 더 나은 방법으로 속마음을 보여줄 수 있지 않았을까 하는 생각 말이야. 지금 생각해 보면 난 그때 진짜 철딱서니가 제로였나 봐."

지어낸 말 같지는 않았다. 게다가 바로 여기에 명백한 증거까지 있지 않은가. 지수는 무슨 말을 해야 할지 더 알 수가 없어졌다.

"그거 지금이라도 받아줄래?"

동혁이 농담을 하듯 말했다. 지수는 동혁과 다시 눈이 마주쳤다. 여전히 동혁은 할 말이 많은 눈빛이었다. 아니, 술집에서 우연히 만났던 순간부터 동혁은 이런 눈을 하고 쳐다봤던 것 같았다.

"또 때릴까 봐 되도록 이런 말 안 하려고 했는데, 넌 볼 때마다 참 예쁜 것 같다."

지수는 가슴이 콩닥콩닥 뛰기 시작했다. 가까운 곳에서 큰 키로 내려다보는 동혁이 달리 보이기 시작했다. 처음으로 사람 마음을 움직이고 감동시키는 소리를 해대서 그러는 것 같았다. 지수는 더 이상 동혁이 하는 말이 환장어록 3종 세트로 들리지 않았다. 콩깍지까지 씌었는지 동혁이 멋진 남자로 보이기까지 했다.

"하여간 와줘서 고맙다. 어떻게 알고 왔는지는 모르겠지만."

"너한테 전화를 했었어. 주소까지 적어줬는데 아무런 연락도 없고 찾아오지 않아서. 그래서 실컷 욕을 해줄 생각으로 전화를 걸었어."

"언제? 어? 그러고 보니 내 휴대전화가 안 보이네! 어디 있지?"

"식구들이 가지고 있을 거야."

"엉! 우리 식구들이?"

동혁의 눈이 휘둥그레졌다가 이내 다시 가늘어졌다. 상황 파악이 된 모양이었다.

"우리 식구들이 쓸데없는 소리를 해댔나 보구나?"

"네가 아픈 줄 몰랐어. 그래서 그런 전화를 했던 거야. 미안해."

"미안하기는, 네가 왜 미안해? 오히려 미안한 건 난데. 나 이젠 아프지 않아. 봐, 아주 멀쩡하잖아. 걱정 안 해도 돼. 그런데 바쁘지 않아? 이렇게 있어도 돼?"

왜 그러는지 몰라도 동혁이 불편한 기색을 보였다. 지수는 염려가 되기 시작했다. 아주 반가워할 줄 알았는데 꼭 그렇지만도 않은 것 같아서. 게다가 동혁이 이제는 거리까지 두며 멀찍이 떨어져 있었다. 지수는 묻지 않을 수가 없었다.

"내가 연락도 없이 찾아와서 불편한 거야?"

"불편하기는, 아냐!"

"너 그래 보여."

동혁이 난처한 표정을 지으며 망설였다.

"사실은…… 곰곰이 생각해 봤는데……."

지수는 예감이 좋지 않아 눈살을 찌푸릴 수밖에 없었다. 하지만 동혁이 계속 말을 할 수 있게 가만히 기다렸다.

"난 너한테 어울리지 않는 것 같더라. 아무리 생각을 해봐도 너한테 해줄 수 있는 게 아무것도 없더라, 정말 아무것도. 남들 열심히 모으고 살 때 여태까지 난 뭐 하고 살았나 싶고, 한심하기 짝이 없는 거야."

지수는 더 이상 듣고만 있을 수가 없어서 도중에 말을 끊어버렸다.

"내가 명함이니 재산세영수증이니 하는 소리 해서 그런 거야? 나 진짜 그런 거 원해서 그런 소리 한 거 아냐. 네 진심이 어떤 건지 시험해 보려고 그런 거란 말이야."

"그런 건 상관없어. 지수야, 사실 나 다시 백수 됐다. 일자리 다 잃어버렸어."

"그게 무슨 소리야? 잘해내고 있었잖아."

갑작스런 소식에 지수는 깜짝 놀라고 말았다.

"그러게, 나 진짜 열심히 했는데."

동혁의 입가에 씁쓸한 미소가 맴돌았다. 눈은 슬픈 빛을 띠고 있었다. 그래서 지수는 마음이 더 아팠다. 오기처럼 내뱉은 말에 상처를 받고 자리까지 보존하며 누워 있었을 동혁의 마음이 느껴졌기 때문이다. 지수는 뭔가가 뜻대로 풀리지 않아 속병을 앓은 것 같은 동혁을 애정 어린 눈빛으로 바라보며 조용히 입을 뗐다.

"무슨 일 있었어?"

"그 여자가 날 가만두질 않네."

"그 여자? 그 여자가 누군데? 혹시 네 앞길 막았던 여자? 또 그 여자가 나서서 손쓴 거야?"

지수는 동혁의 표정으로 그렇다는 걸 깨달았다. 지수는 분노로 입술이 떨려왔다. 누구보다 동혁이 최선과 진심을 다해 일했다는 것을 잘 알고 있었기 때문이다.

"세상에, 말도 안 돼! 누구야? 도대체 어떤 여자야?"

"말해주면 네가 혼내줄래? 나 그 여자 때문에 칼 맞고 죽을 뻔도 했는데."

별일이 아니라는 듯 동혁이 피식 웃어버렸다. 칼 맞고 죽을 뻔했다는 말에 크게 경악한 사람 앞에다 두고 뭐가 그리도 우스운지 계속 웃고만 있었다.

"그런데 진짜 세상 좁더라. 칼 들고 찾아온 사람 말이야, 아는 사람인 거 있지. 크크큭……."

칼 맞고 죽을 뻔한 게 아니라 칼 맞을 뻔하다가 미친 게 분명했다.

"넌 지금 이 와중에 웃음이 나와? 그리고 이게 그냥 혼내고 말 일이야? 그 여잔 네 인생을 망가뜨린 것도 모자라 널 죽이려고 했었다구! 너 설마 그 여자 그냥 놔둘 생각은 아닌 거지?"

지수는 성난 음성으로 물었다.

"심증만 있지 구체적인 물증도 뭣도 없어. 그리고 날 죽이려 했던 사람을 증인으로 내세울 생각도 없고. 내가 어떻게 해볼 만한 여자가 아니야. 아주 교활하고 영악한 여자야."

"어쩌다 그런 여자한테 걸려들었니?"

지수는 속상해서 질책하는 목소리를 내고 말았다.

"걸려들지 않으니까 저러는 걸. 자기 마음대로 내가 움직여주지 않으니까 그러는 거라구."

"진짜 나쁜 여자다. 천벌받을 여자다. 말해봐, 그 여자가 누군지 말해보라구."

"YS 스포츠센터 대표."

"뭐? YS 스포츠센터 대표?"

지수는 냅다 소리를 지르고 말았다. 심장이 뚝 떨어질 것 같아서. 동혁은 왜 저렇게 놀라나 하는 표정으로 바라보기만 했다.

"널 이 지경으로 만든 사람이 남희정 그 여자란 말이야?"

"네가 그 여자 이름을 어떻게 알아?"

동혁이 많이 놀란 얼굴을 해가지고 물었다.

"집안끼리 친분이 있어서 아주 잘 아는 여자야. 그 여자 농간에 우리 오빠네 부부도 거의 이혼 직전까지 갔다 왔어."

"뭐? 혹시 성우네 얘기하는 거야?"

"그래. 남희정, 그 여자란 말이지? 네 인생, 우리 오빠네 인생을 망가뜨리려고 했던 여자가! 가만두지 않을 거야. 정말 따끔한 맛을 보여줄 거야!"

지수는 발끈하며 온몸을 부르르 떨어댔다. 동혁이 그런 모습을 가만히 지켜보다가 미소를 지어 보였다.

"한지수, 뭐 하나만 물어봐도 되냐?"

"뭔데?"

"네가 곁에 있으니까 참 좋다. 나, 생각보다 너 많이 좋아하고 사랑하나 봐. 너 볼 수 없을 땐 세상 살맛이 없었는데 널 보니까 다시 열심히 살고 싶은 마음이 생긴다. 네 마음 얻을 수 있게 더 열심히 노력하고, 너한테 줄 수 있는 거 하나하나 늘려가면서 기쁘게 해주고 싶은 마음이 든다.”

느닷없는 고백에 지수는 얼굴이 확 달아올랐다. 동혁의 말이 계속되었다.

“지금처럼 내 곁에 있어주면 안 되겠니? 네가 내 곁에 있어주면 나 그렇게 살아갈게.”

지수는 동혁의 진지한 말에 가슴이 벅차올랐다. 박자를 잊은 심장이 제멋대로 쿵쾅거리고, 눈시울이 뜨거워지고, 코끝이 시큰해졌다. 몸 안에서 야릇한 흥분이 모락모락 피어올랐다.

지수는 감동의 눈물을 왈칵 쏟아낼 것만 같은 지경이 되었다. 그의 소박한 사랑고백이 그녀의 마음에 감동과 함께 행복이라는 나무 한 그루를 심어주었다. 과장되고 멋진 이벤트는 아니었지만 그 어떤 말보다 주옥같이 그녀의 마음을 적셔주었다. 저도 모르게 지수는 동혁에게 뛰어가 두 팔로 목을 감싸 안고 그의 입술에 입을 맞춰 버렸다. 동혁은 많이 놀랐는지 눈을 동그랗게 떴다. 그러다 이내 눈을 감고 뜨거운 입맞춤에 화답했다.

지수는 살면서 가장 정신없는 하루를 보낸 것 같았다. 하지만 결코 잊을 수 없는 날로 기억될 것만은 분명해 보였다. 특별한 하루였다. 차동혁이란 남자가 없는 세상과 있는 세상이 얼마나 다른지를 알 수 있었던 그런 날이었다.

그때였다. 누군가가 방문을 똑똑, 하고 두드렸다. 지수는 깜

짝 놀라 동혁에게서 후닥닥 떨어졌다. 문밖에서 형수의 음성이
들려왔다.

"저녁 드세요!"

"네!"

지수는 동혁과 동시에 대답을 하고선 함께 웃음을 터뜨렸다.
그리고 동혁에게 다시 다가가 그의 입술에 묻은 립스틱 자국을
엄지손가락으로 지워주었다. 하지만 동혁이 다시 한 번 키스를
해오는 바람에 소용이 없어져 버렸다.

지수는 동혁과 함께 아래층으로 내려와 주방으로 들어갔다.
그리고 식탁 위에 마련된 진수성찬을 보고 깜짝 놀라고 말았다.
마치 손님이 올 것을 예상한 것처럼 상다리가 부러질 것만 같았
다.

"어서 앉으세요."

형수가 식탁 한가운데에 찌개를 올려놓으며 말했다.

"고맙습니다."

지수는 인사를 하고 동혁과 함께 나란히 앉았다. 형수가 동혁
에겐 따로 죽을 주었다.

"도련님은 죽부터 드셔야 해요."

"네."

동혁이 군소리없이 그러겠노라 대답을 했다.

"자, 먹자꾸나. 아가씨도 어서 들어요."

동혁의 어머니가 숟가락을 들며 그렇게 말했다.

"네."

모든 음식이 맛있었다. 지수는 대단한 음식 솜씨라는 생각을 하며 계속 식사를 했다.

"난 말이지."

식사 도중에 동혁의 어머니가 무슨 말을 하려는 듯 운을 띠우자 식구들 모두가 모든 동작을 멈추고 동혁의 어머니를 응시했다.

"아무한테나 집에서 한 밥 안 주는 사람이에요."

지수는 무슨 말인지 알 수가 없어 눈만 껌벅거렸다. 하지만 나머지 식구들은 그 뜻을 알기라도 하는 것처럼 살며시 미소를 흘렸다.

"우리 식구가 돼도 좋을 사람한테만 집에서 한 밥 줘요."

지수는 그제야 말뜻을 알아듣고서 지수는 얼굴을 붉혔다.

"떡 줄 사람은 꿈도 안 꾸는데 김칫국부터 마신 거라면 미안한 일이고요."

"아니에요, 저 동혁이 좋아해요. 그것도 아주 많이요. 그동안은 제가 둔해서 제 마음을 잘 몰랐는데 오늘에서야 확실하게 알게 됐어요."

솔직한 속내를 드러내고 지수는 부끄러워 얼굴을 붉혔다. 형수와 형이 서로 시선을 교환하며 빙긋 웃었다.

"부족함이 많은 우리 아들 좋아해 주니 고맙구먼."

고백이 흡족한지 동혁의 어머니 입가에 미소가 걸렸다. 보기 드문 일인지 식구들이 놀란 표정을 지었다.

"별말씀을요."

"그런데 말이야."

화제가 전환될 것 같은 분위기에 지수는 다시 한 번 입을 다 물고 동혁의 어머니를 가만히 쳐다보았다.

"웬만하면 길에서 어른하고 눈싸움은 안 하는 게 낫지 않나요?"

"네? 눈싸움이라니요?"

지수는 계속 어리둥절한 표정을 고수하며 물었다. 이에 형수 와 형이 키득키득 웃기 시작했다.

"내가 말이야, 그날 아가씨 때문에 눈깔 빠지는 줄 알았거든 요?"

"그날이라 하심은…… 어머나!"

지수는 과거로 거슬러 올라가다 갑자기 비명에 가까운 소리 를 내질렀다. 식빵을 공으로 만들기 전 나이 지긋한 여자와 눈 싸움을 했던 일이 그제야 생각이 났던 것이다. 지수는 앞이 막 막해지고 얼굴이 달아올라 할 말을 잃고 말았다. 동혁의 어머니 가 입을 열었다.

"과거는 추억하라고 있는 건지 돌아가라고 있는 게 아니라 하 니 우리 그때 일은 잊자구요. 네?"

"네에."

　민망하기 그지없어 지수는 기어들어 가는 목소리로 대답을 했다. 대책없이 괜한 오기로 눈싸움을 했던 치기 어린 행동이 부끄러울 뿐이었다. 왜 그때 그런 행동을 했는지 스스로 생각해도 모를 일이었다. 질투에 눈이 멀어서 머리까지 이상해졌던 게 틀림없다. 앞으로는 어느 누구와도 절대 눈싸움을 하지 않으리라 마음먹으며 지수는 얼굴을 붉혔다.

　"그런데 무슨 일이 있었던 거예요? 왜 나만 무슨 말인지 알아들을 수가 없는 거예요?"

　옆에 있던 동혁이 질문을 던졌다.

　"그런 게 있다. 죽이나 먹어라."

　동혁의 어머니가 그렇게만 말을 하자 동혁이 호기심과 불만 가득한 얼굴로 고개를 갸우뚱했다. 그때 일을 다시 떠올리니 지수는 얼굴이 화끈거리고 식은땀이 났다. 동혁의 말대로 세상은 참 좁았다.

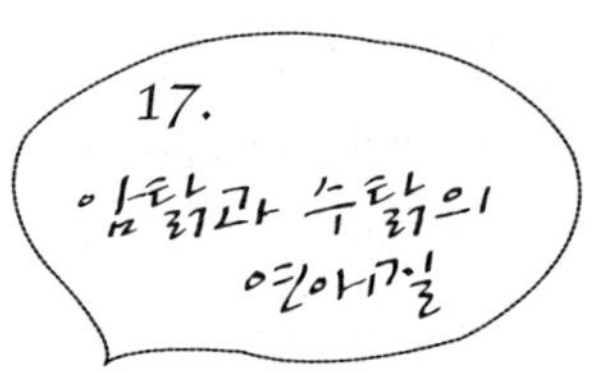

사무실 의자에 앉아 있는 희정은 휴대전화를 귀에 댄 채로 딱딱하게 굳어져 있었다. 굳어진 얼굴이 조금씩 움직이더니 이내 심하게 일그러져 갔다. 희정은 책상 위에 놓여 있던 물건들을 바닥에 내동댕이치고 쓸어버림으로써 억누른 분노를 표출했다.

"대체 이유가 뭐야! 왜 시키는 대로 하지 않겠다는 거야!"

[집에서 꿈쩍도 안 하는 놈을 무슨 수로 처리하라는 거야?]

"몰래 침입해서라도 해결을 했어야지! 왜 쓸데없이 시간만 끄는 건데!"

돈을 주고도 일일이 방법을 가르쳐 사람 목숨 하나 끊어놔야 하나 싶어 희정은 있는 대로 소리를 질러댔다.

[철옹성이 따로 없어. 사방으로 무인경비시스템에 개까지 기르고 있다구. 자신있으면 직접 해보든지!]

"말이 되는 소리를 해!"

정말이지 말이 안 되는 말이었다. 일부러 시간만 질질 끄는 게 틀림없었다. 그러는 데엔 뭔가 다른 이유가 있었다. 하지만 그게 뭔지 알 수는 없었다.

[돈 아끼는 셈치고 이번 건은 그냥 넘어가지? 별 볼일 없는 놈 하나 건드려서 무슨 득이 된다고 자꾸 목을 매?]

"뭐?"

조폭들 주제에 이젠 건방지게 충고까지 늘어놓았다.

"시끄러! 일 하나 제대로 처리할 줄도 모르는 주제에 어디서 감히 충고야! 끊어!"

혈압이 높아질 것 같아 희정은 거칠게 전화를 끊어버렸다. 책상 위에 휴대전화를 탁, 하고 소리 나게 올려놓고 손톱을 계속 물어뜯기만 했다. 시간은 계속 흘러갔다. 하지만 머릿속은 온통 차동혁 생각뿐이었다.

희정은 어떤 식으로 차동혁에게 뜨거운 맛을 보여줄지, 꿈쩍도 안 하고 집에만 들어앉아 있는 놈을 무슨 수로 끄집어내 무릎을 꿇게 할지 계속 궁리만 했다.

동혁을 죽여 버릴까 하고 잔인한 생각을 했던 것도 사실이었다. 하지만 그러기엔 아깝다는 생각이 들었다. 그래서 다시 그

녀의 밑으로 들어올 때까지 죽지 않을 정도만 따끔한 맛을 보여
줄 작정이었다. 다만 겁을 주려는 것뿐이었다.

당당하게 자신을 향해 말을 하던 동혁을 무릎 꿇게 만들고 싶
었다. 누구도 쉽게 건들지 못한 그녀의 자존심에 흠집을 낸 그
에게 대가를 치르게 만들고 싶었다. 그리고 그를 자신의 아래에
두고 마음대로 휘두르고 싶었다.

생각하면 쉬운 일인데 맘처럼 되지 않아 희정은 초조함에 손
톱을 잘근잘근 물어뜯었다. 그때였다. 성급하게 문 두드리는 소
리가 들려왔다.

"누구야?"

문을 열고 들어오는 사람은 얼마 전 새로 뽑은 여비서였다.

"저기……."

여비서는 선뜻 용건을 밝히지 못하고 쭈뼛쭈뼛했다.

"저기 뭐?"

채근하듯 소리를 지르자 여비서가 몸을 움찔거렸다.

"홈페이지에 뜬 게시물을 보셔야 할 것 같아서요."

"무슨 내용인데 그래?"

"직접 보시는 게 나을 것 같은데요."

"도대체 뭔데 그러는 거야?"

희정은 짜증을 내며 컴퓨터 앞으로 가 스포츠센터 홈페이지
에 접속을 해보았다. 자유게시판에 올라온 글들의 제목이 눈길
을 사로잡았다.

"비열한 사업주의 횡포 더 이상 참을 수 없다? 우리는 성의 노예가 아니다? 각성하고 용서를 구해라?"

희정은 마우스로 클릭해 곧바로 내용을 훑어보았다. 이름을 직접 거론하지 않았지만 내용 안의 비열하고, 비도덕적이며, 비윤리적인 형태를 보인 사업주는 다름 아닌 바로 그녀 자신이었다. 그리고 그동안 직원들에게 했던 언행과 그 일화들이 아주 소상하게 적혀 있었다. 마우스를 쥔 손이 분노로 덜덜 떨리기 시작했다. 희정은 고함을 질렀다.

"어떤 놈들이야? 어떤 놈들이 겁도 없이 이런 짓을 해! 당장 삭제해! 당장!"

"삭제해도 소용이 없습니다."

여비서의 난감한 말투에 희정은 눈살을 심하게 찌푸렸다.

"뭐? 그게 무슨 소리야?"

"아까 너무 놀라서 제가 삭제를 했는데 곧바로 다시 글이 올려졌습니다. 또 삭제를 해도 마찬가지였습니다."

"뭐?"

"댓글도 빠른 속도로 달리고 있습니다."

"홈페이지 지금 당장 폐쇄해 버려!"

희정은 날카롭게 소리쳤다.

"등록 기간이기도 해서 회원들이 불편해할 텐데요."

"지금 그게 대수야!"

"네, 알겠습니다."

여비서가 사무실을 떠나자 희정은 다시 손에 잡히는 대로 물건들을 집어 던지기 시작했다.

"누군지 알아내면 가만두지 않을 거야! 가만두지 않을 거라구!"

희정은 그동안 스포츠센터를 걸쳐간 직원들과 현재 함께 일하고 있는 직원들이 모두 다 의심스러웠다. 하지만 누굴 먼저 불러 족쳐야 주동자를 검거해 낼 수 있을지 알 수가 없는 상황이었다. 머리에서 쥐가 날 지경인데 다시 문 두드리는 소리가 났다.

"누구야?"

난처한 기색이 역력한 여비서가 문을 빠끔 열고 얼굴을 내밀었다.

"또 무슨 일이야?"

"저기…… 수영장에 좀 가보셔야 할 것 같습니다."

"수영장엔 왜?"

"자유수영 시간인데 이상한 분들이 오셔서 물을 흐려놓고 계시다는 보고가 들어왔어요."

"물을 흐리다니? 어떻게?"

희정은 도무지 이해할 수 없다는 얼굴을 하고 곧바로 수영장으로 향했다. 복도를 지나 수영장 안이 들여다보이는 커다란 유리창을 지나가다가 눈에 거슬리는 뭔가를 보고 경악하고 말았다.

"세상에, 저게 다 뭐야?"

어디서 단체관광이라도 왔는지 수영장 전체가 노인들로 꽉 차 있었다. 발 디딜 틈조차 보이질 않았다. 평소 자유수영을 즐겼던 회원들은 이상한 분위기가 마음에 안 들었는지 이미 다 떠난 직후였다.

"이게 어떻게 된 일이야?"

"갑자기 들이닥쳐선 표를 끊고 들어가셨답니다."

"그렇다고 다 입장을 시키면 어쩌자는 거야? 수영장 이미지 구겨지게!"

그때 직원들이 황급히 뛰어왔다.

"저기, 큰일 났습니다. 할머니 다섯 분이 샤워를 하시다가 쓰러지셨습니다."

"왜?"

"함께 오신 분들 말로는 바닥이 미끄러워서라고 합니다."

"도대체 관리를 어떻게 한 거야? 그 할머니들 얼마나 다치신 건데?"

"다들 뼈가 부러진 것 같다고 아우성이십니다."

"당장 협력병원에 연락해서 모시고 가봐!"

"그러려고 했는데 그중에 S대학병원장 어머님이 계셨습니다. 다들 그쪽 아니면 안 가시겠다고 하면서 직접 연락을 취하셨습니다. 그리고 또 어떤 분은 방송기자인 아드님한테, 또 어떤 분은 변호사인 따님에게요. 다들 관리소홀 책임을 물어 손해배상을 받겠다고 난리이십니다."

희정은 앞이 캄캄해졌다. 어디서부터 손을 써야 할지 알 수가 없는 상황이었다. 또 그때 다른 곳에서 직원이 달려왔다.

"큰일입니다. 샤워도 안 하고 들어가신 분들, 방금 염색, 코팅을 하고 오신 분들, 수영복이 아닌 옷을 입고 들어가신 분들 때문에 물이 급격하게 오염되고 있습니다. 이대로라면 자유수영 이후 수업에 차질이 생길 것 같습니다."

이건 음모야!

속으로 내뱉을 수 있는 말을 그게 다였다. 누구와 싸우는지도 알 수 없는 싸움이 시작되었다. 보이지 않는 곳에서 공격은 계속 이어지고 있었다. 희정은 극도로 불안한 상태가 되어 소리를 드높였다.

"으으윽! 다 내쫓고 스포츠센터 문 닫아버려!"

세상을 살다 보면 법보다 주먹을 앞세우고 싶을 때가 있다. 특히 억울한데도 만족할 만한 법적인 구제를 받을 가능성이 희박한 경우엔 그렇다.

지수와 함께 동혁은 악의 축인 희정에게 피해를 당한 사람들을 찾아다녔다. 힘을 모으기 위함이었다. 하지만 다들 약속이라도 한 것처럼 똑같은 입장을 보였다. 법으로 해결하고 싶은 생각은 굴뚝같지만 결과적으로 만족할 만한 성과를 얻을 수 없기에 그냥 덮어두거나 잊기로 했다는 것이다. 절차도 복잡하거니와 발을 동동 구르며 뛰어다녀 봤자 힘만 빠지고 가해자에게 주어지는 벌도 생각보다 약하다는 점을 꼽았다. 또한 돌아오는 보복도 생각지 않을 수 없다고도 했다.

이에 어느 누구보다 더 지수가 분통을 터뜨리며 속상해했다. 지수는 절대 그냥 넘어갈 생각이 없다고 했다. 법으로 해결하지 못하더라도 응징은 가해야 한다고 목소리를 높였다. 하다못해 골탕이라도 먹어야 속이 좀 풀릴 것 같다고 했다.

"골탕?"

다들 그 단어에 귀가 솔깃해졌다.

"그래요! 약이 올라서 방방 뛰게 할 만한 골탕이요!"

여러 가지 아이디어가 나왔다. 그중에 골탕은 먹이되 법망을 교묘하게 빠져나갈 수 있는 골탕 몇 가지를 선택했다. 물론 동조자들 역시 스포츠센터에서 부당 해고된 사람들이 주축을 이뤘다.

가족과 일가, 지인들에게 도움을 청해 수영장 사건을 일으킨 후 동혁과 지수, 그리고 동조자들은 잠복근무를 하는 사람들처럼 폐쇄된 스포츠센터 주위를 돌며 그곳을 찾는 사람들에게 스포츠센터가 문을 닫을 수밖에 없었던 이유를 간단히 설명했다. 사람이 다치고 대표의 부도덕한 행실이 문제가 돼서라고 말이다.

그렇게 입으로 전해지는 소문의 위력은 실로 대단했다. 한 문장이 두 문장이 되고 온갖 수식어들이 붙은 소문은 끝없이 부풀려지고 커졌다. 나중에 근원지로 되돌아온 소문은 믿을 수 없을 만큼 크고 해괴망측한 내용을 담고 있었다.

그 결과 희정은 엄청난 손실을 입게 되었다. 잘나가던 스포츠센터가 설명없이 갑자기 폐쇄를 결정하고 그로 인해 피해를 입은 회원들에게 무책임하게 군 점, 사람이 다칠 정도로 관리가 소홀하고 손해배상과 관련된 일을 마무리하는 과정마저도 무성의하기가 그지없었다는 소문, 대표의 불명예스러운 스캔들까지 입소문으로 빠르게 퍼져 나가 그동안 쌓아왔던 명성과 이미지가 한꺼번에 실추되고 말았다. 파행적인 상황에서 그나마 남아 있던 고용인들도 하나둘씩 빠져나가 나중에는 운영 자체가 불가능하게 되었다. 나중엔 희정이 온갖 추문에 시달려 거의 칩거 상태로 지내다 해외로 나가 버렸다는 뒷말이 나돌기까지 했다.

이것이 바로 대동단결하여 악의 축인 희정과 맞서 싸워 승리하자! 라는 슬로건을 내걸고 투쟁한 결과였다. 법이 아닌 골탕 작전으로 뜨거운 맛을 보여준 것이다.

동혁은 연애라는 걸 하고 있었다. 하지만 모친은 그 예쁜 단어 뒤에 질이란 한 글자를 더 보태 불렀다. 연애질. 모친은 사람이 갑자기 변하면 죽을 때가 다 된 거라며 작작 좀 변하라고 동혁에게 통박을 주었다.

"연애질 하는 식으로만 공부를 했어도 넌 아마 서울대 수석을 하고도 남았을 것이다."

왜 안 그렇겠는가. 고3 때도 꼬박꼬박 일곱 시간을 필수적으로 자고 학교에 가서도 선택적으로 낮잠을 즐겼던 아들이 수험생처럼 수면시간을 네 시간으로 줄이고 연애질을 하고 있으니 말이다.

"아주 한지수, 한지수 노래를 불러라!"

매일 전화통을 붙들고 아들이 지수의 이름을 가지고 삼행시 대화를 하니 눈꼴사나운 건 당연한 일이었다.

"한 번 보고 두 번 보고 자꾸만 보고 싶네! 지나치게 보고 싶네! 수시로 보고 싶네!"

"한평생 너만 사랑할 거야! 지속적으로 너만 사랑할 거야! 수없이 너만 사랑할 거야!"

"한지수, 나한테 시집와라! 지금 당장 오면 더 좋구! 수요일로 날 잡을까?"

게다가 초절정 닭살멘트를 날려 듣는 이들의 피부를 닭살처럼 변하게 했다.

"네 그림자가 되고 싶어. 매일 붙어 다닐 수 있을 테니까. 네 신발이 되고 싶어. 매일 널 업어줄 수 있으니까. 네 시계가 되고 싶어. 시시때때로 마주 볼 수 있을 테니까. 네 머그컵이 되고 싶어. 늘 입 맞출 수 있을 테니까. 네 천사가 되고 싶어. 평생 널 보호해 줄 수 있을 테니까. 네 베개가 되고 싶어. 지칠 때 날 찾아와 머리를 기댈 테니까. 네 이불이 되고 싶어. 밤새도록 함께 있을 수 있을 테니까."

어여쁜 암탉과 주책바가지인 수탉의 달고, 느글거리는 대화로 전체적으로 기름, 설탕 소비량은 확 줄고 김치 소비량은 급증했다. 암탉의 방문 시 집 안 곳곳에서 19금의 광경이 연출돼 식구들은 시력과 심장에 커다란 타격을 입어야만 했다.

"우우우우!"

사람이 아니라 천사라고 했던 형수도 괴롭다고 진저리 치며 야유를 보낼 정도였다. 형은 도저히 버터공장주 같은 놈하고는 한집에서 못 살겠다고 모친에게 분가를 시켜달라고 했다. 모친은 시간이 많은 백수라는 점을 악용해 식구들을 괴롭히는 주책바가지인 수탉을 추방할 것인가, 아니면 백수로 살아가지 못하도록 만들 것인가를 두고 심각하게 고민하기에 이르렀다.

하루는 모친이 주책바가지인 수탉을 불러 앉혔다. 형수와 형도 함께 자리했다. 셋은 그늘진 얼굴을 하고, 연신 실실 쪼개는 수탉을 쳐다보았다.

"왜들 그러세요?"

모친이 입술을 한 번 요란하게 삐쭉인 다음 말문을 열었다.

"결정했다."

"뭘요?"

"더 이상 널 백수로 두지 않기로."

"저도 백수 탈출하려고 백방으로 노력하는 중이니까 조금만 더 참아주세요."

"너 헬스클럽 차리고 싶다고 했었지? 그거 해라."

“네에? 헬스클럽이요?”

동혁은 눈을 휘둥그렇게 뜨고 크게 외쳤다.

“청담동에 있는 상가 한 층, 일 년간 무료로 임대해 주겠다. 그리고 이거 받아라. 그동안 너한테서 뜯어낸 돈 전부가 들어 있는 통장이다. 그리고 이건 네 형과 형수가 빌려주는 돈이다. 벌어서 다달이 갚아나가라. 이 돈 떼어먹는 날엔 네 녀석 장기 모두를 떼어서 팔아넘길 거다. 무슨 말인지 알아들었냐?”

무시무시한 마지막 경고만 빼면 충분히 감동을 먹을 만한 이야기였다. 동혁은 감격한 얼굴을 하고 모친이 건넨 통장 두 개를 냉큼 받아 들었다. 그리고 벌떡 일어나 세 사람을 향해 큰절을 넙죽 올렸다.

“어머니! 형님! 형수님! 감사합니다! 꼭 보란 듯이 성공해서 열 배, 백 배로 돌려드리겠습니다!”

동혁은 새로운 세상을 곧 열릴 것 같아 두 팔을 번쩍 들고 환호성을 질러댔다.

“저 열심히 살겠습니다. 힘든 내색 하지 않으려 장난스럽게 군 것도 이렇게 이해를 해주시고, 저에게 기회를 주신 것 정말 감사합니다. 어머니, 형님, 형수님. 정말 감사합니다.”

동혁은 진심으로 머리를 숙였다. 가족이기에 이해해 주겠지, 응석을 부린 면도 없지 않았다. 구박을 하면서 집을 나가라고 했을 때는 서럽고 원망스럽기도 했다. 하지만 재산에 대해서는 누구보다 빈틈이 없는 모친과 형, 형수가 합심해 그를 돕겠다는 건 그를 믿어준다는 것과 동격이었다. 그렇기에 동혁은 지금까지 서운했던 마음들을 일시에 불식시켰다. 믿어주는 가족과, 사랑하는 지수까지 정말 그의 인생에 꽃이 피는 모양이었다.

"잘해, 형은 널 믿는다."

"저도요."

형과 형수의 응원은 그 어떤 돈의 힘보다 동혁을 강하게 만들었다. 비록 돈과 힘이 있는 희정에게 당했지만 이제는 그 어느 것도 두렵지 않았다.

"네, 저도 인간 차동혁을 믿습니다."

동혁이 자신만만하게 말을 하자, 옆에서 그 모습을 지켜보던 모친이 불쑥 한 마디를 꺼냈다.

"나도 널 믿는다."

"감사합니다."

동혁은 날아갈 것처럼 기분이 좋았다. 누구보다 모친의 믿음은 땅에 곤두박질 쳤던 용기를 솟아나게 만들었고, 뭔가 이룰 수 있다는 확신을 심어주었다. 동혁은 시큰해진 눈가를 손등으로 쓱 문지르며 자리에서 일어섰다.

"아자, 아자, 으라라차차!"

동혁은 환호를 하며 모친을 번쩍 안아 들고 정신없이 집 안을 뛰어다녔다. 형수도 한 번 그래 보려다가 형한테 뒤통수를 한 대 얻어맞고선 관뒀다. 그래도 기분은 째지게 좋았다. 동혁은 지수에게 전화를 걸어 기쁜 소식을 전했다.

[그래? 진짜 잘됐다!]

"지수야, 기억 나냐? 먼 훗날 내 덕에 호강할 네 모습 그려보라고 했던 거, 네 인생 걸어보라고 했던 거. 조금만 참아라. 차동혁 전성시대가 열리면 꼭 그렇게 해줄 테니!"

[그래, 차동혁 덕에 호강 좀 해보자! 아자, 아자, 으라라차차!]

그리하여 동혁은 가족들의 전폭적인 후원으로 헬스클럽을 열 수 있었다. 예전에 함께 YS 스포츠센터에서 일했던 몇몇 동료들이 소식을 접하고 동참 의사를 밝혀왔다. 동혁은 헬스클럽을 열자마자 동료들과 발바닥에 땀이 나도록 열심히 홍보 활동을 했다. 많지 않은 회원들이었지만 열의를 다해 가르쳤다. 그러자 날이 갈수록 입소문을 타고 사람들이 조금씩 몰려들기 시작했다. 동혁은 평생 이렇게까지 열심히 일하고 보람을 느꼈던 적은 없었다.

동혁은 청춘사업, 즉 연애질도 소홀하지 않았다. 수시로 전화와 문자, 꽃, 선물로 지수에게 마음을 전했다. 시간이 나면 패션쇼 현장으로 득달같이 달려가 피곤에 지친 지수를 차로 실어 나르기도 했다. 형수에게 맛있는 도시락을 부탁해 먹이기도 했다.

그러다 동혁은 차츰 지수의 동료들과도 친해졌다. 지수는 처음부터 남친에게 눈을 반짝이며 흑심을 품는 동료들에게 눈깔 다 뽑힌 채로 죽고 싶지 않으면 조심하라고 못 박아 경고했다. 하여간 모친을 닮은 구석이 한두 가지가 아니었지만 지수는 진짜 까칠하고 엽기적이었다.

"지수, 쟤 은근히 의부증 기질 있어요. 그래도 좋아요?"

"저도 의처증 기질 있는데요 뭐."

동혁의 말에 동료들이 떨떠름한 표정을 짓고선 흑심을 버렸다. 하도 자주 얼굴을 내밀다 보니 동혁은 패션쇼 관계자한테 모델로 오해받는 일도 생겨났다. 돌아다니지 말고 빨리 탈의실로 가서 옷을 갈아입으라는 소리까지 들은 적도 있었다.

하긴 모델을 능가하는 큰 키와 체격, 훤칠한 외모까지 겸비했으니 그럴 만도 했다. 모델들과 함께 어울려 있을 때도 동혁의 모습은 눈에 띄었기에 지수가 속해 있는 모델에이전시 사장의 눈에까지 띄게 되었다.

그러던 어느 날이었다. 남자 모델들이 함께 오다가 갑자기 교통사고를 당해 무대에 서지 못하게 되는 경우가 생겨 버렸다. 급조로 인원수를 맞추기는 했지만 한 명이 더 필요한 상황이 벌어지게 되었다.

그때 동혁은 평소처럼 패션쇼 후에 지수와 데이트를 할 생각으로 무대 뒤를 찾아왔다가 사장으로부터 황당한 부탁을 받게 됐다.

"차동혁 씨, 대신 무대에 서주시면 안 될까요?"

"네에?"

"그러면 되겠네. 지난번에 워킹 하는 거 봤는데 꽤 잘하더라고요."

패션쇼 디렉터까지 나서서 적극적으로 무대에 설 것을 권유

했다. 물론 모델인 애인을 둔 덕분에 동혁은 거의 매일 TV로 패션쇼를 보게 되었고, 무대도 많이 봐온지라 비슷하게 흉내 낼 수는 있었다. 하지만 지수와 동료들 앞에서 장난으로 흉내 낸 것과 무대에 서는 것은 차원이 다른 것이었다.

"제가 어떻게…… 아닙니다. 흉내 내는 정도로 무대에 설 순 없습니다."

하지만 다들 가능하다고 했다. 그래서 동혁은 얼떨결에 무대에 서게 되었다. 능청스럽게 워킹을 잘해냈더니 한 번이 두 번이 되고 그 이후로 무대에 서게 되는 일이 점점 잦아지게 되었다.

그렇게 동혁의 얼굴이 조금씩 알려지게 되면서 헬스클럽도 점점 번창하게 되었다. 모델 트레이너라는 타이틀이 파급 효과를 만들어낸 것이다. 동혁은 인맥도 점점 넓혀나갈 수 있게 되었다. 그 인맥으로 인해 언제부터인가 이름을 대면 알 만한 모델들과 인사들이 운동을 하러 헬스클럽을 찾아왔고, 그 이후로 헬스클럽의 이미지는 급상승하게 되었다. 그리고 동혁은 더욱 유명해지게 되었다.

"말이 씨가 됐나 보다."

동혁은 패션쇼를 마치고 파김치가 된 지수를 차로 집에까지 데려다 주다가 난데없는 소리를 듣게 되었다.

"그게 무슨 소리야?"

"차동혁 전성시대가 활짝 열렸잖아."

스스로 인정하기에 좀 낯부끄러운 감이 없지 않아 있었지만,
아주 틀린 말은 아니었다.

"가파르게 상승곡선을 그리는 널 보고 있으면 기쁘기는 한데
왠지 점점 멀어질 것 같아서 두렵네."

"멀어질 것 같다니! 말이 씨가 되는 걸 깨달은 애가 그게 할
소리냐?"

생각만 해도 끔찍해서 동혁은 저도 모르게 흥분을 하고 말았
다.

"한지수, 내 맘에 한 번 들어온 이상 저어얼대 내 허락 없인
외출, 가출 못한다."

우스운지 지수가 피식, 하고 웃었다.

"아무래도 네 안에 나를 확실하게 심어놔야 할 시점이 온 것
같다."

"그게 무슨 말이야?"

지수는 심오한 뜻이 담긴 그의 말을 잘 이해하지 못하는 것
같았다.

"지수야."

동혁은 일부러 목에 힘을 팍 주고 굵은 음성을 냈다. 지수는
이게 무슨 상황인가 싶어 눈만 끔뻑거렸다.

"나랑 결혼할래, 아니면 이대로 나랑 천국 갈래?"

"뭐?"

"어허, 딴소리하지 말고 두 가지 중에 하나만 고르라니까. 결

혼이야, 천국이야?”

“차동혁, 어쩜 청혼도 차동혁스럽게 하니? 정말 어이가 없다. 어이가 없어.”

“고객님께서는 일 번 결혼을 선택하셨습니다. 탁월한 선택이십니다. 이 번 천국은 부가서비스로 신혼여행 시 제공될 예정입니다.”

“차동혁, 진짜 못 말린다.”

“고객님, 못 말리는 건 차동혁이 아니고 신짱구입니다.”

지수가 어이없다는 표정으로 손바닥으로 이마를 치고 고개를 휘저었다. 곧 차 안은 터진 웃음으로 출렁거렸다.

18.
사랑과
추억의 완성

결혼식이 거행되었다. 사회자가 신부 입장을 알리자 피아
니스트가 결혼행진곡을 연주하기 시작했다. 하객들의 시선이
일제히 뒤로 향해졌다. 시선이 모아진 곳에 하얀 장미처럼 아름
다운 웨딩드레스를 입은 지수와 그녀의 아버지가 서 있었다. 여
기저기에서 감탄의 박수가 터져 나왔다.

지수는 아버지의 손을 잡고 동혁을 향해 한 걸음 한 걸음 발
을 내디뎠다. 무대 경험이 풍부한 모델인 지수는 웬만해선 당황
하거나 떠는 법이 없었다. 하지만 오늘은 예외였다. 지수는 야
릇한 흥분과 팽팽한 긴장감에 휩싸여 마인드 컨트롤 불능상태
에 빠져 있었다.

가까운 친지부터 오랜만에 만나는 지인들, 어쩌면 이런 자리가 아니면 못 볼 사람들까지 각계각층의 사람들이 모여 있었다.

어? 저 여잔!

그녀로 하여금 식빵을 공으로 만들게 한 여자가 보였다. 여자는 곁에 서 있는 남자에게 환하게 미소 지으며 다정하게 말을 걸고 있었다. 아무리 봐도 커플처럼 보였다. 동혁과는 그냥 친구 사이였던 모양이다.

아니, 꽃미녀 1304호잖아!

애교머리를 몇 가닥 늘어뜨리고 나머지 머리는 틀어 올린 꽃미녀 1304호는 화장을 하고 몸의 굴곡을 강조한 붉은색 원피스를 입고 있었다. 남자로 오해받을 만큼 수수하게 다녔던 예전과 너무나도 달라진 모습에 지수는 하마터면 꽃미녀 1304호를 못 알아볼 뻔했다.

지수는 꽃미녀 1304호와 눈이 딱 마주치고 말았다. 어찌 알고 왔는지는 몰라도 참 기구한 인연에 해당하는 여자였다. 지수는 살짝 고개를 숙여 인사를 건넸다. 그러자 꽃미녀 1304호가 입을 소리 없이 움직이며 축하해요, 라고 했다. 순간 지수는 앞으로는 여러 사람 헷갈리지 않게 머리도 길게 기르고, 오늘처럼 화장도 하고, 치마만 입으라고 말해주고 싶은 충동이 일었다.

정연, 연진을 안은 범진, 그리고 성우가 보였다. 행복을 되찾은 가족의 모습은 보는 이의 마음을 흐뭇하게 만들었다. 차동혁 광팬 대표주자 성우는 왜 고모를 엄마라고 속였냐는 질문에 다음과 같이 대답했다.

"애들이 엄마 없는 애라고 놀리는 게 싫었어요. 하지만 그때만 거짓말했지 그 이후론 엄마라고 한 적 없어요. 그리고 형한테 거짓말한 거 말하려고 했는데 형이 다음에 하라고 해놓고선 과외 그만뒀잖아요. 어쨌든 잘못했어요. 다시는 안 그럴게요."

지수는 할 말이 없었다. 잘못했다고 반성까지 하는데 더 이상 할 말이 없었다. 동혁이 결혼 승낙을 받으러 지수의 집에 왔을 때 아버지가 그러셨다. 성우가 침이 마르도록 하도 칭찬을 해서 어떤 녀석인지 궁금했었다고 말이다. 그리고 성우의 눈을 한번 믿어보겠노라 했다. 아무래도 이 결혼의 지대한 공을 세운 건 성우 저 녀석 같았다.

형님이 될 동혁의 형수가 보였다. 열심히 박수를 치는 형수는 현재 임신 중이었다. 요즘 시어머니를 빼닮아 무뚝뚝하기가 짝이 없는 남편을 놀려먹고, 부려먹는 재미가 아주 쏠쏠하다고 했다. 임산부의 특권을 제대로 누리고 있는 형수는 이런 식으로 계속 살 수 있다면 애만 줄줄이 낳는 것도 나쁘지 않을 것 같다고 했다. 아주 행복한 여자의 모습이었다.

그런데 하객으로 온 몇 명의 남자들은 낯이 아주 많이 익은데 지수는 당최 그들이 누군지 기억이 나지 않았다. 남자들은 결혼식에 왔다기보다는 장례식에 어울리는 옷차림을 하고 있었다. 죄다 검은 양복에 깍두기 머리……

순간 지수는 속으로 헉, 하고 놀라고 말았다. 하마터면 스텝까지 꼬여 넘어질 뻔했다. 평생 잊을 수 없는 탬버린사건이 떠올랐기 때문이다. 조폭들이 하객으로 오게 될 줄이야. 한 줄기의 식은땀이 등줄기를 타고 주욱 흘러내렸다. 앞으로 나아가야만 해서 지수는 조폭들이 결혼식에 참석하게 된 동기는 나중에 생각하기로 했다.

시어머니가 될 동혁의 모친과 형이 보였다. 이런 날에도 두 사람은 여전히 무표정했다. 시어머니는 양가 상견례 후 요즘 혼수문제로 결혼 당사자를 비롯한 가족들을 혼수상태에 빠지게 하는 경우가 종종 있는데, 허례허식 없는 결혼식으로 건전한 결혼문화를 정착시켰으면 좋겠다고 했다. 축의금과 화환을 사양한 이번 결혼도 다 시어머니의 주장이었다.

이 기쁜 날 손수건으로 눈물을 찍어내는 엄마가 보였다. 기쁨을 의미하는 눈물이 틀림없었다. 평소 성깔 고약한 딸 때문에 마음고생이 심했던 엄마는 이제야 두 다리를 쭉 뻗고 잘 수 있을 거라 했다. 그리고 사위 동혁에겐 평생 AS도 반품도 못해주니 알아서 잘 수리해서 살라고 했다.

드디어 동혁이 눈에 들어왔다. 동혁은 늘씬한 근육질의 체격에 잘 어울리는 검은색 턱시도를 입고 있었다. 옷이 날개라는 말은 절대 헛말이 아니었다. 잘 차려입은 동혁의 모습이 꽤 섹시하게 느껴졌다.

지수는 윤곽이 뚜렷한 동혁의 얼굴 생김새와 잘 다듬어진 머리 모양, 매력적이고 늠름한 모습을 눈에 담았다. 평생 간직해

도 좋을 만한 멋진 모습이었다. 지수는 동혁을 향해 환하게 웃
어 보였다.

이에 동혁의 입이 더 이상 찢어질 수 없을 만큼 찢어져 있었
다. 부부는 칠천 겁의 인연이 무르익어 만나게 된 사이, 지중하
고 지중하지만 지독하고 지독한 인연, 하늘이 맺어준 인연이라
고 했다.

처음 만나는 순간부터 보이지 않는 실로 엮여 이십 년 넘는
시간을 미워하며, 또는 그리워하며 살다가 다시 만나게 된 인연
이었다. 이래서 정해진 인연이나 운명이 존재한다고 하는 모양
이다. 생각해 보면 참 신기하고 기이한 일이 아닐 수 없었다.

지수는 아버지의 손을 놓고 영원히 함께할 동혁의 손을 잡았
다. 사랑의 맹세하고 예물반지를 나눠 끼었다. 주례 후 얄궂은
사회자의 주문으로 동혁은 하객들 앞에서 통과의례를 치러야만
했다.

"자, 신랑은 신부를 안고 앉았다 일어서기를, 와주셔서 감사
합니다, 따님 주셔서 감사합니다, 잘 키워주셔서 감사합니다,
주례 봐주셔서 감사합니다, 사회 봐주셔서 감사합니다를 각각
이 회씩 총 십 회 실시해 주십시오."

동혁은 괴력을 발휘해 거뜬하게 통과의례를 치러냈다. 또한
만세를 하며 봉 잡았다, 하고 세 번 크게 외치기도 했다.

축가 순서가 돌아오자 검은 선글라스에 턱시도를 입은 성우
와 그의 악동 친구들이 동혁과 지수를 중심으로 양쪽에 섰다.

그리고 김종국의 '사랑스러워' 라는 노래를 동혁과 함께 춤을 추
며 불렀다.

"Oh, 머리부터 발끝까지 다 사랑스러워~ Oh, 네가 나의 여
자라는 게 자랑스러워~ 기다림이 즐겁고 이젠 공기마저 달콤
해~ 이렇게 너를 사랑해~!"

신랑까지 합세한 기습적인 축가와 춤은 하객뿐만 아니라 지
수까지 즐겁게 만들었다. 하객들의 열화와 같은 성원으로 결혼
식장은 한때 콘서트 장처럼 환호와 박수가 터져 나오고 들썩거
렸다.

폐백과 피로연, 친구들과의 뒤풀이까지 모두 마친 후 지수는
동혁과 일본행 비행기에 몸을 실었다. 동혁은 부득이한 일이 아
니면 그녀의 손에 놓지 않았다. 그리고 타인의 시선도 의식하지
않고 따뜻한 눈빛, 애정을 담은 미소로 넘쳐흐르는 사랑을 전했
다.

동혁은 가끔씩 눈을 감고 무언가를 열심히 중얼거리기도 했
다. 알아들을 수 없을 만큼 작고 파악이 안 되는 내용들이었다.
시간이 갈수록 지수는 점점 더 궁금해졌다. 그녀는 동혁에게 직
접 물어보기로 했다.

"뭐 하는 거야?"

"일본어 연습."

"너 일본어 할 줄 알아?"

처음 안 사실에 지수는 놀라움을 감추지 못했다.

“할 줄 아나 모르나 들어볼래? 곤니찌와. 하지메마시테. 와따
시노나마에와차동혁데스. 캉코쿠까라키마시타.”

뭔가 어설픈 발음이었지만 일본어가 맞는 것 같았다.

“뭐라고 한 건데?”

“안녕하세요. 처음 뵙겠습니다. 제 이름은 차동혁입니다. 저
는 한국에서 왔습니다.”

“어쭈, 제법인데!”

“또 해볼게. 오나까페코페코. 고황구사다이.”

“그건 무슨 소리야?”

“배고파 죽겠어요. 밥 주세요.”

지수는 손으로 입을 가리고 키득거렸다.

“넌 밥하고 웬수졌니? 왜 그렇게 밥, 밥 그래?”

“다 먹고 살자고 하는 일인데, 밥이 중요하지 안 중요해?”

“못 말려. 어디까지 알고 있는지 더 들어보자.”

“시리마센. 니홍고가헤타데스. 모릅니다. 일본어가 서투릅니
다.”

금방 바닥을 드러낸 동혁의 일본어 실력은 그저 웃음만 자아
낼 뿐이었다. 그때 동혁이 손가락을 튕기며 말했다.

“아, 중요한 거 빠뜨렸다! 이꾸라데스까. 아마리니모타카이데
스. 오마케시떼구다사이. 이이데스네. 아리가또고자이마스. 얼
마입니까? 비싸요. 깎아주세요. 좋아요. 고맙습니다.”

“어쩜 일본어도 딱 차동혁스러운 말만 알까?”

"많이 알 필요도 없어. 살아날 만큼만 알면 되는 거야."

"그래, 그래야 차동혁스럽지. 후후."

주위를 둘러보던 동혁이 갑자기 뺨에 쪼옥, 하는 소리가 나게 뽀뽀를 했다. 그리고 이렇게 말했다.

"코이시테루. 사랑해."

"나도 코이시테루."

일본으로 가는 내내 지수는 동혁 때문에 웃어야만 했다. 지수는 행복했다. 세상을 다 가진 듯한 기분은 아주 달콤했다.

호텔에 도착하자마자 동혁은 애써 욕망을 감추려 하지 않고 굶주린 늑대의 눈빛을 하고 지수에게 다가왔다. 동혁은 고개를 숙이고 지수의 입술에 자신의 입술을 스치듯 하고선 속삭였다.

"천국이 어떤 곳인지 궁금하지 않아?"

끈적끈적한 꿀과 같은 말에 지수가 어흐, 하는 소리를 내며 그의 뺨을 잡고 가볍게 흔들었다. 하지만 동혁은 능글능글 웃으며 지수의 옷을 벗겨내기 시작했다.

"천국은 사랑한다는 말만 해야 돼. 자, 말해봐."

"뭐어?"

끝도 없는 엉뚱한 발상이 기가 막히는지 지수가 말끝을 심하게 올렸다.

"어허, 학생, 학생. 천국의 언어는 뭐어가 아니고 사. 랑. 해. 야."

동혁은 마치 선생님처럼 가르치듯 설명을 했다.

"싫어."

장난기가 발동한 지수가 어깃장을 놓았다.

"이거, 이거 반항기 가득한 불량학생이구만! 사랑의 매로 좀 맞아야겠어."

동혁은 눈을 가늘게 뜨고서 지수를 꾸짖었다. 말로는 혼을 내고 있지만 실상 동혁은 장난기 그득한 눈에 행복한 미소가 크게 걸린 입을 하고 있었다.

"차동혁, 누가 들으면 너 변태인 줄 알겠다."

"아니, 그런 몹쓸 지옥의 언어를!"

동혁은 지수의 옷을 벗기다 말고 황급히 성호를 긋고 손을 모아 기도를 올렸다. 그리고선 지수를 번쩍 안아 들고 욕실로 향했다.

"어디로 가는 거야?"

"어디긴 어디야? 고문실이지."

동혁은 지수를 샤워부스 안으로 데려가 내려놓았다. 그리고 머리 위로 따뜻한 물이 쏟아지게 만들었다.

"이게 바로 사랑의 매야. 많이 맞아도 안 아픈 매."

"어흐, 정말 못 말린다니까. 너 또 그러려고 하지. 고객님, 못 말리는 건 차동혁이 아니고 신짱구입니다."

"아니, 마누라님. 못 말리는 건 남편이 아니고 신짱구입니다."

동혁은 지수의 눈을 들여다보며 한참을 웃었다. 좁은 공간에서 함께 물을 맞고 서 있으려니 묘한 감정이 일었다. 흠뻑 젖어 몸에 딱 달라붙는 셔츠와 블라우스 아래로 살빛이 드러나자 동혁은 더 이상 참을 수가 없게 됐다.

동혁은 한 손으로 지수의 목을 두르고 고개를 숙여 뜨겁게 키스했다. 머리가 빙빙 돌고 심장이 빨라질 정도로 깊은 키스를. 동혁은 잠시 입술을 떼고 거칠게 속삭였다.

"사랑해. 사랑해. 사랑해."

동혁은 엄지손가락으로 지수의 입술을 매만지며 다시 짧게 키스했다. 입술이 다시 떨어져 나가자 지수가 촉촉하고 얼얼한 입술을 벌려 동혁의 엄지손가락을 살짝 깨물었다. 지수가 다시 키스하고 싶어 죽을 지경인 눈을 하고 바라보았다.

"다시 키스해 줘."

동혁은 뜨거운 숨결을 뿜어내며 허스키한 목소리를 내는 지수를 더욱 세게 끌어안고 입을 맞췄다. 불같은 열정에 사로잡힌 동혁은 다급한 손길로 지수의 옷을 다시 벗기기 시작했다. 둥근 가슴을 감싼 하얀 레이스의 브래지어와 은밀한 곳을 가린 앙증맞은 팬티만 남긴 채 모든 장애물을 제거했다.

마찬가지로 지수가 동혁에게 손을 뻗어 넓은 어깨와 강한 팔, 단단한 가슴, 평평한 배, 멋진 근육이 잡힌 허벅지를 드러내고 터질 듯 부풀어 오른 남성을 감싼 팬티만 입은 상태가 되도록 만들었다.

긴 키스와 뜨거운 애무는 계속되었다. 입술이 떨어지자 지수가 팔로 동혁의 목을 감싼 채로 눈을 뜨고 꿈을 꾸는 표정을 하고 올려다보았다. 떨어지는 물소리와 몸을 타고 흘러내리는 물의 느낌으로 인해 동혁은 정신이 더욱 몽롱해져만 갔다.

동혁은 지수의 몽롱한 눈을 지나 뜨거운 숨결이 느껴지는 코, 부풀어 오른 입술, 바르르 떨리는 턱, 빠른 맥박이 느껴지는 목덜미를 천천히 음미하듯 바라보았다. 연이어 커다란 손으로 눈도장을 찍은 곳을 어루만졌다. 동혁은 슬며시 브래지어 안으로 손을 집어넣었다. 그리고 부풀어 오른 하얀 가슴을 끄집어냈다. 곧 단단해진 분홍빛 유두가 드러났다.

"예쁘다."

동혁은 탁한 목소리로 중얼거리며 손바닥 전체로 지수의 가슴을 어루만지다가 입술과 혀, 그리고 이로 희롱했다. 입술로 유두를 물고 잡아당겼다가 가슴을 크게 베어 물고 빨아들이자 지수의 몸이 절로 활처럼 휘어졌다. 고개를 젖히고 신음을 흘리는 지수의 모습에 매료되어 동혁은 거칠게 숨을 토해냈다.

"관능적이고 매혹적이야."

동혁은 손을 뒤로 뻗어 브래지어 끈을 풀어 던져 버렸다. 그리고 다시 양쪽 가슴을 애무했다. 부드러우면서도 때로는 잔인한 느낌을 주는 애무를. 뜨거운 입술과 혀를 점점 아래로 내렸다. 배꼽 주위에서 맴돌게 했던 입술을 더 아래로 내리자 지수가 본능적으로 몸을 뻣뻣하게 굳히고 얼굴을 붉혔다. 동혁은 긴

장을 풀어주기 위해 은밀한 곳을 남겨두고 지수의 온몸 구석구
석을 다시 정성들여 애무했다. 그리고 적당한 시기가 왔을 때
지수의 팬티를 끌어내렸다.

"절정에 도달한 네 모습을 보고 싶어."

지수가 마치 저항할 수 없는 자력에 이끌리듯 눈을 감고 한
손으론 벽을 잡고 나머지 한 손으로는 동혁의 젖은 머리카락을
부드럽게 쥐었다. 동혁은 지수를 벽에 기대게 만들고 지수의 허
벅지를 잡아 위로 올렸다. 축축하게 젖은 여성을 손과 혀로 노
련하게 문지르고 파고들자 지수의 입에서 날카로운 숨소리가
새어나왔다.

동혁은 지수를 빠르게 절정으로 몰아갔다. 온몸을 관통한 쾌
감이 정수리까지 날카롭게 솟구치도록, 격렬한 흥분에 신음하
도록. 지수의 몸이 자연적으로 비틀어지고 휘어졌다. 마치 감미
로운 고문에 영혼마저 마비가 된 것처럼.

마침내 하늘을 향해 높이 쏘아진 불꽃이 더 이상 올라갈 수
없는 위치에서 펑, 하고 터져 버린 것처럼 지수가 울부짖으며
몸을 떨어댔다. 마법과도 같은 절정의 순간이었다. 동혁은 원하
는 바를 이루어 흐뭇한 미소를 짓고 두 손으로 지수의 엉덩이를
움켜쥐고 다시 입술을 찾아 다정하게 키스했다.

동혁은 벽에 기댄 지수를 위로 올렸다. 그러자 지수가 놀라며
동혁의 어깨를 움켜잡았다. 동혁은 뜨겁게 달구어진 또 다른 자
신을 부드럽게 젖은 여성 주위를 맴돌게 만들었다. 동혁은 지수

의 가슴을 입 안 가득 물고 강하게 빨아들었다. 지수의 입에서 탄성이 터져 나왔다. 동혁은 적당한 시기가 오자 지수의 몸 안을 날카롭게 파고들어 왔다. 갑자기 침입한 강하고 단단한 남성으로 인해 엄청난 충격을 받았는지 지수가 고개를 숙여 동혁의 어깨를 세게 깨물었다.

"아! 왜 이렇게 아픈 거야! 너무 아프잖아!"

지수가 잔뜩 경직된 모습으로 동혁의 목에 매달려 거의 울 것처럼 외쳤다. 동혁은 깜짝 놀라고 말았다.

"너, 처음이야?"

동혁은 모든 동작을 멈추고선 물었다. 말하기가 부끄러운지 지수가 고개만 끄덕였다. 동혁은 기대를 한 것은 아니었지만 지수가 순결을 간직한 숫처녀라는 사실이 뜻밖의 선물로 느껴졌다. 동혁은 저도 모르게 이기적인 미소를 흘리고 말았다. 기분이 날아갈 것처럼 좋아 연신 싱글벙글 웃었다.

"진작 말을 하지 그랬어. 많이 아프면 그만 할까?"

"아니, 싫어. 그러지 마."

지수가 동혁의 목을 꽉 끌어안으며 고개를 가로저었다. 동혁은 고통이 어서 사라지기를 바라듯 부드럽게 지수의 몸을 어루만져 주었다. 그러다 다시 천천히 움직였다. 지수가 단단한 동혁의 어깨를 잡고 열망하는 눈빛을 하고 함께 리듬을 타기 시작했다.

애를 써도 눈이 자꾸만 스르르 감기는지 지수가 불만의 신음을 흘렸다. 동혁은 지수를 꼭 끌어안고 때로는 격하게 때로는 부드럽게 움직였다. 움직임이 격렬해지자 지수가 동혁의 머리카락을 꽉 움켜쥐었다. 지수의 뺨이, 온몸이 뜨겁게 달아올랐다. 점점 기쁨과 열정 속에 빠져드는 모습이었다. 동혁은 그런 지수의 모습에 커다란 만족을 느꼈다.

"지수야, 지금 네 모습, 얼마나 예쁜지 모르지?"

"아, 미칠 것만 같아!"

지수가 더욱더 매달렸다. 오랫동안 계속된 황홀한 고통에 지수는 거의 정신을 잃을 것처럼 보였다. 동혁은 더 속도를 높였다. 잠시 후, 동혁은 드디어 절정의 문 앞에 도달했다. 짐승 같은 소리를 내며 지수의 몸속 깊은 곳을 사납게 파고들었다. 동혁은 지수와 함께 절정의 문을 활짝 열었다. 서로의 이름을 소리쳐 부르며. 기쁨의 경련이 척추를 따라 내려갔다. 동혁은 지수를 끌어안은 채로 그렇게 한동안 뜨거운 비를 맞았다.

이 년 후.

윤정은 불룩한 배를 내밀고 뒤뚱뒤뚱 걸어 시어머니의 방 앞에 이르렀다.

"어머니! 나와요, 나와!"

시어머니가 문을 벌컥 열고 황급히 뛰어나왔다.

"나오다니? 뭐가? 설마 애가 나온다는 건 아니지? 출산 예정일이 한참 남았는데 벌써부터 그러면 어떡하니?"

"그게 아니구요. 서방님이 지금 텔레비전에 나오고 있다구
요."

윤정은 손사래를 치며 설명을 했다. 그러자 시어머니가 십년
감수했다는 표정으로 안도의 한숨을 내쉬었다.

"이번엔 또 어디냐? 패션쇼? 홈쇼핑? 토크쇼? 영화? 예능프
로그램? CF? 아니면 은팔찌 차고 뉴스?"

시어머니가 끝도 없이 줄줄 읊어댔다. 아닌 게 아니라 동혁은
뛰어난 외모와 유머감각을 갖춘 유행어 제조기로 인정받아 요
즘 장르 불문하고 섭외 1순위로 등극하며 최고의 전성기를 누리
고 있었다.

동혁이 운영하는 헬스클럽도 점점 번창해 지금은 시어머니의
상가 건물 전체를 매입해 다 사용하고 있는 중이었다. 동혁은
현재 일하는 재미, 돈 버는 재미에 푹 빠져 돈 되는 일이라면 뭐
든지 하고 있었다.

"어머니도 참, 오늘은 홈쇼핑이에요."

윤정은 싱글벙글 웃으며 알려주었다.

"러닝머신에서 뛰고 있냐? 아니면 옷 걸치고 폼 재고 있냐?"

"직접 나와서 한번 보세요."

거실로 나온 시어머니가 커다란 TV 화면 가득 잡힌 동혁의
얼굴을 보고 눈을 휘둥그렇게 떴다. 동혁이 걸신들린 사람처럼
갈비를 열심히 물어뜯고 있었기 때문이다. TV에선 여전히 신나
는 음악과 더불어 상품 정보를 제공하는 쇼핑호스트의 목소리

가 흘러나왔다.

"아니, 저것이 왜 갈비 한 번 못 먹어본 사람처럼 저기에서 궁상을 떨고 있다니?"

"저렇게 먹어야 잘 팔리죠."

소파에 앉아 TV를 보던 은혁이 한마디 거들었다.

"쪽은 무진장 팔리겠다."

"서방님은 진짜 화면발도 잘 받고, 먹는 연기도 자연스러운 것 같아요."

윤정은 시선을 TV에 고정한 채 환하게 웃었다. 유명해진 동혁을 바라보고 있으려니 가슴이 뿌듯해지고, 끝까지 동혁에 대한 믿음을 잃지 않았던 스스로가 대견스러워졌다.

"넌 저게 연기로 보이니?"

"연기가 아니면요?"

"갈비에 환장해 눈 돌아가는 거 한두 번 보니? 저건 연기가 아니라 평소 때 모습이다."

"어쨌든 잘해내고 있잖아요."

"원없이 먹고 오기는 하겠다."

"역시 서방님은 만능재주꾼이에요. 못하는 게 없잖아요. 어머니도 좋으시죠?"

윤정은 여전히 동혁의 열렬한 팬이자 든든한 후원자였다. 시어머니가 불만 조로 투덜거리기 시작했다.

"좋기는! 누가 보면 풀만 먹여서 키운 줄 알 것 아니냐? 남우

세스럽게 저게, 저게 뭐냐? 쯧쯧, 굶주린 개가 따로 없구나!"

못마땅한 것만은 아닐 텐데 시어머니의 입에선 영 좋은 말이
나오질 않았다. 뭐, 어제오늘의 일만은 아니니 별로 이상할 것
도 없는 일이었다.

"참 어머니, 저 갈비요, 서방님이랑 동서가 판매기획해서 파
는 갈비예요."

시어머니의 눈이 저렇게까지 휘둥그레질 수 있나 싶었다. 많
이 놀란 모양이었다.

"그럼, 지금 쟤가 저기 앉아서 돈을 벌고 있다는 거냐?"

"그렇다고 할 수 있죠."

궁상을 떠는 게 아니고 돈을 벌고 있는 거라는 소리에 귀가
솔깃해졌는지 시어머니가 소파에 엉덩이를 붙이고 앉아 그 어
느 때보다 진지한 모습으로 TV를 시청했다.

"이젠 갈비까지 팔아먹고 쟤가 아주 돈독이 올랐구나, 올랐
어. 참!"

갑자기 무슨 생각이 났는지 시어머니가 박수까지 치며 외쳤
다.

"내가 이럴 때가 아니지. 계원들한테 쭉 전화해서 얼른 갈비
주문 넣으라고 해야지!"

절대 돈 버는 기회를 놓치는 법이 없는 시어머니가 소파에서
벌떡 일어나 급히 방으로 뛰어들어 갔다.

윤정은 거실에 은혁과 함께 단둘이 남겨지자, 괜히 장난기가

발동했다. 둘째를 임신하고도 은혁을 하인처럼 부려먹는 재미가 여전히 쏠쏠했기 때문이다. 첫째를 임신했을 때부터 먹고 싶은 걸 못 먹으면 짝짝이 눈을 가진 아기가 나온다는 말을 해줘서 그런지 은혁은 구하기 힘든 음식도 곧잘 구해 바치곤 했다.

"여보, 나도 갈비 먹고 싶어요. 사줘요."

역시나 정말 먹고 싶어서 그러는 것은 아니었다. 임신을 핑계로 은혁의 더 많은 관심과 사랑을 받고 싶어서였다.

"그래? 그럼 전화 걸어서 저거 주문할까?"

윤정은 은혁의 무뚝뚝한 면까지 싹 뜯어고칠 수 있다면 얼마나 좋을까 싶었다. 떨떠름한 표정을 지으며 조르듯 말했다.

"주문은 이미 했죠. 저는 지금 당장 갈비 뜯고 싶다구요. 네?"

"나가기 귀찮은데."

하루 종일 과도한 업무에 시달려 피곤했는지 은혁이 안락한 소파에 찰싹 달라붙어 일어날 생각을 하지 않았다. 윤정은 은혁을 향해 무섭게 눈을 흘겼다.

"갈비 안 사주면 당신을 뜯어먹는 수가 있어요."

깜짝 놀란 은혁이 눈과 입을 크게 뜨고 엽기적인 임산부를 바라보았다. 마누라한테 이렇게까지 과격한 면이 있는 줄 몰랐던 모양이다. 윤정은 다시 위협을 하듯 말을 해나갔다.

"나가서 사줄래요? 아니면 침대에서 나한테 뜯길래요?"

서당 개 삼 년이면 풍월을 읊는다더니 윤정은 점점 시어머니의 말투와 분위기를 닮아가고 있었다. 은혁이 몸을 사리며 소파에서 일어났다.

"아, 알았어. 갈비 먹으러 가자구."

윤정은 입가에 승리의 진한 미소를 짓고 시어머니의 방을 향해 소리쳤다.

"어머니, 은혁 씨가 갈비 사주고 싶대요. 우리 오늘 저녁 외식해요!"

한밤중이었다. 동혁은 자고 있을 지수와 아들 지혁을 생각해 조용히 현관문을 닫고 들어왔다. 하지만 그럴 필요가 없었다는 것을 곧 깨닫게 되었다.

"아빠!"

방에서 아빠 들어오는 소리를 듣고 얼굴을 쏙 내민 지혁이 아장아장 걸어와 다리를 감싸 안았다.

"아들!"

동혁은 다리에서 지혁을 떼어내 번쩍 안아 들었다. 그러자 지혁이 그의 목을 감고 입술에 연신 뽀뽀를 해왔다.

"따랑해. 따랑해."

평소 지수에게 자주 하는 그의 애정 표현을 지혁이 그대로 모방했다.

"지혁이 너, 여태까지 안 자고 뭐 했어?"

말귀는 다 알아들어도 표현력이 부족한 지혁이 손으로 방금 나온 방을 가리켰다.

“엄마, 자장, 자장, 코.”

“엄마?”

지혁의 방으로 가보니 지수가 지혁을 재우다 잠이 들었는지 침대에 불편한 자세로 기대어 자고 있었다. 동혁은 어이가 없어 웃음을 터뜨렸다.

“누가 누굴 재운 거야?”

지혁이 작은 치아를 드러내며 씨익, 하고 웃었다. 부전자전, 그를 빼닮은 구석이 한두 가지가 아니었다. 모친은 지혁을 볼 때마다 그의 어릴 적 모습과 너무 똑같다고 하며 신기해했다.

“너 또 네 엄마 하루 종일 뛰어다니게 만들었지.”

“뛰어, 뛰어.”

지혁이 갑자기 흥분을 하며 방방 뛰었다. 그를 닮았는지 지혁은 운동 신경이 매우 뛰어났다. 축구선수가 될 모양인지 공을 차고 노는 것을 아주 좋아했다. 눈 깜짝할 새 멀리 달아나 지수를 십년감수하게 만드는 일도 비일비재했다. 하도 뛰는 아이 때문에 얼마 전엔 아파트에서 마당 딸린 주택으로 이사를 왔더니 요즘은 아주 맘껏 뛰는 모양이었다.

“인마, 닮을 걸 닮아라. 잡아보라고 도망 다니는 것까지 닮을 필요는 없잖아. 네 엄마 옛날에 나 잡으려고 무진장 뛰어다녔던 사람이야. 그만 뛰게 만들어.”

“아빠, 뛰어. 뛰어.”

지혁은 지수와 함께 뛴 정도를 가지고는 성이 안 차는 모양이었다. 자그마한 몸에서 솟아나는 에너지의 양은 어마어마했다.

"또 뛰자구?"

"응. 뛰어, 뛰어."

지혁이 바닥에 놓인 공을 가리키며 흥분을 감추지 못했다.

"좋았어. 인마, 각오해라. 내 마누라 고생시킨 벌로 너 아주 곯아떨어지게 만들어줄 테니까. 그러기 전에 우선 네 엄마부터 침대에 눕히자."

지혁을 내려놓고 동혁은 방으로 가 지수를 번쩍 안아 들고 침실로 향했다. 지혁을 재우기 전에 함께 목욕을 했는지 지수에게서 향긋한 비누 냄새가 풍겼다. 얼핏 잠이 깬 지수가 그의 목을 감싸고 어깨에 얼굴을 비벼댔다. 안겨오는 느낌이 부드럽고 따스했다.

"왔어?"

많이 피곤했는지 지수가 눈조차 제대로 뜨질 못했다.

"도대체 얼마나 뛰어다닌 거야?"

"지혁인 전생의 내 퍼스널 트레이너였나 봐. 훈련이 매우 혹독해."

동혁은 웃으며 지수를 침대에 눕히고 이불을 덮어주었다. 그리고 귀에다 대고 속삭였다.

"내가 복수해 줄게. 저 녀석 다운시켜서 재우고 올 테니까 그 때까지만 푹 자. 알았지?"

"고마워."

지수가 미소로 답하고선 이불 속으로 파고들었다. 동혁은 침실까지 뒤따라온 지혁을 안아 들고 거실로 향했다.

"어디, 공 차는 솜씨가 얼마나 늘었는지 한번 볼까?"

동혁은 넥타이와 셔츠 단추를 풀고 나서 지혁과 함께 공을 차기 시작했다. 지혁이 까르르, 하고 웃으며 공을 쫓아 달렸다. 집 안 가득 울려 퍼지는 아이의 웃음소리는 피로회복제나 다름이 없었다. 신이 주신 천사 같은 아이는 축복 그 자체였다.

동혁은 지혁을 실컷 뛰게 만들었다. 그리고 따뜻한 우유를 마시게 한 다음, 함께 샤워를 하고 재웠다. 지친 지혁은 금세 새근새근 잠이 들었다. 잠이 든 아이의 모습이 너무나도 사랑스럽고 귀여웠다.

"자식, 좋은 꿈 꿔라."

동혁은 솜털이 보송보송한 지혁의 이마에 입을 맞추고 방을 나왔다.

지수는 여전히 곤히 자고 있었다. 동혁은 옷을 벗고 침대 속으로 들어가 따뜻한 체온이 느껴지는 지수를 뒤에서 끌어안았다. 동혁은 이럴 때가 하루 중 제일 행복했다. 지수의 긴 머리에 코를 파묻고 향긋한 샴푸 향기를 크게 들이마셨다. 그 향기에 자극이 되어 동혁은 금방 흥분 상태가 되어버렸다.

"아줌마."

지수를 깨우는 데엔 역시 아줌마라는 호칭이 제일 효과적이었다. 지수가 제일 듣기 싫어하는 말이기 때문이었다.

“또 아줌마라고 했지.”

쉰 듯한 목소리를 내며 지수가 눈을 슬며시 떴다. 그런 지수의 귀에다 동혁은 입술을 대고 속삭였다.

“응. 아줌마가 아줌마라서 아줌마라고 했어. 그런데 아줌마는 아줌마라는 소리가 아직도 싫어?”

간지러운지 지수가 웃음을 터뜨리며 몸을 움츠렸다. 계속된 아줌마의 고문에 지수가 몸을 돌려 동혁의 코를 잡아 흔들었다.

“그만 해. 잠 다 깼어.”

“오케이!”

동혁은 작게 환호하며 지수의 달콤한 입술에 입을 맞췄다.

“피곤하지 않아? 그 많은 에너지를 어디에 다 숨겨둔 거야? 응?”

지수가 손으로 다정하게 그의 젖은 머리카락을 쓸어 넘겨주었다. 동혁은 따뜻한 감정이 느껴지는 지수의 눈빛이 아름답고 포근하게 느껴졌다.

“너랑 지혁이가 내 에너지의 원천인 거 몰라? 지수야, 우리 딱 한 시간만 사랑하고 자자.”

동혁은 웃음을 터뜨리는 지수의 잠옷을 벗기기 시작했다. 지수는 그가 원하는 것을 더 빨리 주기 위해 몸을 움직여 도왔다. 마침내 모든 것을 제거하고 동혁은 흡족한 미소를 지었다.

“아무리 생각해 봐도 지수 넌 아무것도 안 걸쳤을 때가 제일 예쁘고 섹시한 것 같아. 이렇게 예쁘고 섹시한 아줌마가 이 세상에 또 있을까?"

"자꾸 그러지 마. 자뻑하다 미쳐서 나체로 돌아다니면 어쩌려구."

"제발 내 앞에서만 그래 줘."

동혁은 환하게 웃으며 다시 지수의 입술을 찾아 길고 긴 키스를 했다. 매끄러운 어깨와 말랑말랑하면서도 탄력 넘치는 가슴, 가는 허리, 육감적인 엉덩이를 차례로 어루만지고 다시 반대방향으로 쓰다듬었다. 지수도 손등과 손바닥, 손끝을 이용해 동혁의 탄탄한 가슴과 등을 위아래로 쓰다듬었다.

"세상에서 너만큼 달콤한 게 없는 것 같다."

동혁은 심장 고동이 느껴지는 지수의 가슴을 소중한 듯 거머쥐고 단단해진 유두와 부푼 가슴을 핥고 빨았다. 지수가 동혁의 젖은 머리카락 사이로 손을 집어넣고 거친 숨을 몰아쉬었다. 동혁은 손을 점점 아래로 내려 허벅지 사이, 깊고 어두운 동굴을 뚫고 들어갔다. 조금만 손을 움직였을 뿐인데 지수의 여성이 뜨겁게 젖어들어 갔다.

동혁은 더 대담하게 손을 움직였다. 약간 벌여진 지수의 입술에서 한숨 같은 신음이 계속 새어나왔다. 동혁은 재빨리 입으로 그 달콤한 숨결을 빨아들였다. 뜨거운 숨결이 서로 얽히고 섞였다. 영혼까지 하나가 되게 할 것처럼 서로를 격렬하게 빨아들었다. 희열에 취한 채 서로를 갈망했다. 언제까지나 이 순간이 지속되었으면 했다. 서로의 움직임에, 향기에, 맛에, 소리에 뜨겁게 타오르고 목마른 듯이 욕망에 허덕였다.

"매일매일 사랑하는데도 왜 자꾸 하고 싶은 걸까?"

동혁은 오랜 탐닉과 애무 끝에 안전조치를 취한 후 깍지를 끼듯 지수의 양손을 잡아 쥐었다. 평상시에 손을 잡을 때와는 느낌이 달라도 너무 달랐다.

"지수야, 날 좀 봐."

동혁은 꿈을 꾸는 듯한 지수의 눈을 마주 보며 서서히 몸을 겹쳤다. 육중한 몸무게는 또 다른 쾌락을 안겨주었는지 지수가 행복한 미소를 지으며 커다란 그의 육체를 껴안았다. 동혁은 허리를 천천히 움직여 따뜻함과 촉촉함이 존재하는 은밀한 곳을 밀고 들어갔다. 지수의 눈이 자연스럽게 감기고 고개가 뒤로 젖혀졌다. 입술이 살짝 벌어지면서 신음이 터져 나왔다.

"이렇게 파고들 때 짓는 네 표정이 얼마나 날 흥분시키는지 모르지?"

"나도 네가 내 안에 있을 때 너무 뿌듯하고 좋아."

은밀하고도 황홀한 속삭임이었다. 동혁은 허리를 움직여 안으로 더 깊은 안으로 파고들었다.

"따뜻하고 아늑해. 그래서 자꾸 안으로, 안으로 깊이 들어가고 싶어."

"네가 이럴 때마다 난 날아오를 것 같아."

동혁은 사랑스러워서 못 견디겠다는 표정을 하고 지수에게 다시 입을 맞춘 뒤 가만히 들여다보았다.

“사랑한다는 말을 대신할 말이 많았으면 좋겠어.”

“너무 남발해서 감동이 덜할까 봐?”

“응.”

“그래도 난 아직까진 그 말이 제일 좋아. 말해줘, 사랑한다고.”

지수가 참지 못하겠다는 듯이 두 다리로 단단한 허리를 감싸 안았다.

“사랑해.”

“나도 사랑해.”

은밀한 여행이 시작되었다. 아찔한 추락과 달콤한 표류, 타오르는 불꽃이 공존하는 여행이었다. 하나가 되어 함께 움직였다. 관능적인 리듬에 맞춰 움직이는 모습은 마치 춤을 추는 것 같았다. 열기의 파도에 휩쓸려 격한 호흡으로 사랑의 음악을 만들어냈다.

서로를 휘감은 뜨거운 육체는 점점 땀으로 젖어들어 갔다. 서로의 손길에 취해갔다. 위치와 자세가 다양하게 변했다. 엎치락뒤치락한 끝에 지수가 동혁의 몸을 타고 앉게 되었다. 도발적인 눈빛으로 바라보며 농염한 육체를 매혹적으로 흔들어댔다. 그 모습이 마치 말을 타는 것과 같았다.

지수의 헝클어진 긴 머리카락과 탐스러운 가슴이 유혹적으로 흔들렸다. 동혁은 두 손을 뻗어 가슴을 쥐고 엄지로 유두를 비벼댔다. 그리고 참을 수 없는 상태가 되자 두 손으로 지수의 엉덩이를 꽉 움켜쥐고 일어나 앉았다. 지수가 손으로 가슴을 모아 크게 베어 물 수 있게 만들어주었다. 동혁은 입 안 가득 가슴을 물고 지수를 움직여 주었다.

자극을 받은 지수가 고개를 젖히고 두 팔을 뒤로 뻗어 그의 다리를 붙잡고 격정적으로 몸을 움직였다. 동혁은 지수의 엉덩이를 움켜쥐고 속도를 더 내게 했다. 더 가까이, 더 세게, 더 깊이 서로에게 가기를 원하는 몸짓은 점점 더 빨라지고 있었다. 천국이 멀지 않았다.

동혁은 다시 지수를 안아 침대에 눕혔다. 지수가 두 다리로 그의 허리가 감고 자신에게로 더 가까이 끌어당겼다. 잠시 후 동혁은 지수와 함께 절정을 맛보며 천국으로 진입했다. 순간 별들이 쏟아져 내렸다. 사랑과 환희로 얼굴에서 빛이 났다. 서로 누가 먼저랄 것도 없이 천국의 언어를 속삭였다.

"사랑해."

동혁은 오랫동안 지수에게 입을 맞추고 부드럽게 어루만졌다. 지수가 뭔가가 생각난 듯 입을 열었다.

"참, 승우하고 연진이한테 동생 생긴대."

뜻밖의 희소식이었다.

"그래?"

"오빠가 아주 좋아서 죽으려고 하는 거 있지."

"부럽다."

동혁은 이글거리는 눈빛을 하고 지수를 내려다보았다.

“지수야.”

“응?”

“우리도 아예 이 김에 지혁이한테 예쁜 여동생이나 하나 만들어주자.”

“그러다 지혁이 같은 남동생 나오면?”

아들 하나만으로도 힘겨운데 두 녀석한테 시달릴 것을 생각하니 지수가 끔찍해진 모양이었다.

“그땐 내가 집에 들어앉아서 두 녀석 키울게. 아니, 서너 녀석이라도 다 키울게. 낳아주기만 해.”

“어흐, 하여간 못 말려!”

지수가 엉덩이를 찰싹 소리 나게 때렸다.

“어서 출발하라고? 알았어! 오케이! 달리자! 달려!”

“으이구!”

“으이구!”

동혁은 지수의 흉내를 내며 웃었다.

“정말 네가 키우는 거다.”

“염려 말고 많이 낳아주기만 하라니까.”

“욕심쟁이!”

“애국자야, 애국자.”

행복에 젖은 두 사람의 웃음소리가 방 안 가득 울려 퍼졌다.

주위에 차동혁 같은 백수 하나가 있습니다. 빵빵한 학력에 번듯한 외모, 유
머러스한 성격, 뭐 하나 나무랄 데 없는 백수죠. 솔직히 이해가 안 갔습니다.
왜 저런 사람이 백수일까? 물론 이태백(이십대 태반이 백수)이란 말이 생겨
날 정도로 한국 경제가 어려운 건 사실이지만 그보다 더 큰 이유가 있을 것
같다는 생각이 들었습니다.

그래서 가만히 백수의 삶을 지켜보았습니다. 백수라 하더라도 뚜렷한 의
지, 뜨거운 열정, 바람직한 인생관, 확고한 가치관 등 갖추어야 할 것은 다 갖
추고, 어떤 누구보다 삶에 대해 더 진지한 자세로 고뇌하며 살더군요.

그래서인지 세상과 타협하기가 힘든 백수였습니다. 나중에 알고 보니 어
느 누가 봐도 사이코 기질이 있는 상사 밑에서 마음고생, 몸 고생한 흔적이 있
었고요. 그러다 보니 백수 탈출에 있어서도 이것저것을 많이 재게 되는 겁니
다.

가까운 사이라서 솔직히 제가 구박을 좀 많이 했습니다. 차동혁의 모친처
럼요. 일하지 않는 자 먹지도 마라, 부모한테 빈대처럼 빌붙어 살 생각하지 말

고 하루하루를 벌어서라도 네 힘으로 살아라, 적당한 자리가 나면 아무것도 따지지 말고 들어가 윗사람이 뭐라고 하면 무조건 맞습니다, 네 그래야죠, 목숨 다 바쳐 충성! 이렇게 살라고 말이죠. 백수를 이해하기보다는 대부분 사람들이 따르는 방식대로 살라고 강요를 한 셈입니다.

이 책은 그런 백수를 보다보다 못해 백수의 심정을 이해나 해보자 해서 쓴 글이었습니다. 차동혁이란 인물을 쫓다 보면 그 심정을 헤아릴 수 있게 되지 않을까 해서요. 책을 마친 지금, 저는 백수의 심정을 다는 아니더라도 조금 이해할 수 있을 것 같습니다. 그리고 더 이상 비난하거나 비아냥거리지 않고 진심으로 응원을 하고 도움을 줄 수도 있게 되고요.

어느 분이 그러시더군요. 이 글은 '백수들에게 희망을!' 이란 슬로건을 내건 글 같다고요. 혹시라도 제 책을 읽는 분들 가운데 차동혁과 비슷한 입장에 놓인 맨발의 청춘이 있다면 꼭 이 말을 해드리고 싶습니다.

"언젠가는 당신의 전성시대가 올 것입니다. 용기 잃지 마시고 힘내세요!"

　『나야 나, 차동혁』의 수정 기간이 좀 길었습니다. 왕창 뒤집고 엎고 난리도 아니었지요. 그래서 온라인 연재를 했던 글하고는 다른 부분이 많은 게 사실입니다. 특히 차동혁이 칼에 찔릴 뻔했던 부분과 청부살인을 의뢰한 악역 남희정을 처벌되는 과정이 그렇습니다.

　연재 때는 차동혁이 칼에 찔려 죽을 뻔합니다. 그리고 남희정도 지수와 통화하는 과정에서 통화 내용이 녹음돼 살인교사 혐의로 구속이 되고요.

　리뷰 과정에서 이 부분이 글 분위기와 너무 어울리지 않는다는 지적을 받았습니다. 그리고 현실 속에서도 그렇게 되기에는 불충분한 것들이 많고요. 그래서 내용의 변화를 주게 되었습니다. 그래서 어쩌면 글이 밋밋하게 마무리된 게 아니냐는 얘기도 나올 수 있을 것 같습니다. 독자님들의 이해 부탁드립니다. 사실 남희정 같은 악인은 천벌을 받아 마땅하죠. 심는 대로 거둔다 했으니 아마 끝이 좋을 순 없을 겁니다.

『나야 나, 차동혁』은 저의 네 번째 글입니다. 글 쓰는 속도가 워낙 느리다 보니 또 일 년을 붙들고 있었네요. 이때까지의 책이 모두 그렇지만요. 기간이야 어떻든 간에 글에서 발전된 모습을 보여 드렸으면 좋겠습니다. 조금씩, 조금씩 나아지고 있다는 평을 들었으면 좋겠습니다.

고마움을 전하고 싶은 사람이 있습니다. 물론 가족들과 지인들입니다. 불량주부, 불량엄마를 무던하게 견뎌준 남편, 그리고 태웅이, 다은이. 저보다 차동혁과 한지수를 더 사랑해 주고 마지막 순간까지 도움을 준 정(情), 수빈이. 생강님을 비롯한 깨으른여자들 식구들, 글에 전념할 수 있도록 주인처럼 일해주시는 권순옥, 권미경 선생님, 늘 힘이 되어주시는 청어람 출판사 모두 모두 깊은 사랑과 고마움을 전합니다. 마지막 페이지까지 읽어주신 독자님들께도 깊은 감사를 드립니다. 더욱 노력하겠습니다.

—김은아 드림.

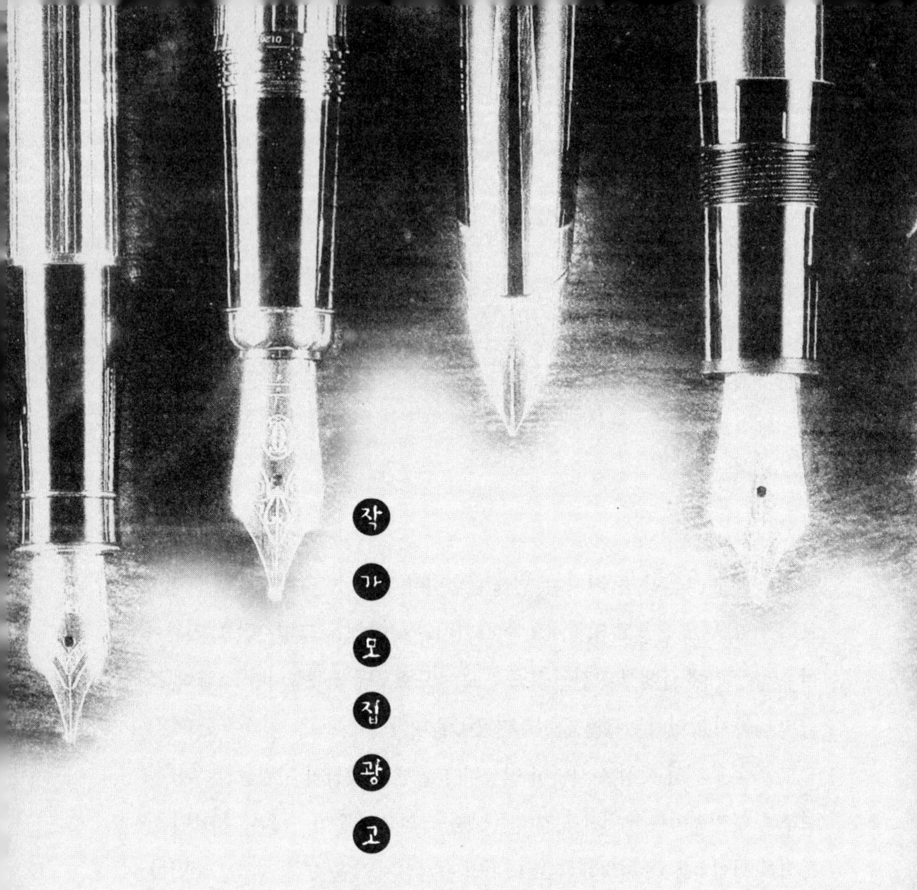

작
가
모
집
광
고